DONGSUH MYSTERY BOOKS 104

ROSEMARY'S BABY

로즈메리 베이비

아이라 레빈/남정현 옮김

동서문화사

옮긴이 남정현(南廷賢)
〈자유문학〉에 작품 《경고구역》 《굴뚝 밑의 유산》 등으로 추천을 받고 문단에 나온 뒤 중편 《너는 뭐냐》 단편 《현장》 《부주전상서》 문제작 《분지》 등을 발표. 1961년 중편 《너는 뭐냐》로 제6회 동인문학상을 받다.

DONGSUH MYSTERY BOOKS 104

로즈메리 베이비

아이라 레빈 지음/남정현 옮김
초판 발행/1977년 12월 1일
중판 발행/2003년 8월 1일
발행인 고정일/발행처 동서문화사
창업 1956. 12. 12. 등록 16-345(윤)
서울강남구신사동 540-22 ☎ 546-0331~6 (FAX) 545-0331
www.epascal.co.kr

*

편찬·필름·제작 일체 「동판」 자본으로 이루어짐에 따라
출판권 소유권자 「동판」에서 제조출판판매 세무일체를 전담합니다.
사업자등록번호 211-90-02201
ISBN 89-497-0189-8 04840
ISBN 89-497-0081-6 (세트)

로즈메리 베이비

차례

"임신기간을 명랑하게 지내는 것은 바람직한 일이기는 하나, 이것은 앞으로 당신이 건강하며 한평생에 걸쳐 가장 영속적인 만족을 얻을 수 있는 것(현재는 그만한 가치를 인정하지 않고 있다고 해도)이라고 생각되는 일에 한 발자국 한 발자국 다가서고 있다는 사실에서 저절로 우러나오는 명랑성이어야 하겠다. 그러나 당신이 매일, 낮에는 웃음 속에서 지내고 밤에는 심포니 콘서트에 무아몽중(無我夢中) 삼매경에 빠진다고 해서, 당신의 아기가 그만큼 명랑해지거나 음악적 감수성이 풍부한 아이가 되는 것으로 생각해서는 안 된다. 사실인즉, 아이의 성격이나 개성은 그런 것보다는 보다 깊은 곳에 근원하는 것으로……."

의학박사 니콜라스 J. 이스트먼
《어머니가 되는 날까지》에서

1부

1

로즈메리와 거이 우드하우스가 1번 거리에 있는 기하학적인 흰색 아파트에 방 5개짜리 거처를 세내는 계약을 막 끝내고 돌아왔을 때 코데트 부인에게서 전화가 걸려왔다. 부인은 브램퍼드에 방 4개짜리 아파트가 비어 있다는 정보를 알려주었다. 브램퍼드는 고풍스럽고 검은 색을 띤 거대한 건물로서, 높은 방 천장과 벽난로, 빅토리아 왕조풍의 세공으로 알려진 아파트다. 로즈메리와 거이는 결혼한 뒤 지금껏 브램퍼드 아파트에 미리 신청을 해두고 방이 나기를 기다리다가 지쳐 마침내 단념을 했던 것이다.

거이는 통화를 중단하고 수화기를 가슴에 댄 채 로즈메리의 기색을 살폈다.

"아아, 운이 이렇게 없다니!"

로즈메리는 이렇게 중얼거리며 울상이 되었다.

"이젠 틀렸습니다." 거이는 다시 수화기를 입으로 가져가며 말했다.

로즈메리가 남편의 팔을 잡고 늘어졌다.

"계약을 취소할 수는 없을까요? 어떻게 해서든 없었던 일로……."

"잠깐 기다려 주십시오, 코데트 부인." 거이는 다시 한 번 통화를 중단했다. "어떻게 없었던 일로 한다고 그래?"

로즈메리는 몸을 비틀고 속수무책인 듯 양손을 펼쳤다. "그걸 모르겠다니까요. 그런데 사실대로 브램퍼드에 입주할 기회가 생겼다고 하면……."

"그런 구실이 통할 것 같아?"

"당신이 어떻게든 생각을 짜내봐요, 거이. 가보는 건 상관없잖아요? 가보겠다고 해요. 어서 전화가 끊어지기 전에……."

"계약서에 사인한 거 알잖아, 여보. 취소할 수는 없어."

"부탁이에요, 전화가 끊어져요!"

애원하다시피 로즈메리는 남편의 가슴에서 수화기를 떼어내어 남편 입으로 밀어붙였다.

거이는 웃으며 수화기를 들고 말했다.

"코데트 부인, 저쪽에는 아직 정식계약서에 사인한 건 아니니까 취소할 방법이 있을 성싶습니다. 저쪽에 마침 계약서 용지가 떨어져서 임시로 만든 서식에 서명을 했거든요……. 여하튼 그쪽 아파트를 구경할 수 있겠습니까?"

코데트 부인이 전화로 안내를 했다. 11시부터 11시 반 사이에 브램퍼드에 가서, 미크러스 씨나 제롬스 씨를 만나 코데트 부인이 7E호를 보여주라는 말을 듣고 왔다고 하라는 것이었다. 일이 끝나면 전화를 걸어달라고 하면서 자기 전화번호를 일러주었다.

로즈메리는 스타킹과 노란 구두를 신으며 말했다. "거봐요, 당신은 둘러대기 선수라니까. 거짓말을 식은 죽 먹듯 하는 양반."

거이가 거울 앞에 서며 말했다. "그만해 둬. 어, 여드름이 나네."
"터뜨리면 안 돼요."
"방이 넷이면 아기 방을 꾸미기가 어렵겠는걸."
"거기……, 그 흰 감옥을 통째로 세내는 것보다 브램퍼드의 방 4개가 낫다고요."
"어제는 홀딱 반하더니……."
"마음에 들기는 했지만 반한 건 아니에요. 아마 건축가라고 해도 반하지는 않았을 거예요. 어쨌거나 거실은 식당과 겸용으로 꾸미고, 멋진 아기 방을 만들도록 해요. 언제가 될지는 모르지만."
"먼 훗날의 이야기는 아니지."
거이가 말했다.
거이는 코밑으로 전기면도기를 오르내리락하면서 거울 속의 자기 눈을 바라보고 있었다. 커다란 밤색 눈이다. 로즈메리는 노란 드레스 안으로 발을 집어넣고 몸을 비틀며 등 쪽의 지퍼를 끌어올렸다.
이곳은 방 하나짜리 아파트로, 거이가 독신 때부터 살던 집이다. 파리와 베로니카의 선전 포스터가 붙어 있고, 큼직한 소파 세트가 하나, 칸막이가 안 된 주방이 있다.
이날은 8월 3일, 화요일이었다.

미크러스 씨는 몸집이 작고 기민해 보이는 사람이었으나, 양손에 손가락이 여러 개나 없어서 악수하기가 꺼림칙했다. 그래도 본인은 별로 개의치 않는 것 같았다. "허, 배우시라고요." 그는 가운뎃손가락으로 엘리베이터의 단추를 누르며 말했다. "여긴 배우들에게 무척 인기가 있답니다." 그는 브램퍼드에 입주해 있는 4명의 이름을 주워섬겼다. 모두가 이름 있는 배우들이었다. "혹시, 제가 본 연극에라도 출연하셨을까요?"

"글쎄요, 얼마 전에 햄릿을 맡았었지요. 안 그래, 리즈?"

로즈메리가 말을 받았다.

"농담이에요. 저이는 연극 〈루터〉와 〈아무도 앨버트로스를 사랑하지 않는다〉 그리고 텔레비전 드라마나 상업광고 등에……."

미크러스 씨가 말했다.

"거, 벌이가 괜찮다면서요? 상업광고라는 거 말입니다."

"예."

로즈메리가 대꾸하자 거이가 덧붙였다.

"덤으로 예술적인 모험도 할 수 있답니다."

로즈메리는 제발 그만하라는 의미의 눈짓을 보냈다. 그러고는 멍청한 표정을 짓고 나서, 흘끔 미크러스 씨의 머리끝으로 눈을 흘기며 요부 같은 표정을 지었다.

떡갈나무 판자 둘레에 놋쇠로 된 손잡이가 달린 엘리베이터는, 억지 미소를 짓고 있는 제복 차림의 흑인 소년이 운전하고 있었다.

"7층."

미크러스 씨가 말했다. 그러고는 로즈메리와 거이에게로 몸을 돌리며 말했다.

"보여드릴 아파트에는 방 넷과 욕실 둘, 벽장이 다섯입니다. 원래는 칸수가 대단히 많은 것이었는데——가장 적은 것이라고 해도 방이 아홉이나 되었습니다만——지금은 거의 모두 방 넷 혹은 대여섯으로 칸을 막아 임대하고 있지요. 7층 E호 역시 원래는 방이 열이었던 것을 쪼갠 뒷부분입니다. 그래서 그전의 주방과 큰 욕실이 이쪽에 남게 되었는데, 곧 보시게 되겠지만 아주 널찍하지요. 그리고 그전의 큰 침실을 거실로 꾸미고, 예비침실은 그대로 침실로, 하인용의 두 방은 털어서 식당이나 예비침실로 사용할 수가 있습니다. 혹시 아기는 두셨는지요?"

"아직."

"그럼, 이상적인 아기 방을 꾸밀 수도 있겠군요. 넓은 욕실과 큼직한 벽장이 있으니 말입니다. 전체적인 구조로 보아 두 분처럼 젊은 부부에게는 안성맞춤이지요."

엘리베이터가 멈추고, 흑인 소년이 언제나처럼 미소를 띤 채 밖의 손잡이와 높이를 맞추기 위해 아래위로 얼마간 기계를 조작했다. 그러고 나서 안쪽의 구리 문과 밖의 아코디언 문을 밀어 열었다. 미크러스 씨는 로즈메리와 거이가 먼저 밖으로 나가도록 옆으로 비켜섰다. 그곳은 벽과 융단을 짙은 녹색으로 통일한, 조명이 어슴푸레한 복도였다. 7B라고 조각을 새긴 녹색 문턱에 있던 남자가 그들을 흘끔 바라보고 나서 오려낸 구멍에 밖을 내다보는 작은 창을 만드는 작업을 계속했다.

미크러스 씨가 앞장서서 녹색의 중앙복도에서 갈라지는 작은 복도를 좌우로 몇 번이나 꺾어 들어갔다. 그 뒤를 따르면서 로즈메리와 거이는 벽지 여기저기에 흠이 나거나 벗겨져 안쪽으로 말린 것을 보았다. 또 벽의 조명등 가운데는 전구가 나간 것이 있는가 하면, 짙은 녹색 융단에는 연한 녹색 테이프로 덧대어 눈속임한 곳도 한 군데 있었다. 거이가 로즈메리를 돌아다보며 융단에 덧댄 곳이 다 있다는 듯 눈짓을 했다. 그녀는 딴전을 피우며 '아주 마음에 들어요, 하나에서 열까지 모두가!'라고 대답이라도 하듯 밝게 웃었다.

미크러스 씨가 두 사람을 돌아다보지도 않고 말했다. "전번의 입주자 가드니아 부인은 바로 엊그제 작고하신 터라 아직 세간이 그대로 있습니다. 그 부인의 아드님이 방을 보러 오시는 분에게 융단과 냉난방 장치, 그리고 가구 중 일부는 원하신다면 팔 수도 있다는 말을 전해 달라고 하더군요."

그곳에서 다시 복도가 꺾였다. 다른 곳보다는 새것으로 보이는 녹색과 금빛의 얼룩무늬 벽지가 발라져 있었다.

로즈메리가 물었다.

"이곳에서 돌아가셨나요? 별다른 뜻이 있어 하는 말은 아니고요."

"아, 아닙니다. 병원에서 작고하셨지요. 몇 주일 동안인가 혼수상태가 계속된 끝에요. 워낙 연세 든 분이라서 끝내 의식을 회복하지 못하고 돌아가셨답니다. 나 역시 수명이 다했을 때 그렇게 갔으면 합니다. 마지막까지 건강하셨지요. 손수 식사를 해 잡수시고, 백화점에 쇼핑을 다니시기도 했고……. 뉴욕 주에서 여자 변호사로는 원로급에 드셨던 분이라지요, 아마."

복도가 끝나고 계단이 나타났다. 거기에 인접한 왼쪽에는 7E호 문이 있었다. 문에는 조각 장식은 없었고, 거기까지 가는 동안 눈에 띄었던 다른 문보다는 폭이 좁았다. 미크러스 씨가 진줏빛 초인종 단추를 눌렀다. 초인종 단추 위에는 흰 글씨로 'L. 가드니아'라고 적힌 검은 플라스틱 푯말이 걸려 있었다.

열쇠 구멍에 열쇠를 넣고 돌렸다. 손가락이 모자라는데도 익숙한 솜씨로 손잡이를 돌려 문을 열고는 "자, 들어가십시오" 하며 발끝으로 서서 허리를 굽히고 팔을 뻗어 두 사람이 들어설 때까지 문을 잡고 있었다.

현관부터 좁은 복도가 안쪽 깊숙이까지 이어져 있고, 방은 2개씩 그 양편에 있었다. 오른쪽으로 이어진 방이 주방인데, 그것을 보자 로즈메리는 자기도 모르게 웃음이 번져 올랐다. 지금 살고 있는 아파트 전체 넓이였기 때문이다. 오븐이 2개 달린 6버너식 가스레인지, 초대형 냉장고, 우람하리만큼 큰 싱크대가 설치되어 있었다. 아울러 수많은 선반, 7번 거리를 내려다볼 수 있는 창문, 높은 천장, 거기에다 가드니아 부인의 크롬제 탁자와 의자. 끈으로 묶은 〈포튠〉 잡지와

〈뮤지컬 아메리카〉 잡지 더미가 있는 구석진 공간은, 지난달 〈하우스 뷰티풀〉 잡지에서 오려둔 블루와 상아색의 아침식사 코너로는 제격이다 싶었다.

주방 맞은쪽은 식당이 아니면 예비침실로서, 가드니아 부인은 서재 겸 온실로 썼던 것 같다. 수백 포기의 식물이——완전히 시든 것과 반은 시든 것까지 합쳐서——꺼져 있는 소용돌이형 형광등 밑, 돈을 들인 것 같지는 않아 보이는 시렁 위에 여러 단으로 널려 있었다. 그 한복판, 여닫을 수 있는 뚜껑이 달린 책상 위에는 수북이 책과 서류가 쌓여 있었다. 책상만은 훌륭한 제품으로 폭도 넓고 연대도 오래된 것이었다. 로즈메리는 문턱에서 이야기를 주고받고 있는 거이와 미크러스 씨에게서 떨어져서, 시들어 갈색이 된 관엽식물 시렁을 넘어 책상 가까이 다가갔다. 골동품 상점의 진열장에라도 장식되어 있을 법한 책상이었다.

로즈메리는 책상을 만져보면서, 이것도 원하기만 하면 살 수 있는 물건인지 궁금했다. 연한 남색 종이에 푸른색의 운치 있는 서체로, '단순히 남의 호기심을 자극하는, 할 일 없는 짓으로밖에 생각되지 않는다. 새삼스럽게 패거리에 낄 수도 없고……'라고 적혀 있었다. 문득 그녀는 이곳저곳 탐색이나 하듯 서성거리는 자기 자신에 생각이 미쳐 고개를 들었을 때, 마침 거이에게서 시선을 돌린 미크러스 씨의 눈과 마주쳤다.

"이 책상도 가드니아 부인의 아드님이 팔겠다는 물건 리스트에 들어 있는지요?"

"글쎄요. 물어봐 드릴까요?"

미크러스 씨가 말했다.

"훌륭하군."

거이가 말했다.

"그렇죠?"

로즈메리는 미소를 띠며 벽과 창을 둘러보았다. 이 방이라면 머릿속에 그려온 아기 방을 거의 그대로 꾸밀 수 있을 것이다. 창이 전부 좁은 뜰 쪽으로 나 있어서 다소 어둡긴 하지만 흰색과 노란색 벽지로 바꾸면 밝아질 것이다. 이곳 욕실은 작기는 하지만 고급스럽고, 별 탈 없이 잘 자라고 있는 화분으로 가득 찬 시렁도 잘 만들어져 있었다.

세 사람이 발길을 돌리려 했을 때 거이가 물었다.

"이게 모두 뭘까?"

로즈메리가 대꾸했다.

"대개 약초예요. 박하와 쑥도 있어요. ……이건 알 수 없는 거지만."

복도를 좀더 안쪽으로 들어가 보니 왼쪽에 손님용 벽장이, 그 오른쪽으로는 아치형 칸막이가 있었는데, 그 안쪽이 거실이었다. 큼직한 들창들이 대칭을 이루고 있었다. 그 중 둘은 사다리꼴 창틀로 바깥쪽으로 폭을 넓힌 구조에 삼면으로 마름모꼴 유리가 끼워져 있었다. 오른켠 벽에는 작은 난로가 있었다. 거기에는 소용돌이 조각을 새긴 흰 대리석의 벽난로 가장자리 장식이 박혀 있고, 왼켠엔 떡갈나무로 만든 키 큰 책장이 서 있었다.

"아아, 거이!"

로즈메리가 속삭이며 남편의 손을 더듬어 꼭 쥐었다.

"응."

거이 역시 나직이 말하며 슬그머니 아내의 손을 꽉 마주 쥐었다. 미크러스 씨가 곁에 있기 때문이었다.

"물론 난로는 사용하실 수 있습니다."

미크러스 씨가 말했다.

뒤쪽 침실은 가로 약 3.6미터에 세로가 대충 5.4미터 정도의 알맞은 넓이였고, 창은 식당·예비침실·아기 방의 창과 마찬가지로 모두 좁은 뜰과 붙어 있었다. 거실 저쪽의 욕실은 넓었다. 그리고 공 모양의 구리로 된 손잡이가 달린 여러 가지 설비가 갖추어져 있었다.

"근사해요!" 거실로 돌아온 로즈메리가 말했다. 그녀는 양팔을 활짝 펼쳐 방을 통째로 품에 안을 듯이 한 바퀴 빙 돌았다. "더 이상 바랄 게 없어요!"

"다음에는 당신에게 집세를 깎아달라고 할 차례입니다."

거이가 말했다.

미크러스 씨가 씩 웃었다. "웬걸요, 값을 올릴 참이랍니다. 15퍼센트 정도 말입니다. 이렇게 매력적이고 특색 있는 아파트는 요즘엔 암탉의 이빨처럼 드물답니다. 저 신품의……." 그는 말을 맺지도 않고, 중앙복도 현관에 있는 마호가니재 필기용 책상을 유심히 바라보았다. "이상한걸. 저 책상 뒤쪽에 벽장이 있었는데. 아니, 분명히 있습니다. 모두 5개니까요. 침실에 둘, 예비침실에 하나, 그리고 복도에 둘, 저기와 저기."

일행은 책상 가까이 걸음을 옮겼다.

거이가 발꿈치를 들어 책상 뒤켠을 살펴보며 말했다. "정말이야. 문짝 모서리가 보이는걸."

"가드니아 부인이 옮겼을 겁니다. 그 필기용 책상이 전에는 분명히 저쪽에 있었어요." 로즈메리는 침실 입구 가까운 벽에 유령처럼 남아 있는 실루엣을 손가락으로 가리킨 다음, 포도줏빛 융단에 깊숙이 남아 있는 4개의 동그란 책상 자국을 가리켰다. 희미하기는 하지만 질질 끈 흔적이 커브를 그리며, 그 4개의 자국으로부터 지금 그들이 서 있는 좁은 벽 가장자리까지 이어져 있었다.

"좀 도와주셔야겠습니다."

미크러스 씨가 거이에게 도움을 청했다.

둘이서 양쪽을 들어 필기용 책상을 조금씩 원래의 위치로 옮겨놓았다.

"부인이 정신을 잃은 까닭을 알겠군."

거이가 책상을 밀며 말했다.

"혼자 옮겼을 것 같지는 않습니다. 연세가 89살이었으니까요." 미크러스 씨가 고개를 왼쪽으로 갸우뚱했다.

로즈메리는 가로막았던 책상이 옮겨진 뒤, 고개를 저으며 벽장문을 바라보았다. "열어봐도 될까요? 아드님이 먼저 봐야 되는 건 아닌지 모르겠네요."

필기용 책상은 4개의 자국 위에 그 다리가 가지런히 들어맞았다. 미크러스 씨가 손가락이 모자라는 손을 비비며 대꾸했다. "아파트 안내는 나에게 일임된 일입니다."

그가 벽장문을 열어보았지만 그 안은 거의 비어 있었다. 구석에 진공청소기가 서 있고, 반대편에는 널빤지가 서너 장 기대 있을 뿐이었다. 위쪽 선반에는 청색과 녹색의 목욕 수건이 쌓여 있었다.

"누군가 함께 살았던 사람이 가버린 모양이군."

거이가 말했다.

"아마도 5개의 벽장이 모두 필요하진 않았던 것 같군요."

미크러스 씨가 말했다.

"하지만 왜 진공청소기와 타월을 숨겨놓다시피 했을까요?" 로즈메리가 물었다.

미크러스 씨가 목을 움츠렸다. "영원한 수수께끼지요. 혹시 노망든 탓일지도……." 그러면서 싱긋 웃고는 "그 밖에 달리 보시고 싶은 것이나 덧붙일 말씀은 없으신지요?"

"있어요. 세탁 설비는 어떤지요? 지하에 세탁기가 있나요?"

로즈메리가 앞으로 나서며 물었다.

보도까지 따라 나온 미크러스 씨에게 감사하다는 말을 남기고 두 사람은 7번 거리 언덕 쪽으로 걸어 올라갔다.

"계약한 아파트보다 싸요."

로즈메리는 현실적인 타산이 무엇보다도 중요하다는 투로 말했다.

"방이 하나 적은 건 어쩌고?"

로즈메리는 잠시 입을 다물고 걸음을 옮기다가 불쑥 말을 이었다.

"위치도 좋고."

"그건 맞아. 그곳이라면 어느 극장이라도 걸어서 갈 만하지."

남편의 긍정에 용기를 얻은 듯 로즈메리는 말했다. "여보, 거이. 그 아파트로 정해요, 제발! 결정하는 거죠? 정말 근사한 아파트예요. 그 할머니가 죽었다고 해서 기분 언짢을 것도 없잖아요. 나이가 나이니까. 그 깔끔하고 따사로운 거실이며……. 아아, 거이. 그 집을 얻어요, 네?"

거이가 웃으며 말했다. "누가 뭐래? 단, 앞서 한 계약을 취소하고 나서 할 이야기라고."

로즈메리는 기쁜 듯 남편의 팔꿈치를 잡았다. "걱정 없어요! 당신이 좋은 생각을 해봐요. 당신이라면 할 수 있어요."

거이가 유리로 된 공중전화 박스 속에서 코데트 부인에게 전화를 걸고 있는 동안, 로즈메리는 밖에서 그의 입술의 움직임으로 어떤 말이 오가는지를 짐작해 보려고 애썼다.

코데트 부인은 3시까지 여유를 주겠다고 말했다. 만약 3시까지 연락이 없으면 다음 희망자에게 전화를 걸겠다는 것이다.

둘은 러시아 식당으로 가서 브래디 메리와 검정 빵 치킨 샐러드 샌드위치를 주문했다.

"내가 갑자기 병이 들어 입원해야 되기 때문이라고 말하면 어떨까요?"

로즈메리가 의견을 제시했다.

하지만 그런 구실은 속이 훤히 들여다보인다. 그 대신 거이는 〈스스로 등불을 가지고 오라〉라는 연극을 내걸고 극단과 함께 베트남에서부터 극동 방면으로 4개월 동안 미군 위문공연에 나선다는 구실을 꾸며댔다. 앨런 역할을 맡은 배우가 허리를 다쳐서, 처음부터 이 역을 잘 파악하고 있었던 거이가 대역을 맡지 않으면 위문여행은 적어도 2주일을 연기하지 않고는 별 도리가 없다. 현지 군인들의 대 베트콩 사기가 신통치 않은 것을 감안해서도 위문공연을 연기한다는 것은 괘씸한 일이 아닐 수 없다. 그런 사유에서 아내는 당분간 친정에 가 있게 되니…….

그는 이 내용을 두 번 연습을 하고 나서 전화통을 찾아 일어섰다.

로즈메리는 식탁 밑에서 왼쪽 손가락을 모두 포개고 남편의 성공을 기원하면서 마실 것을 찔끔거렸다. 그리고 정이 떨어진 아파트를 떠올리며 브램퍼드 쪽의 장점을 하나하나 손꼽아 보았다. 번쩍거리는 신형 싱크대, 접시닦이 기계, 이스트 강(뉴욕 맨해튼 섬 동쪽으로 흐르는 강)의 전망, 중앙냉난방 장치…….

여종업원이 샌드위치를 날라왔다.

짙은 감색 드레스를 입은 임산부가 곁을 스쳐갔다. 로즈메리는 눈여겨보았다. 7, 8개월은 되어 보였다. 아마도 그녀의 어머니처럼 보이는, 여러 봉지를 한아름 안은 중년 부인을 뒤돌아보며 행복한 표정으로 말을 나누고 있었다.

누군가가 저쪽 벽 가까이에서 손을 흔들었다. 로즈메리가 CBS(콜롬비아 방송회사)를 그만두기 2~3주 전에 입사한 붉은 머리칼의 아가씨였다. 로즈메리도 손을 흔들어 아는 체를 했다. 그녀가 입술을 움직여 뭐라고 말을 했으나 로즈메리에게는 들리지 않았다. 그녀와 마주앉아 있던 사나이가 고개를 돌려 로즈메리를 바라보았다. 굶주린 것 같은 표정의, 파리한 얼굴의 남자였다.

그때 거이가 돌아왔다. 키가 늘씬하고 핸섬한 남편. 터져 나오는 기쁨을 억누르고 있는 듯한 표정이 '만사 잘 풀렸소'라고 말하고 있었다.

"일 잘 됐죠?"

남편이 자리에 앉기가 무섭게 다그쳤다.

"응, 계약은 취소하기로 합의를 보았고, 계약금도 돌려받게 됐어. 통신부대의 하트맨 중위에게 잊지 말고 연락을 해줘야겠어. 코데트 부인이 2시에 기다리겠다는군."

"전화했어요?"

"했지."

붉은 머리칼을 한 아가씨가 뜻하지 않게 건너왔다. 상기된 기색으로 눈이 반짝인다.

"결혼 생활이 행복하신 모양이야. 아까 내가 한 말은 얼굴이 환해 보인다는 거였어요."

로즈메리는 미소를 띠고는 그녀의 이름을 기억해 내려고 애쓰며 말했다.

"덕분에. 지금 축하 파티라도 열 참이에요. 글쎄, 브램퍼드의 아파트를 얻었지 뭐예요."

"브램퍼드? 나도 그 아파트를 탐내 왔는데! 만일 이사 갈 일이 생기면 누구보다 내게 알려줘요. 잊으면 안 돼요."

2

놀랍게도 해치가 두 사람의 이사를 말리고 들었다. 이유는 브램퍼드가 '위험 지구'라는 것이었다.

1962년 로즈메리가 처음으로 뉴욕으로 올라왔을 때는 렉싱턴 거리 끝에 있는 아파트에서, 같은 오마하 출신의 아가씨와 애틀란타에서 온 아가씨 2명과 함께 공동 생활을 했었다.

그때 바로 이웃 방에 살았던 사람이 해치인데, 아가씨들로부터 사사건건 아버지 역할을 떠맡는 게 달갑지 않았던 모양이긴 했지만——자신의 딸을 둘이나 키워봐서 넌덜머리가 났었던 것 같다——'비상 계단 쪽에 어느 놈팡이가 서성거리는 밤'이라든가 '잔이 목 졸려 죽을 뻔했던 날'과 같은 그런 위급할 때에 늘 힘이 되어 주었다.

해치의 본명은 에드워드 해친스였으며, 영국 태생으로 55살이었다. 그는 세 가지 필명으로 각기 다른 내용의 아동용 모험 시리즈를 쓰고 있다. 로즈메리에게는 더욱더 잘 대해 주었다.

로즈메리는 6남매 중 막내로서, 위로 다섯은 이미 결혼해서 고향 근처에 흩어져 살고 있었다. 그런 식구들을 오마하에 남겨둔 채 로즈메리가 고향을 떠나온 터라 아버지는 화를 내고 의심까지 하는가 하면, 어머니는 말도 하지 않았거니와 4명의 오빠와 언니는 크게 화를 냈다. 그러나 둘째 오빠 브라이언만은 게으름뱅이에 말썽꾸러기였지만, "가려무나, 로지. 네 일은 네가 알아서 해" 하고 동생 어깨를 다독거리고는, 플라스틱 손가방 속에 85달러를 몰래 넣어 건네주었다.

홀로 뉴욕에 온 로즈메리는 마음이 편치 못했고 경솔한 행동을 저지른 것 같아 양심의 가책을 받았다. 그런 그녀를 해치는 진한 홍차를 끓여 마시게 하며 용기를 북돋아 주었고, 부모 자식 간의 문제나 자신의 의무와 같은 것에 대해 이야기해 주었다. 그녀는 가톨릭계 고등학교에서는 입에도 담을 수 없었던 내용에 관해서도 여러 가지 해치에게 물어볼 수 있었다. 뉴욕 대학 야간부 철학과에 나가도록 주선해 준 것도 해치였다.

"이 꽃 파는 아가씨를 공작 부인으로 만들어낼 테다." 그가 큰소리치면, "선처 바랍니다" 하며 로즈메리가 받아넘길 정도로 친해졌다.

지금도 거의 매달, 로즈메리와 거이는 그들의 아파트가 아니면 레스토랑에서 해치와 함께 저녁 식사를 하는 것이 습관으로 되어 있었다. 거이는 해치를 다소 답답하게 생각했지만 늘 공손히 대했다. 해치의 아내는 극작가 테렌스 래티건의 조카딸인 데다가, 래티건과 해치는 편지 왕래가 있는 사이라는 이유도 있었다. 작가라는 것은 비록 간접적이라 해도 이따금 극장에서 무엇을 결정하는 데 힘이 된다는 것을 거이는 잘 알고 있었다.

아파트를 보러 갔던 다음날 수요일에 로즈메리와 거이는 '글루베'라는 23번로에 있는 독일 음식점에서 해치와 함께 저녁을 먹게 되었다. 그 전날 오후, 코데트 부인이 요구하는 세 사람의 보증인 가운데 하나로 부부는 해치의 주소 성명을 제시했고, 해치 역시 코데트 부인에게서 온 조회에 응답 편지를 보낸 바 있었다.

"솔직히 말해 자네들을 마약이나 알코올 중독자 아니면, 어떤 식으로든 아파트 관리인들이 크게 꺼리는 종류의 인간들이라고 써 보내고 싶었다네."

두 사람은 의아한 눈으로 그 까닭을 물었다.

"자네들은 들어 알고 있는지 모르겠네만……." 해치는 롤빵에 버터를 바르며 말했다. "브램퍼드는 금세기 초에 적지않게 언짢은 소문으로 자자했던 집이라네." 여기에서 그는 잠시 두 사람의 기색을 살피고 나서, 그들이 아는 바가 없다는 걸로 판단하고는 말을 이었다.

그는 듬직하고 혈색이 좋은 얼굴, 정열적인 광채를 발하는 푸른 눈을 가졌으며, 찰싹 기름을 발라 양켠으로 갈라붙인 검은 머리를 하고 있었다. "이사도라 던컨 일가며, 시어도어 드라이저 일가는 물론, 그 정도로 매력적이지는 않으나 꽤 유명한 사람들이 여러 명 브램퍼드에 살았지. 트렌치 자매가 먹이 실험을 한 것도, 케이스 케네디가 자주 파티를 연 곳도 그곳이라네. 애들리언 마르카토도 거기에 살았었고, 펄 에임스도 그랬었네."

"트렌치 자매는 누굽니까?" 거이가 묻자 로즈메리도, "애들리언 마르카토는요?" 하고 물었다.

"트렌치 자매는 말일세." 해치가 말을 이었다. "빅토리아 귀족풍의 품위 있는 귀부인이었지만, 가끔 사람을 먹는 버릇이 있었지. 조카를 비롯해서 여러 아이를 삶아 먹었어."

"세상에, 경악할 일이군요." 거이가 말했다.

해치가 이번에는 로즈메리 쪽을 향해서 말했다. "애들리언 마르카토는 마법사지. 1890년대에 살아 있는 악마를 불러내는 데 성공했다고 공언해서 세상을 놀라게 했었어. 그 사람은 한 줌의 머리칼과 손톱자국을 내세웠고, 세상은 그걸 곧이들었던 것 같아. 적지않은 사람들이 폭도로 변해서 브램퍼드의 로비에서 그 사람을 습격해, 하마터면 살해될 뻔했었지."

"농담도 심하셔."

로즈메리가 말했다.

"천만에, 진담이라고. 그로부터 몇 년 뒤, 케이스 케네디 사건이 터져, 1920년대쯤에는 그 집도 태반이 비어 버렸었다고."

거이가 말했다. "케이스 케네디의 이야기와 펄 에임스 사건은 들어서 알고 있습니다만, 애들리언 마르카토가 그 집에 살았었다니 금시초문입니다."

"그리고 식인종 자매도요." 로즈메리가 부르르 몸을 떨었다.

"그 아파트가 다시 사람들로 차게 된 것은 2차 세계대전과 주택 부족 덕분이었지. 지금은 고풍스러운 당당한 아파트로 위신을 되찾기는 했지만, 20년대에는 '블랙 브램퍼드'라고 불리어, 웬만한 사람은 가까이도 가지 않았네. 아, 그 멜론은 여자 손님 걸세. 그렇지, 로즈메리?"

웨이터가 각기 오르되브르(수프가 나오기 전에 가볍게 먹는 음식)를 날라다 놓았다. 로즈메리는 착잡한 심정으로 거이를 바라보았다. 거이는 '신경 쓸 거 없어, 그런 허황된 이야기에 겁먹을 거 없다고'라고 말하는 듯 한쪽 어깨를 들썩하며 재빨리 고개를 흔들었다.

웨이터가 물러갔다.

해치가 말을 이었다.

"그간 오랜 세월에 걸쳐, 브램퍼드에서는 추악하고 향기롭지 못한 사건이 꼬리를 이었지. 이건 먼 옛날의 이야기만은 아니라네. 1959년에는 신문지에 싸인 갓난아이의 시체가 지하실에서 발견된 적도 있었으니까."

로즈메리가 고개를 꼿꼿이 세웠다.

"하지만…… 그런 끔찍한 일은 어떤 아파트에서도 간간이 일어날 수 있는 일 아니에요?"

해치가 다시 입을 열었다.

"그야, 때로는. 중요한 것은 브램퍼드의 경우엔 '간간이'가 아니라 '번번이'라는 점이지. 떠들썩할 정도가 못 되는 불상사도 여러 번 있었어. 예를 들어 자살 사건만 해도, 같은 크기 같은 연대의 아파트 중에서 그곳만큼 빈도가 높은 아파트도 없었거든."

"원인이 뭡니까, 해치? 무슨 내력이 있을 법합니다만."

거이가 진지하고 걱정스러운 얼굴로 물었다.

해치는 잠시 그를 바라보다가 말했다.

"꼬집어 말하기 어렵지. 아마도 트렌치 자매의 유명세가 애들리언 마르카토와 같은 인간을 끌어들이고, 마침내는 아파트 전체가 어떤 행위에 흥미가 남달리 강한 사람들의 일종의 '집합소 같은 것을 형성해 갔다'고 해석할 수 있을 것 같네. 그게 아니면 자장(磁場)이 나 전자 같은, 어떤 장소에 그야말로 나쁜 영향을 미치는 여러 가지 요인들에 대해 우리가 아직 잘 모르고 있는지도 모르지. 단, 이건 확실해. 브램퍼드는 결코 유별난 존재가 아니라는 것 말일세. 런던의 플레이드 거리에는 60년 동안에 각기 다른 살인 사건이 5건이나 발생한 건물이 있지. 이 5개의 사건 가운데 어느 하나도 서로 연관은 없었네. 살인범이나 피살자들도 연관이 없었거니와, 그 살인 사건 모두가 똑같은 '월장석'이라든가 '말타의 매'를 둘러싸고 발생한 것도 아니었어. 하지만 어쨌든 간에 60년 동안에 5건의 각기 다른 참혹한 살인 사건이 일어났네. 거리 쪽으로 난 상점 한 채와 위층이 아파트로 되어 있는 작은 건물은 1954년에 철거되고 말았어. 각별하거나 급한 용도가 있었던 것도 아닌데도. 그 뒤, 내가 알기로는 그 자리는 쭉 빈터로 남겨져 있다네."

로즈메리는 멜론을 스푼으로 조각을 냈다. "재수가 좋은 건물이라는 것도 있잖아요. 사는 사람이 대개 사랑을 하고 결혼을 해서 아이를 점지 받는 그런 집도."

"혹은 스타가 되기도 하고." 거이가 덧붙였다.

해치가 대답했다.

"있기야 있겠지. 단지 그런 건 소문이 퍼지지 않은 거겠지. 유명해지는 건 고약한 경우뿐이니까." 그는 로즈메리와 거이에게 웃음을 띠며 타이르듯이 말했다.

"자네들도 브램퍼드 대신에 어디 다른 곳을 찾아보는 것이 어떨까 몰라."

로즈메리는 멜론 조각을 담은 스푼을 입으로 가져가다가 멈췄다.

"정말로 말리고 싶은 모양이시네."

해치가 다시 말했다.

"여보게들, 난 오늘 저녁 매력적인 한 여성과 그럴듯한 데이트를 가질 예정이었어. 그런데 자네들을 만나 이 말을 전하고 싶은 생각에 귀중한 데이트도 날린 참이야. 진심으로 말리고 싶은 게 내 심정이고말고."

"그렇지만 말입니다, 해치……."

거이가 말끝을 흐렸다.

"난 말일세. 자네들이 브램퍼드에 입주하면 피아노에 뒤통수가 깨진다든가, 귀부인에게 잡혀 먹힌다든가, 혹은 돌로 굳혀질 거라고 말하는 게 아니라고. 난 단지 그런 내력이 있는 집이니, 집세가 싸다든가, 벽난로를 땔 수 있다든가 하는 좋은 조건과 함께 좀더 신중을 기해 보라는 거야. 불상사가 일어나는 우연이 월등히 높은 집이니 말일세. 무엇 때문에 일부러 위험 지구를 찾아갈 필요가 있냔 말일세. 만일 19세기풍의 격조가 매력이라면 대코다나 오즈본(둘 다 고풍스러운 맨션)에라도 입주하면 될 게 아냐?"

"대코다는 회원제고, 오즈본은 곧 철거된다는데요."

"좀 과장하시는 건 아닙니까, 해치?" 거이가 아내를 거들었다. "근래에도 무슨 끔찍한 사건이 있었던가요? 그 갓난아기 시체 외에 말입니다."

"지난해 겨울에는 엘리베이터 근무자가 살해되었지. 식사중에 할 이야기는 아니네만. 오늘 오후 도서관에서 〈타임스〉 신문의 색인을 조사해서 마이크로필름을 3시간쯤 들여다보았는데, 더 들어보겠나?"

로즈메리는 남편의 기색을 살폈다. 그는 포크를 내려놓고 입을 닦았다. "됐습니다, 그만하십시오. 그 밖에도 사건이 있었던 모양인데, 그렇다고 앞으로도 계속될 거라는 장담을 할 수는 없는 것 아니겠습니까? 브램퍼드가 다른 아파트보다 '위험 지구'라는 까닭을 이해하기 어렵습니다. 동전을 던져 계속 앞쪽이 나왔다고 해서 다음 다섯 번도 앞면이 나오리라는 보장은 없고, 그 동전이 다른 동전과 다르다는 주장도 통할 수 없잖겠습니까? 우연한 일, 그것뿐입니다."

로즈메리가 가세했다.

"정말 요상한 일이 계속됐다면 벌써 철거되었을 거 아니에요? 아까의 런던 건물처럼."

해치가 말했다.

"런던의 그 건물은 말일세. 그 집에서 마지막으로 살해된 사람이 주인 식구였거든. 하지만 브램퍼드는 이웃의 교회가 그 소유주이지."

거이가 담배에 불을 붙이며 말했다.

"그것 보십시오. 하느님의 가호가 있을 겁니다."

"그런데 그런 예가 없었던 걸 어쩌나?"

웨이터가 빈 접시를 챙겨갔다.

로즈메리가 입을 연다. "교회가 임자라는 건 몰랐네."

그 말에 거이가 아는 척했다. "그 일대 전부가 교회 거라고."

"와이오밍을 뒤져봤나? 같은 구내에 있는 걸로 아는데." 해치가 물었다.

로즈메리가 깐깐한 소리로 말했다. "해치, 그 근처는 이 잡듯 뒤져봤어요. 신축한 곳 말고는 깔끔한 정방형 방과, 엘리베이터 전부에 텔레비전 카메라가 있는 곳이라곤 한 군데도 없었어요, 단 한 군데도."

"그렇게 브램퍼드에 입주하고 싶은가?" 해치가 쓴웃음을 지었다.

"그래요." 로즈메리가 끊어 말하자 거이가 덧붙였다.

"달리 정한 곳이 있긴 했습니다만, 브램퍼드에 입주하기 위해 취소했습니다."

해치는 잠시 두 사람을 바라보다가 가슴을 펴서 의자의 등받이에 기대앉고는 손바닥으로 식탁 모서리를 누르며 입을 열었다.

"됐어. 참견은 그만두기로 하지. 쓸데없는 입방아를 찧고 말았군. 그 대견스러운 벽난로에는 장작을 듬뿍 지피게. 나는 문에 거는 빗장이라도 선물하고, 오늘을 끝으로 아무 말도 더 하지 않겠네. 용서하게나."

로즈메리가 활짝 웃으며 말했다.

"문에는 이미 빗장이 달려 있고, 문 사슬과 찾아온 손님을 살펴볼 수 있는 유리구멍도 뚫려 있어요."

"그래? 문단속을 잊지 마." 해치는 말을 이었다. "그리고 복도에서 얼굴을 마주칠 때마다 일일이 자기소개를 하며 인사하는 일도 없어야 해. 아이오와 주와는 다르니까."

"제 고향은 아이오와가 아니라 오마하예요."

웨이터가 메인 코스를 날라왔다.

다음 월요일 오후, 로즈메리와 거이는 브램퍼드에서 7E호의 2년간 임대계약서에 서명했다. 코데트 부인에게 1개월치 집세를 선불하고 보증금으로 다시 한 달치까지 모두 684달러의 수표를 건네주었다. 부인의 말로는 아파트는 주말까지 인수하기로 되어 있고, 도장공도 18일인 수요일에는 일을 시작할 테니, 원한다면 9월 1일 이전에 입주해도 상관없겠다는 것이었다.

그날 늦게, 먼젓번 입주자의 아들 마틴 가드니아에게서 전화가 왔다. 그리고 그들은 화요일 저녁 8시에 아파트에서 만나기로 약속을 했다.

그날 그 시각 마틴 가드니아가 기다리고 있었다. 나이 60을 갓 넘긴 키가 크고 활달한 남자였다. 그는 처분할 품목을 일일이 지목하고 그 값을 말했는데, 모두가 놓치고 싶지 않을 정도로 값이 헐했다. 로즈메리와 거이는 이마를 맞대고 상의를 거듭한 끝에 냉난방 장치 2대, 다리가 가는 자단(紫檀)으로 짠 경대, 거실의 페르시아 융단, 벽난로의 장작들, 열막이 병풍 및 둥근 의자 몇 개를 샀다.

가드니아 노파의 그 뚜껑을 여닫을 수 있는 골동품 책상은 팔 것이 아니라고 해서 그들은 실망이 컸다. 거이가 수표를 써주고 내 것이 된 물건에 푯말을 달고 있는 동안, 로즈메리는 아침 나절에 갖다 둔 줄자로 거실과 침실의 길이를 쟀다.

지난 3월에 거이는 〈별세계〉라는 텔레비전의 낮방송 막간극에 출연한 적이 있었다. 그 시리즈가 이번에 3일 간 방영되기에 앞으로 주말까지는 바쁘다. 로즈메리는 고교 시절부터 수집해온 스크랩북 한 권 분량의 장식 플랜 중에서 마음에 드는 것을 골라내어, 이 아파트에 적합할 것으로 생각되는 것을 둘 선정했다. 그것을 모델로 조안 제리코와 처음 뉴욕에 왔을 때에 공동생활을 했던 애틀란타 출신의 아가씨와 함께 가구를 보러 갔다. 조안이 어느 장식가의 명함을 갖고 있었던 덕택에 여러 종류의 도매점과 쇼룸에 들를 수가 있었다. 로즈메리는 이것저것 마음에 드는 것을 메모하고, 거이에게 보여줄 것은 간단히 스케치도 했다. 천과 벽지의 견본으로 어수선한 집으로 급히 돌아와 〈별세계〉에 나오는 남편을 지켜보고는, 부리나케 외출해서 저녁 찬거리를 샀다. 그날은 조각 강습회도 빠졌거니와 치과에 가는 약속도 헌신짝처럼 어겼다.

금요일 저녁부터 아파트는 그들의 것이 되었다. 드높기만 한 천장과 익숙지 않은 텅 빈 어둠 속으로 두 사람은 램프와 쇼핑 봉지를 들고 들어갔다. 깊숙이 안쪽으로부터 그들의 발소리가 메아리쳐 들려왔다. 둘은 냉방장치를 켜고, 페르시아 융단과, 벽난로와, 가는 다리를 한 그 화사한 경대를 황홀한 눈으로 바라보았다. 이어 부부용 목욕탕, 문 손잡이, 경첩, 마루, 레인지, 냉장고, 유리창, 그리고 창 밖의 전망도 꿈꾸듯 둘러보았다. 둘이서 융단 위에 앉아 참치 샌드위치와 맥주를 늘어놓고 피크닉 기분을 내기도 했다. 그리고 거이가 치수를 재고 로즈메리가 제도를 하여 방 4개의 배치도를 모두 작성했다.

대충 일을 끝낸 그들은 다시 융단 위로 돌아와 스탠드를 끄고는 나체가 되어, 커튼이 없어 여기저기 창으로부터 흘러들어오는 어스름 속에서 섹스를 했다.

"쉿!"

일이 끝났을 때 거이가 장난스러운 몸짓으로 손가락을 입에다 대고 소곤거렸다.

"들리지? 트렌치 자매가 사람을 뜯어먹는 소리가……."

그 말에 로즈메리가 약이 올라서 거이의 머리를 호되게 쥐어박았다.

다음날 둘은 소파, 킹 사이즈의 침대, 부엌에 놓을 식탁, 다리가 곡선을 이룬 의자 2개를 샀다. 그리고 콘 에드(조명기구 회사)와 전화공사, 여기저기 상점과 일꾼들에게 전화를 걸었다.

페인트 가게 직원들은 18일 수요일에 들이닥쳤다. 수선을 하고 때를 빼고, 초벌칠을 끝내고는 20일 금요일에 분명히 로즈메리가 제시했던 견본색대로 완성시켜 놓고 돌아갔다. 혼자 온 도배장이는 기세등등하게 불평을 늘어놓으면서 침실에 벽지를 발랐다.

두 사람은 여기저기 상점과 직공들, 그리고 몬트리올에 사는 거이의 어머니에게도 전화를 걸었다. 그러고 나서 대형 장롱과 식탁, 내친 김에 하이파이 전축 한 세트와, 유행하는 접시류며 은식기도 사들였다. 아낌 없이 돈을 쓴 것이다. 1964년에 거이는 '아나신' 광고 시리즈에 나갔었는데, 그것이 반복 방영되어 이미 1만 8,000달러를 벌어들인 데다가, 계속 수입이 있었던 것이다.

부부는 창마다 커튼을 걸고 시렁에는 종이를 발랐다. 침실 가득히 융단을 깔고, 복도에는 흰 리놀륨을 깔았다. 그리고 최신형 전화기도 설치했다. 청구서는 받는 대로 일일이 지불하고, 우체국에는 우편물 회송 의뢰도 해두었다.

8월 27일인 금요일에는 완전히 정리가 끝났다. 조와 딕 제리코 부부가 큰 화분을, 거이의 매니저는 아담한 분재를 보내주었다.

해치에게서 전보가 배달되었다.

'브램퍼드의 문 하나에 R.G. 우드하우스라는 문패가 달릴 때, 재난의 집에서 행복의 집으로 바뀔지어다.'

3

그날부터 로즈메리는 무척이나 분주하고 행복했다. 커튼을 사서 걸고, 거실 분위기에 맞는 빅토리아 풍의 유리제 램프를 찾아내어 사들였으며 냄비와 프라이팬을 부엌 벽에 걸었다.

로즈메리는 문득 현관 쪽 벽장 속에 세워져 있는 네댓 장의 판자를 보다가 그것은 벽장 칸막이 시렁일 것이라는 생각이 들었다. 예상한 대로 벽장 안 돌기에 판자를 올려보았더니 딱 들어맞았다. 로즈메리는 줄무늬진 면포를 그 판자에 발라서 끼워넣고는 거이가 귀가하자 잘 정돈된 벽장 속을 구경시켰다. 또한 6번 거리에서는 슈퍼마켓을, 55번로 모퉁이에서는 이불보와 거이의 와이셔츠를 맡길 만한, 중국인이 경영하는 세탁소도 알아두었다.

거이 역시 이웃 남편들처럼 바쁘게 매일 벌이를 나갔다. 근로감사의 날(9월 첫째 월요일)이 지나자 그의 성악 개인교사가 여행에서 돌아왔다. 거이는 매일 아침 이 교사의 지도를 받고, 오후에는 대개 드라마나 광고방송에 나가기 위한 청취력 테스트를 받았다.

아침 식탁에서 그는 신문의 연예란을 훑어보며 신경이 곤두섰다.

다른 동료들은 모두 〈마천루〉라든가, 〈시끄러워, 고양이 새끼!〉, 혹은 〈기묘한 세월〉이라든가, 〈무더운 7월〉 등에 출연해서 뉴욕을 떠나 있는데, 자기만 '아나신'의 광고방송 잔업에 매달려 있다는 것이 신경에 걸렸기 때문이다. 그러나 로즈메리는 곧 남편에게도 좋은 일감이 돌아올 것으로 믿고 있었다. 그래서 그녀는 살그머니 남편 앞에 커피 잔을 갖다놓고는 자기도 신문 한 장을 집어 아무 면이나 읽어 내려갔다.

아기 방으로 쓰기로 한 공간은 쥐색으로 변색된 벽과, 전에 살던 집에서 옮겨온 잡동사니로 당분간은 어수선할 수밖에 없었다. 오래지 않아 흰색과 황색의 벽지가 들어오면 몰라보게 달라질 것이다. 그런 다음에 《피카소스 피카소》(피카소의 작품집)에 나와 있는 거랑, 삭스 백화점 광고에 사진이 나와 있었던 베이비 서클과 아기 옷장을 멋지게 배열할 참이다.

로즈메리는 자신의 행복을 함께 나누고 싶어 오빠 브라이언에게 편지를 썼다. 다른 가족들은 시큰둥할 것이 뻔하다. 지금도 여전히 부모님과 형제들은 모두 적의를 품고 있다. 그녀의 가족은, 첫째로 그녀가 청교도와 결혼한 것이 못마땅하고, 둘째로 성직자의 입회 없이 혼례를 치렀다는 것이 못마땅하고, 셋째로 두 번이나 이혼한 경력에 지금은 캐나다에서 유태인과 살고 있는 로즈메리의 시어머니가 탐탁지 않은 것이다.

로즈메리는 거이를 위해서 닭 말렝고와 노란자 토나토를 만들고, 모카 조미료를 얹은 케이크와 접시에 가득히 버터 쿠키를 구웠다.

두 사람은 미니 캐스트베트와 만나기 전에 그녀의 말소리를 익히 들은 적이 있었다. 침실 벽 너머로 우악스러운 중서부 지방의 억양으로 이런 말이 들리곤 했었다. "로만, 자라니까요! 11시 20분이 넘었다고요!" 그리고 5분도 채 지나지 못해서 목소리가 다시 들렸다. "로만, 이리 올 때 루트비어(사르사 뿌리 등의 즙에 이스트를 첨가해 만든 음료. 알코올 성분이 거의 없다)를 조금 갖다 줄래요?"

"아직도 〈케틀 일가의 마마와 파파〉를 제작하고 있는 줄은 몰랐는걸." 거이의 말에 로즈메리는 웃기는 했으나 어리둥절했다. 그녀는 거이보다 아홉 살이나 아래여서인지 때로는 그의 말뜻이 곧장 와 닿지 않았다.

7F호의 골드 부부를 만났다. 상냥하긴해도 로즈메리 부부와는 상당히 차이가 나는 연배의 부부였다. 그리고 7C호의 독일 억양의 브룬 부부와 그 아들 월터와도 인사했다. 7G호의 켈록 부부, 7H호의 스타인 씨, 그리고 7B호의 뒤빈과 데 부아 씨와도 복도에서 마주쳐 인사를 나누었다. 로즈메리는 초인종이나 현관 앞 깔개 위에 주소가 겉으로 놓인 우편물을 통해 단시일 내에 7층 주민들의 이름을 알아냈다. 그들의 이름을 남몰래 훔쳐보는 것이 거림칙하지는 않았다. 7D호의 커프 부부는 모습을 볼 수 없거니와 우편물도 뜸한 것으로 미루어 아직 휴가에서 돌아오지 않은 모양이었다. 그리고 7A호 캐스트베트 부부는 "로만, 테리가 어디 갔죠!" 하는 등 말소리는 들렸지만 모습을 볼 수 없어서 은퇴한 노부부거나 사람들이 뜸한 시간대에 출입을 하는 것 같았다. 그들의 출입문은 엘리베이터 맞은편으로, 현관 앞의 깔개가 유난히 눈에 띄었다. 그 집에는 놀랄 만큼 많은 나라에서 항공우편이 온다. 스코틀랜드의 호윅, 프랑스의 란쥐악, 브라질의 비토리아, 오스트레일리아의 세스녹 등. 거기에다《룩》잡지와《라이프》잡지도 배달되었다.

트렌치 자매, 애들리언 마르카토, 케이스 케네디, 펄 에임스, 혹은 이들의 뒤를 이은 사람들이 들끓고 있었던 흔적은 아무데도 없었다. 뒤빈과 데 부아는 동성애자들이라는 소문이었지만, 다른 사람들은 더

할 나위 없이 평범한 시민 같았다.

거의 매일 밤 그 중서부 지방의 우악스러운 말소리가 들려왔다. 거이와 로즈메리가 곰곰이 생각해 보니 그럴 만도 했다. 원래는 한 구획이었던 것을 둘로 쪼개어 각기 하나의 아파트로 세를 놓았다고 하지 않던가. 그들의 아파트와 이웃한 캐스트베트 부부의 아파트와는 얇은 벽 하나로 나누어져 있는 것이다.

또 들린다.

"하지만 100퍼센트 확실하다는 건 있을 수가 없잖아요!" 여자의 목소리가 항의를 하고 나서도 계속되었다. "내 생각에 그 여자는 눈곱만치도 할 말이 없다고요. 이게 내 의견이에요."

어느 토요일 밤에는 캐스트베트 집 안에서 파티가 있었고, 열두어 명의 사람들이 떠들썩했다. 거이는 곧 곤하게 잠들어 버렸지만, 로즈메리는 2시가 지날 때까지 뜬눈으로 누워 단조롭고 노래 같지도 않은 노랫소리와 거기에 반주를 맞추는 플루트와 클라리넷 소음을 들었다.

나흘쯤 지나 로즈메리는 세탁을 하기 위해 지하실로 내려갔는데, 그때만은 해치의 염려를 생각해 내고 불안스러운 기분이 되었다. 우선 허드렛용 엘리베이터부터 못마땅했다. 엘리베이터는 좁아터진 구식으로, 난데없이 삐거덕거리고 진동이 심했다. 그리고 으스스한 지하실은 그전에는 방수 페인트가 칠해졌었던 것 같은 벽돌로 쌓은 통로가 여러 가닥으로 나 있었다. 그 깊숙이 안쪽에서 저벅저벅 발소리가 나고, 보이지 않은 문이 덜컹 닫히는가 하면, 철사망을 씌운 전구 아래 버려진 냉장고들이 여기저기 벽을 보고 서 있었다.

신문지에 쌓인 갓난아이의 시체가 불과 몇 년 전에 버려졌던 곳이 여기라는 생각이 머리를 스쳤다. 누구의 아기였을까? 그리고 어떻게 죽었을까? 누가 버렸을까? 그녀도 해치처럼 도서관에 가서 신문철을 뒤져 그때의 기사를 읽어볼까 생각했다. 하지만 그랬다간 더욱 생생하고 더더욱 두려울 것이다. 아기가 누워 있었던 정확한 장소를 알게 되어, 세탁실을 드나들 때마다 그 곁을 지나야 한다면 견딜 수 없는 일일 것이다. 모르는 일로 치는 것이 상책이라고 마음을 먹었다. '해치 아저씨는 쓸데없는 이야기를 들려줬지 뭐야!'

여하튼 세탁실은 감옥이라면 어울릴 곳이었다. 물기가 있는 벽돌벽, 철망을 씌운 전구들, 그리고 역시 철망으로 칸막이를 한 세탁장마다 깊숙이 낸 두 줄의 하수구. 동전을 넣으면 돌아가는 세탁기와 건조기가 있고, 겉에 자물쇠가 달린 세탁장 안에는 개인 소유의 세탁기가 들어 있었다. 로즈메리는 주말이 아닌 평일에는 5시 이후에 내려오기로 했다. 평일 오전에는 흑인 세탁부들이 떼 지어 다리미질을 하며 이야기꽃을 피우다가도 그녀가 나타나면 무슨 이방인인 양 일제히 입을 다물고 마는 것이다. 그녀는 미소를 지으며 애써 친근한 척했지만, 검은 여인네들은 말 한마디 나누려 하지 않았다. 그래서 로즈메리는 서먹해지고, 흑인을 보면 마음이 부담스러워지는 것이었다.

그녀와 거이가 브램퍼드로 이사 온 지 2주일을 넘긴 어느 날 오후 5시 15분경, 로즈메리가 세탁실 의자에 앉아 〈뉴욕 타임스〉를 훑어보며 헹굼 물에 섬유유연제를 넣을 때까지의 시간을 메우고 있느라니, 같은 나이 또래의 젊은 여자가 가까이 왔다. 검은 머리칼에 갸름한 얼굴의 여인이었는데 로즈메리는 그 순간 깜짝 놀랐다. 안나 마리아 앨바게티였다. 흰 샌들에 검은 쇼트팬츠를 입고, 살구색 실크 블라우스 옆구리에 노란 플라스틱 세탁 바구니를 끼고 있었다. 로즈메리에게 눈인사를 보낸 그녀는 곧장 빈 세탁기 쪽으로 가서 뚜껑을 열고 빨랫감을 넣었다.

로즈메리가 아는 한, 안나 마리아 앨바게티는 브램퍼드의 주민일 턱이 없었기에, 아마도 누군가를 방문해서 잡일을 도와주는 참일 것이라고 생각했다. 그러나 곧 그녀를 자세히 뜯어보고 나서는 다른 사람이라는 것을 알았다. 이 젊은 여인의 코는 조금 더 길고 끝도 뾰족하거니와 표정이나 몸놀림에도 어딘가 달라 보였다. 그렇기는 하지만 너무나 닮았다며 내심 감탄하면서 바라보자니, 그 여인 쪽에서도 세탁기에 물을 채우면서 약간은 조심스러운 미소를 머금고 이쪽을 보는 바람에 눈이 마주쳤다.

"안녕하세요?" 로즈메리는 인사를 건네고 나서 사과를 했다. "댁이 안나 마리아 앨바게티와 너무 닮아 빤히 쳐다봤지 뭡니까?……용서하세요."

여인은 얼굴을 살짝 붉히며 웃음을 머금은 채 눈을 아래로 깔며 말했다. "자주 그랬는걸요. 용서를 빌 것까지는 없어요. 예전부터 사람들은 저를 안나 마리아로 착각하기 일쑤랍니다. 제가 어릴 적부터지요. 그 무렵 그녀는 〈신랑이 오고 있다〉에 아역으로 처음 데뷔했었으니까요." 그런 이야기를 하며 로즈메리를 바라보는 그녀의 얼굴에는 붉은 기운이 남아 있었으나, 이미 미소는 걷힌 뒤였다. "저로서는 어디가 닮았다는 건지 통 모르겠어요."

"꼭 닮은 데가 있긴 있어요."

"그런 모양이지요. 모두들 그래요. 저는 그렇게 생각하지 않지만, 제 스스로도 닮았다고 자신을 가질 수 있다면 정말 좋겠어요. 안나 마리아와는 아는 사이인가요?"

"그렇지는 않아요……."

그녀는 수건으로 물기를 닦고는 다시 얼굴에 잔잔한 미소를 띠고서 다가와 손을 내밀었다. "나는 테리 지오노프리오. 철자 같은 건 물어보지 말아요."

로즈메리 역시 웃음을 띠면서 손을 마주잡았다. "난 로즈메리 우드하우스예요. 이 아파트에 입주한 지 얼마 안 돼요. 댁은 오래되셨나요?"

"나는 이곳 입주자라고는 할 수 없어요. 7층 캐스트베트 댁에 얹혀 사는 처지니까요, 지난 6월부터. 어머? 캐스트베트 내외분을 아시나 보죠?"

"인사드린 적은 없어요." 로즈메리가 설명했다. "우리 아파트는 바로 뒤쪽이에요. 원래는 하나였는데 둘로 나눴다더군요."

"어머! 그럼 댁이 그 할머니 아파트로 이사 온 부부시군요. 누구라고 했더라……, 그 돌아가신 할머니 말이에요."

"가드니아 부인."

"맞아요. 그 할머닌 캐스트베트 내외분과는 한때 아주 친하셨어요. 약초인가 하는 것을 키우신다고 했는데, 가끔 향신료로 쓸 만하다는 풀을 갖고 오시기도 했어요."

로즈메리가 고개를 까닥해 보였다. "그분의 아파트를 처음 구경했을 때, 방 하나에는 화분이 가득하더군요."

"그 할머니가 돌아가시고 나니까, 이번에는 캐스트베트 부인께서 부엌 한구석에 온실을 꾸미고 손수 몇 가지 식물들을 기르기 시작했어요."

"잠깐 실례하겠어요. 섬유유연제를 넣어야겠군요." 로즈메리는 의자에서 일어나 세탁기 위에 있던 세탁물 봉지에서 병을 꺼냈다.

"댁은 누굴 닮았는지 아세요?"

테리가 물었다.

"글쎄, 누굴까요?"

로즈메리는 병마개를 돌리면서 고개를 갸우뚱했다.

"파이파 롤리."

로즈메리가 소리내어 웃었다.

"어머, 별일도 다 봐! 댁에서 그런 말을 하니까 실토하지만, 우리 집 양반은 파이파 롤리가 결혼하기 전까지만 해도 자주 그 여배우와 데이트했다고 하더군요."
"정말? 할리우드에서 말인가요?"
"뉴욕에서도요." 로즈메리는 병마개에 섬유유연제를 따랐다. 테리가 세탁기 뚜껑을 열어주었기에 로즈메리는 고맙다는 말을 하고 섬유유연제를 부었다.
"배우신가요, 바깥어른이?"
로즈메리는 병마개를 닫으며 자랑스러운 듯 고개를 끄덕였다.
"그러시군요! 이름이 어떻게 되시나요?"
"거이 우드하우스. 〈루터〉와 〈아무도 앨버트로스를 사랑하지 않는다〉에 출연했고, 텔레비전에도 가끔 나간답니다."
"어머나! TV라면 하루 종일 보는걸요. 틀림없이 바깥양반을 화면에서 뵌 적이 있을 거예요."
이때 지하실의 어디에선가 유리가 박살나는 소리가 들렸다. 병이 떨어져 깨졌는지, 아니면 유리창일 것이다.
"웬 소리람."
테리가 움츠렸다.
로즈메리가 불안한 눈으로 세탁실 문 쪽을 바라보았다. "나, 이 세탁실 정나미 떨어져요."
"나도요. 둘이 있어서 다행이에요. 혼자였다면 기절했을 거예요."
"배달원 소년이 병이라도 떨어뜨렸겠죠."
"어때요, 우리 시간을 정해서 함께 내려오는 게? 댁 현관은 사무용 엘리베이터 옆이지요? 내가 초인종을 눌러 함께 와도 좋고, 서로 전화를 걸어도 좋아요."
"좋은 생각이에요. 나 역시 혼자 여기 오는 건 질색이라고요."
테리가 장난스러운 웃음을 짓더니 머뭇머뭇 입을 열었다. "제겐 부적이 있으니까 함께 있으면 그 효험을 나눌 수 있을 거예요." 그녀는 블라우스의 앞섶을 헤쳐, 목에 걸린 가는 은제 사슬을 끄집어내어 그 끝에 매달린 직경 2.5센티미터 남짓한, 역시 은철사로 정교하게 짠 동그란 용기를 보여주었다.

"예쁘네요, 정말."

로즈메리가 감탄했다.

"그렇죠? 일전에 캐스트베트 부인이 주셨어요. 300년이나 된 거래요. 부인은 이 안에 든 약초를 그 작은 온실에서 재배해요. 행운을 가져다 주는 약초라나요……. 어쨌든 해로울 건 없겠지요."

로즈메리는 그 부적이라는 것을 좀더 자세히 들여다보았다. 테리가 그것을 손가락으로 집어 가까이 내밀었다. 그 속에는 연한 녹색을 띤 밤색 스폰지가 가득 차 있었는데, 코를 찌르는 냄새에 로즈메리는 자기도 모르게 목을 움츠렸다.

테리가 또 웃음을 터뜨렸다.

"나도 이 냄새가 좋다고는 생각지 않아요. 효험이나 있으면 좋겠는데……."

"훌륭한 부적이에요. 난 이런 거 처음 봐요."

"유럽에서 가져온 거래요." 테리는 세탁기에 기대어 그 약합을 이리저리 굴리며 황홀한 눈으로 바라보았다. "캐스트베트 내외분은 세상에서 제일가는 좋은 분들이에요." 그녀는 뜻밖의 이야기를 했다. "나를 길거리에서 데려다 구해 주셨지요. 글자 그대로 구원의 손길을 뻗쳐주신 거예요. 실은 나는 8번 거리 사창가에서 서성거리는 여자였거든요. 그런데 그분들이 이리로 데려와서 부모처럼, 아니 친할아버지 할머니처럼 보살펴 주신 거랍니다."

"혹시 병이라도 들었었나요?"

"병이라면 병일 수도 있지요. 난 굶주림에 시달렸고, 마약에 중독

되었고, 지금 생각하면 입에 올리기도 부끄러운 별별 짓을 다 했으니까요. 그런 나를 캐스트베트 내외분께서 다시 태어나게 해주셨어요. 헤로인을 끊게 해주셨고, 먹을 건 물론 깨끗한 옷도 사주셨어요. 무엇 하나 부족한 게 없게끔 극진하시답니다. 갖가지 영양분에 비타민을 챙겨주시는가 하면 의사까지 오게 해 정기적으로 진단까지 받게 해주세요. 아이가 없는 탓인지……, 여하튼 내가 딸 노릇을 하고 있지요."

로즈메리가 크게 고개를 끄덕였다.

테리가 말했다.

"처음엔 어떤 저의가 있는 게 아닌가 의심했지요. 무슨 변태적인 섹스 같은 것을 시키려는 것이 아닌지 몸을 사리기도 했는데 천벌을 받아 마땅한 의심이었어요. 그런 기색은 눈곱만큼도 없는 끔찍하게 자상한 할머니, 할아버지셨어요. 머지않아 비서학교에도 보내주시겠다는데, 부담스러우면 벌어서 갚으라지 뭐예요. 난 고등학교 3학년까지 다닌 게 전부거든요."

그녀는 부적이라는 은제 약합을 블라우스 속 젖무덤 사이로 떨어뜨려 넣었다.

로즈메리가 말했다.

"속에도 없는 말을 하고, 남의 일에 말려들까 봐 겁을 내는 요즘 세상에 그런 분들이 있다는 건 듣기 좋은 일이네요."

"캐스트베트 내외분 같은 사람이 어디 흔하겠어요? 만일 그분들이 아니었다면 난 지금쯤은 엉망일 거예요. 그렇고말고요. 죽었거나 형무소가 고작이었겠지요."

"돌봐줄 친척은 없었나요?"

"해군에 오빠가 한 분 계시죠. 하지만 오빠 이야기는 하고 싶지 않아요."

로즈메리는 세탁이 끝난 빨래를 건조기에 옮겨놓고, 테리의 일이 끝나기를 기다렸다.

"아, 그 배우 기억나요! 바로 그분이 남편이라니!" 둘은 거이가 이따금 출연하는 〈별세계〉에서의 역할 이야기며, 이 아파트에 얽힌 과거의 음침한 이야기(테리는 아무것도 모르고 있었다), 임박한 로마 교황 바오로의 뉴욕 방문에 관한 것들을 화제에 올렸다. 테리는 로즈메리와 마찬가지로 가톨릭 교도였으나 이젠 그런 일에는 흥미가 없는 듯했다. 그러면서도 양키 스타디움에서 집전되는 교황의 미사에 참여할 수 있는 입장권을 꼭 손에 넣고 싶다는 말을 했다.

테리의 세탁과 건조가 끝나자, 두 여인은 함께 엘리베이터를 타고 7층으로 올라갔다. 안에 들렀다 가라는 로즈메리의 권유에 테리는 비 오는 날에나 들르겠다며 그냥 갔다. 캐스트베트 집의 저녁 식사는 6시였기에 지체할 수가 없었던 것이다. 테리는 곧 세탁을 함께 하기로 한 약속을 잊지 말라는 전화를 걸어왔다.

거이는 벌써 귀가해서 버터 플리츠 봉지를 끌어안고 쉴 새 없이 먹으면서 그레이스 켈리 주연의 영화를 보고 있었다. "저건 꽤 비싼 드레스일 거야." 그는 혼잣말을 했다.

로즈메리는 남편에게 테리와 캐스트베트 부부에 관한 이야기를 하고, 테리가 〈별세계〉에 나오는 것을 알고 있더라고 말했다. 그는 시큰둥한 표정이었으나 듣기 좋았던 것이 틀림없었다. 그는 그날 오후에 도널드 바움가르트라는 배우와 둘이서 한 배역을 놓고 신작 코미디의 한 역을 더블 캐스트로 대본을 읽었는데, 아무래도 그 역을 그에게 빼앗길 것 같다고 이맛살을 찌푸렸다.

"쳇! 예명이 도널드 바움가르트가 뭐야." 그는 이름에다 대고 화풀이를 했지만, 사실은 그도 지금의 이름으로 갈기 전에는 예명이 셔먼 피든이어서 별로 듣기 좋은 것은 아니었다.

로즈메리는 8시에 세탁물을 걷으러 갔다가 돌아오는 길에, 테리에게 거이를 만나보게도 하고 집 안도 구경시킬 생각으로 테리와 함께 방 안으로 들어섰다. 그녀는 거이를 보자마자 얼굴이 홍당무가 되어 어쩔 줄을 몰라했다. 거이는 괜히 기분이 좋아서 아첨 섞인 말을 꺼내기도 하고 재떨이를 갖다놓는다, 성냥을 켜준다 부산을 떨었다.

테리로서는 로즈메리네 아파트 안을 구경하기란 처음이었다. 그렇게 사이가 좋았던 가드니아 부인과 캐스트베트 부부는 테리가 오게 된 뒤 오래지 않아 사이가 틀어져서 왕래가 끊어졌고, 그러고 나서 곧 노파는 세상을 떴던 것이다.

"아주 멋지네요."

테리가 감탄을 했다.

"이제부터예요. 아직 반도 꾸미지 못한걸요."

로즈메리가 대꾸했다.

"맞아!" 거이가 테리를 빤히 쳐다보고 손뼉을 치며 말했다. "안나 마리아 앨바게티와 꼭 닮았어."

4

해치가 보내는 선물이 백화점에서 배달되었다. 속이 깊은 티크재 아이스 바스켓인데, 안쪽은 선명한 오렌지색이었다. 로즈메리는 곧 그에게 전화를 걸어 고맙다고 했다. 그는 한참 페인트칠을 할 때 한 번 다녀가긴 했으나, 그녀와 거이가 이사를 하고 나서는 와본 적이 없었다. 그녀는 의자 따위 집기가 1주일은 늦어지고 있으며, 소파는 여간해서 한 달 내에는 들어올 것 같지 않다는 둥, 그래서 아직 어수선하다는 말을 했다.

"그만! 아직 손님을 청할 생각은 하지 말아. 그래, 뭐 별다른 일은?" 해치가 물었다.

로즈메리는 행복에 겹다는 투로 세세한 일을 여러 가지 이야기했다. "그리고 이웃 사람들도 유별난 사람은 없어요. 단, 호모 같은 흔해빠진 비정상형은 빼고요. 여기에도 한 쌍 살고 있거든요. 그리고 복도 건너편에 골드라는 인자한 노부부가 사시는데 펜실베이니아에도 집이 있어, 그곳에서는 페르시아 고양이를 기르신다나요. 원하면 언제라도 한 마리 주시겠대요."

"똥 칠 생각을 해야지." 해치가 쐐기를 박았다.

"그리고 아직 만나보지는 못했지만, 마약 중독에 걸린 아가씨를 양녀삼아 갱생의 길을 걷게 한 내외분도 계세요. 그 아가씨와는 인사를 했는데, 이제 새사람이 되어 곧 비서학교에 간대요."

"마치 《서니브르쿠 농장》(게이티 위킨스의 낙원을 묘사한 소설)에라도 들어가 사는 격이군. 그만하니 다행이다."

"하지만 지하실은 그렇지도 않아요. 거기에 내려갈 때마다 아저씨가 원망스러워요."

"그건 또 왜?"

"아저씨의 이야기 때문이죠."

"내 작품 얘기라면 나 자신도 저주스럽지만, 그 집에 얽힌 옛 이야기라면 화재경보나 태풍예보를 원망하는 것과 마찬가지니 내 탓으로만 돌리진 마라."

로즈메리는 곧 기분을 돌렸다.

"하지만 이젠 겁날 것도 없어요. 아까 이야기한 아가씨와 함께 세탁하러 내려가기로 했으니까요."

"일전에 전보로 말했던 것처럼 착한 너의 입주로 감화되어서 그런지 그 아파트도 이제 더 이상 공포의 집이 아닐 것 같구나. 그럼, 잘 지내 거라. 거이에게 안부 전해 주고."

7D호 커프 가족의 모습을 볼 수 있게 되었다. 30대 후반의 건장한 부부로, 2살 난 질문 덩어리 리자라는 딸아이를 두고 있었다. "아줌마는 누구야?" 리자가 유모차 안에서 빤히 쳐다보며 물었다. "달걀은 먹었어? 캡틴 크랜치도 먹고?"

"난 로즈메리란다. 달걀은 먹었지만, 캡틴 크랜치는 처음 들어보는데. 혹시 어느 배 선장 이름 아니니?"

9월 17일 금요일 밤, 로즈메리와 거이는 두 쌍의 부부와 함께 〈달리 부인〉이라는 연극 전야제에 참석했다가, 디 배티론이라는 사진사가 48번로에 있는 그의 스튜디오에서 여는 파티에 들렀다. 거이와 배티론 사이에 외국인 배우 고용을 억제하는 배우형평법에 관한 정책을 둘러싸고 의견에 충돌——거이는 억제해야 한다고 주장했고, 배티론은 한사코 잘못된 정책이라고 우겼다——이 생겨 다른 참석자들이 농담과 가십으로 서먹서먹한 분위기를 메우려 했으나 거이는 기분을 잡쳐 12시 반이 지나 곧 아내를 데리고 파티장을 나오고 말았다.

온화하고 기분 좋은 밤이었기에 두 사람은 걷기로 했다. 불빛이 거의 다 꺼진 브램퍼드의 거대하고 검은 덩어리에 가까이 갔을 때, 아파트 앞에 가까이 주차해 있는 차 한 대를 둘러싸고 20여 명의 사람들이 웅성거리고 있는 것이 눈에 띄었다. 그리고 경찰차가 지붕 위의 붉은 라이트를 빙글빙글 돌리면서 그 앞뒤에 서 있었다.

로즈메리와 거이는 걸음을 재촉하여 다가갔다. 신경이 곤두섰다. 지나가던 차들이 무슨 일인지 궁금해서 속도를 줄였고, 브램퍼드의 여기저기 창에 불이 켜지며 창문이 열리고, 홈통을 장식한 괴물의 머리와 나란히 여러 사람의 얼굴이 아래를 내려다보았다. 야간근무를 하는 현관 수위 토비가 낙타색 모포를 들고 나오자, 경관이 뒤돌아보고 그것을 받았다.

폴크스바겐의 지붕이 움푹 패이고 앞 유리가 산산조각이 나 있었다.

"죽었어……."

누군가가 말했다.

다른 목소리가 말한다.

"문득 위를 보니 무슨 큰 새 같은 것이 곤두박질치는 것 같았어요, 먹이를 향해 내려앉는 독수리같이."

로즈메리와 거이는 발꿈치를 들어 사람들 어깨 너머로 안을 들여다보았다. "비켜요, 비켜!" 경관이 소리치자 앞을 가로막았던 스포츠 셔츠의 등이 비켜섰다. 보도 위에 테리가 누워 있었다. 한쪽 눈으로 허공을 바라보고, 얼굴의 반쪽은 붉게 문드러져 있었다. 낙타색 모포가 그녀를 펄렁 덮었다. 시체를 덮은 모포의 한 모서리가, 곧 이어 여기저기 검붉게 물들어갔다.

로즈메리는 눈을 감고 등을 돌리며 자신도 모르게 십자가를 그었다. 금세라도 토할 것 같아 입을 꼭 다물었다.

거이는 얼굴을 일그러뜨리고는 뒷걸음쳤다. 꽉 다문 이 사이로 숨을 들이마시며 신음하듯 중얼거렸다.

"이게 어찌된 거야. 너무 처참하군."

"뒤로 물러나시오."

경관 하나가 말했다.

"아는 사람입니다."

거이가 경관을 마주보았다.

그 말에 다른 경관이 물었다.

"이름을 아십니까?"

"테리."

"테리? 성은?"

그 경관은 40살 전후로 보였는데, 땀을 흘리고 있었다. 눈이 푸르고 깨끗했고 검은 눈썹이 짙었다.

"여보, 성이 뭐랬더라. 테리 뭐지?"

거이가 아내를 돌아다보며 물었다.

로즈메리는 눈을 뜨고 생침을 꿀꺽 삼켰다.

"기억이 잘 안 나요. 이탈리아 어 G로 시작되는데……, 좀 길어요. 그녀가 철자가 복잡하니 알 거 없다고 농담을 했었어요."

거이가 푸른 눈의 경관에게 말했다.

"캐스트베트 씨 댁의 동거인입니다. 7층 A호."

"그건 알고 있습니다."

경관이 대꾸했다.

다른 경관이 노란색 편지지를 한 장 들고 왔다. 그 등 뒤에 관리인 미크러스 씨가 줄무늬 파자마 위에 레인코트를 걸치고 입을 씰룩거리며 따라 나왔다.

"몸집은 작지만 예쁜 아가씨인데……." 그 경관이 그렇게 중얼거리며 푸른 눈에게 노란 종이를 건네주었다. "날아가지 않게 창틀에 테이프로 붙여 놨더군."

"거기엔 누가 없던가?"

상대방이 고개를 흔들었다.

푸른 눈의 경관은 사려깊게 종이 조각에 적힌 내용을 읽고는, "테레사 지오노프리오" 하고 혼잣말을 했다. 이탈리아 사람이나 하기 쉬운 발음이었다. 로즈메리가 고개를 끄덕였다.

거이가 깊은 숨을 몰아쉬었다.

"수요일에 만났을 때는 염세적인 구석이라고는 전혀 느낄 수 없었는데……."

"세상을 비관한 게 틀림없습니다."

경관이 홀더를 펼치며 말했다. 홀더에 그 노란 편지지를 끼워 넣긴 했으나 닫고 보니 한쪽이 약간 삐져나왔다.

"아는 사이였던가요?"

미크러스 씨가 로즈메리에게 물었다.

"며칠 전에요."

"아, 참 그렇군요. 댁도 7층이셨지."

거이가 로즈메리의 팔을 잡아당겼다.

"여보, 올라갑시다."

경관이 황급히 물었다.

"혹시 캐스트베트라는 사람의 행선지를 모르십니까?"

"전혀, 아직 만난 적도 없습니다."

거이가 말했다.

"대개 이 시간엔 집에 계실 텐데. 벽 너머로 말소리가 들려 알고 있어요. 우리 침실과 벽 하나 사이거든요."

로즈메리가 말했다.

거이가 로즈메리의 어깨에 팔을 둘렀다.

"자, 그럼."

두 사람은 경관과 미크러스 씨에게 가볍게 눈인사를 하고 아파트 쪽으로 걸음을 옮겼다.

그때 미크러스 씨가 소리쳤다. "저기들 오십니다!"

로즈메리와 거이가 걸음을 멈추고 뒤돌아보았다. 두 사람이 왔던 아랫동네 쪽에서 키가 크고 어깨가 넓은 백발의 여인과, 역시 키는 크지만 호리호리한 체격에 다리를 약간 저는 노신사가 걸어 올라오고 있었다. "캐스트베트 부부신가요?" 로즈메리의 질문에 미크러스 씨가 고개를 끄덕였다.

캐스트베트 부인은 밝은 청색 옷을 입고 있었다. 게다가 장갑과 핸드백, 그리고 구두와 모자는 순백색 차림이었다. 마치 간호사처럼 남편의 팔을 잡아 부축하고 있었다. 캐스트베트 씨는 천의 견본 철에나 나올 것 같은 마직의 엷은 윗도리에 붉은 바지, 핑크색 나비넥타이, 거기에 역시 핑크색 리본이 달린 회색 중절모 차림이었다. 밤눈에도 아주 화사해 보였다. 나이는 75살쯤? 아니, 더 들어보였다. 부인은 68~69살 정도로 보였다. 두 노인은 친근해 보이면서도 장난기가 섞인 미소를 띠며 가까이 왔다.

경관이 그들 앞으로 다가서자 미소가 일그러지며 이내 사라졌다. 부인이 무엇인가 말을 하려고 입을 쫑긋거렸다. 캐스트베트 씨는 미간을 찌푸리며 고개를 흔들었다. 그의 크고 엷은 입술은 마치 루즈를 바른 것처럼 로즈 핑크색이었다. 볼은 핏기가 없이 파리했고, 작고 깊어 보이는 눈은 반짝였다. 부인의 코는 크고, 유난히 두터운 아랫입술은 아래로 쳐져 있었다. 산뜻한 진주 귀걸이 뒤로 늘어뜨린 가는 사슬을 맨 안경테도 역시 핑크색이었다.

경관이 물었다. "7층 캐스트베트 씨가 맞습니까?"

"그렇소." 캐스트베트 씨는 들릴까 말까 한 소리로 대답했다.

"댁에 테레사 지오노프리오라는 아가씨가 살고 있지요?"

"그렇소. 무슨 일이 있습니까? 사고라도?"

"언짢은 일입니다. 너무 놀라지 마십시오." 경관은 노부부를 번갈아 쳐다보고는 엄지손가락으로 어깨 너머를 가리켰다. "죽었습니다. 자살이지요. 창에서 뛰어내려 차 위로 떨어졌습니다."

노부부는 마치 경관의 말을 하나도 알아듣지 못한 것처럼 전혀 표정을 바꾸지 않은 채 빤히 경관을 바라보았다. 그러자 부인이, "쓸데없는 소리!"라고 하더니 그 우악스러운 중서부 투로 말했다. "로만, 루트 비어 갖다 줘요. 잘못 알았을 거예요, 딴 사람을……."

푸른 눈의 경관이 부인에게서 눈을 떼지 않은 채 부하에게 지시를 내렸다.

"애디, 수고스럽지만 이분들에게 시신을 보여주게."

캐스트베트 부인이 얼굴에 경련을 일으키며 앞으로 나섰다.

캐스트베트 씨는 그 자리에 남은 채 혼잣말처럼 중얼거렸다.

"언제고 이런 일이 있을 줄 알았지."

그러고는 경관을 보고 투덜거렸다.

"그 애는 3주일마다 심한 우울증에 빠지곤 했다오. 내가 그걸 알고 집사람에게 이야기를 했지만, 할망구는 매번 웃어넘기기가 일쑤였다오. 고집불통이어서, 만사가 자기 생각대로 안 되는 게 있다는 걸 인정하려 들지 않았어요."

부인이 등을 돌렸다.

"그렇다고 그 애가 자살을 하다니. 그 애는 행복했으니까 자살할 까닭이 없어요. 틀림없이 사고일 거예요. 창 밖을 닦다가 실수를 한 게 틀림없다고요. 늘 청소를 하거나 뭘 해서, 우리를 기쁘게 해주려고 한 아이니까."

"밤중에 창을 닦을 리가 없어." 캐스트베트 씨가 말했다.

"왜요? 그 애의 성질을 몰라서 하는 말이에요?" 부인이 언성을 높이며 대들었다.

경관이 노란 종이를 홀더에서 빼내어 내밀었다.

캐스트베트 부인이 엉거주춤 그것을 받아들고는 거꾸로 된 것을 바로잡고 읽었다. 부인의 어깨 너머로 캐스트베트 씨도 그것을 들여다보았다. 글귀를 따라 입술이 움직였다.

"이건 그 여자의 필적이 맞습니까?"

경관이 물었다.

부인이 고개를 끄덕였고, 캐스트베트 씨가 확인을 해주었다.

"틀림없습니다."

경관이 손을 내밀자 캐스트베트 부인이 그걸 돌려주었다. 경관이 말했다.

"수고하셨습니다. 일이 끝나면 돌려 드리겠습니다."

부인은 안경을 벗어 사슬째 덜렁 떨어뜨리고는 흰 장갑을 낀 손가락으로 얼굴을 가렸다. "믿을 수 없어. 도저히 믿기지 않아요. 그렇게 행복해했는데…… 어두운 시절은 이제 다 지나갔는데……." 캐스트베트 씨가 부인의 어깨에 손을 얹으며 고개를 설레설레 흔들었다.

"혹시 친척의 이름이라도 아십니까?"

푸른 눈의 경관이 물었다.

"아무도 없어요." 부인이 대꾸했다. "천애 고아였지요. 돌볼 사람이라고는 우리밖에……."

"오빠가 있다던데요?"

로즈메리의 말에 캐스트베트 부인이 안경을 고쳐 쓰며 그녀를 바라보았다. 깊숙이 팬 눈이 넓은 모자의 챙 저쪽에서 반짝 빛을 발했다.

"그래요?"

경관이 로즈메리 쪽으로 돌아섰다.

"그렇게 알고 있습니다. 해군에 있다더군요."

로즈메리가 대답했다.

경관이 다시 캐스트베트 부부에게 눈을 돌렸다.

"처음 듣는 이야기네요." 부인의 말에 캐스트베트 씨도 거들었다. "우리로서는 금시초문입니다."

경관이 다시 로즈메리에게 질문했다.

"계급이라든가, 소속부대를 아십니까?"

"그건 몰라요." 로즈메리는 이렇게 경관에게 말하고, 노인들을 향해 인사를 했다. "일전에 세탁실에서 만났는데 오빠에 관한 이야기를 잠시 해주더군요. 저는, 로즈메리 우드하우스라고 합니다."

"기분을 이해합니다, 부인." 로즈메리가 말을 이었다. "테리는 아주 행복해 보였어요. 미래에 대한 희망에도 부풀어 있었고요. 두 분에 대해서는 세상에 둘도 없는 인자한 분들이라고 말하더군요. 그리고 은혜에 감사해했습니다."

"고마워요."

캐스트베트 부인이 말하자, 캐스트베트 씨도 감사를 표했다.

"그렇게 말해 주니 기쁘군요. 덕분에 좀 마음이 가벼워집니다."

경관이 다시 물었다.

"오빠라는 사람이 해군에 있다는 것밖에 아무것도 들은 게 없다는 겁니까?"

"들은 게 없어요. 오빠와는 왕래가 없었던 것 같아요."

"찾아내기가 별로 어려울 건 없겠구먼. 지오노프리오란 극히 드문 성이니까 말이오."

캐스트베트 씨가 말했다.

거이가 다시 아내의 어깨에 팔을 올려놓았다. 두 사람은 아파트로 걸어가며 노인에게 위로의 인사를 했다.

"뭐라고 말씀드려야 할지……."

로즈메리의 말에 거이가 꼬리를 달았다.

"정말 안됐습니다."

캐스트베트 부인이 "고마워요" 하며 고개를 까닥했고, 캐스트베트 씨는 긴 말을 시근덕거리며 늘어놓았으나 그 중에서 '그 애의 마지막 나날'이라는 말밖에는 들리지 않았다.

두 사람은 엘리베이터를 탔다.

"이거야 원!" 하고 엘리베이터 야근 직원 디에고가 혀를 찼다.

"이거야, 정말!"

부부는 저주받은 7A호의 현관 쪽을 언짢은 마음으로 바라보며 집으로 이어지는 복도로 꺾어들었다. 7G호의 켈록 씨가 문틈으로 내다보며 아래에서 무슨 일이 일어났느냐고 물었다. 사건의 내용을 이야기해 주었다.

부부는 침대 모서리에 기대앉아 테리가 자살한 이유를 이것저것 생각해 보았다. 만약 언제라도 캐스트베트 부부가 노란 유서의 내용을 알려주기만 한다면, 방금 목격한 거나 다름없는 처참한 죽음으로 테리를 몰고 간 이유를 알아낼 수 있을지도 모른다는 생각이 두 사람의 머릿속에 자리잡았다. 하지만 그 내용을 안다 해도 충분한 해답을 얻기란 그리 쉽지 않을 것이다. 테리 자신도 모르는 부분이 있었을 테니까. 거이는 신중을 기했다. 무엇인가가 그녀를 마약중독으로 내몰고, 그녀로 하여금 죽음으로 몰아세웠던 것이다. 그게 도대체 무엇인가? 이젠 때를 놓쳐 아무도 모른다.

"해치 아저씨의 말 기억해요?" 로즈메리가 물었다. "이곳은 다른 곳보다 자살이 많다는 이야기 말이에요."

"아, 로. 그런 건 엉터리야. 그 '위험 지구'라는 얘기 말이야."

"해치 아저씨는 믿고 있어요."

"미신 같은 거라니까."

"해치 아저씨가 이 사건을 아시면 어떤 말을 할지 짐작이 가요."

"이야기하지 마. 신문에서 읽을 염려는 당분간 없을 테니까."

이날 아침 시작된 뉴욕 시의 신문사 데모는 앞으로 한 달 이상은 끌 것 같다는 소문이었다.

두 사람은 옷을 벗고 샤워를 한 다음, 하다 만 글자 맞추기 게임을 하다가 중도에 다시 집어치우고는 섹스를 했다. 그것이 끝나자 냉장고에서 우유와 차가운 스파게티를 한 접시 갖다가 먹어치웠다. 2시

반에 불을 끄려던 참에 거이가 갑자기 생각났는지 매니저에게 전화를 해서 클레스카 블랑카 양조회사의 라디오 광고방송 일이 성사되었다는 것을 알았다.

거이는 곧 잠들었지만, 로즈메리는 남편 곁에 누운 채 말똥말똥 잠이 오지 않았다. 테리의 문드러진 한쪽 얼굴과 허공을 바라보던 눈이 머리에서 떠나지 않았다.

그러다가 어느덧 그녀는 잠들었고 성모 마리아 학원에 있을 때의 꿈을 꾸었다. 애그니스 수녀가 그녀에게 주먹을 휘두르며, 2층의 감독반장 자격을 박탈하겠다고 소리질렀다.

"너 같은 애가 어떻게 반장이 됐는지 모르겠어!"

그때 벽 저쪽을 두드리는 소리에 그녀는 잠을 깼다. 캐스트베트 부인의 말소리가 들렸다. "로라 루이즈가 말했다는 건 이야기할 필요 없어요. 나에게는 흥미가 없으니까!" 로즈메리는 돌아누우면서 베개에 얼굴을 파묻었다.

애그니스 수녀는 머리끝까지 화가 치밀어 있었다. 그녀의 돼지 같은 눈이 길게 옆으로 째지고, 그럴 때의 버릇으로 콧구멍에서 씩씩 소리가 났다. 로즈메리 때문에 창문을 모조리 벽돌로 쌓아올릴 필요가 생긴 사건이 일어나, 마침내 성모 마리아 학원이 월드 헤럴드 신문 주최의 아름다운 학원 콘테스트에서 실격당해 버리고 만 것이다.

"당신이 내 말만 들었어도 이런 일은 없었다고요!" 애그니스 수녀가 악을 썼다.

"처음부터 모두 다시 시작하는 건 아니란 말이오. 출발 준비는 완전히 되어 있었는데……." 마이크 씨가 수녀를 달래려고 했다. 그는 성모 마리아 학원의 교장으로, 학원은 통로로 사우드 오마하의 그의 창녀촌과 연결되어 있었다. "그 계집애에게는 사전에 아무 말도 하지 말라고 했잖아요." 애그니스 수녀가 목소리를 낮추었다. 그러면서 로즈메리를 노려보는 그의 돼지 같은 눈이 미움으로 날카롭게 빛났다.

"베로니카 수녀는 융통성이 없으니까 사후 승낙을 받는 게 낫다고 했는데도……." 로즈메리는 베로니카 수녀에게 창이 벽돌로 봉해진다는 것을 이야기해 버렸고, 베로니카 수녀가 학원으로 하여금 콘테스트 참가를 포기하게 한 것이다. 그렇지 않으면 아무도 눈치채지 못했을 것이며, 이 학원은 우승했을 것이었다. 그렇지만 애그니스 수녀는 정직한 게 좋은 거라고 말했다. 가톨릭 계통의 학교가 속임수를 써서 우승한다는 건 말이 안 된다며.

"누구든." 애그니스 수녀가 말했다. "여자는 젊고 건강하기만 하다면 처녀가 아니더라도 상관없다고. 빈민굴 출신이라고 해서 마약중독의 닳고 단 창녀가 되는 건 아니지. 입학할 때 이런 말을 하지 않았던가? 누구라도 젊고 건강하기만 하면 처녀가 아니더라도……." 도무지 무슨 말인지 알아들을 수가 없었다. 마이크 씨도 마찬가지였다.

이때 로즈메리가 누워서 몸을 뒤척이자 시간은 어느새 일요일 오후가 되어 있었고, 그녀와 브라이언과 에디와 진이 올페엄 극장의 캔디바에 앉아 있었다. 곧 〈마천루〉의 게리 쿠퍼와 페트리셔 닐을 보러 들어갈 참이었는데, 더구나 그것은 영화가 아니라 실제 연기였다.

5

다음날 월요일 아침, 로즈메리가 한 아름이나 사들인 식료품 정리를 막 끝내고 있을 즈음 현관 초인종이 울렸다. 문구멍으로 내다보니 캐스트베트 부인이 와 있었다. 컬 클립을 끼운 백발의 머리에 푸르스름한 스카프를 하고, 마치 여권용 사진이라도 찍으려고 카메라의 셔터 소리를 기다리는 것처럼 고개를 꼿꼿이 들고 서 있었다.

"안녕하세요."

로즈메리는 급히 문을 열고 인사를 했다.

캐스트베트 부인은 울적한 표정으로 간신히 미소를 띠었다.

"덕택에……. 잠시 들어가도 될까 모르겠수……."

"그럼요, 어서 들어오세요."

로즈메리는 벽 쪽으로 비켜서며 문을 활짝 열었다. 부인이 들어서자 희미한 냄새가 코를 찔렀다. 테리가 갖고 있었던 행운의 부적, 그 스폰지 상태의 녹색을 띤 밤색 약초를 채운 은제 약합 냄새다. 캐스트베트 부인은 트레어들 팬츠를 입고 있었는데, 그건 도저히 봐주기 힘들었다. 부인의 히프와 뒤룩뒤룩한 장딴지는 켜를 이루어 덜렁거리는 기름덩어리였다. 팬츠는 청자색, 블라우스는 푸른색인데, 엉덩이에 붙은 주머니에서는 드라이버 끝이 삐죽 머리를 내밀고 있었다. 거실과 부엌 중간쯤에서 걸음을 멈춘 부인은 뒤를 돌아다보며 사슬이 달린 안경을 쓰면서 밑도 끝도 없이 싱긋 웃었다.

문득 로즈메리 머릿속에 일전에 꿈속에서 본 애그니스 수녀가 창을 벽돌로 봉하게 된 것이 내 탓이라고 노발대발하던 장면이 떠올랐다. 그녀는 그런 환상을 떨쳐버리며 공손한 태도로 막 입을 열려는 부인을 바라보았다.

캐스트베트 부인이 말문을 열었다.

"고맙다는 말을 전하려고 들렀다우. 그날 밤에는 아주 고마운 말을 해주었지 뭐유. 불쌍한 테리가 우리에게 그토록 고마워하더라는 말을 그런 충격적인 판국에 댁이 전해 준 게 얼마나 위안이 됐는지……. 그렇지 않아도 우린 혹시 그 애가 우리한테 실망이 커서 그런 일을 저지른 건 아닌지 제 발이 저리던 참이었다우. 물론 그 애 스스로 그런 끔찍한 일을 저질렀다는 게 유서로 밝혀지기는 했지만 말이유. 어쨌거나 테리가 죽기 전에 그런 마음을 털어놓았었다는 사실을 제3자를 통해서 여러 사람들 앞에서 증언받은 게 여간 다행한 일이 아니지 뭐유."

"별말씀을…… 없는 소리를 했나요, 어디."

캐스트베트 부인이 말했다.

"그게 그렇게 쉬운 일이 아니랍니다. 대부분의 사람들은 쓸데없는 일에 말려들기 싫다고 입을 다무는 게 보통이거든요. 새댁도 좀더 나이가 들면 알게 되겠지만, 남의 칭찬을 털어놓고 말하기란 좀처럼 어려운 일이라우. 그래서 더욱 고맙지 뭐유. 로만도 감사하고 있어요. 아, 로만은 우리 집 바깥양반이에요."

로즈메리는 가볍게 허리를 구부리고 방끗 웃었다.

"천만에요. 위로가 되셨다니 다행입니다."

"그 애는 어제 장례식을 치르지 않고 화장으로 끝냈다우. 그게 그 애의 희망이기도 했고……. 이렇게 된 이상 모든 걸 단념하고 꿋꿋이 살아가는 수밖에 더 있겠수? 얼마 동안은 마음이 쓰리겠지만. 우리에겐 자식이 없어서 그 애가 크게 위안이 됐었는데. 참, 댁에는 아이가 있수?"

"없어요, 아직."

캐스트베트 부인은 부엌을 들여다보았다.

"어머나, 잘도 꾸미셨네. 냄비를 저런 식으로 걸어놓고, 식탁의 배치도 재미있어요."

"잡지에 나온 걸 흉내 낸 거예요."

"페인트 색조도 잘 어울려요." 캐스트베트 부인은 문설주를 매만지며 감탄했다. "관리실에서 해주었을 리는 만무하고……. 혹시 일꾼에게 팁을 듬뿍 준 건 아니유? 우리 집엔 이런 마무리가 없었지 뭐유."

"한 사람당 5달러씩 선심 썼어요."

"어머나, 그렇게 적은 돈으로!" 캐스트베트 부인은 걸음을 옮겨 거실을 들여다보았다. "좋군요. 텔레비전 놓는 곳인가요?"

"임시예요. 물론 제 생각이지만요. 앞으론 아기 방으로 쓸 생각이지요."

"임신을 했나요?"

"아직은요. 만사가 안정되면 생각해 볼까 해요."

"좋은 생각이구려. 젊고 건강하니까 애기를 많이 낳겠수."

"셋은 둘까 해요. 다른 방도 둘러보시겠어요?"

"그럽시다. 어떻게 달라졌는지 흥미가 생기지 뭐유. 전에 여러 번 와 봐서 더욱 그렇구려. 이 집의 전주인과는 각별했거든."

로즈메리는 앞장서서 안내했다.

"알고 있어요. 테리에게 들어 친하셨다는 건 알고 있습니다."

캐스트베트 부인이 뒤를 따르며 말을 이었다.

"어머나, 그랬어요? 당신들은 세탁실에서 자주 이야기꽃을 피웠던 모양이구려!"

"아뇨, 한 번뿐이었어요."

거실을 들여다보고 캐스트베트 부인이 호들갑을 떨었다.

"어머나! 이렇게 달라질 수가……. 딴 집처럼 밝아졌지 뭐유. 그리고 저 의자, 아주 훌륭한데!"

"금요일에 막 배달되었답니다."

"저런 의자, 얼마나 해요?"

로즈메리는 당혹감을 느꼈다.

"얼마였더라……, 200달러쯤인 것 같네요."

캐스트베트 부인이 자기의 코를 가리키며 말했다.

"미주알고주알 캐낸다고 언짢게 생각지 말아요. 극성맞아서 코가 크다우."

로즈메리가 웃으며 말했다.

"어머, 조금도 염려 마세요."

캐스트베트 부인은 거실, 침실, 욕실 등을 보고 다니며, 융단과 경대를 가드니아 부인의 아들이 얼마에 팔았는지, 머리맡 스탠드는 어디에 놓을 생각인지, 로즈메리의 진짜 나이는 몇 살인지, 전기 칫솔은 정말 옛날 것보다 편리한지 등등 질문에 질문을 거듭했다. 어느 면에서 로즈메리는 쩌렁쩌렁한 목청으로 스스럼없이 질문하는 이 할머니가 굉장히 시원시원하고 편안하게 느껴져 함께 얘기하는 것이 점점 즐거워졌다. 꼭 그래서는 아니지만 커피와 케이크를 대접하기로 했다.

캐스트베트 부인은 수프나 굴 통조림의 값을 별다른 이유도 없이 확인하면서 부엌 식탁에 앉더니 "바깥양반은 뭘 하는 분이셔?" 하고 물었다. 로즈메리는 종이 냅킨을 접으면서 배우라고 대답했다.

부인이 무릎을 탁 쳤다. "역시 그렇군요! 어제 로만에게도 말했다우. 잘생긴 얼굴로 보아 배우가 틀림없을 거라고. 이 아파트에도 배우가 네댓 명 살고 있어요. 그래, 어떤 영화에 출연하지요?"

"영화가 아니에요. 〈루터〉나 〈아무도 앨버트로스를 사랑하지 않는다〉 같은 연극을 해요. 요즘엔 텔레비전과 라디오에도 가끔."

캐스트베트 부인은 자기 때문에 거실을 어질러서는 안 된다고 부엌에서 커피를 마시고 케이크를 먹었다.

"이봐요, 로즈메리." 부인은 케이크 한 조각을 입에 넣으며 정색을 했다. "5센티 두께의 등심으로 비프스테이크를 구우려고 막 냉동실에서 꺼내어 녹이고 있는 중이라우. 그런데 로만과 나 두 늙은이가 먹기에는 너무 많지 뭐유. 그러니 오늘 저녁 바깥양반과 함께 식사하러 오지 않으시려우? 어때요?"

"어머, 그럴 수야……."

"뭐가 어때?"

"폐가 될 텐데……."

"와주면 정말 고맙겠는데……." 캐스트베트 부인은 무릎 위로 시선을 떨어뜨렸다가 이내 고개를 들어 억지로 미소를 지어 보였다. "우리 집엔 늘 친구들이 놀러 와 주었는데, 테리의 일이 있었던 날 밤부터는 우리 늙은이 단둘뿐이지 뭐유."

로즈메리는 순간 측은한 마음이 들어, "정말 폐가 안 된다면" 하고 반승낙을 했다.

"폐라니? 당치도 않아요. 나, 너무 멋대로 구는 거 아닌지 모르겠네. 나는 외곬으로 고집불통이거든."

로즈메리는 빙그레 웃으며 고개를 설레설레 흔들었다.

"테리는 그런 얘기는 하지 않던데요."

캐스트베트 부인은 만족스러운 기색으로 말했다.

"그야……, 그 애는 날 속속들이 알 수는 없었을 테니까."

"일단 거이와 상의는 해야겠습니다만, 이의는 없을 거예요."

부인이 기쁜 듯 말했다.

"이 할망구는 거절당하는 건 질색이라고 바깥양반에게 말해 줘요. 댁의 남편과 아는 사이라는 걸 모두에게 자랑하고 싶다고요."

두 여인은 케이크와 커피 잔을 사이에 두고 배우라는 직업의 재미와 불확실성, 새로 시작된 무미건조한 텔레비전 프로와 신문의 동맹파업 등에 관해서 이야기를 주고받았다.

"6시 반이면 너무 이를까 몰라?"

현관에서 캐스트베트 부인이 물었다.

"괜찮아요."

"그보다 늦으면 로만이 싫어한답니다. 그 양반 위가 나빠서 식사가 늦으면 잠을 제대로 못 자요. 우리 집은 잘 아시죠? 7A호 잊지 말아요. 6시 반. 기다릴게요. 어머, 편지가 와 있네. 내가 집어 드릴게. 광고우편이군. 아무것도 안 오는 것보다 낫지."

거이는 2시 반에 시무룩한 표정으로 집에 왔다. 염려한 대로 도널드 바움가르트라는 묘한 예명의 배우가 근소한 평점 차로 역을 맡게 되었다는 통고를 매니저에게서 받았다는 것이다. 로즈메리는 남편에게 키스해 주고 새 안락의자에 앉게 한 다음, 녹인 치즈 샌드위치와 맥주 1병을 갖다 주었다.

그녀도 그 연극 대본을 대충 읽어보았으나 별로 재미있다고는 생각지 않았었다. 어차피 지방 공연으로나 쫓겨나, 다시는 도널드 바움가르트라는 이름은 듣지 않게 될 것이라고 거이를 위로했다.

"하지만 그건 두드러진 역할인걸, 두고 보라고. 그 친구 인기가 오를 테니까."

거이는 샌드위치의 모서리를 들춰 안에 무엇이 들어 있나 살펴보고는 다시 눌러 먹기 시작했다.

"아침 나절에 캐스트베트 부인이 오셨어요. 테리가 고맙게 생각하더라는 말을 해줘서 감사하다고요. 실은 집구경이 목적이었는지는 모르지만. 정말 그렇게 호기심 많은 분 처음이에요. 닥치는 대로 물건 값을 물어봐요."

"그래?"

"스스로도 겸연쩍었는지 성가신 할망구라는 걸 인정하니까 우습기도 해서 얄밉지는 않더군요. 그분, 약상자까지 열어봤어요."

"저런!"

"게다가 무얼 입고 있었는지 알아맞혀 보세요."

"X가 세 개 달린 헐렁한 옷이었겠지."

"트레어들 팬츠."

"트레어들 팬츠?"

"엷은 초록색."

"별나군."

들창과 들창 사이의 마룻바닥에 쪼그리고 앉아, 로즈메리는 밤색 종이에 크레용과 자로 선을 긋고는 창틀의 폭을 쟀다. "오늘 저녁 식사를 함께 하자더군요." 로즈메리는 일손을 멈추고 거이를 바라보았다. "당신에게 물어봐야 되지만, 가게 될 거라고 말했는데."

"싫은걸, 별로 기분이 내키지 않아. 당신도 그럴 텐데."

"그분들 적적한가 봐요, 테리 때문에."

"여보, 저런 노인네들과 터놓고 지내다간 성가셔서 어쩌려고 그래. 더구나 같은 층이라 하루에도 대여섯 번 초인종을 누를 텐데. 게다가 극성맞은 할망구라며?"

"반대는 하지 않을 거라고 했는데, 어쩐담."

"물어보고 대답하겠다고 그러지 그랬어."

"그럴 걸 그랬네……. 꼭 와줘야 한다기에……."

로즈메리의 표정이 침울해졌다.

"어쨌거나 오늘밤은 '케틀 일가의 마마와 파파'에게 효도할 기분이 아닌걸. 미안하지만 부인에게 전화해서 가기 어렵겠다고 말해 봐요."

"좋아요, 그러죠."

그렇게 말하며 로즈메리는 크레용을 자에 대고 죽 선을 그었다.

거이가 샌드위치를 말끔히 먹어치웠다.

"그런 일로 부어 있을 건 없어."

"나 화 안 났어요. 이웃 좋다는 게 뭔지는 몰라도 당신 말이 맞아요. 부어 있을 것까지는 없으니까 안심하세요."

"칫! 갑시다."

"왜요? 갈 거 없다고요. 캐스트베트 부인이 오기 전에 저녁거리는 장만해 두었으니 걱정할 거 없어요."

"가자니까."

"당신이 싫으면 안 가도 된다니까요. 괜히 하는 말 아니에요?"

"가요, 그것도 적선이 되니까."

"좋아요, 당신 생각이 그렇다면. 단, 이번뿐이며 이런 초대가 꼬리를 이어져서는 난처하다는 걸 분명히 해둡시다. 그럼, 됐죠?"

"됐소."

6

6시 반을 2, 3분 지났을 때, 로즈메리와 거이는 집을 나와 짙은 녹색 복도를 지나 캐스트베트 씨 댁 현관 앞에 섰다. 거이가 막 초인종을 눌렀을 때에 등 뒤 엘리베이터가 드르륵 열리며, 뒤빈 씨인지 데부아 씨인지(어느 쪽인지 구별이 안 갔다)가 세탁소의 비닐 봉지에 든 양복을 안고 걸어 나왔다. 그는 씽긋 웃고, 이웃한 7B호의 현관문을 열쇠를 돌려 열면서, "혹시 번지수를 잘못 찾은 건 아닙니까?" 하고 농담을 걸었다. 로즈메리와 거이는 그가 소리내어 웃으며 문 저쪽으로 들어가는 것을 지켜보았다. 안쪽의 검은 사이드 보드와 붉은색과 금색의 벽지가 눈에 들어왔다.

캐스트베트 댁의 문이 열리고 캐스트베트 부인이 모습을 드러냈다. 분을 바르고, 루주를 칠하고, 밝은 그린색 실크 드레스에 허리에는 핑크색 에이프런을 걸친 차림으로 얼굴 가득히 미소를 머금고 있었다.

"때맞추어 잘들 오셨구먼. 자, 들어와요. 로만이 셰이커로 워커 브러시를 만들고 있는 참이라우. 와주셔서 정말 반가워요, 거이. 모두에게 당신과 친하다는 걸 자랑할 거요. '이 접시로 식사를 했지, 거이 우드하우스 그 양반 말이오!' 라고 말이우. 댁이 식사를 끝내도 접시는 닦지 않은 채 보관할 거요."

거이와 로즈메리는 마주보고 웃었다. '굉장한 이웃을 두었군!'이라고 하는 듯 거이가 눈을 찡긋했고, 로즈메리가 '이걸 어쩐담!' 하는 눈빛으로 쳐다봤다.

복도에 들어서자 넓은 홀이 있고, 거기에는 네모난 식탁이, 그리고 그 위에 자수 놓인 흰 식탁보가 덮여 있었다. 식탁보 위에는 크고 작은 접시와 정교한 장식의 은식기가 즐비했다. 홀 왼쪽으로는 거실이 이어져 있었는데, 그것은 그들의 거실보다 2배는 되어 보였지만, 다른 구조는 비슷했다. 들창은 작은 것을 둘 내는 대신에 큰 것이 하나 나 있었으며, 소용돌이 모양을 한, 핑크색 대리석 맨틀피스가 있었다.

가구의 배치는 묘했다. 벽난로 한쪽에 긴 의자와 램프 테이블 및 몇 개의 의자가 놓여 있고, 반대쪽으로는 사무실처럼 서류함과 신문이 산더미처럼 쌓인 브리지 테이블과, 책으로 꽉 들어찬 책장과, 철제 탁자 위에 놓인 타이프라이터 등으로 어수선했다. 그리고 벽과 벽 사이에는 빈틈없이 밤색 융단이 깔려 있는데, 푹신한 것이 보기에도 새것이며, 진공청소기가 지나간 자국이 완연했다. 또한 거실 한복판에는 꾸어다놓은 보릿자루처럼 작은 원탁이 하나 달랑 놓여 있는데, 거기에는 〈라이프〉, 〈룩〉, 〈사이언티픽 아메리칸〉 등의 잡지가 널려 있었다.

캐스트베트 부인이 그 밤색 융단을 가로질러 두 사람을 안내하더니 그들을 긴 의자에 앉게 했다. 부부가 의자에 앉기가 무섭게 캐스트베트 씨가 양손에 작은 쟁반을 들고 다가왔다. 쟁반에는 4개의 칵테일 잔에 맑은 핑크빛 액체가 넘쳐흘렀다. 잔의 넘실거리는 모서리를 지켜보면서 그가 융단 위를 종종걸음으로 오는 모양은 마치 한 발 한 발, 나락으로라도 떨어지는 것처럼 조심스러워 보였다.

"잔에 너무 가득 채웠는걸. 아니, 그대로들 앉아 있어요. 늘 바텐더 이상으로 알맞게 따를 줄 알면서도 그만……. 안 그렇소, 미니?"

"융단을 조심해요."

캐스트베트 부인이 말했다.

캐스트베트 씨가 오면서 말했다.

"하지만 오늘 저녁엔 좀 과다하게 만들었나 봐. 남기기도 뭣하고……. 그냥 앉아들 계시라니까! 자, 부인부터 먼저."

로즈메리는 잔을 들고 감사하다는 인사를 하고는 다시 앉았다. 캐스트베트 부인이 부리나케 그녀의 무릎 위에 종이 냅킨을 놓아주었다.

"자, 바깥양반도 한 잔. 워커 브러시입니다. 들어 본 적이 있으시죠?"

"아니, 없습니다."

거이가 잔 하나를 들면서 말했다.

"미니." 캐스트베트 씨가 아내에게 쟁반을 내밀었다.

"맛있어 보이네요."

로즈메리는 잔 밑을 닦으면서 생기 있게 웃었다.

"오스트레일리아에서는 아주 인기 있는 음료수랍니다."

캐스트베트 씨는 그렇게 자랑을 하며 마지막 남은 잔을 로즈메리와 거이를 향해 높이 들었다.

"손님들을 환영하는 뜻에서!"

그는 워커 브러시를 한 모금 입에 넣고는 거기에 고인 맛을 음미하는 듯 스르르 눈을 감았다. 그 바람에 쟁반이 기울어지자 액체가 융단 위로 넘쳤다.

캐스트베트 부인이 한 모금 마시다가 기겁을 했다. "융단이! 캑……." 사래가 들린 모양이다.

"이런!" 캐스트베트 씨가 그제야 눈을 크게 뜨고는 엉거주춤거리며 당황해했다.

캐스트베트 부인은 잔을 옆에 놓고는 황급히 무릎을 꿇고 젖은 곳에 종이 냅킨을 댔다. "이 새 융단에…… 이 신품 융단에 이럴 수가! 당신은 어지간히도 멍청하시우."

여하튼 워커 브러시라는 것은 신 맛이 감도는 게 입에 당겼다.

"고향이 오스트레일리아신가요?"

로즈메리가 물었다. 융단을 닦고 쟁반은 싱크대 쪽으로 치우고 나서, 캐스트베트 부부가 등받이가 꼿꼿한 의자에 막 자리를 잡은 참이었다.

"아니, 그렇지는 않소." 캐스트베트 씨가 대답했다. "나는 이 뉴욕 출신이랍니다. 오스트레일리아에 갔었던 적은 있었습니다만. 세계 도처 안 가본 데가 없답니다." 그는 포개어 꼬은 다리 위에 한쪽 손을 올려놓고, 워커 브러시를 찔끔 마셨다. 그는 모서리에 장식을 한 검은 실내화에 통이 좁은 회색 바지, 흰 재킷에 청색과 금색 줄무늬가 쳐진 폭넓은 넥타이를 하고 있었다. "모든 대륙, 모든 도시……, 어디라도 지적해 보시오. 다 가본 데니까. 자, 어디?"

"알래스카의 페어뱅크스는요?"

거이가 물었다.

"가보고말고." 캐스트베트 씨가 가슴을 내밀었다. "알래스카 어디고 발길이 미치지 않은 곳이 없어요. 페어뱅크스는 물론이고 주노, 앵커리지, 놈, 슈어드, 1938년에 알래스카에서 4개월 보내고, 극동을 이곳저곳 드나드는 도중에 자주 페어뱅크스와 앵커리지에 들러 하루 이틀 묵곤 했다오. 그보다 작은 읍에도 가봤지, 디링검이라든가 애클라크 등."

"댁들은 고향이 어디시우?"

캐스트베트 부인이 드레스 앞가슴의 주름을 펴면서 물었다.
"저는 오하마, 거이는 볼티모어입니다."
"오하마? 좋은 고장이지요. 볼티모어도 그렇고."
캐스트베트 씨가 말을 받았다.
"사업상 여행을 하셨나요?"
로즈메리가 물었다.
"사업과 유람을 겸한 거였지요. 지금은 79살이 되었소만, 난 10살 때부터 역마살이 끼어 사방을 돌아다녔다오. 어디고 물어봐요, 다 가봤으니까."
"어떤 사업이었습니까?"
거이가 궁금했던 모양이다.
"돈이 되는 거라면 뭐든지. 모직물, 설탕, 완구, 기계 부품, 해상 보험, 기름……."
부엌에서 벨이 울렸다. "비프스테이크가 다 익었나 보군." 캐스트베트 부인이 잔을 든 채 일어섰다. "급히 마실 건 없어요. 식탁으로 갖고 오면 되니까. 로만, 당신은 약을 드시고."

"10월 3일에 끝날 거요." 캐스트베트 씨가 말했다. "로마 교황이 오는 하루 전이지. 교황은 신문사가 파업중인 도시는 결코 방문하는 일이 없답니다."
"그래요. 스트라이크가 끝날 때까지 방문이 연기된다는 말, 텔레비전에서 들었다우." 캐스트베트 부인이 말했다.
거이가 싱끗 웃으며 말했다. "역시 쇼니까요."
캐스트베트 부부가 거이의 익살에 소리내어 웃었고, 로즈메리도 웃음을 씹으며 고깃점에 나이프를 댔다. 좀 지나치게 구워져서 버석거리는 것 같았다. 콩과 매시트 포테이토에 녹말을 섞어 반죽이 된 육수를 얹었다.
"맞습니다! 쇼나 다를 게 없어요."
웃음을 그치지 못한 채 캐스트베트 씨가 맞장구를 쳤다.
"그것뿐이 아닙니다."
거이가 덧붙여 말했다.
"의상, 의식…… 어느 종교나 마찬가지여서 가톨릭만 그런 게 아닙니다. 무지한 자를 위한 눈요기지요."
캐스트베트 부인이 가로막았다.
"로즈메리가 언짢아하겠네."
로즈메리가 고개를 흔들었다.
"어머, 괜찮아요. 지금은 불가지론자인걸요. 기분 상할 것 조금도 없어요, 정말."
"여봐요, 거이. 당신도 불가지론자요?"
캐스트베트 씨가 물었다.
"그렇다고 해야지요. 달리 갖다 붙일 데가 없군요. 다시 말해 어차피 절대적인 논증은 불가능하다는 말입니다. 안 그렇습니까?"
"맞아, 불가능하지."
캐스트베트 씨가 고개를 끄덕였다.
캐스트베트 부인이 로즈메리의 표정을 살피면서 말했다.
"아까 거이가 로마 교황에 관해서 농담을 하니까 눈살을 찌푸리던걸?"
"그분은 로마 교황이시니까요. 교황을 존경하도록 교육받아 그런가 봐요. 지금은 그분을 신성불가침의 존재로 생각지 않아요."
캐스트베트 씨가 말했다.
"그를 신성한 존재로 생각지 않는다면, 조금도 존경할 필요가 없다오. 하기야 그는 사람들을 기만하고, 신성한 시늉을 하고 쏘다니니까."
"옳으신 말씀입니다."
거이가 말했다.
"의상이나 보석에 얼마나 많은 돈을 쓰는지……."
캐스트베트 부인이 말끝을 흐렸다.
"조직된 종교의 그늘에 숨은 위선자의 적절한 모습이 〈루터〉에 묘사되어 있다고 생각하는데……. 당신 거기에서 주연을 맡은 적이 있지요, 거이?"
"저요? 아뇨."
"앨버트 피니의 대역이 아니었소?"
"아뇨, 비난드를 연기한 사람이 대역이었습니다. 저는 보다 작은 두 역을 맡았을 뿐입니다."
"이상한걸?" 캐스트베트 씨가 고개를 갸우뚱했다. "분명히 당신이 대역이었다고 생각했는데. 당신의 어느 한 연기가 마음에 들어, 어떤 배우인가 싶어 프로그램을 살펴본 기억이 나는구려. 그것이 내 기억엔 틀림없이 당신의 이름이 앨버트 피니의 대역으로 나와 있었소……."
"어떤 연기였는데요?"
"분명하게 기억은 못하지만, 당신의 한 동작이……."
"루터가 발작을 일으켰을 때 저는 늘 양팔로 어떤 동작을 취하긴 했습니다. 저도 모르게 나오는 일종의 본능적인 연기지요."
"그래, 맞아." 캐스트베트 씨가 말했다. "그거요, 내가 말하는 것이. 그건 그 역할에 진실성을 부여하는 굉장한 효과가 있지요. 이렇게 말하면 어떨지 모르지만, 피니 씨가 하던 연기와는 대조적이었소."
"그만해 두십시오."

"그의 연기는 상당히 과대평가 된 거라고 생각해요. 당신이 그 역을 맡았다면 어떤 식으로 소화했는지 볼 만했을 텐데."

"어쨌든 두 사람 모두 대단한 출세를 했더군요" 거이가 웃으며 힐끔 아내를 돌아보았다. 그녀는 거이가 만족해 있는 것이 즐거워 미소를 지어 보였다. '세틀 일가의 마마와 파파'와 쓸데없는 말장난으로 하룻밤 날렸다고 불평을 들을 일은 없을 성싶었다. 참, 세틀 일가가 아니라 케틀 일가였지.

캐스트베트 씨가 말을 꺼냈다. "내 선친께서는 실은 초창기 연극의 연출자였다오. 그래서 내 어린 시절은 피스크 부인과 포브스 로버트슨, 오티스 스키너와 모제스카와 같은 배우와 함께 지낸 거나 다를 바 없었기에, 배우에게는 단순한 능력 이상의 것이 요구된다는 걸 알게 되었소. 당신은 아주 재미있는 내면적인 소질을 갖고 있어요, 거이. 그걸 당신이 하는 텔레비전 일에서도 엿볼 만하니, 당신은 상당히 발전할 수 있을 겁니다. 단, 어떠한 자질의 배우라도 어느 정도는 좌우되게 마련인 '기회'라는 것을 잘 잡아야 하지만 말이오. 그래, 지금 손을 대고 있는 작품이라도 있소?"

"2개 정도 눈독을 들이고는 있습니다만."

"당신이라면 어렵지 않을 텐데……."

"그게 그렇지가 않습니다."

캐스트베트 씨는 똑바로 거이의 눈을 들여다보았다.

"농담이시겠지."

디저트는 집에서 만든 보스턴 스타일의 크림 파이였는데, 오히려 비프스테이크나 야채 요리보다 맛이 있었지만, 로즈메리는 느끼한 단맛이 마음에 들지 않았다. 하지만 거이는 침이 마르도록 파이에 대해 칭찬을 하고는 한 접시 더 달라고 했다. 아마 그런 것도 일종의 연극일 거라고 로즈메리는 생각했다. 아첨의 답례로는 아첨 같은 것이 제격일 테니까.

식사가 끝나자 로즈메리는 설거지를 거들겠다고 자청했다. 캐스트베트 부인은 즉석에서 제의를 받아들여 여자 둘은 식탁을 치우고, 남자들은 거실로 자리를 옮겼다.

홀 안쪽 깊숙이 자리잡은 주방은 좁은 편이었는데, 테리가 이야기했던 소형 온실 때문에 더욱 비좁았다. 온실은 길이가 91센티미터쯤의 길이로 한쪽 창가에 놓인 크고 흰 테이블 위에 거위 목처럼 구부러진 스탠드가 여러 개 설치되어 있어, 각기 밝은 전구가 유리 우산 속에서 반사되어 유리는 투명하다기보다는 눈이 부실 정도의 백색으로 비쳤다. 나머지 공간에는 싱크대, 가스레인지, 냉장고 등이 빈틈없이 들어찼고, 사방 벽에는 선반이 달려 있었다. 부인 곁에서 접시를 닦는 로즈메리는 자기 집 부엌이 보다 넓고 설비도 잘되어 있다는 만족감에 젖어 부지런히 손을 놀렸다.

"테리가 저 온실에 관해 이야기하더군요."

"아, 그러던가요? 취미로서는 좋다우. 댁에서도 해보시지."

"파나 고추를 심을 채소밭을 갖는 게 소원이에요, 물론 교외에. 만일 거이가 영화에 주로 나가게 되면 내침 김에 할리우드가 있는 로스앤젤레스에 가 살고 싶어요. 전 시골 출신이거든요."

"친정은 식구가 많으신가?"

"네, 오빠가 셋, 언니가 둘. 제가 막내죠."

"위로 언니들은 결혼들을 했고?"

"네, 모두요."

캐스트베트 부인은 세제를 묻힌 스폰지로 잔 안팎을 문지르며 또 물었다.

"아이는?"

"언니 하나는 아이가 둘, 다른 언니는 자그마치 넷이에요. 그것도 제가 집을 나올 때의 숫자니까, 지금은 셋과 다섯이 돼 있는지도 모를 일이네요."

"그건 댁으로서는 길조로구먼." 캐스트베트 부인은 같은 잔을 물에 헹구며 말했다. 그녀의 설거지 솜씨는 느리지만 철저했다. "언니들이 아기 부자라면 새댁도 그럴 가능성이 크다고. 혈통이라는 게 있으니까."

로즈메리는 행주질을 하면서 말했다. "맞아요. 우린 다산계가 틀림없어요. 오빠인 에디는 아이가 여덟이나 되는데, 나이는 겨우 26살이랍니다."

"저런! 놀라라."

캐스트베트 부인은 눈이 휘둥그레지며 헹군 잔을 로즈메리에게 건네주었다.

"전부 합치면 조카가 20명이나 되지 뭐예요. 그 절반은 만나보지도 못했지만."

"가끔 친정에 가보지 않아?"

"안 가요. 오빠 한 분만 빼놓고 식구들과 원만치 못한 편이에요. 모두가 저를 검은 새끼 양(이단자) 취급을 하거든요."

"그건 또 왜?"

"거이가 가톨릭이 아닌 것과, 교회에서 결혼하지 않았기 때문이죠."

캐스트베트 부인이 혀를 찼다.

"종교를 고집한다는 건 딱한 일이지. 하지만 그래서 손해 보는 건 저쪽이지 새댁이 아니니까 내버려두구려."

"말은 쉽지만 행하기는 어려워요. 이젠 제가 닦을 테니 행주질을 하세요."

로즈메리는 잔을 시렁에 올려놓았다.

"아니, 괜찮수."

로즈메리는 부엌문 쪽을 바라보았다. 거실 한 모서리의 테이블과 책장밖에 보이지 않았다. 거이와 캐스트베트 씨는 저쪽에 앉아 있는 모양이다. 푸른 담배 연기가 흐르고 있다.

"여봐요, 로즈메리."

그녀가 고개를 돌리자, 캐스트베트 부인이 웃는 얼굴에 녹색 고무장갑을 낀 손으로 젖은 접시를 내밀고 있었다.

접시와 냄비와 은식기를 치우는 데 1시간쯤 걸렸다. 혼자 했다면 반시간이면 족했을 거라고 로즈메리는 생각했다. 그녀와 캐스트베트 부인이 주방에서 나와 거실로 가보니, 거이와 캐스트베트 씨는 긴 의자에 마주앉아 있었다. 캐스트베트 씨는 손바닥을 펴들고 둘째손가락으로 꼭꼭 찍으며, 조목조목 씹어 삼키듯 이야기하고 있었다.

"이봐요, 로만. 입에 밴 모제스카(미국에서 유명한 폴란드 출신의 여배우) 이야기로 거이를 진력나게 하지 마세요. 예의바른 사람이기에 참고 듣고 있을 뿐이니까."

"그렇지 않습니다, 부인. 재미있습니다."

"그것 보라니까."

캐스트베트 씨가 눈을 치켜떴다.

"미니라고 불러줘요. 나는 미니, 바깥양반은 로만. 아셨수?"

캐스트베트 부인이 거이에게 말했다.

거이가 웃으며 말했다.

"그러지요, 미니."

그들은 골드 부부, 브룬 부부, 뒤빈과 데 부아 씨 등에 관한 소문을 이야기했다. 사이공의 민간 병원에 입원중임이 판명된 테리의 해군 오빠에 관한 이야기도 했다. 그리고 캐스트베트 씨는 워렌 보고서(케네디 대통령 암살 사건 보고서)를 혹평한 책을 읽고 있는 중이어서, 케네디 암살 사건도 화제에 올랐다. 로즈메리는 등받이가 꼿꼿한 의자에 앉아서, 마치 캐스트베트 씨가 남편의 오랜 친구이고, 자기는 막 소개를 받은 것 같은 소외된 기분을 느꼈다.

"부인은 그 사건이 치밀한 음모에 의한 것이라고 생각지는 않습니까?" 캐스트베트 씨가 로즈메리에게 고개를 돌리고 물었다. 집주인으로서 신경을 써서 소외된 손님을 대화에 끌어들이려는 것이다. 그녀는 이제 가봐야겠다고 생각하며, 캐스트베트 부인이 권하는 대로 화장실로 갔다. 거기에는 '손님용'이라고 인쇄된 꽃무늬의 종이 수건과, 별반 우습지도 않은 《우스운 이야기——남성 전용》이라는 책이 비치되어 있었다.

그들은 10시 반에 자리를 떴다.

"안녕히 주무십시오, 로만. 잘 먹었습니다, 미니."

그들은 인사를 하고는 진지하게 악수를 나누며, 처음 생각과는 달리 이런 식으로 가끔 식사를 함께 하자는 묵계 같은 걸 해버리고 말았다. 로즈메리 쪽으로서는 이건 완전한 실패작이었다. 첫 번째 모서리를 돌아서며 문이 닫히는 소리를 듣고 그녀는 휴 하고 숨을 몰아쉬었다. 거이 역시 그러는 것을 보자 그녀는 빙그레 웃었다.

"여봐요, 로만. 입에 밴 모제스카 이야기로 거이를 진력나게 하지 말아요. 킥킥……."

거이가 낄낄대며 눈썹을 우스꽝스럽게 움직여 캐스트베트 부인의 흉내를 냈다. 로즈메리는 웃음을 머금은 채 남편의 팔에 매달려, "조용!" 하고 소곤거리고는 고양이 걸음으로 자기 집 문까지 달려갔다. 열쇠를 넣고 문을 열고 들어가, 빗장을 지르고 쇠사슬까지 걸었다. 그러자 거이는 가공의 바윗덩이를 세 개나 밀어붙이고, 가공의 잔교를 들어올리는 시늉을 하고는, 이마를 닦고 숨을 몰아쉬는 연기를 했다. 이를 보고 로즈메리는 허리를 잡고 대굴대굴 구르며 자지러지게 웃었다.

"그 비프스테이크 말이야."

거이가 말했다.

"파이는 어떻고요. 용케도 2조각이나 드시더군요. 그런 파이 정말 처음이에요."

"초인적인 용기와 자기희생적 행위지. 난 스스로에게 이렇게 말했지. '오오, 신이여! 이 할머니의 생애에 단 한 번이라도 더 달라고 빈 접시를 내민 사람이 있었나이까?' 말하자면 적선을 한 셈이지." 그는 호들갑스럽게 손을 흔들었다. "나 다시금 그 숭고한 충동을 느끼도다!"

두 사람은 침실로 갔다.

"부인은 약초와 향신료를 재배하고 있더군요. 더 이상 자라지 않으면 창 밖으로 내던진 데요."

"쉿! 벽에도 귀가 있다고. 그런데 그 은식기는 어땠지?"

"별로던데요." 로즈메리는 발가락으로 한쪽 구두마저 벗어던지며 말했다. "탐나는 건 식사용 접시 3개뿐이었어요. 은식기도 쓸 만은 하더군요."

"친절하게 굴자고. 누가 알아? 유품으로 나누어 줄지?"

"차라리 미움을 사서 우리들 물건은 우리 스스로 사겠어요. 참, 그런데 화장실에는 가보셨어요?"

"그 집? 아니."

"뭐가 있었는지 알아맞혀 보세요."

"세탁기라도?"

"아니, 《우스운 이야기——남성 전용》이에요."

"설마……."

로즈메리는 스르르 드레스를 벗었다.

"못에 걸어줘요, 화장실 옆에다."

거이는 싱긋 웃으며 드레스를 받아들었다. 그리고는 옷장 옆에 서서 커프스 버튼을 풀기 시작했다. "어쨌거나 로만의 이야기는 아주 재미있던걸. 이건 농담이 아니야. 포프스 로버트슨에 대한 이야기는 처음 듣는 것이었는데, 당시에는 대스타였다고." 그는 두 번째 커프스 버튼이 풀어지지 않아 애를 먹고 있었다. "내일 밤, 또 쳐들어가서 이야기를 더 들어볼까?"

로즈메리가 어이없다는 표정으로 바라보았다.

"정말?"

"응, 오라던데." 그가 팔을 내밀었다. "이것 좀 풀어주구려."

그녀는 갑자기 탐탁치 않은 기분이 되어 남편에게 다가가 손가락을 움직였다.

"지미와 타이거와 함께 뭘 하겠다더니."

"약속한 건 아니었어." 남편의 눈이 그녀의 눈을 들여다보았다. "일단 전화로 상의하기로 한 일이야."

"그래도."

거이가 어깨를 움츠렸다.

"수요일이나 목요일에 그들을 만날 참이야."

그녀는 커프스 버튼을 따서 손바닥 위에 올려놓았다. 거이가 그것을 받으며 말했다.

"고마워. 당신은 내키지 않으면 집에 있도록 해."

"그럴까요? 그럼, 집에 있죠."

그녀는 침대 모서리에 걸터앉았다.

"그 양반, 헨리 어빙에 관한 것도 알고 있더군. 아주 흥미진진하던데."

로즈메리는 스타킹을 벗으며 혼잣말처럼 말했다.

"그런데 왜 액자는 모두 내려놓았을까?"

"무슨 소리야?"

"액자 말이에요. 모두 내려놓았던데요. 거실과 욕실로 가는 복도 벽에도요. 벽에 걸 못이 그대로 있고, 그 아래 벽지가 네모나게 바래지 않은 채로 있었어요. 그리고 맨틀피스 위에 걸린 그림은 그 자리에 있던 것이 아니었어요. 걸렸던 흔적에 비해 사방이 5센티미터 가량 작던데요."

거이가 그녀를 빤히 쳐다봤다.

"난 몰랐는데."

"그리고 왜 서류함 같은 잡동사니를 거실에 끌어들였는지 모르겠어요."

"그거라면 말을 하더군." 거이가 와이셔츠를 벗으며 말했다. "우표수집가용 회람 뉴스를 만든대. 세계 각국의 수집가들에게 말이야. 그래서 그렇게 많은 외국우편이 온다는 거야."

"그렇다 해도 거실에 사무실을 차릴 게 뭐람. 다른 방이 서너 개나 모두 잠겨져 있던데. 왜 다른 방은 쓰지 않을까?"

거이가 와이셔츠를 든 채 다가와서 손가락 끝으로 아내의 콧잔등을 꼭 눌렀다.

"옆집 할망구보다 더 호기심이 강한 여편네가 돼가나 봐."

그는 허공에다 쪽 입맞추는 소리를 내고는 목욕탕으로 들어갔다.

10분인가 15분 뒤, 주방에서 커피 물을 끓이고 있던 중, 로즈메리는 허리가 바늘로 찌르는 듯한 통증을 느꼈다. 생리가 시작되기 전날의 징조였다. 그녀는 가스레인지 모서리를 잡고 편안한 자세를 취하고, 일시적인 통증이 가라앉기를 기다리며 케멕스 여과지와 커피 통을 꺼냈다. 실망과 외로움이 통증처럼 가슴에 와 닿았다.

그녀는 24살이다. 그들 부부는 2살 터울로 아이를 셋 갖기를 원하고 있다. 그러나 거이 쪽이 아직 마음의 준비가 안 되어 있는 것이다. 말론 브란드와 리처드 버튼 둘을 합한 정도의 대스타가 되어야 아기를 가질 것인지. 그는 자신이 핸섬하고 재능이 남다르다는 것을, 그래서 꼭 성공할 거라는 것을 모르는 것일까? 그래서 그녀는 일방적으로 임신을 시도했다. 피임약은 두통이 나고, 콘돔은 실감이 나지 않는다는 둥…….

거이는 그녀가 아직 마음속 한구석에 가톨릭 신앙심이 남아 있는 탓이라고 했고, 그녀는 그런 해석을 뒷받침하듯 응석을 부렸다. 그는 캘린더로 따져 '위험한 날'을 피했고, 그녀는 "틀려요. 오늘은 걱정 없어요. 정말이라니까요" 하고 우겼다.

그래서 이번 달도 역시 두 사람이 부부인 것조차도 잊어버린 것 같은 이 무례한 경쟁에서, 그가 이기고 그녀는 져버리고 만 것이다.

"에이!" 그녀는 커피 통으로 레인지를 후려쳤다. 텔레비전을 보던 거이가 "왜 그래?" 하고 목을 길게 뺐다.

"아무 일도 아니에요."

그녀는 큰소리로 대꾸했다.

로즈메리는 자신이 오늘 저녁 내내 왠지 기분이 산만했던 이유를 비로소 알아챘다.

생각할수록 약이 오르는 것이다! 두 사람이 부부가 아니고 동거하고 있다 해도 그 동안 50번은 임신을 했겠다!

7

이튿날 밤, 식사가 끝나자 거이는 캐스트베트 댁에 갔다. 로즈메리는 부엌에 서서 창틀의 덮개를 만들까, 아니면《약속한 땅의 남자아이》를 들고 침대에 들어가서 읽을까 망설이고 있을 때 현관 벨이 울렸다. 캐스트베트 부인과 또 한 사람, '버클리를 시장으로!'라는 선거 운동 배지를 가슴에 단 녹색 드레스를 입은 부인이 서 있었다. 그 부인은 키가 작고 약간 뚱뚱한 편이었다.

로즈메리가 문을 열자, "안녕? 혹시 폐가 안 될지 모르겠네" 하고 캐스트베트 부인이 말하면서 옆 사람을 소개했다. "이분은 나와 절친한 로라 루이즈 맥바니. 12층에 살고 있다우. 그리고 이 새댁은 거이의 안식구 로즈메리."

"안녕하세요, 로즈메리, 브램퍼드에 이사 오신 것을 환영합니다."

"로라는 방금 우리 집에서 거이를 만났는데, 새댁도 만나보고 싶다기에 몰려왔다우. 그리고 거이도 새댁이 혼자 심심할 테니 가보라고 했고. 들어가도 될까?"

로즈메리는 단념을 하고 기분 좋게 두 사람을 거실로 안내했다.

"어머, 새 의자가 도착했구려. 좋아 보이는걸."

캐스트베트 부인이 호들갑을 떨기 시작했다.

"오늘 아침에 배달되었어요."

"왜 그러지? 새댁 안색이 좋지 않아 보이는데!"

"괜찮아요. 오늘부터 그게 시작되어서……."

로즈메리가 미소를 띠었다.

"그런데도 꿈지럭거려요?" 로라 루이즈가 자리에 앉으며 말했다. "난 첫날이면 호되게 아파서 움직이지도 먹지도 못했다우. 댄이 통증을 삭힐 요량으로 진을 빨대로 마시게 하는 둥 그땐 100% '절제'를 했었지. 그것만은 예외였지만."

"요즘 젊은 사람들은 우리들 때보다 쉽게 넘겨요. 옛날 우리들보다 실해서 그런가 봐. 비타민제다, 뭐다 해서 말이야." 캐스트베트 부인도 자리를 차지하고 앉으며 가세했다.

두 부인은 모양이 같은 녹색의 바느질 상자를 들고 들어왔는데, 지금 그것을 열고 로라 루이즈가 클로셋을 짜고, 캐스트베트 부인이 꿰맬 거리를 끄집어내는 데는 로즈메리도 놀라지 않을 수 없었다. 편안히 자리를 잡고는, 기나긴 가을 밤을 바느질과 이야기꽃으로 지새우자는 심산이 분명했다. "저쪽, 저건 뭐지? 시트 커버유?" 캐스트베트 부인이 물었다.

"창틀의 덮개 만들 거예요."

로즈메리가 대답했다. 로즈메리는 '나보고도 마름질을 하라는 거로군' 하고 생각했다. 결국 로즈메리는 일감을 들고 와 부인들 축에 끼었다.

로라 루이즈가 입에 침을 바른다.

"정말 새댁 용하기도 해. 아주 딴 집이 되었어."

캐스트베트 부인이 말했다. "참, 잊기 전에……. 이거 새댁에게…… 로만과 내가." 그러면서 핑크색 종이에 싼 것을 로즈메리에게 쥐어 주었다. 딱딱한 것이 들어 있었다.

"저에게요? 이런 거 받을 이유가……."

"별것 아닌 선물이라우. 이사 온 기념이니까."

부인은 재빨리 손을 흔들어 로즈메리의 당혹감을 털어주려는 듯이 말했다.

"하지만……."

로즈메리는 마지못해 포장지를 풀었다. 그건 테리의 은제 약합으로, 가는 은사슬이 그대로 달려 있었다. 약합 속의 그 냄새에 그녀는 자신도 모르게 고개를 돌렸다.

"골동품이나 다름없어요." 캐스트베트 부인이 말했다. "300년도 넘은 것이니까."

"예쁘네요." 로즈메리는 약합을 매만지며, 테리가 보여주었던 일을 말할까 말까 망설였다. 그러다가 그만 기회를 놓치고 말았다.

"그 녹색 알맹이는 태니스 뿌리라는 거라우. 행운의 부적이지."

'하지만 테리에게는 그렇지 못했지…….' 로즈메리는 그런 생각을 하면서 고개를 흔들었다. "예쁘기는 해도, 이런 걸 받기가 뭣해요."

"벌써 받은 거나 마찬가진 걸 그러시네." 캐스트베트 부인은 밤색 양말을 꿰매면서 말했다. "목에 걸어봐요."

로라 루이즈가 거들었다. "그 냄새 곧 익숙해질 거유."

"사양할 거 없어요."

"할 수 없군요." 로즈메리는 주섬주섬 은사슬을 목에 걸고 약합을 젖무덤 사이로 떨어뜨렸다. 잠시 동안 그것은 차갑고 거추장스러웠다. '부인들이 돌아가면 떼어버려야지.'

로라 루이즈가 말했다. "그 은사슬은 우리가 아는 사람이 직접 손으로 만든 거라우. 치과의사를 그만두고 은퇴한 분인데, 금은과 보석 세공이 취미라지 뭐유. 언젠가는 로만과 미니 캐스트베트 댁에서 만날 날이 있을 거요. 손님 초대가 잦은 편이니까. 잘하면 우리 친구를 모조리 만나게 될 거……."

로즈메리가 일감에서 얼굴을 들자, 로라 루이즈가 당황해하며 말끝을 흐리고 얼굴이 빨개졌다. 미니 캐스트베트는 바느질이 바빠 눈치를 채지 못했다. 로라 루이즈가 억지 웃음을 짓는 바람에 로즈메리도 미소를 보냈다.

"드레스는 새댁이 손수 지어 입으시나?"

로라 루이즈가 물었다.

"아뇨, 어림도 없어요." 로즈메리는 화제를 바꾸려는 것을 인식하며 거기에 응했다. "때로는 해보지만 흡족하게 완성된 적이 한 번도 없어요."

어울리다 보니 그런대로 즐거운 밤이 되었다. 미니 캐스트베트는 오클라호마에서 보낸 소녀 시절의 재미있는 추억담을 얘기했고, 로라 루이즈는 도움이 될 만한 옷 마름질 방법 두 가지를 가르쳐 주고 나서, 보수당의 시장 후보 버클리가 불리하다는 예상을 뒤엎고 선거에 이기려면 무엇을 어떻게 해야 될 거라는 등 화제가 풍부했다.

거이는 11시에 돌아왔다. 만족스러운 기색이었다. 부인들에게 가볍게 허리를 굽히고는 로즈메리 곁으로 다가와 그녀의 볼에 키스를 했다.

"벌써 11시네! 로라 루이즈, 그만 갑시다." 미니의 말에 로라 루이즈가 자리에서 일어나며 말했다. "언제든 좋을 때 놀러 오구려, 로즈메리. 우린 12층 F호에 살아요." 두 부인은 바느질함을 챙겨들고 곧 돌아갔다.

"로만의 이야기, 어제처럼 재미있었어요?"

로즈메리가 물었다.

"응, 당신은?"

"그럭저럭. 그 바람에 일감 하나 끝냈어요."

"그런 것 같군."

"선물까지 받았어요."

그녀는 약합을 보여주었다. "테리에게 그분들이 주었던 거예요. 테리가 보여준 적이 있거든요. 아마 경찰이 되돌려주었을 거예요."

"아니, 걸고 있지 않았었을지도 모르지."

"테리는 늘 걸고 다녔어요. 여간 자랑을 한 게 아닌데, 생전 처음 남에게서 선물을 받은 것처럼." 로즈메리는 사슬을 들고 머리 위로 벗어 약합을 손에 들고 흔들었다.

"왜, 걸지 않고?"

거이가 물었다.

"냄새가 나요. 태니스 뿌리라는 것이 꽉 차 있다나 봐요." 그녀는 약합을 내밀었다. "그 댁 온실에서 기른 약초 뿌리 말이에요."

거이는 냄새를 맡아보고는 어깨를 움츠렸다.

"뭐, 그렇게 고약한 건 아니군."

로즈메리는 침실에 가서 화장대 서랍을 열고는 자질구레한 것들이 들어 있는 루이스 셸리의 얼굴이 인쇄된 사탕 깡통을 꺼냈다. "누구든 태니스가 필요한 사람?" 거울에 비친 자신에게 그런 질문을 하면서, 약합을 넣어 뚜껑을 닫고는 서랍을 밀었다.

"이왕 받은 건데 목에 걸지 그래."

거이가 문설주에 기대어 말했다.

그날 밤 로즈메리가 눈을 떠보니 거이가 일어나 앉아 어둠 속에서 담배를 피우고 있었다. 어쩐 일이냐고 물었다.

"그냥 잠이 안 와서 그래."

로만이 이야기한 옛날 배우들 출세담에서, 자신의 출세가 헨리 어빙이나 포브스 누군가보다도 더딘 것을 알고는 속을 끓이고 있는지도 모른다. 더 이상 그런 이야기를 들으러 다녔다가는 자학증에 걸릴지도 모른다고 로즈메리는 생각했다.

그녀는 남편의 팔을 쓰다듬으며 고민하지 말라고 위로했다.

"뭘?"

"어쨌든 말이에요."

"그런 일 없어."

"당신은 최고라고요, 알아요? 그렇고말고요. 풀릴 거예요, 만사가. 사진 기자들의 등살을 물리치기 위해 태권도를 배워야 할 정도로 말이에요."

담뱃불 저쪽에서 그가 빙그레 웃었다.

"멀지 않았어요. 뭔가 큰 일감이, 당신에게 어울리는……."
"알고 있어, 하니. 어서 자요."
"담뱃불, 조심하세요."
"걱정 말고."
"영 잠이 안 오거든 날 깨워요."
"그러지."
"사랑해요."
"나도, 로."

이틀 뒤였던가, 거이가 〈환상〉의 토요일 밤 표를 2장 갖고 돌아왔다. 그의 성악 선생 도미니크가 준 것이라고 했다. 거이는 몇 해 전이 연극이 초연되었을 때 이미 본 적이 있었지만, 로즈메리는 늘 보기를 원했었다.

"여보, 해치하고 가보는 게 어떨까? 그 사이에 나는 〈밤까지 기다려〉에서의 등장 장면을 연구할게."

하지만 해치도 이미 그 연극을 보았다기에 조안 제리코를 끌어내기로 했다. 조안은 레스토랑 비쥬에서 저녁 식사를 하는 중에, 딕과는 이제 거주지 이외에는 공통점이라고는 하나도 없어서 헤어질 생각이라는 말을 했다. 헤어진다는 이야기에 로즈메리는 마음이 심란해졌다. 요즘에 거이가 뭐라고 꼭 꼬집을 수는 없지만, 무언가에 정신이 팔려 들떠 있는 것이다. 조안과 딕의 마음의 간격도 그런 데서부터 시작된 것은 아닐까?

그녀는 공연히 조안이 미워졌다. 화장도 지나치게 짙거니와, 작은 극장인데도 박수며 내지르는 소리가 컸다. 그러고 보니 딕과는 맞지 않을 만도 하다. 그녀는 화려하고 거친 반면에 딕은 생각이 깊고 신경질적이다. 둘은 처음부터 만나서는 안 될 사람들이었다.

로즈메리가 집에 돌아왔을 때 거이는 샤워를 하고 막 목욕탕에서 나오는 길이었는데, 유난히 밝고 기운찬 모습이었다. 로즈메리의 마음이 덩달아 가벼워졌다. 연극은 예상보다 재미있었다는 말을 하고, 조안과 딕이 헤어질 것 같다는 언짢은 소식도 보고했다.

"두 부부는 성격이 지나치게 판이했잖아요? 〈밤까지 기다려〉에서의 등장 장면은 잘 소화할 수 있을 것 같아요?"

"잘될 것 같아. 차분히 연구해 봤지."

"영 신경쓰이네요, 그 태니스 뿌리라는 거."

로즈메리가 말했다. 침실에 그 냄새가 배어버리고 욕실까지 번진 것 같았다. 그녀는 부엌에서 알루미늄 호일을 뜯어 가지고 와서 약합을 3겹으로 싸고, 밀봉하기 위해 양끝을 단단히 비틀었다.

"며칠 지나면 냄새가 가시겠지."

거이가 말했다.

"그래야 살겠는데." 로즈메리는 탈취제를 사방에 뿌리며 말했다. "영 안 되면 버리고, 미니에게는 잃어버렸다고 말해야지."

둘은 곧 한덩어리가 되었다. 거이는 격하고 정력적이었다. 일이 끝났을 때 로즈메리는 벽 너머로 캐스트베트 집에서 파티가 열리고 있는 소리를 들었다. 일전에도 들어본 일이 있는 그 종교적인 영가와 비슷한 단조로운 노랫소리와, 거기에 맞춘 플루트와 클라리넷 소리가 조용히 흘렀다. 뭐, 저런 노래와 음악이 다 있을까?

거이는 일요일에도 내내 기분이 좋아서, 침실 벽장에 시렁과 구두 선반을 달기도 하고, 거이 우드하우스에게 영광이 있으라고 〈루터〉에서 함께 공연했던 동료들에게 초대장을 보내기도 했다. 그리고 월요일에는 도미니크의 성악 레슨을 쉬고, 시렁과 선반에 페인트칠을 하고, 로즈메리가 중고 가구점에서 들여온 벤치에도 칠을 입혔다. 그러면서도 전화를 기다리는 눈치여서, 전화가 걸려올 때마다 벨이 한 번 울리기도 전에 달려가 수화기를 들곤 했다. 오후 3시경에 다시 전화가 걸려왔는데, 로즈메리는 거실 의자 배치를 생각하면서 남편의 말소리에 귀를 기울였다. "예! 뭐라고요? 설마……. 거 참, 운이 나쁜 사람이군요."

그녀는 침실 입구로 갔다.

"별일도 다 있군요." 거이가 말했다.

그는 한쪽 손에 레드 데빌 표 페인트 통을 들고, 다른 손으로 수화기를 귀에 댄 채 침대에 걸터앉아 있었다. 그리고 거기 와서 서 있는 그녀는 쳐다보지도 않고 말을 이었다. "그래, 원인은 전혀 알 수가 없다는 겁니까? 허, 겁나는 일이네요." 그는 잠시 상대방의 이야기를 듣고 있더니, 앉은 채로 허리를 펴고서, "예, 그렇습니다" 하고 대꾸하고는 곧 "예, 하지요. 이런 식으로 맡는 건 켕기긴 합니다만, 어쨌든……." 거기에서 다시 상대방의 이야기가 계속되는 모양이었다. 남편이 다시 입을 열었다. "그럼, 결과에 대해서는 앨런에게 이야기를 하십시오." 앨런 스톤, 그는 남편의 대리인이다. "어쨌거나 우리 쪽으로서는 별 문제 없을 겁니다, 웨이스 씨."

그에게 행운이 찾아온 것이다. 그것도 덩어리가 큰 것이 말이다. 로즈메리는 숨을 죽이고 남편을 지켜보았다.

"수고하셨습니다, 웨이스 씨. 무슨 소식이 있으면 전해 주십시오. 감사합니다."

거이는 수화기를 놓고 눈을 감았다. 전화기 위에 손을 올려놓은 채였다. 꼼짝도 하지 않는 것이 마네킹 같다. 진짜 의상과 소도구, 진짜 전화, 진짜 페인트 통을 들고 있는 밀랍 인형.

"거이!" 로즈메리가 불렀다.

거이는 눈을 뜨고 로즈메리를 바라보았다.

"무슨 일이에요?"

거이는 몇 번 눈을 깜박거리더니 정신을 차렸다. "도널드 바움가르트……, 그 괴상한 예명의 배우가 실명을 했다는군. 어제 잠에서 깨어보니 눈이 안 보이더라는 거야."

"세상에!"

"아침에 목을 매달았는데, 지금 벨뷰 병원에 입원중이라는군."

두 사람은 아연실색한 표정으로 서로를 바라보았다.

"그래서 내가 그의 역을 떠맡게 되었어. 이런 식으로 배역을 차지하기는 뭣하지만." 그는 손에 들고 있는 페인트 통에 정신이 미치자 그것을 머리맡 탁자 위에 놓았다.

거이가 일어섰다.

"여보, 나 산책 좀 하고 오리다. 바깥바람이라도 쐬며 머릿속을 정리해야겠어."

"그래요, 다녀오세요."

로즈메리가 문설주에서 비켜섰다.

거이는 입고 있던 그대로 밖으로 나갔다. 현관문은 열렸다가 그의 등 뒤에서 다시 부드러운 소리를 내며 닫혔다.

로즈메리는 불쌍한 도널드 바움가르트와 행운을 거머쥔 거이를 대조해 보며 거실로 돌아왔다. 그들은 재수가 좋은 것이다. 비록 흥행은 큰 성과를 거두지 못하더라도, 눈에 띄는 좋은 배역이니까 이후에도 여러 가지 역이 꼬리를 물 것이다. 영화 출연 교섭이 들어올지도 모른다. 로스엔젤레스 이사, 채소밭, 2살 터울의 아이들 셋……. 모두가 가능할 수도 있다. 불쌍한 도널드 바움가르트, 그 묘한 예명으로 갈지만 않았어도 모를 일인데. 거이를 제치고 그 역을 맡은 걸 보니 유능한 배우였을 거야. 눈이 멀어 비관 자살을 꾀하다가 병원에 업혀가 혼수 상태에 빠져 있다니…….

들창에 턱을 고이고 로즈메리는 밖을 내다보았다. 저 아래 출입구로 거이가 나오지 않을까 해서 지켜보고 있었다. 언제부터 연습이 시작될까? 물론 지방 공연이 시작되면 그를 따라 뉴욕을 떠나야지. 즐거울 거야. 보스턴, 필라델피아, 워싱턴……, 아직 한 번도 가보지 못한 고장들. 매일 오후에는 거이가 출연 연습을 하고 있는 동안 시내 구경도 할 수 있을 것이다. 그리고 밤늦게 공연이 끝나면 레스토랑이나 나이트클럽에 모여 희희낙락 이야기꽃을 피울 것이고 말이다.

오랫동안 아래를 내려다보고 있었지만 거이의 모습은 보이지 않았다. 아마도 55번로 쪽으로 난 뒷문으로 나간 모양이다.

희색이 만면할 일인데도 그는 입을 꼭 다물고 무언가를 고민하는 것 같다. 담배를 든 손과 눈동자 외에는 움직이려 하지 않았다. 그의 눈은 집안을 오가는 그녀를 뒤쫓기만 했다. 마치 그녀가 위험인물이나 되는 것처럼 긴장된 눈초리다.

"왜 그러세요?"

로즈메리는 몇 번이나 물었다.

"뭐, 별로……. 오늘은 조각 배우러 안 가?"

"두 달 동안이나 못 갔는걸요."

"다니지 그래."

그녀는 오래간만에 조각교실에 나갔다. 찰흙을 반죽하고 조각대를 다시 세워, 신입생들 틈에 섞여 새로 온 모델을 상대로 작업을 시작했다.

"그 동안 어디 갔었소?" 선생이 물었다. 안경을 끼고, 목젖이 유난히 튀어나온 그는 손끝 하나 보지 않고도 그녀의 소형 흉상을 여러 개 만들었었다.

"잔지바르에요."

"허허, 잔지바르라는 나라는 없어진 지 오래요. 지금은 탄자니아라고 합니다." 선생이 피식 웃으며 말했다.

어느 날 오후, 그녀가 '메이시'와 '김블'(유명한 백화점 이름들)을 한 바퀴 돌고 집에 돌아와 보니, 주방과 거실에 장미꽃이 장식되어 있고, 거이가 그 중 한 송이를 들고 겸연쩍은 표정을 지으며 침실 쪽에서 나왔다. 언젠가 〈귀여운 새〉의 챈스 웨인의 역을 대본으로 들려주던 때의 연기와 비슷했다.

"난 정말 썩어빠진 인간이었다고. 바움가르트가 제발 시력이 회복되지 않기를 바랐거든. 매일 그런 생각으로 지새웠다니, 난 비열한 인간이지 뭐야." 거이가 말했다.

"있을 수 있는 일 아니에요? 성인군자가 아닌 다음에야."

거이는 장미꽃을 그녀의 코끝에 들이대면서 말했다. "여보, 비록 이번 일이 실패로 끝나더라도, 앞으로의 일생이 찰리 크레스터 블랑카처럼 되더라도, 다시는 당신에게 서글픈 마음이 들지 않도록 할게."

"어머, 내가 언제……."

"아냐, 알고 있어. 내 출세에만 매달려, 당신 기분 같은 건 생각도 안 했지. 아기를 낳자고. 셋은 낳아야지. 물론, 한번에 하나씩 말이야."

그녀는 남편을 빤히 쳐다보았다.

"아기 말이야, 여보. 응애, 응애……. 기저귀도 갈고."

"당신 제정신으로 하는 말이에요?"

"물론 제정신이지. 언제 착수할 것인지도 계산해 두었거든. 내주 월요일과 화요일이야. 달력에 빨간 동그라미를 표시해 둔 것 잊지 말아요."

"정말 제정신으로 하는 말 틀림없어요, 거이?" 그녀는 눈물이 글썽해서 다그쳐 물었다.

"농담이라면 큰일 벌어지겠군. 진담이라니까 그러네. 부탁이야, 울지 마. 당신이 울면 나는 오금을 못 쓰는 거 알잖아. 제발, 눈물을 거둬요."

"좋아요. 울지 않을게."

그는 환한 얼굴로 말했다.

"내가 별안간 장미광이 되었나 봐. 침실에도 한 아름 화병에 꽂아 놓았지."

8

그녀는 싱싱한 참치를 사러 브로드웨이 북쪽 끝까지 갔다가, 다시 시가지를 가로질러 렉싱턴 거리로 치즈를 사러 갔다. 참치나 치즈를 가까운 곳에서 살 수 없어서가 아니라, 맑게 갠 아침, 그 연둣빛의 코트 자락을 펄럭이며 거리를 활보해서 그녀의 아름다움으로 하여금 행인들을 뒤돌아보게 하고, 그녀의 빈틈없는 장보기 실력을 우락부락한 장사꾼들에게 보여주고 싶었던 것이다.

오늘은 10월 4일 월요일, 로마 교황이 뉴욕을 방문하는 날이어서, 행사에 들뜬 사람들은 평상시보다 서로의 마음을 트고, 한결 말도 많아진 것처럼 보였다.

'내가 이렇게 행복한 날에, 거리의 사람들 모두가 들떠주다니 얼마나 기쁜 일이람.' 그녀는 그렇게 생각했다.

그날 오후 그녀는 내내 교황 행진 등 실황중계를 보려고 텔레비전 앞에서 시간을 보냈다. 아예 수상기를 허드렛방(오래지 않아 아기 방이 된다)에서 끌고 나와, 생선과 야채와 샐러드용 푸성귀를 다듬으며 볼 수 있도록 부엌에 설치하고, 보기 편하게 각도도 조절했다. 그녀는 UN에서 교황이 한 연설에 감동하여 베트남 정세를 호전시킬 것이 분명하다고 생각했다. 그의 연설은 돌대가리인 정치가들에게 반성의 일침이 될 것이다.

4시 30분쯤, 식탁을 준비하고 있는데 전화벨이 울렸다.

"로즈메리, 나다. 별일 없니?"

뜻밖에도 두 언니 중 맏이인 마거릿이었다.

"어머나, 언니! 언니는?"

"나도 잘 있어."

"거기 어디야?"

"오마하야."

두 자매는 어려서부터 마음이 맞는 편이 아니었다. 마거릿은 장녀로서 그 많은 동생들을 돌보아야 했기 때문에(어머니에게 야단을 많이도 맞았지), 무뚝뚝하고 화를 잘 내는 성격이 굳어 버렸던 것이다. 그 언니에게서 이렇게 전화가 오다니 예삿일이 아닐 것 같아 등골이 오싹했다.

"식구들 모두 괜찮고요?" 로즈메리가 물었다. '누가 돌아가신 걸 거야. 누굴까? 엄마, 아빠, 아니면 브라이언 오빠?'

"아냐, 모두 잘 있다."

"정말?"

"그럼. 그런데 너 정말 아무 일 없는 거냐?"

"그렇다니까."

"나 말이다. 하루 종일 이상하게 뒤숭숭해서 견딜 수가 없지 뭐니. 너에게 꼭 무슨 일이 있는 것만 같아서. 사고나 실수로 네가 크게 다쳐서 입원을 한 것 같은 방정맞은 생각이 말이다."

"저런! 아무 일도 없는데……. 나 이렇게 피둥피둥한걸, 언니."

로즈메리는 웃었다.

"다행이다. 어떻게나 가슴이 울렁거리는지……. 보다못해 네 형부가 전화를 걸어보라고 하더구나."

"형부는 어떠셔?"

"맨날 그렇지, 뭐."

"아이들은?"

"허구한 날 상처투성이지만, 다들 잘 큰다. 또 하나 가졌단다. 알고 있니?"

"알긴 어떻게 알아. 하여튼 축하해. 산달은 언제지? 참, 나도 곧 갖게 될 것 같아."

"3월 말쯤인데, 네 남편도 잘 있겠지, 로즈메리?"

"요샌 신이 났어. 새 작품에서 큰 역을 맡았는데, 곧 연습에 들어간대."

"교황은 봤니? 거긴 대단하겠구나."

"그럼, 지금도 텔레비전으로 보고 있어. 오마하에서도 볼 수 있지?"

"진짜가 아니고? 진짜를 보러 가지 않았니?"

"응."

"정말?"

"정말."

"얘 봐. 여기선 어머니와 아버지가 비행기로 날아갈 참이었는데, 파업이 결정되어 아버지가 뒷정리할 일이 생겨서 못 가게 되었단다. 하지만 여러 사람이 뉴욕으로 갔지. 도노반 씨 댁하고, 윌링퍼드 댁의 도트와 샌디 등. 그래, 넌 거기에 살면서도 나가보지 않았단 말이니?"

"고향에 있었을 때만큼 종교가 대단한 것으로 생각되질 않아, 언니." 로즈메리가 말했다.

"그럴 테지." 마거릿이 비꼬듯 얘기했으므로, 신교도와 결혼했으니 그럴 만하다는 가시 돋친 핀잔까지 들은 거나 다름없었다.

"전화 걸어 줘서 고마워, 언니. 아무것도 걱정할 거 없어. 지금 나는 일생에서 가장 행복하고 건강하니까."

"그런데 웬 방정이었을까? 하기야 어려서부터 너희들 뒤 봐주느라고 등골이 빠졌지만."

"모두에게 안부 전해 줘. 그리고 브라이언 오빠에게는 편지 답장 좀 해달라고 전해 주고."

"그러마. 그런데 로즈메리……."

"왜?"

"아무래도 미심쩍구나. 오늘 밤은 나다니지 말고, 집에 틀어박혀 있도록 해."

"그럴 생각이니 마음 놔요." 로즈메리는 준비가 채 끝나지 않은 식탁 쪽에 눈길을 보냈다.

"알겠다, 몸조심하고."

"언니도 몸조리 잘해."

"잘 있거라."

"안녕, 마거릿 언니."

로즈메리는 식탁 준비로 되돌아갔다. 마거릿과 브라이언과 그 밖의 형제자매들, 그리고 고향 오마하……, 다시는 돌아갈 수 없는 과거의 그리움에 대한 엷은 향수에 젖어서.

식탁 준비를 끝내고 그녀는 목욕을 했다. 그리고는 대충 화장을 하고 살짝 향수를 뿌리고는 머리와 눈썹을 매만진 다음, 작년 크리스마스 때 거이가 사준 버건디 비단으로 만든 실내복을 겸한 파자마를 입었다.

거이는 약간 늦어 6시가 지나서 돌아왔다. 그는 아내에게 키스를 하며 말했다. "햐! 뜯어먹고 싶을 정도로 예쁜걸! 어때, 뜯어먹을까? 아, 참!"

"왜 그래요?"

"파이를 잊었어."

거이는 디저트를 만들지 말라고 일러놓고 나갔던 것이다. 그전부터 좋아하던 폰 해터드의 호박 파이를 사오기로 했었다.

"내 정신 좀 봐. 직매점 앞을 두 집이나 지나쳐 왔는데. 한 집도 아니고 두 집이나 말이야."

"할 수 없죠. 과일과 치즈를 먹지, 뭐. 실은 그게 디저트로는 제일이라고요."

"아냐, 폰 해터드 파이라야 하는데."

거이는 손을 씻으러 갔고, 그녀는 양념을 한 송이버섯을 오븐에 넣고는 샐러드 드레싱을 만들었다. 얼마 뒤, 거이가 비로드 셔츠의 단추를 끼우며 주방으로 왔다. 눈이 번쩍이는 것이 약간 흥분한 것 같았다. 그들이 처음 잠자리를 함께 했을 때도 그는 벅찬 기대감으로 그런 표정을 지었다. 그녀는 안절부절못하는 그런 그를 보고 내심 만족해했다.

"당신들 대장인 교황 덕분에 오늘 교통 사정은 엉망이었지."

거이가 말했다.

"텔레비전은 안 봤어요? 하루 종일 중계방송 했는데……."

"앨런의 사무실에서 잠깐 봤지. 술 한잔 주지 그래."

"UN에서 한 연설 들을 만하데요. 다시는 전쟁이 없기를 깨우치시던데."

"별 대안도 없이 말이지. 어, 이거 구미가 당기는걸."

둘은 마늘이 든 마티니를 마시고, 양념을 한 송이버섯을 먹었다. 거이가 뭉친 신문지와 불쏘시개를 벽난로의 석쇠 위에 놓고 그 위에 촉탄(강한 불빛을 내며 탐) 큰 덩어리를 두 개 올려놓았다.

"불이 붙겠지." 거이가 말하며 성냥불을 켜 신문지에 불을 붙였다. 불은 곧 불쏘시개에 옮아 붙었다. 검은 연기가 맨틀피스 앞쪽으로 뿜어나와 천장으로 올라갔다. "이크!" 거이가 당황해서 석쇠 위를 헤집었다.

"페인트가 그을어요!" 로즈메리가 소리쳤다.

거이는 연통 열림 장치를 틀고 환기 스위치도 눌러 연기를 뺐다.

"이 훈훈한 날 밤에 불을 때는 집은 하나도 없을걸." 거이가 말했다.

로즈메리는 마실 것을 갖고서 남편 곁에 쪼그리고 앉아 불꽃에 싸여 빛을 발하는 촉탄을 바라보며 말했다. "호화판이네요. 80년 만의 한파라도 밀려왔으면."

거이가 콜 포터의 곡을 노래하는 엘라 피츠제럴드의 음반을 틀었다.

참치 요리를 절반쯤 먹었을 때 초인종이 울렸다. "쳇!" 거이가 혀를 차고 냅킨을 집어던지며 현관으로 나갔다. 로즈메리는 고개를 갸우뚱하고 귀를 기울였다.

"안녕, 거이." 문이 열리면서 미니가 인사를 건네고는 뭐라고 말을 하는 모양이었으나 잘 들리지 않았다.

'난 싫어. 들어오지 못하게 해요. 거이 지금은 안 돼요. 오늘 밤은 우리끼리만 있자고요!'

거이가 뭐라고 하고, 다시 미니의 말소리가 들렸다. "…… 사양할 거 없어요. 집에는 여분이 많으니까." 또 한 차례 대화가 오갔다. 로즈메리가 긴장을 풀었다. 다행히도 들어올 기색은 아니다.

문이 닫히고 문 사슬을 거는 소리. '됐어!' 그리고는 빗장을 거는 소리. '그래야지!' 로즈메리가 현관을 보고 기다리고 있자니까, 거이가 양손을 뒤로 돌리고 의미심장한 웃음을 머금고는 아치형 출입문을 게걸음으로 해서 들어왔다.

"영감 같은 게 없다는 사람 누구야!" 거이가 큰소리를 치며 식탁으로 다가오면서, 양손에 하나씩 하얀 카스터드 컵을 올려놓고 내밀었다. "이 댁 안방마님과 바깥어른은 마침내 디저트를 먹게 되었도다!" 거이는 이렇게 말하고서는, 커스터드 컵을 하나는 로즈메리의 포도주잔 옆에, 하나는 자기 잔 옆에 놓았다. "무스 오 쇼콜라, 즉 미니식으로 말하면 '초콜릿 마우스'지. 물론 그 아주머니로서는 초콜릿 무스 취급을 하니 조심해서 먹을 일이야."

로즈메리는 환하게 웃었다.

"잘됐네요. 그렇지 않아도 만들까 생각했는데."

"그렇지? 그럴 예감이 들더라니까."

거이가 자리에 앉으며 말했다. 그는 냅킨을 다시 펴고는 잔에 포도주를 채웠다.

"미니가 쳐들어와서 밤을 새우면 어쩌나 겁이 났어요."

로즈메리가 당근을 포크로 찍으며 말했다.

"아냐, 단지 손수 만든 초콜릿 무스를 시식시켜서, 솜씨 자랑을 하고 싶었을 거야."

"맛있어 보이네."

"응, 맛있겠어."

컵에는 끝이 뾰족한 나선형의 초콜릿이 올려져 있었는데, 거이 것에는 그 꼭대기에 잘게 부순 호두가 얹혀 있고, 로즈메리의 것에는 호두가 큼직하게 반 조각 놓여 있었다.

"고맙기도 하셔라, 정말. 너무 괄시해서는 안 되겠어요."

로즈메리가 말했다.

"그럼, 그래야지."

무스는 맛은 좋았으나, 어딘가 분필을 씹은 것 같은 뒷맛이 있어서 로즈메리는 초등학교와 칠판을 머리에 떠올렸다. 그 말에 거이가 맛을 보았지만, 그로서는 분필 가루 같다는 뒷맛은 전혀 느낄 수 없었다. 로즈메리는 두 번 떠먹고는 스푼을 놓았다.

"왜 다 안 들고? 까다롭긴, 뒷맛 같은 거 없는데도 그러네."

로즈메리는 고개를 흔들었다.

"자, 그 할머니가 뜨거운 가스레인지 앞에서 하루 종일 만든 거야. 성의를 봐서라도 더 먹어요."

"하지만 별로 당기지 않아요."

"맛이 좋은데 그러네."

"내 것까지 드세요."

거이가 정색을 했다.

"마음대로 하구려. 그 할머니가 준 부적은 걸지 않고, 손수 만들어 보낸 디저트는 외면을 한다?"

로즈메리는 난처해졌다.

"그것과 이게 무슨 상관이 있다고 그래요?"

"상관이 있지. 냉담하다는 증거니까. 방금 할머니를 괄시해서는 안 된다고 말하고서는. 무엇을 받고도 그걸 내팽개치는 것도 괄시하는 거나 마찬가지야."

로즈메리는 스푼을 다시 들었다. "나 참, 그렇게 대단한 일이라면……." 그녀는 스푼 가득히 떠서 입으로 가져갔다.

"대단한 일일 거야 없지. 정 입에 맞지 않거든 그만둬요."

"맛, 기가 막혀요." 로즈메리는 입 속에 가득히 든 것을 꿀꺽 삼키고, 또 한 스푼을 떴다. "뒷맛 같은 거 조금도 없네. 레코드 뒤집어요."

거이가 일어나 레코드 플레이어 쪽으로 가까이 갔다. 그 틈에 로즈메리는 냅킨을 반으로 접어, 두 스푼 정도 무스를 덜어 내 식탁 밑으로 감추고는, 거이가 돌아오자 컵 속을 득득 긁어 입에 털어 넣었다.

"자, 이만하면 100점 맞을 만해요?"

"200점 줄게. 내가 심했나?"

"심했죠."

"미안."

거이는 미소지었다.

로즈메리의 마음이 풀렸다. "괜찮아요. 나이 든 분을 위하는 마음씀씀이가 좋아요. 그래야 내가 할망구가 돼도 위해 줄 테니까."

둘은 커피를 마시고 크렘드멘스(술의 한 종류)를 마셨다.

"아까 마거릿에게서 전화가 왔었어요."

"마거릿?"

"언니 말이에요."

"어쩐 일로?"

"내가 무슨 일이 있나 걱정이 됐대요. 왠지 뒤숭숭하더라며."

"허!"

"오늘 저녁에는 꼭 집에 있으래요."

"저런! 이미 네딕(음식 체인점)에 예약을 했는데. 그것도 '오렌지 실'을 말이야."

"취소하세요."

"그러지. 당신은 미신 같은 것도 믿는 모양이군."

처음으로 현기증이 난 것은 로즈메리가 싱크대에서 냅킨에 싼 무스를 하수구로 긁어내리고 있을 때였다. 아찔한 순간 그녀는 눈을 깜박거리고 얼굴을 찡그렸다. 텔레비전 앞에서 거이가 말했다. "교황은 아직 나오지 않았어. 야, 굉장한 군중인걸!"

"곧 갈게요."

머리를 흔들어 어지러움을 털고는, 그녀는 냅킨을 모두 테이블보에 돌돌 뭉쳐서 세탁물 바구니에 넣었다. 그러고 나서 싱크대 물통에 뜨거운 물을 받아, 어떤 희열 같은 것을 느끼면서 꼭지를 잠그고, 접시와 냄비를 물 속에 넣었다. 하룻밤 담가 두었다가 내일 아침 설거지를 할 생각이었다.

두 번째의 현기증은 걸레질을 하고 있을 때 밀려왔다. 앞서보다 오래 계속되었는데, 이번에는 방이 빙빙 돌고 발에서 힘이 죽 빠지는 것 같았다. 그녀는 싱크대 모서리를 잡고 견뎠다.

그녀는 비실비실 거실 문 앞까지 가서, 현기증이 가실 때까지 한 손으로는 문의 손잡이를 잡고, 또 한 손으로는 문설주를 짚고 몸을 지탱했다.

"왜 그러지?"

거이가 걱정스러운 얼굴이 되어 일어섰다.

"현기증."

그녀가 웃었다.

거이는 TV를 찰칵 끄고 다가와 그녀의 팔을 잡고, 한 손으로는 허리를 감았다.

"무리도 아니야. 빈 속에 알코올이 들어갔으니까."

그는 아내를 부축하고 침실로 가다가, 그녀가 다리에 힘이 빠져 주저앉으려 하자 번쩍 들어 안았다. 그리고 침대에 눕히고는 그 곁에 걸터앉아 아내의 손을 잡고 이마를 쓸었다. 그녀는 눈을 감았다. 침대는 잔잔한 파도 위에서 출렁거리는 뗏목이었다.

"기분이 가라앉아요."

그녀가 중얼거렸다.

"자는 게 제일이야. 하룻밤 푹 자."

거이가 이마를 쓸며 말했다.

"아기 만들어야지요."

"만들지, 내일. 아직 동그라미가 지난 게 아니니까."

"소중한 기회를 놓치면 어쩌려고?"

"자요, 푹 한숨 자라고."

"졸리네……요." 그녀는 마실 것을 들고 케네디 대통령의 요트 선상에 앉아 있었다. 태양이 가득하고 미풍이 불어와, 항해에는 안성맞춤의 날씨였다. 대통령은 큼직한 해도를 살펴보며 민첩하게 자신에 찬 말투로 흑인 장관에게 지시를 내린다.

거이가 그녀의 파자마를 벗기고 있었다. "왜 벗기죠?" 그녀가 물었다.

"좀더 편하게 해주려고."

"이대로도 편한걸."

"자라니까, 로."

그가 옆구리의 스냅을 풀고 스르르 바지를 벗겼다. 그녀가 모르는 줄 알고 있다. 그렇게 되면 빨간 비키니밖에는 걸친 것이 없게 되지만, 요트 위의 다른 여자들, 대통령 부인 재키 케네디, 패트 로포드, 새라 처칠 등도 역시 비키니 차림이니까 상관없을 것이다. 대통령은 해군 정장을 하고 있었다. 암살 사건을 무사히 넘긴 모양인지 원기 왕성했다. 해치가 일기예보용 기구를 한 아름 안고 부두에 서 있었다.

"해치 아저씨도 함께 타는 거 아닌가요?" 로즈메리가 대통령에게 물었다.

"가톨릭 교도들만. 이런 편견에 사로잡히고 싶지는 않지만, 지금은 할 수 없어요." 대통령은 웃으며 말했다.

"하지만 새라 처칠은 가톨릭교도가 아니잖아요." 로즈메리가 이의를 제기하며 그녀를 가리키려고 뒤돌아보니 새라 처칠은 보이지 않고, 대신 고향 식구들이 거기에 있다. 엄마, 아버지, 오빠, 언니, 마거릿 언니는 배가 부르다. 형부들과 그들의 아이들도 보인다.

거이가 그녀의 결혼반지를 빼내고 있다. 왜? 그녀는 의심스러웠지만, 너무 피곤해서 물어볼 수가 없었다. '자야 한다니까.' 스스로를 타이르고 잠이 들었다. 오늘은 시스틴 채플(바티칸 궁전 내에 있는 교황의 예배당)이 처음 일반에게 공개되는 날로, 그녀는 새 엘리베이터를 타고 천장을 관람하고 있었다. 엘리베이터는 미켈란젤로가 프레스코화를 그리면서 바라보았던 것과 똑같이 끝에서 끝으로 수평으로 움직인다. 장엄한 그림이다! 하느님이 아담에게 손가락을 뻗쳐 신성한 생명의 빛을 부여하는 장면은 감동적이었다.

그러고 나서 옷가지를 넣어두는 벽장 속으로 운반되어 돌아 나오려는 참에, 줄무늬 무명 천으로 장막을 반쯤 친 벽장 아래쪽이 보였다. "편안히 눕혀." 거이가 말하자 다른 남자가 또 말했다. "자네, 이 여자를 지나치게 흥분시킨 건 아닌가?" 해치가 부두에서 일기예보 기구에 둘러싸여 외쳤다. "태풍이다! 태풍이다! 런던에서 55명의 사망자를 내고, 이리로 몰려오고 있다." 로즈메리는 아저씨가 하는 말은 거짓이 아니라고 생각했다. 대통령에게 경고해야 한다. 배는 소용돌이를 향하여 달리고 있었다.

그러나 대통령은 보이지 않았다. 갑판은 텅 비었고, 단지 저쪽에서 흑인 장교가 키를 잡고 배의 진로를 조종하고 있을 뿐이다.

로즈메리는 그에게로 갔다. 그는 모든 백인을 증오하고, 그녀도 미워하고 있다는 것을 알았다. "아래로 내려가는 것이 좋을 겁니다, 아가씨." 그가 말했다. 공손하지만 그녀를 증오하고 있어 그녀가 알리고자 하는 경보에 귀를 기울일 것 같지도 않았다.

갑판 아래는 거대한 무도장으로 변했고, 한쪽으로는 까맣게 그을린 교회가, 반대쪽에는 검은 수염을 한 남자가 그녀를 노려보고 서 있다. 한복판에는 침대가 있다. 그녀가 거기에 가서 눕자, 갑자기 나체의 남녀가 둘러쌌다. 10명 내지 12명이나 되는데, 그중에는 거이도 섞여 있었다. 그 밖에 모두가 노인들인데, 여인들은 추하고 말라비틀어진 유방을 늘어뜨리고 있었다. 미니와 그녀의 친구라는 12층에 사는 로라 루이즈도 있었다. 검은 사제 모자를 쓰고 검은 비단의 긴 옷을 걸친 캐스트베트 씨, 즉 미니의 남편인 로만이다. 그가 가늘고 검은 지팡이로 그녀의 몸에 선을 긋는데, 가끔 흰 수염의 사나이가 받쳐 들고 있는 그릇에 든 붉은 액체를 지팡이 끝에 묻혀 다시 선을 긋는다. 지팡이 끝이 그녀의 배 위를 크게 아래위로 움직이더니 서서히 허벅지 쪽으로 내려온다. 나체의 사람들이 합창을 한다. 단조롭고, 특이하며 이국적인 곡조이다. 그리고 클라리넷과 플루트가 거기에 반주를 맞춘다.

"로즈메리가 눈을 뜨고 보고 있는데요!"

거이가 미니에게 속삭였다. 그의 눈이 긴장해 있다.

미니가 말했다. "그럴 리가 없어. 그 초콜릿 '마우스'를 먹은 이상 보지도 듣지도 못해. 산송장이지. 자, 노래나 부르라고."

재키 케네디가 진주를 박고 자수를 놓은 상아색의 훌륭한 가운을 걸치고 무도장으로 들어왔다. "기분이 좋지 않은 것 같네, 불쌍하게도" 라고 말하며 로즈메리 가까이로 걸어왔다.

로즈메리는 재키가 걱정할 일이 두려워 극히 조심스럽게 생쥐에게 물렸다는 말을 했다.

재키가 말했다. "발을 묶어달라는 것이 좋겠군. 경련을 일으킬지도 모르니까."

로즈메리가 고개를 끄덕였다. "그렇겠군요. 광견병에 걸릴 염려가 많답니다." 그녀는 흰 옷을 입은 인턴들이 자기 다리를, 그리고 팔까지 침대의 네 기둥에 묶는 것을 즐겁게 지켜보았다.

"만일 음악이 듣기 싫거든 그렇다고 말해 줘요. 그만두게 할 테니까." 재키가 말했다.

"아니, 괜찮아요. 저 때문에 프로그램을 변경하지 마세요. 조금도 싫지 않아요. 정말 괜찮아요."

재키가 온화한 미소를 지었다. "어떡하든 자 보도록 해요. 우리들, 갑판에서 기다리고 있을게요." 그녀는 비단이 스치는 소리를 남기고 물러갔다.

로즈메리는 잠시 잤다. 그러자 거이가 들어와 그녀에게 사랑의 유희를 시작했다. 양손으로 그녀를 애무한다, 길고도 쉼 없는 기분 좋은 애무를. 먼저 묶인 그녀의 손목에서부터 시작하여 양팔로 이어지고, 양쪽 젖무덤을 거쳐서 허리로 내려가, 사타구니에 이르러 절정에 이른다. 그는 이 욕정이 타오르게 하는 애무를 여러 번 반복했다. 손바닥이 뜨겁고, 손톱이 날카롭다. 그리하여 마침내 그녀가 더 이상 견디기 어려울 정도로 전희를 끝내고는, 그는 한 손을 그녀의 엉덩이 밑으로 넣어 들어올리더니 딱딱한 것을 그녀에게 갖다대고는 힘차게 밀어 넣었다. 그건 여느 때보다 한결 크게 느껴졌다. 아프지만 황홀할 정도로 크다. 그리고는 몸을 숙여서 그녀를 덮어 누르고, 다른 쪽 손으로 등을 돌려 안으면서, 폭넓은 가슴으로 그녀의 유방을 압박했다. (곧 가장무도회가 있을 예정이어서, 거친 가죽으로 된 갑옷을 입고 있었다.)

야수처럼 리드미컬하게 그는 보다 새로운 박력으로 휘몰아쳤다. 그녀는 눈을 떠서 노랗게 타는 듯한 눈을 들여다보고, 유황과 태니스 뿌리의 냄새를 맡았다. 입가에서는 젖은 숨결을 느끼고, 욕정의 신음 소리와 지켜보는 사람들의 숨소리를 들었다.

'이건 꿈이 아니야.' 그녀는 그렇게 생각했다. '이건 현실에서 진행중인 일이야.' 저항 의식이 그녀의 눈과 목구멍 속에서 눈을 떴지만, 뭔가가 달콤한 냄새가 그녀의 숨을 틀어막았다.

우람한 그것은 아직도 그녀의 몸속에서 요동을 치고, 갑옷 가죽 조각이 세차게 그녀의 몸을 때렸다.

교황이 여행용 가방을 들고 코트를 팔에 걸고 들어왔다. "재키에게 들었는데, 당신은 마우스에게 물렸다면서요?"

"네, 그래서 교황님을 뵈러 가지 못했습니다." 그녀가 서글픈 표정으로 말했기에, 방금 오르가즘이 지나간 것을 그가 알 리 없을 것이라고 생각했다.

"괜찮소. 당신의 건강에 해로운 일은 바라지 않으니까."

"저는 용서받을 수 있겠습니까?"

"물론이오." 교황은 그녀가 자기의 반지에 입을 맞출 수 있도록 손을 내밀었다. 반지의 보석은 지름 2.5센티미터 가량의 은빛 옥이었다. 그 속에 아주 작은 모습의 안나 마리아 앨바게티가 앉아 있었다.

로즈메리가 거기에 입을 맞추기가 무섭게 교황은 비행기 출발 시간에 맞추기 위해 급히 떠났다.

9

"여보, 9시가 넘었어."

거이가 그녀의 어깨를 흔들었다.

로즈메리는 남편의 손을 뿌리치고 돌아누우면서 배를 깔았다. "5분만 더." 그녀는 애원조로 말하고는 베개에 얼굴을 묻었다.

거이가 그녀의 머리를 잡아당기며 말했다. "안 돼, 여보. 10시에 도미니크를 만나러 가야 하거든."

"밖에서 사드세요."

"할 수 없군, 그러지."

그가 모포 위로 그녀 등을 토닥거렸다.

그 꿈, 그 음료수, 미니의 초콜릿 무스, 교황 등 그 모든 것이, 꿈인지 생시인지 분간할 수 없는 그 무서운 광경이 떠올랐다. 그녀는 다시 돌아누우며 양팔을 뻗어 상반신을 일으키고 거이를 바라보았다. 그는 흐트러진 매무새로 수염을 기른 채 막 담배에 불을 붙인 참이었다. 파자마를 입고 있었다. 로즈메리는 알몸이었다.

"지금 몇 시죠?"

"9시 10분."

"나 몇 시에 잤죠?" 그녀는 일어나 앉았다.

"8시 반경. 잔 게 아니라 정신을 잃었지. 앞으로 칵테일이든지 포도주든지 한 가지로만 마셔요. 짬뽕은 안 되겠어."

로즈메리는 이마를 문지르고는 눈을 감았다. "별의별 꿈을 다 꾸었어요. 케네디 대통령, 교황, 미니와 로만……." 그녀는 눈을 뜨면서 왼쪽 유방에 나 있는 상처를 발견했다. 허벅지가 아프다. 그녀는 시트를 젖히고 자신의 몸을 살펴보았다. 여러 줄 긁힌 자국이 나 있다, 7, 8줄이나. 그것도 사방으로 길게 말이다.

"화내지 말아요. 줄칼로 잘 다듬었어." 거이가 말했다.

로즈메리는 어리둥절한 얼굴로 거이를 쳐다보았다.

"'아기를 만들 수 있는 밤'을 그냥 보낼 수가 없었어."

"그렇다면, 당신이……"

"손톱 두어 군데가 갈라져 있더군."

"내가 정신을 잃고 있는 동안에?"

"약간은 별나던걸. 시체애호증 변태처럼." 거이는 빙그레 웃으며 말했다.

그녀는 시트로 아랫도리를 감추며 얼굴을 돌렸다. "누가 나를……

강간하는 꿈을 꾸었어요. 그게 누군지는 몰라요. 누군가…… 초연해 보이는 사람."

"나 무척 흥분이 되던걸." 거이가 말했다.

"당신도 그 자리에 있었어요. 그리고 미니와 로만과 다른 사람들도 ……. 무슨 의식을 올리는 것 같았는데."

"깨울까 하다가 정신을 잃고 있기에……."

로즈메리는 다시 외면을 하며 침대의 반대쪽으로 발을 내밀었다.

"왜 그러지?"

"아무것도 아녜요." 그녀는 그를 돌아보려고도 하지 않았다. "내가 의식이 없는 사이에 당신이 그런 짓을 하다니, 참 별난 일도 다 보겠네."

"임신이 가능한 소중한 밤을 그냥 보낼 수가 없었다니까."

"오늘 아침이나 오늘 밤도 있잖아요. 어젯밤만이 한 달 중에서 유일한 기회는 아니라는 것은 자기도 다 알면서. 비록 그렇다 해도……."

"당신이 그래 주기를 원할 것 같아서 그랬지." 거이가 로즈메리의 등을 다독거렸다.

그녀는 몸을 비틀어 거이의 손길을 피하며 말했다. "둘이서 해야 할 일이었어요. 한 사람은 제정신이고, 한 사람은 잠든 상태에서 그러다니, 난 싫어요." 그녀는 쏘아붙이듯 말하고 옷장 쪽으로 원피스를 입으러 갔다.

"상처를 내서 미안해. 나도 술이 좀 과했었나 봐."

그녀는 아침 식탁을 차리고, 거이가 외출하자 싱크대에 가득 담긴 그릇을 씻고, 부엌을 깨끗이 치웠다. 다음에는 거실과 침실의 창을 활짝 열었다. 어제 촉탄을 땠던 냄새가 배어 있었다. 그리고 침대를 매만지고 나서 샤워를 했다. 처음에는 뜨거운 물로, 이어 차가운 물로 몸을 구석구석 씻어 내렸다. 머리에 캡도 쓰지 않고 한동안 차가운 물을 머리끝에서부터 맞으며 머리를 식혀 곰곰이 생각에 잠겼다.

거이가 말한 것처럼 어젯밤은 정말 '아기를 만들 수 있는 밤'이었을까? 그리고 지금 이 순간 이미 임신을 한 것일까?

그녀는 아무래도 좋았다. 그런데 묘하게도 그녀는 불행 같은 걸 느꼈다. 그렇게 느끼는 것이 바보스러운 일일지는 모르지만 거이는 자기도 모르는 사이에 관계를 가졌던 것이다. 몸과 마음이 완전한 자기가 아니라, 마음이 비어 있는 육체만을 희롱한 것이다. '약간은 별나던걸. 시체애호증 변태처럼.' 더구나 이렇게 쓰린 상처까지 내는 야만스러운 욕정으로 말이다.

그러자 그 악몽이 생생히 되살아나며, 로만이 검붉은 액체가 흘러내리는 지팡이로 마구 그어놓은 선이 배 위로 나오는 듯한 착각이 생겼다. 그래서 그녀는 아랫배를 비누질해 세차게 문질렀다. 분명히 그는 나름대로 아기를 만들겠다는 가상한 동기에서 한 일이겠거니와, 그도 그녀처럼 술에 취해 있었던 것은 확실하다. 하지만 그녀는 동기야 무엇이든, 아무리 취중이든, 영혼도 의식도 여성다움도 없는 그런 관계는 갖고 싶지 않았다. 그가 사랑하는 그녀 자신이라는 것이 결여된, 그냥 살덩어리를 범하는 그런 것은 바라지 않았다.

지나간 몇 주간, 몇 달을 돌이켜보니, 꼬집어 말할 수는 없지만 그냥 지나쳐 버린 증거가, 그의 애정의 결핍을 나타내는 증거가, 말과 감정의 괴리를 나타내는 증거가 허다했다는 데 생각이 미쳤다. 그는 배우다. 배우의 언동이 언제 연기가 아니고 진실인지를 누가 알 수 있을 것인가?

그런 생각을 떨쳐 버리기에는 샤워 같은 것으로는 어림도 없었다. 그녀는 물을 잠그고 젖은 머리칼을 힘껏 짰다.

쇼핑을 하러 나가는 길에 그녀는 캐스트베트 댁에 들러, 무스가 들어 있던 컵을 돌려주었다. 미니가 컵을 받아들며 말했다. "입에 맞던가요, 로즈메리? 코코아를 좀 지나치게 넣지 않았나 걱정했다우."

"웬걸요, 맛있었어요. 기회가 있으면 만드는 법을 가르쳐 주세요."

"그러고말고. 새댁, 쇼핑가나 봐. 부탁 좀 들어주시려우? 계란 6개와 인스턴트 상카 커피 작은 것 1통만 사다 주구려. 돈은 드릴게. 나, 그런 것 몇 개 사러 일부러 외출하기가 뭣해서 그런다우."

그와 그녀 사이에 명백한 간격이 생긴 것을 알 법도 한데 그는 거기에 생각이 미치지 않는 것 같았다. 그의 연극은 11월 1일부터 연습에 들어가도록 일정이 잡혔다. 〈언제 어디선가 당신을 만났다〉라는 제목이었다. 그래서 그는 배역 연구와, 목발을 짚는 보행 연습, 연극 무대인 브롱크스 지구의 하이브리지 구획 탐방 등에 시간을 보냈다. 그렇지 않을 때는 가구에 관한 이야기며, 곧 끝이 날 것 같은 신문사의 파업, 혹은 월드 시리즈를 화제 삼아 극히 자연스러운 태도를 가장해서 대화를 나누었다.

한편으로는 새로운 뮤지컬의 전야제나 신작 영화 시사회, 친분이 있던, 금속을 소재로 한 추상파 조각가의 개인전에도 함께 갔다. 거이는 늘 대본이 아니면 텔레비전이나 다른 누군가를 바라보기만 했지 그녀를 바라보지는 않는 것 같았다. 침대에 들면 그녀보다도 일찍 잠들어 버리는 것이 예사였다.

어느 날 밤, 거이는 로만의 연예계에 관한 이야기를 듣고 싶다고 하며 캐스트베트 댁으로 가고, 그녀는 혼자 텔레비전의 〈파니 페이스〉를 보았다.

"우리, 얘기 좀 해요."

이튿날 아침, 식탁에서 로즈메리가 말문을 열었다.

"무슨?"

"날 피하는 것 같아요, 당신. 나를 똑바로 보지를 않아요."
"그게 무슨 소리야. 늘 지켜보는데."
"거짓말, 전과 달라졌어요."
"그렇지가 않대도. 왜 그런 말을 하지?"
"아무 일도 아녜요. 그만두세요."
"알다가도 모르겠는걸. 당신, 왜 그러지?"
"별일 아니라니까요."
"아, 알 만해. 내가 당신 말고 딴 데 정신이 팔려 있는 건 사실이야. 배역에 관한 일이며, 목발이다 뭐다 정신이 팔려서. 그래서 그러지? 하지만, 로. 이건 중요한 일이라고. 당신도 알잖아? 그렇지만 허구한 날 당신을 정열적인 눈으로 바라보지 않는다고 해서 당신을 사랑하지 않는 건 아니야. 현실적인 일에도 신경을 써야 하니까 말이야."
그의 말투는 〈버스 정류장〉에서 그가 했었던 카우보이의 연기처럼 소박하고, 사랑스럽고, 진지한 것이었다.
로즈메리는 마음을 풀기로 했다.
"알겠어요. 바가지 긁어 미안해요."
"바가지? 당신은 바가지를 긁으려고 해도 그럴 수 없는 사람이면서."
거이는 식탁 너머로 몸을 내밀어 그녀의 이마에 입을 맞추었다.

해치는 블루스타 근처에 가끔 주말을 보내는 작은 산장을 갖고 있었다. 로즈메리는 그에게 전화를 걸어 3, 4일 가능하면 1주일 정도 산장을 사용할 수 없겠느냐고 물었다. "거이가 곧 새 배역 연습에 들어가요. 제가 얼씬거리지 않으면 그만큼 성과가 있을 것 같아서요."
"어려운 일 아니지." 그가 쾌히 승낙했기에 그녀는 열쇠를 가지러,

렉싱턴 거리와 24번로의 모서리에 있는 그의 아파트로 갔다.

우선 근처 식료품 상점에 들렀다. 그곳의 여점원들은 로즈메리가 그 부근에서 자취하며 살 때의 친구들이었기에 반가워했다. 그 길로 그녀는 해치 아저씨 아파트로 올라갔다. 아담하고 잘 정돈되어 있었다. 친필 서명이 든 윈스턴 처칠의 사진틀과 소파가 하나——이건 원래 마담 폰파드르의 것이었다——가 있었다. 해치는 2개의 테이블 사이에 맨발로 걸터앉아 있었다. 2개의 테이블에는 각기 타자기와 타자지가 산더미처럼 쌓여 있었다. 그의 장기는 한꺼번에 2권의 책을 쓸 수 있는 것이다. 한 권에서 걸리면 다른 소설로 옮겨가고, 거기에서 막히면 먼젓번 소설로 자리를 옮긴다.

"생각만 해도 가슴이 설레요." 로즈메리는 마담 폰파드르의 소파에 앉으며 입을 열었다. "어쩌다가 갑자기 생각이 난 일인데요. 전 태어나서 한 번도 혼자가 되어본 적이 없거든요. 두서너 시간 이상은요. 사흘이고 나흘이고 혼자 있는다는 건 보람이 클 거예요."

"조용히 앉아서 스스로를 관조해 본다. 그리고 지나간 일과 앞으로의 삶을 생각해 보겠다는 거로군."

"바로 그런 거예요."

로즈메리는 웃으며 맞장구를 쳤다.

"억지웃음은 그만두고. 거이가 전기 스탠드로 뒤통수라도 후려갈긴 거 아니냐?"

해치가 말했다.

"손찌검 같은 건 안 해요. 단지 이번에 맡은 역이 여간 까다롭지가 않은가 봐요. 신체장애자의 운명에 순응하는 불구자 청년 역이거든요. 그래서 다리를 절고, 목발을 짚는 등, 그 연기 연습에 여념이 없어 나 같은 건 안중에도 없는 것 같아요. 날 피하는 것 같고……."

"그럴 수도 있겠군. 화제를 바꾸지. 일전에 뉴스에서 신문이 스트라이크를 다루지 못한 사건을 특집으로 냈더군. 그래서 알았는데, 그 '행복한 집'(브램퍼드 아파트를 뜻함)에서 자살 사건이 있었던 이야기, 왜 감췄지?"

"그랬던가요?"

"시치미 떼지 말고."

"죽은 아가씨와는 아는 사이였어요. 언젠가 말씀드렸지만, 마약중독의 전력이 있었는데 같은 층에 사는 캐스트베트 부부 덕택에 갱생의 길을 걷게 되었다는 그 아가씨 말이에요."

"함께 지하실로 세탁하러 내려가기로 한 아가씨 말이지?"

"맞아요."

"그렇다면 갱생의 효과가 없었던 모양이군."

"그 사건이 일어나고 나서 그 노인 부부와는 친해졌는데, 거이는 연예계의 이야기를 들으려 자주 그 댁에 드나들어요. 캐스트베트 씨가 왕년에 연출가였다나 봐요."

"거이가 그 댁에 그렇게 열중하다니 뜻밖이로군. 나이 차이가 상당히 나는 것 같던데."

"남편은 79살, 부인은 70살이라나 봐요."

"특이한 성이구나. 캐스트베트? 철자가 어떻게 되지?"

로즈메리는 그 철자를 또박또박 끊어 말했다.

"한 번도 들어보지 못한 성인걸. 프랑스계라고 하더냐?"

"성은 그런지 몰라도, 본인들은 출생지가 미국이라고 하더군요. 남편은 이곳 뉴욕 태생이고, 참말인지는 미심쩍지만 부인은 오클라호마 주의 부시헤드라지요."

"놀라운데. 소설 속에서 쓰고 싶었던 고장이구나. 느낌이 딱 들어맞거든. 그런데 산장에는 어떻게 가지? 자동차가 필요할 텐데."

"렌터카를 빌릴까 해요."

"내 차를 쓰지."

"어머, 그럴 순 없어요, 아저씨."

"쓰라니까. 도로의 이쪽에서 저쪽으로 옮기는 것도 귀찮으니까 (도로의 한쪽은 월·수·금, 반대쪽은 화·목·토요일이 주차금지가 된다). 그러니 날 도와주는 셈치고 타고 가라고."

로즈메리는 방긋 웃으며 말했다.

"정, 그러시다면."

해치가 차와 산장의 열쇠와, 산장까지의 약도, 양수기의 사용법과 그 밖의 자질구레한 주의사항을 타이프를 쳐서 건네주었다. 그리고 나서는 윗도리를 걸치고 옆은 청색의 구형 올스모빌을 주차해 둔 곳까지 따라 나왔다. "검사증 같은 건 글로브 박스에 들어 있어. 묵고 싶은 만큼 있다가 오너라. 산장도 차도 당분간 쓸 일이 없으니까."

"1주일 이상은 절대로 넘기지 않을 거예요. 그렇게 오래 별거했다가는 거이도 불편할 테고요."

로즈메리가 운전석에 앉자, 해치가 허리를 굽혀 차 속을 들여다보며 말했다.

"충고해 주고 싶은 말은 많지만, 또 쓸데없는 설교를 한다고 할까봐 그만두겠다."

로즈메리는 해치의 이마에 키스를 했다.

"여러 가지로 고맙습니다."

로즈메리는 10월 16일 토요일에 출발하여 산장에 닷새 동안 묵었다. 처음 이틀 간은 한 번도 거이의 생각을 하지 않았다. 그녀의 계획을 듣고 희색이 만면했던 남편에 대한 섭섭한 마음 탓이었는지도 모른다. 내가 휴양을 할 정도로 쇠약해졌다는 건 겉치레가 틀림없어. 좋아, 휴양을 가지. 속 편히 쉬면서 자기 생각이나 해줄 줄 알고?

그녀는 눈부시도록 단풍이 곱게 물든 숲속을 산책하고, 일찍 자고 되도록 늦게 일어났으며, 다프네 뒤 모리아의 《팰콘 호의 비행》을 읽고, 봄베식 가스레인지로 대식가도 무색할 정도로 음식을 만들어 먹었다.

사흘째는 가끔 남편 생각이 났다. 그는 허영 덩어리이고, 자기중심적이며, 경박하고, 거짓말쟁이다. 자기와 결혼한 것은 반려를 원해서가 아니라 관객이 탐나서이다. 오마하에서 뛰쳐나온 촌뜨기 아가씨. 식은 죽 먹기였을 게다. "어머, 배우시라고요!" 공연히 들떠서 그의 허리띠처럼 그를 졸졸 따라다녔었지. 그가 마음을 다시 먹고 좋은 남편이 되기까지 1년 간의 여유를 주자. 그것이 여의치 않다면 물러설 뿐이다. 그렇게 하면 가톨릭 교리에도 크게 어긋나지 않을 것이다. 그리하여 다시 취직을 하고, 지금껏 억눌러왔던 진취적인 기상을 되찾기로 하자. 여하튼 그가 그녀의 조건을 충족시켜 줄 수 없다면 긍지를 갖고 그와 헤어지는 거다.

대식가의 식사라고 할 만한 남성용 크기의 비프 스튜며 칠리 콘 카니(고추와 고기를 가늘게 썰어 볶고, 콩을 곁들이는 멕시코 요리의 통조림)가 물리더니, 사흘째는 입맛이 떨어져 수프와 크래커밖에 먹을 수 없었다. 마침내 나흘째는 그가 그리워 잠에서 깨어 울었다. 이런 춥고 초라한 오두막집에서 뭘 하겠다는 거람? 그래, 그가 뭘 그렇게 못할 행동을 했다는 거지? 술 취해서, '괜찮지?' 라는 말 한마디 없이 날 범했어. 도저히 용서할 수 없는 일이었지. 지금도 용서할 마음은 눈곱만치도 없다고. 하지만 그가 배우 생활 최대의 역을 하게 되는 마당에 나는, 함께 있으면서 연기를 조언해 주고 격려해 주지는 못할망정 먼 곳으로 도망쳐 와서 자학하고 스스로를 가엾다고 울고 짜고 있으니.

로렌스 올리비에라고 해도 실은 허영스럽고 자기중심적이었을 것이다. 그래, 거이는 가끔 속에 없는 말을 할지 모른다. 하지만 그전부터, 아니 지금도 그런 것이 매력이 아니었던가. 나 자신의 틀에 박힌 경건함과는 거리가 먼, 그 자유분방한 성격 때문에 그에게 끌린 게 아니었던가?

그녀는 블루스타까지 차를 몰고 가서 남편에게 전화를 걸기로 했다. 평소에 친했던 아파트의 교환원이 나왔다. "어머, 시골에 가 계시다고요? 잠깐……. 전화를 안 받네요. 거이 씨는 외출중인 모양이죠. 5시에 다시 전화하시겠다고요? 네, 그렇게 전해 드리겠습니다. 휴가 즐겁게 보내세요."

5시에 전화를 걸어봤지만 역시 거이는 집에 없었다. 9시에 다시 전화를 걸기로 하고, 식당에서 식사를 한 다음 영화를 봤다. 9시에 또 전화를 거니, 무뚝뚝한 야간 교환원으로 교대되어 사무적인 응답이 오갔다. 로즈메리는 내일 아침 8시 전이나, 저녁 6시 이후에 전화 걸겠다는 말을 전해 달라고 했다.

이튿날 그녀는 철든, 현실적인 사고방식이 가능할 것 같은 심정이 되었다. 둘이 다 모자랐던 것이다. 그도 별 생각 없이 자기 일에만 몰두했고, 자신도 불만을 드러내놓고 말하지 못한 것이 나빴다. 그가 변해 주기를 원한다면 그런 의사 표시가 없고는 그가 알 도리가 없지 않은가? 내가 말을 하기만 하면 일은 간단한 것이다. 아니, 그 역시 내가 눈치채지 못하고 있는, 비슷한 불만을 품고 있는지도 모를 일이다. 따라서 둘이서 이야기를 나누면 된다. 그러면 문제는 호전될 것이 분명하다. 불행의 시초는 대개 그런 것이어서, 이번 일도 가슴을 열고 이야기를 나누었다면 별일이 아니었을 것을, 속만 끓이고 있었던 것이 시초가 되었던 것이다.

그녀는 6시에 다시 블루스타 읍으로 나가서 전화를 걸었다. 거이는 집에 있었다.

"오, 달링. 별일 없겠지?"

"네, 당신은?"
"당신이 없으니까 적적한걸."
로즈메리는 전화기를 향해서 활짝 웃었다. "나도 적적하기는 마찬가지예요. 내일 돌아가요."
"그거 잘 생각했군. 여긴 변화가 많아요. 연습은 1월까지 연기되었고."
"어머, 왜죠?"
"그 소녀의 배역이 미정 상태야. 하기야 나로서는 다행이지. 내달에 조종사 역을 맡기로 했거든. 30분짜리 코미디 막간 프로지만."
"정말?"
"만사형통이지. 이번에야말로 정말 잘 풀릴 것 같아. 이 아이디어는 ABC 방송사 측에서 크게 흥미를 갖고 있다고. 제목은 〈그리니치 빌리지〉. 현장에서 촬영할 예정인데 난 이제 막 빛을 본 작가인 셈이지. 이것이 계기가 된다면 앞길이 훤하다는 거지."
"굉장하네요, 거이!"
"앨런도 나에게 재수가 터졌다고 하더군."
"멋져요!"
"자, 이제 샤워를 하고 면도를 할 참이야. 앨런과 스탠레이 크블릭이 오기로 한 시사회에 함께 가기로 했다오. 몇 시쯤 도착할 거지?"
"점심때쯤. 조금 더 빠를지도 몰라요."
"기다릴게, 사랑해."
"나도요."
그녀는 해치에게 전화를 했지만 출타중이어서, 내일 오후에 차를 돌려주러 가겠다는 말을 전해 달라고 교환에게 부탁해 두었다.
이튿날 아침, 산장을 청소하고 문단속을 한 다음 자물쇠를 잠그고,

차를 달려 뉴욕으로 돌아왔다. 디 밀 리버 파크웨이에 3중 충돌사고가 있어 지체되었기에, 브램퍼드 앞 버스 정류장 가까이에 차를 멈춘 것은 1시가 지나서였다. 작은 옷가방을 들고 그녀는 현관으로 달려 들어갔다.

엘리베이터 직원은 자기가 거이를 태운 적은 없으나, 11시부터 12시까지는 근무를 하지 않았으니까 거이가 집에 있는지도 모르겠다고 했다.

그는 집에 있었다. 노스틸링스의 앨범이 탁자 위에 나와 있었고, 그녀가 막 남편을 부르려 하는데 거이가 새 와이셔츠에 넥타이를 매고, 빈 찻잔을 들고는 주방 쪽으로 가려고 침실에서 나왔다.

거이는 한 손에 찻잔을 들고 있었기에 한쪽 팔로 그녀를 껴안았다. 둘은 애정 어린 긴 키스를 했다.

"즐거웠어?" 그가 물었다.

"즐겁긴, 비참했어요. 당신을 볼 수 없어 외로웠고."

"건강은?"

"좋아요. 스탠레이 크블릭은 시사회에 나왔었나요?"

"오지 않았어. 그 능구렁이 같으니라고."

둘은 다시 한 번 키스를 나누었다. 그녀는 가방을 침실로 갖고 들어가, 침대 위에서 열었다. 그가 커피 2잔을 들고 들어와 1잔을 그녀에게 건네주고, 그녀가 옷가지를 챙기는 동안 화장대 의자에 걸터앉아 있었다. 그녀는 노랗고 빨간 잎으로 가득한 숲속의 오솔길과 고요하고 적적했던 밤에 관한 이야기를 들려주었다. 거이 쪽에서는 〈그리니치 빌리지〉에 관한 일과 공연자, 제작자, 시나리오 작가, 감독이 누구로 결정되었는지를 이야기해 주었다.

"당신, 정말 몸에 이상은 없는 거야?"

거이는 빈 가방의 지퍼를 채우고 있는 그녀에게 물었다.

그녀는 그의 말뜻이 선뜻 이해가지 않았다.

"당신 그것 말이야. 화요일이 예정일이었지, 아마."

"맞아요……."

"있었어?"

"아뇨, 하지만 겨우 이틀째인걸요. 아마 물을 바꾸어 마셨거나, 거기에서 먹은 식사 탓이겠죠." 그녀는 애써 마음의 동요를 표정에 나타내지 않고 별일도 아닌 것처럼 말을 이었다.

"지금까진 늦은 적이 한 번도 없었잖아."

"틀림없이 오늘 밤부터라도 시작될 거예요."

"내기하겠어? 25센트."

"문제없어요."

"당신이 질 거야, 로."

"그만, 신경이 쓰여요. 불과 이틀 차이, 오늘밤 시작될 테니 두고 봐요."

10

하지만 그날 밤도, 이튿날에도 시작되지 않았다. 아니, 다음날도, 또 그 다음날도 아무런 소식이 없었다. 로즈메리는 자기 몸속에 매달린 것이 흔들려 떨어지지 않게끔 조용히 움직이고, 천천히 걸었다.

'거이에게 이야기할까? 아니, 급할 거 없어.'

그녀는 조심스럽게 숨을 쉬며 청소를 하고, 장을 보고, 요리를 했다. 어느 날 아침 로라 루이즈가 내려와 버클리에게 투표를 부탁했다. 로즈메리는 그러겠다고 즉석에서 승낙을 했지만, 그건 얼른 할망구를 쫓아내기 위해서였다.

"25센트 내놔야지."

거이가 말했다.

"시끄러워요."

그녀는 억하심정인 양 남편의 가슴을 쥐어박는 시늉을 했다.

그녀는 산부인과 병원에 예약을 하고, 10월 28일의 목요일에 진찰을 받으러 갔다. 의사의 이름은 닥터 힐이었다. 두 번의 임신을 계속 그의 신세를 졌고, 임신 판정도 그로부터 받은 바 있는 친구 엘리스 댄스턴의 소개를 받았던 것이다. 그의 진료실은 서72번로에 있었다.

의사는 로즈메리가 예상했던 것보다 젊었다. 거이와 동갑내기가 아니면 그 아래쯤. 텔레비전에 나오는 닥터 킬데어와 약간 닮은 데가 있었다. 그녀는 이 의사가 마음에 들었다. 그는 차근차근 여러 가지 질문을 하고 진찰을 끝낸 다음, 60번로에 있는 그의 검사실로 그녀를 보내, 간호사로 하여금 오른팔에서 피를 뽑게 했다.

이튿날 오후 3시 반에 그에게서 전화가 왔다.

"우드하우스 부인이십니까?"

"힐 선생님이시군요."

"그렇습니다, 축하드립니다."

"정말이세요?"

"틀림없습니다."

그녀는 침대 모서리에 주저앉았다. 웃음이 얼굴에 가득 번졌다. 정말이란다! 이건 꿈이 아니다.

"여보세요, 부인?"

"네, 네."

"내달에 또 한 번 진찰을 받으러 오셔야 합니다. 그리고 나탈린 정제를 사서 복용하도록 하십시오. 하루에 한 알씩. 그리고 서류를 우송할 테니 기입해서 보내주십시오. 입원 수속을 위한 서류입니다. 일찌감치 수속을 끝내는 것이 안심이 되니까요."

"언제가 될까요?"

"마지막 생리를 9월 21로 치면, 6월 28일이 분만일이 되겠군요."
"꽤 아득한 것 같네요."
"그리고 또 한 가지. 검사실에서 다시 한 번 채혈을 하고 싶다고 합니다. 내일이나 월요일에 들러서 채혈하도록 해주시겠습니까?"
"그러지요. 하지만 무엇 때문에……."
"간호사가 소정의 양만 채혈했던 모양입니다."
"그런데도 임신이 확실한가요?"
"아, 그건 테스트가 끝나 확실합니다. 그 밖에 두어 가지, 혈액의 당분 테스트 같은 것도 해야 하는데, 간호사가 잘못 알고 임신확인용 채혈만 한 겁니다. 걱정하실 것 없습니다. 임신만은 장담합니다."
"알겠습니다, 내일 아침 들르지요."
"그럼, 서류는 우송하기로 하고, 다음에 봅시다, 11월 마지막 주에."

11월 29일 1시로 약속을 정하고, 로즈메리는 어떤 이상이 있는 것은 아닌가 하는 불안감에 싸여 전화를 끊었다. 간호사는 일에 숙달된 것처럼 보였고, 닥터 힐은 경솔할 것 같지도 않았다. 무슨 실수가 있었을까? 채혈한 병을 바꾸었다든가, 이름을 잘못 붙였다든가. 그렇다면 아직 임신을 하지 않았을 가능성도 있을 수 있을 텐데. 그런데도 닥터 힐이 그토록 확신에 찬 장담을 할 수 있었을까?

그녀는 꼬리를 무는 생각을 떨쳐버리려 했다. 임신은 확실하다. 생리가 없는 것이 그 증거가 아닌가? 그녀는 부엌으로 갔다. 벽에 달력이 걸려 있어서 이튿날 칸에 '검사실행'이라고 적고, 11월 29일 칸에는 '닥터 힐 : 1시'라고 기입했다.

거이가 집에 돌아오자, 그녀는 남편에게 가서 아무 말 없이 그의 손에 25센트 동전을 쥐어주었다.

그는 의아한 얼굴로 "이게 뭐지?" 하고 묻다 말고 그녀를 와락 껴안았다. "굉장한걸. 하니! 수고했어!" 그리고 다시 그녀를 품에 안으며 두 번 키스를 하고, 세 번째도 키스를 했다.

"의사한테 갔다 왔어요."

"굉장한 일이야!"

"당신은 이제 아빠가 돼요."

"당신은 엄마."

"이봐요, 거이." 그녀는 새삼스럽게 그를 바라보며 입을 열었다. "이 일을 계기로 새 출발해요. 좋지요? 이제부터는 마음을 털어놓고 이야기해요. 지금까지 우린 서로에게 솔직하지 못했어요. 당신은 연극이나 조종사의 역할 등 자기 일에만 매달리고. 그래서는 안 된다는 건 아니에요. 당신이 그러지 않는 것이 오히려 비정상이겠죠. 하지만 난 그래서 산장에 갔었던 거예요, 거이. 우리들 사이가 왜 틀어졌나 생각해 보려고요. 그래서 알게 된 것이 이거예요. 솔직하지 못했다는 것. 그건 내 자신도 마찬가지지만."

"당신 말이 맞아." 거이는 그녀의 어깨를 안은 채 그녀의 눈을 들여다보았다. "그거야, 나도 그걸 느끼고 있었다고. 당신이 느끼고 있는 것처럼 심각하지는 않았는지 모르지만. 나는 지나칠 정도로 자기중심적이야. 로, 그게 모든 일에 있어 트러블의 근원이라니까. 연예계에 발을 들여놓은 것도 근원은 그런 데 있었던 거라고. 하지만 당신을 사랑한다는 것만은 알아줘야 해. 정말이야, 로. 이제부턴 좀더 솔직할 작정이야. 하느님께 맹세코 그러고말고."

"나도 나빴어요!"

"무슨 소릴. 내가 나빴다고. 내 자기중심적인 사고방식 때문이야. 이해해 줘, 로. 그렇지만 좋은 남편이 되도록 노력할 거야."

"아아, 거이……." 그녀는 후회와 애정과 관용의 소용돌이에 휩싸이며, 그의 키스에 열정적으로 반응했다.

"어버이라는 것 때문에 변신하는 데 좋은 계기가 되었군."

거이의 말에 로즈메리는 눈물을 글썽이며 웃었다.

"그런데, 하니. 해야 할 일이 하나 있는데, 그게 뭔지 알아?"

"뭔데요?"

"옆집의 미니와 로만에게 이야기합시다." 거이는 자기 말에 반발할지도 모르는 아내를 제지하는 제스처를 하면서 말을 이었다. "당신 마음 알아. 당분간 비밀로 해두고 싶겠지. 하지만 그 두 분에게는 아기를 갖기로 했다는 말을 이야기했고, 그 말에 두 분은 여간 기뻐하지 않았거든. 더구나 언제 돌아가실지도 모르는 나이라……."

"이야기하세요."

그녀는 남편을 애무하는 손길을 멈추지 않은 채 승낙했다.

거이가 그녀의 코끝에 키스를 했다. "곧 다녀올게." 그리고 급히 밖으로 나갔다. 남편의 등 뒤를 바라보면서 그녀는 미니와 로만이 남편에게 없으면 안 될 존재가 되었다는 걸 깨달았다. 무리도 아닐지 모른다. 그의 어머니라는 분은 자기 일에만 매달려 사는 수다쟁이였으며, 그의 아버지 역시 정을 주지 않았던 것이다. 그런 빈틈을 캐스트베트 내외가 메워주고 있는 것이다. 아마도 그 자신은 의식하지 못하겠지만. 그래서 그녀는 그들을 보다 고맙게 생각하고, 앞으로는 보다 친절하게 대해야 하겠다고 마음먹었다.

로즈메리는 욕실에 가서 세수를 하고 머리를 매만졌다. "아기를 가졌어." 그녀는 거울에 비친 스스로에게 말했다. '하지만 검사실에서 채혈을 더 하겠다는 진의는 뭘까?'

거이가 나간 지 채 1분도 안 되어 그들이 우르르 몰려왔다. 미니는 흐트러진 옷매무새 그대로, 로만은 포도주 병을 손에 든 채였다. 그들 등 뒤에서 거이가 얼굴을 붉히고 싱글싱글 웃고 있었다.

"이거야말로 정말 희소식이구먼!" 미니가 로즈메리에게 달라붙으며 그녀의 볼에 소리가 날 정도로 요란하게 입을 맞추었다.

"진심으로 축하해요, 로즈메리. 뭐라고 이 기쁨을 전해야 할지. 집에 샴페인이 없어서 이걸 들고 왔어요. 1961년산 세인트 줄리앙. 건배하기에는 제격이지." 로만도 그녀의 볼에 입을 갖다대며 말했다.

로즈메리는 두 노인에게 공손히 허리를 굽혔다.

"그래, 예정일은 언제지, 새댁?"

"6월 28일."

"이제부터가 고비라우."

"장 보는 건 우리에게 맡겨요."

로즈메리가 손을 흔들었다.

"그럴 수야……. 아직은 괜찮아요."

거이가 병따개와 잔을 가지고 오고, 로만이 기세 좋게 포도주 병을 땄다. 미니가 로즈메리의 팔을 잡고 거실로 걸음을 옮기면서 물었다.

"그래, 의사에겐 가봤겠지?"

"네, 아주 좋은 선생님이었어요."

"하지만 난 뉴욕에서 일류 가는 산부인과 의사를 잘 알고 있다우. 에이브러햄 서퍼스타인. 유태계지. 상류 사회의 아기는 모두 그분의 손을 거치는데, 우리가 부탁하면 새댁의 아이도 받아줄 거구먼. 비용도 헐하게 부탁할 수 있는 사이니, 거이가 애써 번 돈을 절약도 할 수 있고."

로만이 저쪽에서 말을 건넸다. "에이브러햄 서퍼스타인 말인가? 그 친구라면 미국에서도 일류가는 산부인과 의사지. 이름을 알 만할 텐데?"

"들은 것 같아요."

로즈메리가 신문인가 잡지 기사에서 읽었던 기억을 더듬으며 말했다.

"들은 적 있습니다. 2년 전엔가? 〈오픈 엔드〉 잡지에 나온 적이 있지요, 아마."

거이가 말했다.

"맞아요, 그분은 유명한 전문의라고."

로만이 말했다.

"여보." 거이가 로즈메리에게 얼굴을 돌렸다.

"하지만, 힐 선생님은 어떡하지요?"

"걱정 마. 내가 적당히 구실을 대지. 당신 내 실력 알잖아."

로즈메리는 잠시 닥터 힐을 생각했다. 젊고 진지하고……. 하지만 그의 검사실 쪽은 간호사가 머리가 모자라는지, 아니면 정보가 엉터린지 그녀에게 불필요한 수고와 걱정을 끼쳐 피를 더 뽑겠단다.

미니가 쐐기를 박았다.

"난 이름도 없는 닥터 힐인가 누군가에게는 보내고 싶지 않은걸! 뭐니 뭐니 해도 에이브러햄 서퍼스타인을 능가할 의사는 없다고."

로즈메리는 마음을 정하고도 꽁무니를 빼봤다.

"그 선생님이 맡아주실는지…… 바쁘신 분일 텐데."

"맡아 주고말고. 직통 전화를 걸어두지. 전화가 어디 있더라?"

"침실입니다."

거이가 말했다.

미니가 침실로 종종걸음을 쳤다.

로만이 잔에 포도주를 따르며 말했다. "그분은 존경할 만한 의사지. 핍박받은 민족의 감성을 지니고 있거든. 미니의 결과를 기다려 봅시다." 그는 잔을 거이와 로즈메리에게 건네주었다.

두 사람은 포도주가 가득 찬 잔을 들고, 로만 역시 두 사람 분을 든 채 미니가 돌아오기를 기다렸다. 거이가 말했다. "여보, 당신은 앉구려." 그러나 로즈메리는 고개를 젓더니 그냥 서 있었다.

침실에서 미니의 말소리가 들렸다. "에이브? 나, 미니예요. 요즘도 여전하시겠죠? 다름이 아니라, 우리 친한 이웃이 방금 임신이라는 걸 알았다우. 지금 그 댁에 와 있어요. 방금 에이브 이야기를 하고, 당신이 기꺼이 맡아주실 거라는 장담과, 돈 많은 졸부와는 달리 비용도 싸게 해줄 거라는 나팔을 불어대던 참이라우." 상대방이 뭐라고 하는 모양이었다. 잠자코 있던 미니가, "잠깐" 하는 말을 남기고 이쪽을 바라보며 소리를 높였다. "로즈메리, 내일 아침 11시에 가 뵐 수 있겠수?"

"네, 그럴 수 있어요."

로만이 의기양양하게 말했다. "거 보라고!"

"11시, 약속한 거요, 에이브. 그럼, 잘 부탁해요." 미니가 전화를 끊고 돌아왔다. "자, 일은 일사천리로 마무리됐고…… 우리가 돌아가기 전에 병원 번지수라도 적어놔야지. 79번로와 파크 애버뉴가 마주치는 모서리라우."

"정말 수고하셨습니다, 미니" 거이가 말했다. 로즈메리는, "어떻게 두 분께 감사해야 할지……" 하며 말끝을 흐렸다.

미니가 로만이 대신 들고 있던 잔을 넘겨받으며 말했다. "뭘 그것 가지고. 에이브가 시키는 대로 하면 토실토실한 아기를 낳게 되고, 그게 바로 우리에 대한 답례라우."

로만이 잔을 들어올렸다. "토실토실한 아기를 위하여!"

"아기를 위하여!" 미니가 같은 말을 거듭하고 모두는 건배를 했다. 거이, 미니, 로즈메리, 로만 네 사람이 전부 말이다.

"음……." 거이가 입맛을 다셨다. "기막히게 맛이 좋습니다."

"그럴 걸세." 로만이 맞장구를 쳤다.

"이 일을 어쩐담. 이 희소식을 위층의 로라 루이즈에게도 전해 주어야 할 텐데."

미니가 중얼거렸다.

로즈메리가 황급히 손을 저었다.

"부탁이에요. 아무에게도 이야기 마세요. 아직 일러요."

"성급하긴. 희소식이라는 건 아껴두어야 가치가 커져요." 로만이 말했다.

"치즈와 크래커 드시겠어요?" 로즈메리가 말했다.

"당신은 앉아 있어요. 내가 갖고 올게." 거이가 말했다.

그날 밤, 로즈메리는 기쁨과 놀라움으로 잠이 오질 않았다. 이 몸 속에, 배 위에 살며시 얹은 손바닥 아래에서, 아주 작은 알이 아주 작은 씨앗에 의해서 생명을 부여받은 것이다. 이 얼마나 벅찬 기적인가? 그것이 점점 커져서 앤드류가 아니면 수전이 되는 것이다. (남자아이의 경우엔 앤드류라고 이름 짓는다는 것은 결정적이지만, 여자아이의 경우 수전은 거이와 상의할 여지가 있다.) 앤드류인가 수전은 지금 어느 정도일까? 바늘구멍만 할까? 아냐, 그것보다는 더 크겠지. 벌써 2달째를 접어들고 있지 않은가? 그래, 올챙이 단계에 있을 거다. 달마다 변화하는 과정을 설명하는 책이나 도표를 구해 살펴봐야겠다. 서퍼스타인 선생님의 추천을 받아봐야지.

소방차가 요란한 사이렌을 울리며 지나갔다. 거이가 돌아누우며 웅얼웅얼 잠꼬대를 했고, 벽 저쪽에서 미니와 로만의 침대가 삐그덕거렸다.

이제부터 몇 달은 조심해야 할 위험이 한두 가지가 아니다. 화재, 낙하물, 핸들을 잘못 꺾은 자동차. 앤드류나 수전이 깃들어 삶을 시작한 지금, 지금까지는 조금도 위험하지 않았던 것이 위험해지는 것도 여러 가지다. 가끔 피우던 담배도 끊기로 하자. 그리고 칵테일은 어떤지 닥터 서퍼스타인에게 물어보자.

기도가 지금도 허용된다면! 다시 십자가를 받들고 하느님께 이야기를 걸 수 있다면 얼마나 마음이 편안할까? 앞으로 8개월, 무사하기를 빌자. 부디 풍진이나, 살리드마이드처럼 부작용이 있는 독한 약으로부터 지켜주십시오. 소중한 8개월 동안, 부디 사고나 질병을 멀리해 주시고, 철분과 우유와 햇빛을 충분히 누리게 허락해 주시옵소서.

문득 그 행운의 부적, 태니스 뿌리를 채운 약합이 생각났다. 그리고 어리석은 일인지는 모르지만, 그것을 목에 걸고 싶어졌다. 그녀는 살그머니 침대에서 빠져나와, 고양이걸음으로 화장대로 가서 루이스 셸리의 얼굴이 인쇄된 깡통을 꺼내어, 알루미늄 호일을 벗겨냈다. 태니스 뿌리 냄새가 풍겼지만, 이젠 못 견딜 정도는 아니었다. 그녀는 그걸 목에 걸었다.

젖무덤 사이로 떨어지는 약합을 느끼며 다시 고양이걸음으로 돌아와, 침대로 미끄러져 들어갔다. 담요 자락을 끌어올리고 눈을 감았다. 베개 깊숙이 머리를 파묻고 심호흡을 하고 있는 동안 스르르 잠이 들었다. 양손을 배 위에 얹고, 몸속의 작은 생명을 보호하듯 감싸며…….

2부

1

이제 그녀에게는 전에 없는 생기가 넘쳤다. 생활이 있고, 사는 보람이 있으며, 마침내 자기 자신을 찾았거니와 무엇 하나 부러운 것이 없었다. 일상생활에는 변화가 없었다. 요리를 하고, 청소를 하고, 다리미질을 하고, 침대를 정돈하고, 장을 보고, 지하실로 세탁을 하러 내려가고, 조각교실에 나가고……. 하지만 앤드류나 수전(혹은 메린다)이 자신의 몸속에서 매일처럼 조금씩 형태를 형성하며, 태어날 날을 향하여 한 발자국씩 다가가고 있음을 생각하고는, 만사를 이 새롭고 조용한 배경에 맞추어 조심스럽게 행동했다.

닥터 서퍼스타인은 근사했다. 백발에 풍성한 흰 수염을 기르고, 키가 크며, 거무스레하게 햇빛에 탄 노인이었다. 그녀는 어디선가 그를 본 적이 있다고 생각했지만 확실치가 않았다. '〈오픈 엔드〉 잡지에서였을까?' 그는 대합실에 있는 화사한 응접세트와 대리석 탁자와는 대조적으로, 푸근할 정도로 고풍스럽고 단도직입적이었다.

"책 같은 건 읽을 필요 없어요. 임신이란 사람마다 다르니까. 3개월째의 3주에는 그런 류의 책들은 공연히 근심거리만 만들어주죠. 그런 책에 쓰인 경우와 완전히 일치하는 임신은 하나도 없다고 보아도 무방해요. 그리고 친구들 말을 귀담아 들을 필요도 없고, 그들의 경험과 당신이 경험하는 바는 크게 차이가 날 수 있으니까. 그냥 그들이 아이를 낳았다면 당신도 아이를 낳을 것이라는 확신만 가지면 돼요."

그녀는 닥터 힐이 처방해 준 비타민제에 관해서 물어보았다.

"안 됩니다, 그런 약은. 캐스트베트 부인이 약초를 기르고 조제기를 갖고 있으니까, 부인에게 매일 마실 것을 부탁해 봅시다. 그건 시판되는 어떤 약보다도 신선하고 안전하고 비타민이 풍부해요. 그리고 욕구를 충족시키는 것을 겁내지 마세요. 임산부가 여러가지 욕구가 생기는 것은 마땅히 그렇게 되어야 한다는 주위로부터의 기대가 생기는 때문이라는 게 오늘날의 학설입니다만, 내 의견은 달라요. 알겠습니까? 밤중에 피클이 먹고 싶거든, 안 된 일이지만 남편을 두드려 깨워서 대령하게 해요. 하여간 먹고 싶은 건 뭐든지 먹어요. 앞으로 몇 달 동안은 당신의 몸이 생각지도 못했던 것을 요구하는 데 놀랄 겁니다. 그리고 궁금한 것은 밤이고 낮이고 가릴 것 없이 전화를 하세요. '나에게' 전화하는 겁니다. 어머니나 패니 아주머니는 안 돼요. 그래서 내가 여기에 있는 거니까."

로즈메리는 매주 한 번 진찰을 받으러 가기로 했다. 환자에 대한 신중한 배려는 닥터 힐을 능가했고, 그의 병원에서는 서류수속 없이도 입원예약이 되는 것 같았다.

만사가 순조롭고, 희망에 차고, 잘 풀렸다. 그녀는 비달 사순풍의 헤어커트를 했고, 이도 말끔히 치료했으며, 선거 날에는(린제이를 시장으로) 투표를 하고, 그리니치 빌리지로 거이의 비행사 로케를 구경가기도 했다. 거이가 훔친 핫도그 포장마차를 끌고 설리번 거리를 내

달리는 장면을 촬영하는 막간에는 쪼그리고 앉아 아이들과 이야기를 나누고, 배가 부른 부인네들에게는 '나도 그래요'라는 의미의 미소를 보냈다.

소금기가 조금만 있어도 입에 당기지 않았다. "극히 정상적인 일이오." 닥터 서퍼스타인이 두 번째 진찰에서 말했다. "몸에서 받기만 하면 자연히 그런 편식은 없어지게 됩니다. 당장은 소금기는 빼도록 해요. 욕구와 마찬가지로, 싫은 것도 그대로 받아들이세요."

하기야 별다른 욕구도 없었다. 실은 식욕이 전보다 더 못한 것 같다. 아침은 커피와 토스트로 충분했고, 저녁에는 야채와 반쯤 익힌 고기 한 조각으로 족했다. 매일 11시에 미니가 피스타치오 향이 든, 밀크셰이크를 물에 탄 것 같은 음료를 갖다 주었다. 그건 차고 시큼했다.

"이게 뭐예요?"

"손톱 깎은 것과 달팽이, 그리고 강아지 꼬리."

미니가 장난스럽게 말하고 웃었다.

로즈메리는 웃었다.

"그거 별식이네요. 하지만 여자아이를 원한다면 어쩌지요?"

"딸을 바라시나?"

"물론 내려주시는 대로 고맙게 받아들여야 하겠지만, 첫아이는 아들이었으면 좋겠어요."

"그럼, 마셔요."

마시고 나서 로즈메리가 정색을 했다.

"농담이 아니고, 정말 이거 뭐예요?"

"날계란, 젤라틴, 그리고 약초."

"태니스 뿌리도?"

"그것도 조금, 다른 것도 약간……."

미니는 매일 같은 잔——청색과 녹색 줄무늬가 쳐 있는 큰 잔——을 들고 와서 로즈메리가 그것을 다 마실 때까지 서성거렸다.

어느 날 엘리베이터 앞에서 리자의 젊은 엄마인 필리스 커프 부인을 우연히 만나 이야기를 나누었다. 헤어질 무렵에 다음 일요일 거이와 그녀를 아침을 겸한 점심 식사에 초대하고 싶다는 청을 받았다. 로즈메리가 식사 초대 받은 이야기를 하자 거이는 난처한 얼굴을 했다. 일요일에는 촬영이 있을 것 같고, 촬영이 없다고 해도 그날은 휴식과 공부로 보내고 싶다는 거였다. 두 사람은 근래 사교적인 모임에 거의 얼굴을 내민 적이 없었다. 2, 3주 전에는 지미와 타이거 헤니그센 부부와 저녁 식사를 하고 연극을 보기로 한 약속을 거이가 깨뜨렸고, 해치와의 회식도 연기하라고 로즈메리에게 졸랐었다.

하기야 결과적으로 점심 초대에는 응할 수 없게 되었다. 까닭인즉, 로즈메리가 갑작스럽게 찢어지는 듯한 복통이 일어나고 그것이 점점 심해졌기 때문이다. 그녀는 닥터 서퍼스타인에게 전화를 걸고 진찰을 받으러 갔다. 진찰을 끝낸 그는 걱정할 일이 아니라고 말했다. 통증은 태반이 지극히 정상적으로 펴져 있기 때문이며, 하루 이틀이면 가실 것이니 그 동안에는 아스피린을 보통 분량만큼 복용하면 견딜 만할 것이라는 조언을 해주었다.

로즈메리는 마음이 놓였다.

"혹시 자궁외 임신이 아닌가 겁이 났어요."

"자궁외 임신?" 닥터 서퍼스타인이 그녀를 흘끔 쳐다보며 말했다. "책 같은 건 읽지 말라고 했는데."

"아무래도 궁금해서……."

"그래서 읽은 결과, 쓸데없는 근심 걱정이 늘었다는 거로군. 집에 가거든 쓰레기통에 던져 버리도록 해요."

"그러겠습니다, 꼭."
"통증은 이틀만 지나면 자연히 없어져요. 자궁외 임신이라니, 별……."
하지만 이틀이 지나도 통증은 가시지 않았다. 오히려 심해져서, 마치 몸을 쇠사슬로 동여매고 점점 세차게 조이듯 허리가 끊어지는 것 같았다. 몇 시간이고 아픔이 계속되다가, 불과 몇 분 비교적 통증이 덜할 때가 있기는 했는데, 그건 새로운 통증을 밀어붙이려고 힘을 저축하기 위한 것에 지나지 않았다. 아스피린도 거의 효력이 없었다. 잠도 고르지가 못했다. 간신히 잠이 들었는가 하면, 꼬리를 무는 악몽에 시달렸다. 꿈속에서 그녀는 욕실 한구석으로 쫓겨 거대한 거미와 싸우기도 하고, 거실의 융단 위로 돋아난 검은 나무를 뽑아내려고 필사적으로 허우적거리기도 했다. 그리하여 식은땀을 흘리고 눈을 뜨면, 보다 심한 통증이 기다리고 있는 것이다.
"어쩌다가 이런 예가 있기는 해요." 닥터 서퍼스타인이 말했다. "이제 가라앉을 만도 한데. 혹시 나이를 속인 건 아니겠지요? 그런 통증을 호소하는 건 대개 관절의 탄력이 약해진 나이 든 부인이 대부분인데."
미니가 마실 것을 갖고 와서 말했다.
"불쌍도 해라. 하지만 별일은 없을 거라우. 톨레트에 사는 내 조카도 그런 통증에 시달렸고, 달리 아는 사람 중에도 둘 그랬다우. 하지만 분만은 가볍게 치렀고, 귀엽고 튼튼한 아이를 낳았다우."
"그래요?"
로즈메리가 고개를 돌렸다.
그 말에 미니가 펄쩍 뛰었다.
"믿지 못하나 봐! 이건 진담이라고. 하느님께 맹세코 진담이라니까."

날이 갈수록 로즈메리의 몰골은 처참해 갔다. 얼굴은 살이 빠져 광대뼈가 튀어나오고 기미가 번졌다. 그러나 거이는 그렇지가 않다고 우겼다.

"무슨 소릴! 얼굴은 조금도 상하지 않았어. 내 생각으로는 그렇게 보이는 건 머리 모양 탓인 것 같아. 하필이면 그런 헤어스타일을 하다니, 당신에게는 인생 최대의 실수겠는걸."

통증은 이제 뿌리를 내려 한시도 멈추질 않았다. 그녀는 그것을 참고 견디며, 으레 그런 것이려니 마음을 다부지게 먹었다. 잠은 서너 시간, 닥터 서퍼스타인이 두 알 허락한 아스피린도 한 알로 줄였다. 조안과 엘리스와 함께 외출하는 일도 없어졌으며, 조각교실도 장 보기도 그만두었다. 식료품 상점에 전화로 주문을 하고, 집에 틀어박혀 아기 방의 커튼을 마름질하기도 하고, 《로마제국 흥망사》를 읽으며 시간을 보내기로 했다. 가끔 오후에 미니나 로만이 와서 이야기를 나누거나 필요한 것이 없느냐고 물어주기도 했다.

한번은 로라 루이즈가 생강이 든 케이크를 갖다 주었다. 그녀는 로즈메리가 임신한 것을 아직 알지 못하고 있는 것 같았다. "어머나, 그 머리 모양 좋기도 해라. 아주 예쁘고 현대적으로 보이는걸." 호들갑을 떨었다.

비행사의 촬영이 끝나, 거이는 거의 집에 붙어 있게 되었다. 성악 교사 도미니크에게도 다니지 않았고, 시청(視聽) 테스트에 나가 오후를 보내는 일도 뜸해졌다. 그는 두 편의 보수가 좋은 광고방송——폴 몰과 텍사코용——에 나갔고, 〈언제 어디선가 당신을 만났다〉의 연습은 1월 중순부터 시작하기로 예정이 잡혀 있었다.

그는 로즈메리의 집안 청소를 거들고, 때로는 한 게임에 1달러 걸고 글자 맞추기로 시간을 보냈다. 전화의 응답도 그가 도맡았는데,

로즈메리에게 걸려오는 전화는 되도록 따돌렸다.

그녀는 추수감사절 디너파티를 계획하고서 그들과 마찬가지로 가까이에 가족 없이 객지 생활을 하는 친구들을 초대하기로 했다. 하지만 끊임없이 통증이 계속되어, 뱃속의 앤드류인지 메린다에게 무리가 갈까 봐 마침내 계획을 포기해 버렸다. 그 대신 미니와 로만에게 가기로 했다.

2

12월의 어느 날 오후, 거이가 폴 몰 광고방송 촬영에 나가고 없는 동안에 해치에게서 전화가 왔다.

"마르셀 마르소 표를 사기 위해 가까운 시티 센터에 와 있다. 거이와 함께 금요일 밤에 오지 않을래?"

"어려울 것 같아요, 아저씨. 요즘 몸이 시원치 않아요. 그리고 거이도 이번 주에는 광고방송이 둘이나 있어요."

"몸이 불편하다니, 왜?"

"별것 아니에요. 계절이 바뀐 탓인지……."

"잠깐 들러도 될까?"

"그럼요, 뵙고 싶어요."

로즈메리는 서둘러 바지를 입고, 저지 윗도리를 걸치고, 루주를 바르고, 머리에 빗질을 했다. 그때 통증이 한결 더해져서 눈을 감고 이를 악물고 있자니, 곧 평상시 정도로 가라앉았다. 다행이다 싶어 깊은 숨을 내쉬고는 다시 머리를 매만졌다.

해치는 그녀를 보자마자 눈을 휘둥그렇게 뜨고는, "이거야, 원!" 하고 말했다.

"이 머리, 비달 사순 커트라고 해서 요즘 유행인걸요."

"머리 모양을 말하는 게 아니다. 왜 그렇게 얼굴이 못쓰게 됐지?"

"그렇게 보여요?"

로즈메리는 해치의 외투와 모자를 받아 걸며 억지로 웃음을 띠었다.

"처참할 정도야. 얼굴이 반쪽이 되고, 눈 둘레에는 판다 곰이 무색할 정도의 검은 그늘이 잡혔는걸. 참선을 위해 단식을 하는 것도 아닐 테고!" 해치가 혀를 찼다.

"설마."

"도대체 왜 그래? 의사에게는 가봤니?"

"늦기는 했지만 말씀드릴게요. 저, 아기를 가졌어요. 지금 3개월째예요."

해치는 어안이 벙벙해서 그녀를 다시 쳐다보았다. "그거 이해가 가지 않는걸. 임신하면 몸이 나는 법인데 반대로 꼬치처럼 마르다니!"

"합병증이 있나 봐요." 로즈메리는 거실로 해치를 안내하며 말했다. "관절이 굳어서 그런지, 밤새도록 잠을 이룰 수 없을 정도로 통증이 있어요. 정말 끈질길 정도로 계속 아프답니다. 하지만 걱정할 건 없대요. 곧 가라앉겠죠, 뭐."

"처음 듣는걸. 관절이 굳어 통증이 오다니……."

"골반의 관절이 굳어서 그렇대요. 흔히 있다던데."

해치는 거이의 안락의자에 앉으며 말했다.

"하여간 경사로군. 거이도 좋아하던가?"

"물론이죠."

"어느 의사에게 다니지?"

"에이브러햄 서퍼스타인이라는 의사인데, 그분은……."

"알고 있어. 도리스의 아기도 둘 그 의사가 받았지."

도리스란 해치의 큰 딸이다.

"뉴욕에서도 일류래요."

"최근에 진찰받아 본 게 언제지?"

"엊그제요. 진찰을 하고 나서 말씀해 주더군요. 가끔은 볼 수 있는 증상인데 곧 가라앉을 거래요. 하기야 처음부터 곧 가라앉는다고 했지만."

"체중이 얼마나 줄었지?"

"1.4킬로그램 가량."

"무슨 소리! 더 줄었을 텐데."

로즈메리가 가냘픈 웃음을 지었다.

"욕실의 저울을 거이가 내다버렸어요. 제가 체중에 신경을 쓴다고요. 하지만 그때 달아봤을 땐 약 1.4킬로그램밖에 줄지 않았어요. 그런데 곧 불어날 거예요. 임신 초기에 마르는 것은 정상이래요."

"제발 그래야 할 텐데. 마치 흡혈귀한테 피를 빨린 몰골이구나. 정말 몸 어느 구석에 이빨 자국은 없는 거냐?"

로즈메리가 웃음을 터뜨렸다.

해치도 등을 펴고 의자에 고쳐 앉으며 쓴웃음을 짓고는 말했다.

"설마 서퍼스타인 정도의 의사가 허튼 소리야 하려고. 엄청난 비용을 받아내니까. 거이도 부담스럽겠는걸."

"하지만 싸게 해주시기로 했어요. 이웃의 캐스트베트 부부와 그 선생이 아주 친한 사이라서요. 그분은 우리가 상류계급이 아니라는 것도 알고 있어요."

"그런 식으로 말하면 도리스와 내 사위도 상류계급이라는 얘긴데. 그 애들이 이 소리를 들으면 우쭐해지겠네."

현관 벨이 울렸다. 해치가 일어섰으나 로즈메리가 가로막았다. "되도록 움직여야 좋대요." 그리고 주문한 것 중에 아직 배달이 안 된 게 있었나 생각해 보며 문 쪽으로 걸어갔다.

로만이었다. 약간 숨이 차 보였다. 로즈메리는 웃는 표정으로 말했다. "방금 로만 씨 이야기를 하던 참이었는데."

"좋은 일로 내 이름이 들먹여졌으면 다행이련만. 뭐, 사와야 할 물건은 없나 물어보러 왔다오. 미니가 밖에 나갈 일이 있다는구먼. 집의 전화가 고장이 나서 내가 직접 왔지."

"당장 필요한 건 아무것도 없어요. 필요한 건 전화로 주문하니 신경 쓰지 마세요."

로만은 머뭇거리며 로즈메리의 어깨 너머로 안을 들여다보더니 거이가 돌아왔느냐고 물었다.

"아뇨, 6시가 되기 전에는 돌아오지 못할 거예요." 로즈메리는 그렇게 대답했지만 로만의 푸른 기가 도는 얼굴에 나타난 궁금증을 읽고 말을 이었다. "처녀 시절부터 알던 아저씨가 오셨어요."

그래도 로만은 주춤거렸다. 그래서 로즈메리는 다시 말했다.

"소개해 드릴까요?"

"글쎄……, 폐가 안 된다면."

"그럴 리가요."

로즈메리는 노인을 안으로 안내했다. 로만은 푸른 셔츠에 폭이 넓은 페이즈리(정교한 모양의 모직천) 넥타이, 그 위에 흑백 체크무늬 재킷을 입고 있었다. 그가 바로 코앞을 지나갔기에, 그녀는 처음으로 그의 귀에 구멍이 뚫려 있다는 것을 알았다. 적어도 왼쪽 귀는 그랬다.

그녀는 그의 뒤에서 거실의 아치형 입구를 걸어 들어갔다. 우선 해치를 가리켜 "에드워드 해친스예요"라고 소개하고, 활짝 웃으며 자리에서 일어나는 해치에게는 "이분은 로만 캐스트베트 씨예요. 조금 전에 말씀드린 이웃분이세요"라고 설명했다. 그리고 다시 로만을 바라보고 "닥터 서퍼스타인을 소개해 준 분이 당신과 미니라는 걸 해치에게 이야기해 드렸어요"라고 덧붙였다.

두 남자는 인사를 나누고 악수를 했다. 해치가 말했다.

"내 딸도 닥터 서퍼스타인에게 신세를 졌지요, 두 번이나."

"그는 훌륭한 의사입니다. 작년 봄에 알게 되었는데, 아주 친한 사이가 되었습니다, 지금은."

로만이 말했다.

"앉아서 이야기하세요."

로즈메리는 자리를 권했다. 두 사람이 자리를 정하자 로즈메리는 해치 옆에 앉았다.

"로즈메리가 큰일을 했다는 걸 들으셨습니까?"

로만이 물었다.

"예, 방금."

"충분한 휴식을 취하고, 걱정거리나 신경 쓸 일이 없어야 하는데."

로만이 말했다.

"그럴 수 있다면 천국일 텐데……." 로즈메리가 말했다.

"너무 야위어서 내심 크게 놀랐지, 뭐냐."

해치가 파이프와 얼룩말무늬의 담배쌈지를 꺼내들며 새삼스럽게 로즈메리를 바라보았다.

"죄송해요."

"하지만 닥터 서퍼스타인에게 다닌다니 안심이 된다."

"살이 1.4킬로그램쯤 빠진 것뿐입니다. 안 그래요, 로즈메리?"

로만이 거들었다.

"그래요."

"임신 초기에 있을 수 있는 일이랍니다. 오래지 않아 살이 붙겠지요. 뚱뚱해져서 곤란할 정도로." 로만이 말했다.

"그래야 할 텐데." 해치가 파이프에 담배를 채우며 말했다.

로즈메리가 입을 열었다. "캐스트베트 씨 부인이 매일 비타민 음료를 만들어 주세요. 날계란과 우유와, 부인이 재배하시는 신선한 약초가 든 것을."

"물론 모든 게 닥터 서퍼스타인의 지시에 따른 거지요. 그는 광고만 요란한 약국의 비타민 정제는 도통 믿지를 않습니다." 로만이 설명했다.

"그래요?" 해치는 담배쌈지를 주머니에 넣으며 말했다. "나로선 그토록 믿을 수 없는 것으론 생각되지 않습니다만. 엄격한 보건부의 규제 아래에서 제조되는 게 아니겠습니까?" 그는 2개비의 성냥을 한꺼번에 켜고서 불꽃을 파이프 안으로 빨아들이며 향기로운 흰 연기를 훅 내뿜었다. 로즈메리가 재떨이를 가까이에다 옮겨놓았다.

로만의 의견은 달랐다. "그야 그렇겠지요. 하지만 시판하는 약은 몇 달이고 창고나 약국의 선반에 내팽개쳐져, 원래의 효력을 기대하기 어렵지 않을까요?"

"일리가 있습니다. 그 점은 깊이 생각해 보지 않았군요."

로즈메리가 끼어들었다.

"어쨌든 신선하고 천연적인 건 좋은 거라고 생각해요. 수백 년, 수천 년 전에 아무도 비타민이라는 말을 들어본 적도 없었던 시대에는 어머니가 될 산모는 태니스 뿌리를 조금씩 씹어 먹었었는지도 모를 일이에요."

"태니스 뿌리?"

해치가 되물었다.

"이 음료에 들어 있는 약초 중 하나예요." 로즈메리가 설명했다. "참, 약초라고 할 수 있을까 모르겠네." 그녀는 로만에게 얼굴을 돌리며 "뿌리도 약초에 포함되나요?" 하고 물었다. 하지만 로만은 무엇을 골똘히 생각하는지, 로즈메리의 말을 못 알아들은 모양이었다.

"태니스라?" 해치가 반복했다. "처음 듣는걸. '애니스'가 아니면 '올리스의 뿌리'를 가리키는 게 아닐까?"

"태니스가 확실합니다." 로만이 대답을 대신했다.

"이게 그거예요." 로즈메리가 가슴에서 약합을 끌어냈다.

"행운의 부적도 된대요. 코가 어떻게 될지 모르지만, 이 냄새도 곧 익숙해져요." 그렇게 말하며 로즈메리는 약합을 해치의 얼굴 앞으로 내밀었다.

해치는 냄새를 맡아보고, 얼굴을 찡그리며 몸을 뒤로 뺐다. "야릇한 냄새군." 그렇게 말하며 은사슬 끝에 붙어 있는 약합을 손가락 끝으로 집고는 멀찌감치 떼어놓고 살펴보았다. "뿌리라는 느낌은 전혀 나지 않는걸. 무슨 '곰팡이'가 아니면 버섯처럼 보이는데."

그러고는 로만을 바라보며 물었다. "혹시 다른 명칭은 없습니까?"

"내가 알고 있는 한 다른 명칭은 없습니다."

"백과사전을 찾아보면 나오려나? 태니스라……. 이 그릇이라고 할까, 약합은 정교하게 만들어졌군. 어디에서 얻었지?"

로즈메리는 로만에게 미소를 보내며 말했다.

"캐스트베트 부부께서 선물하셨어요."

로즈메리의 말에 해치가 로만을 바라보며 말했다.

"당신들은 로즈메리의 친부모님도 할 수 없는 친절을 베푸시는가 봅니다."

로만이 멋쩍은 웃음을 지었다. "우린 새댁과 정이 들었지요. 거이도 마찬가지이지만." 그리고는 의자 팔걸이를 짚고 일어났다. "먼저 실례해야겠습니다. 집사람이 기다리고 있어서."

"그러시지요." 해치 역시 자리에서 일어서며 말했다. "만나 뵈어 즐거웠습니다."

"아마도 또 만나게 될 겁니다." 로만은 그렇게 말하고 나서 로즈메리에게 얼굴을 돌렸다. "무리는 하지 말아요, 새댁."

"무리할 일도 없어요." 로즈메리는 로만을 뒤따라 나가 현관문을 열어주었다. 그때 그의 오른쪽 귀에도 구멍이 뚫려 있는 것을 볼 수 있었다. 그리고 목둘레에 난, 먼 곳을 나는 새의 무리 같은 작고 많은 상처 자국을 보았다.

"늘 들여다봐 주셔서 고맙습니다."

로즈메리가 인사를 했다.

"별말을 다……. 해치 씨를 알게 되어 기쁘구먼. 대단히 박식한 양반 같아."

"책을 쓰신답니다."

문간에서 잠시 대화가 계속되었다.

"자, 그럼."

로만은 손을 흔들고는 걸음을 옮겼다.

"살펴 가세요."

로즈메리 역시 손을 흔들어 작별을 고했다.

해치는 책장 옆에 서 있었다.

"이 방은 훌륭하군. 잘 꾸몄어."

"그런가요? 하지만 통증이 생기고 나서부터는 통……. 참, 로만 씨는 귀 양쪽에 구멍을 냈어요. 전 처음 봤어요."

"구멍을 낸 귀에 쏘는 듯한 눈매라." 해치가 혼잣말처럼 말했다. "그래, 그분은 '황금의 노년기'를 맞이하기 전까지는 뭘 하던 분이라더냐?"

"여러 가지 사업을 했다나 봐요. 세계 안 가본 데가 없고요. 정말, 그분은 안 가본 데가 없어요."

"설마? 그래, 왜 찾아왔대? 미주알고주알 캐는 것 같더라만."

"밖에서 사올 게 없느냐고 물으러 왔어요. 전화가 고장이라나요. 그 노인 부부, 아주 좋은 이웃이에요. 그냥 놔두면 매일 집 안 청소도 해줄 거예요."

"부인은 어떤 사람이지?"

"약간은 수다스럽지만……. 거이와 아주 친해요. 양부모나 다를 바 없어요."

"그래, 너는?"

"글쎄……, 때로는 키스를 해드리고 싶을 정도로 고맙기도 하지만, 때로는 그분들의 친절이 지나쳐서 성가시기도 해요. 그렇다고 싫은 내색을 할 수도 없지요. 참, 정전사고 기억하시죠?"

"평생 잊지 못할 거다. 그때 난 엘리베이터를 타고 있었지."

"저런!"

"캄캄한 상자 속에 5시간을 세 여자와 수소폭탄이 떨어졌다고 우겨대는 어떤 신사와 함께 말이다."

"고생하셨네요."

"너희들은 어땠니?"

"마침 집에 있었어요. 그런데 정전이 되고 2분도 안 돼서 미니 할머니가 촛불을 켜들고 찾아왔었어요." 그렇게 말하며 로즈메리는 흘끔 맨틀피스 쪽으로 시선을 주었다. "그런 분들을 괄시할 수 있겠어요?"

"괄시할 수 없겠는데." 해치가 벽난로 쪽으로 걸음을 옮기며 물었다. "이게 그 초냐?" 대리석 불받이와 구리로 된 현미경 사이에 퓨터(주석과 납의 합금) 촛대가 2개 서 있었다. 그리고 두 촛대에는 8센티미터쯤 되는 검은 초가 둘레에 녹아내린 촛농을 매단 채 꽂혀 있었다.

"그게 마지막 남은 초 토막이에요. 미니는 초를 한 다발이나 갖다 주었는걸요."

로즈메리가 말했다.

"모두 검은 초인가?"

"네, 왜요?"

"흥미 있는 일인걸." 해치는 로즈메리 쪽으로 방향을 바꾸며 말했다. "커피 한 잔 마시고 싶구나. 그리고 캐스트베트 부인에 관해서 궁금한 것이 많은데, 그 약초라는 것은 어디서 재배하지? 창가에 놓여 있는 상자 속인가?"

10분쯤 지나 두 사람이 부엌 식탁에서 커피를 마시고 있을 때 현관문에 열쇠 돌아가는 소리가 나더니 거이가 급히 들어왔다. 그리고 해치를 보더니 "이거 놀랐습니다" 하고 말하며 해치가 일어서기도 전에 손을 덥석 잡았다. "그래, 어떻게 지내셨습니까, 건강은 좋으시고요?"

그리고 다른 한손으로 로즈메리의 머리끝을 누르고, 허리를 굽혀 그녀의 볼과 입술에 키스를 했다. "별일 없었지, 하니?" 그는 아직 분장을 채 지우지도 않은 얼굴이었다. 얼굴은 오렌지색이고, 눈에 검은 눈썹을 덧붙여 큼직해 보였다.

"당신이야말로 어찌된 일이에요? 이렇게 일찍?"

"대본을 고쳐야 한다고 촬영이 중단됐어. 바보들 같으니. 내일 아침 다시 시작이야. 잠깐, 실례. 오버를 벗고 오겠습니다, 해치."

"커피 드실래요?"

"좋지."

옷장 쪽에서 거이가 대답했다.

그녀는 일어서서 찻잔 하나에 커피를 따르고, 해치의 잔에도 더 따랐다. 해치는 무슨 생각에 잠긴 듯 허공에 대고 연기를 내뿜고 있었다.

거이가 양손에 가득히 팰맬 담배 보루를 들고 왔다. 그것을 식탁 위에 놓으며 "이건 전리품" 하고 말하며 포장을 뜯었다. "이걸 태우시지요, 해치."

"아, 난 파이프가 좋아."

거이는 담뱃갑을 따고, 밑에서 밀어 올려 담배 한 개비를 빼어 물었다. 그러고는 아내 쪽을 향해서 윙크를 보냈다.

해치가 말했다.

"우선 축하하는 게 순서겠지?"

거이의 얼굴이 환해졌다. "로즈메리가 고백했습니까? 경사지 뭡니까? 집사람은 잠도 제대로 못 잘 정도로 흥분해 있답니다. 저는 벌써 신통치 못한 아빠가 되지 않을까 겁이 나는데 말입니다. 하지만 로즈메리는 현모양처 체질을 타고났으니까, 저 같은 거야 뭐 별 볼일 없다고 큰 문제는 아니겠습니다만."

"산달이 언제라고?"

해치의 질문에 로즈메리가 대답했다. 그리고 거이에게 해치의 손녀 둘도 닥터 서퍼스타인이 받아냈다는 이야기를 들려주었다.

해치가 말했다.

"이웃집 로만 캐스트베트 씨와 인사를 나누었다네."

"허, 그랬습니까? 묘한 할아버지죠? 오티스 스키너나 제스카 등에 관한 이야기를 시켜보면 그런 대로 아는 게 많던데요. 연극계에 일가견 있는 노인입니다."

로즈메리가 끼어들었다.

"당신 그분 귀에 구멍을 뚫은 거 알고 계세요?"

"설마?"

"농담이 아녜요. 내 눈으로 본걸요."

세 사람은 커피를 마시며 거이가 일이 잘 풀리고 있다는 이야기며, 해치는 봄이 되면 그리스나 터키로 여행을 떠날 계획이라는 등의 이야기꽃을 피웠다.

"요즘 자주 찾아뵙지 못한 거 죄송합니다." 해치가 자리를 뜨려고 일어났을 때 거이가 말했다. "보시다시피 저는 일이 밀리고, 아내는 몸이 저래서, 실은 아무도 만나지를 못했답니다."

"틈나면 저녁 식사나 같이 하세나."

해치가 말했다. 거이가 찬성하며 그의 코트를 가지러 갔다.

"태니스 뿌리 조사해 보는 거 잊지 마세요."

로즈메리는 농담 삼아 말했다.

"그러지. 그리고 닥터 서퍼스타인에게 체중계를 점검해 보라고 일러라. 아무래도 1.4킬로그램 이상 마른 것 같으니까."

"설마 병원의 체중계가 엉터리일 리가 있을까요?"

거이가 해치의 코트를 들고 왔다.

"제 것이 아닌 이상 아저씨 것이 분명할 겁니다."

"맞는 말이네." 해치는 등을 돌려 팔을 소매에 넣었다. "아기 이름은 생각해 두었나?" 그러더니 이내 로즈메리에게 물었다. "아직 이른가?"

"아들이면 앤드류 아니면 더글러스, 딸이면 린다 아니면 새라."

"새라?" 거이가 반문했다. "수전은 어디로 갔지?" 그러면서 해치에게 모자를 건네주었다.

로즈메리가 얼굴을 내밀어 해치의 작별 키스를 받았다.

"통증이 빨리 가시기를 빈다."

"곧 괜찮아질 거예요. 너무 걱정 마세요."

그녀가 웃으며 말했다.

"흔히 있을 수 있는 증세라고 합니다."

거이가 거들었다.

해치가 코트 주머니에 손을 넣더니 고개를 갸우뚱했다. "어디 그 근처에 이거 한 짝 있나 봐 줄래?" 그러면서 밤색 가죽장갑 한 짝을 흔들어 보였다.

로즈메리는 식탁 아래위를 살펴보았고, 거이는 옷장 쪽으로 가서 구석구석을 뒤져 보았다.

"없는데요."

"제정신이 아니군." 해치가 등을 돌렸다. "시티 센터에 빠뜨리고 온 모양인걸. 천상 들러서 가야겠군. 저녁 식사, 약속하는 걸세."

"꼭 시간을 내겠습니다."

거이의 승낙에 로즈메리가 못을 박았다.

"내주 목요일에요."

두 사람은 해치가 복도 저쪽으로 꺾어지는 것을 배웅하고서 거실로 들어왔다.

"오래간만에 만나뵙는군. 오신 지는 오래됐소?"

"아뇨, 해치가 날 보고 뭐랬는지 알아요?"

"글쎄?"

"몰골이 처참하대요."

"여전하시군. 가는 곳마다 농담을 빠뜨리지 않으신다니까."

남편의 말에 로즈메리가 의아스러운 시선을 보냈다. 거이가 말을 이었다.

"하여간 그 양반의 염장지르는 솜씨는 일급이거든. 여보, 우리가 이리로 이사 올 때도 어떻게든 말리려던 것, 기억나지?"

"그분을 그렇게 평하다니……."

로즈메리는 찻잔을 들고 싱크대 쪽으로 가면서 나무라듯 말했다.

거이가 문설주에 기대며 딴전을 피웠다. "그럼, 아마추어급이라고 해두지." 그리고 그는 오버를 입고는 신문을 사러 간다고 휑하니 밖으로 나갔다.

그날 밤, 10시 반에 전화벨이 울렸다. 로즈메리는 침대에서 책을 읽고 있었고, 거이는 그의 보금자리에서 텔레비전을 보고 있었다. 그가 전화를 받았는데, 그는 곧 전화기를 침실로 들고 들어왔다.

"해치 아저씨가 당신을 바꿔달라는데." 그리고 허리를 굽혀 전화선을 단자에 꽂았다.

"고단한 모양이라고 했는데도, 급한 일이라고 해."

로즈메리가 수화기를 들었다.

"아저씨?"

"나다, 로즈메리. 하나 물어보고 싶은데, 너 가끔 외출을 하니? 아니면 하루 종일 집 안에만 틀어박혀 있는 거냐?"

"별로 외출하지 않아요." 그녀는 거이를 바라보며 대꾸했다. "그렇다고 밖에 나돌아 다닐 수 없을 정도는 아니에요. 왜 그러시죠?" 이쪽을 지켜보고 있던 거이와 시선이 마주치자, 거이가 싱긋 웃었다.

"너에게 해둘 말이 있다. 내일 아침 11시에 시그램 빌딩 앞에서 기다릴래?" 해치의 음성이 신중했다.

"그러죠. 지금 말씀하실 수는 없고요?"

"직접 만나 이야기하는 게 좋겠다. 그렇다고 중대한 일은 아니니까 신경 쓸 필요는 없어. 가능하다면 아침 겸 점심 식사를 함께 하자꾸나."

"모처럼 포식하겠네요. 참, 해치 아저씨. 장갑 찾으셨어요?"

"아니, 거기에도 없더라. 하기야 고물이라 새 걸 사려던 참이었다. 잘 자라, 로즈메리. 푹 자야 한다."

"아저씨도."

로즈메리는 수화기를 놓았다.

"무슨 일이야?"

거이가 물었다.

"내일 만나자고 하시네요. 뭐, 이야기할 게 있다고."

"무슨 이야기라는데."

"나도 몰라요, 아직은."

거이는 여전히 빈정댔다.

"아이들이나 읽는 모험소설로 머리가 어떻게 되신 거 아냐? 그래, 어디서?"

"11시, 시그램 빌딩 앞에서요."

거이는 전화선을 다시 빼고는 전화기를 손에 들고 자기 보금자리로 돌아갔다. 그러더니 곧 되돌아와서는, "당신은 배가 불룩하고, 내 주머니에는 돈이 있으니"라고 말하며 그대로 손에 들고 있던 전화기를 머리맡 탁자 위에 놓고 단자에 선을 연결했다. "천상 내가 밖에 나가 아이스크림을 사올 수밖에 없겠는걸. 당신도 먹을 거지?"

"마다할 수는 없겠네요."

"바닐라로 할까?"

"좋아요."

"얼른 다녀올게."

남편이 나가자 로즈메리는 베개에 등을 기대고, 읽다 만 책을 허벅지 위에 엎어놓은 채 멍하니 허공을 바라보았다.

해치 아저씨가 말해 둘 것이 있다는 건 뭘까? 중대한 일은 아니라고 했지만, 그럴 리가 없다. 심각한 일이 아니고는 '참혹할 정도의' 나를 밖으로 불러낼 그분이 아니다. 조안 신상에 관한 일일까? 아니면 옛날, 같이 자취 생활을 했었던 다른 아가씨 때문일까?

멀리, 케스트베트 씨 댁 초인종 소리가 한 번 짧게 울렸다. 아마도 거이가 아이스크림을 드시지 않겠느냐고 물으러 들렀는지도 모른다. 정말 거이는 그 사람들에게 양부모 이상으로 극진하다.

몸 속 깊은 곳에서 통증이 다시 고개를 들었다.

3

이튿날 아침, 로즈메리는 미니에게 전화를 걸었다. 지금 외출해서 1시나 2시쯤 돌아오게 되니 그 음료를 11시에 가지고 오지 말라고 말했다.

"아, 바깥바람을 가끔은 쐐야지. 걱정할 거 없어요, 꼭 정해진 시간에 그걸 마시라는 법은 없으니까. 어서 다녀오구려. 날씨도 좋겠다, 신선한 공기는 몸에도 좋으니까. 돌아오거든 전화해요, 마실 것 가지고 갈 테니까."

미니가 말했다.

아닌 게 아니라 좋은 날씨였다. 햇빛은 눈부시고, 공기는 차고 맑아 머릿속이 깨끗해지는 기분이었다. 그런 거리를 로즈메리는 평온한 얼굴로 천천히 걸었다. 마치 그 지겨운 통증이 언제 있었더냐 싶게. 구세군 산타클로스가 거리 모퉁이마다 진을 치고, 낯익은 차림으로 종을 흔들어댔다. 점포와 가게는 모두 크리스마스 장식으로 유리창을 꾸미고, 파크 애버뉴는 끝없이 늘어선 크리스마스트리로 볼만했다.

로즈메리는 11시 15분 전에 시그램 빌딩 앞에 도착했다. 아직 시간이 일렀고, 해치의 모습도 보이지 않았기에 건물 앞마당에 가로로 이어진 얕은 돌담에 걸터앉았다. 정면으로 햇빛을 쬐며 분주한 발자국 소리에 귀를 기울이고, 사람들의 이야기 소리, 승용차나 트럭, 헬리콥터의 소음을 즐거운 마음으로 들었다. 코트 자락 아래 드레스가 아랫배 쪽에서 불룩한 것이 완연했다. 처음으로 눈에 띈 대견스러운 발견이었다. 식사를 끝내면 블루민들 백화점에 가서 임신복을 사야겠다고 생각했다. 해치가 이렇게 불러내 준 것이 다행이다 싶었다.

'하지만 무슨 이야기를 하시려고 그럴까?'

또 통증이 밀려왔다. 그녀는 아픔을 그대로 받아들였다. 시도 때도 없이 통증이 온다고 지금처럼 집에만 파묻혀 있어야 할 이유는 없다.

이제부터는 통증과 맞서기로 하자. 공기와 태양과 활기를 내 편으로 끌어들여 맞싸우는 거다. 미니나 거이, 또는 로만의 친절에 응석받이가 되어, 브램퍼드의 음산한 아파트 속에서 아픔에 질질 끌려 다닐 필요가 없는 것이다. 통증 같은 건 사라져 버려라! 가슴 속에서 그렇게 외쳤다. 너와는 이제 인연을 끊을 테다! 하지만 그녀의 그러한 기개에도 불구하고, 통증은 그녀의 몸속에 책상다리를 하고 앉아 있었다.

11시 5분 전에 그녀는 빌딩의 거대한 유리문 옆으로 가서, 거기에 비치는 자동차 홍수 상태를 지켜보았다. 아마도 해치는 이 건물 안에서 용무를 끝내고, 시간에 맞추어 걸어 나올 테지. 그렇지 않고는 만날 장소를 이런 곳으로 정할 리가 없다.

로즈메리는 걸어 나오는 얼굴 하나하나를 열심히 살펴보다가 마침내 해치를 발견했다 싶었는데 다시 보니 그건 딴 사람이었고, 이어 옛날 거이와 만나기 전에 데이트를 했던 남자를 보고 깜짝 놀랐지만, 그 역시 엉뚱한 사람이었다. 때로는 발꿈치를 들어 인파 속을 기웃거리기도 했다. 어쨌거나 걱정할 필요는 없었다. 설사 그녀가 그를 못 보더라도 해치 쪽에서 그녀를 발견할 테니까.

11시가 넘어 5분이 지나고, 10분이 지나도 그는 나타나지 않았다. 15분이 지났을 때, 그녀는 이 건물의 방문객 명단을 보러 안으로 들어갔다. 만일 해치가 어느 사무실을 방문하는지를 기록했다면 전화로 문의해 볼 수도 있을 것이다. 하지만 수위실의 명단은 무척 두꺼웠고, 대충 훑어보았지만 해치의 이름은 보이지 않았다. 그래서 다시 밖으로 나왔다.

아까의 돌담으로 가서, 같은 장소에 걸터앉았다. 이번에는 빌딩의 현관을 지켜보며 수시로 보도에서 올라가는 낮은 계단 쪽에도 눈을 주었다. 남자들과 여자들이 각기 만나기로 한 남자들과 여자들과 짝을 이루는 것이 보이긴 했으나, 해치의 모습은 그림자도 보이지 않았다. 해치가 약속에 늦는 것은 전에 없던 일이다.

11시 40분에 로즈메리는 다시 건물 안으로 들어가서 직원에게 길을 물어, 지하실로 내려갔다. 그곳에는 병원을 연상케 하는 흰 페인트 복도가 이어져 있고, 그 끝에 아담한 휴게실이 있었다. 검은색의 현대적인 의자와 추상화로 된 대형 그림틀……. 그 한구석에 스테인리스 철제 전화박스가 있었다. 흑인 아가씨가 통화중이었는데, 곧 끝내고 밖으로 나와 로즈메리에게 방긋 웃어 보이고는 제 갈 길을 갔다. 로즈메리는 얼른 들어가 아파트의 전화번호를 돌렸다. 벨이 5번 울리고 교환이 나왔다. 로즈메리에게 전화가 없었고, 거이에게는 한 사람이 전화를 걸어왔는데, 루디 폰이라는 이름이지 해치는 아니라고 했다. 그녀는 아직 10센트 동전이 남아 있었기에, 이번에는 해치의 전화번호를 돌렸다. 혹시 그의 아파트 교환이 그의 행선지를 알고 있을지도 모르고, 그렇지 않으면 밖에서 그가 어떤 말을 남겨 놓았을지도 모른다고 생각했다. 신호가 가자마자 여자의 목소리가 응답했다. 그러나 교환의 목소리 같지 않은, 슬픔에 젖은 음성이었다.

"에드워드 해친스 씨의 아파트가 맞습니까?"

"그렇습니다만, 누구신지요?" 젊지도 늙지도 않은 목소리가 물었다. 40대는 되어 보이는 목소리였다. "저, 로즈메리 우드하우스라는 사람입니다. 11시에 해치 씨를 만나기로 했는데, 아직 오시지를 않는군요. 혹시 댁에 계신가 해서요?"

대답이 없다. "여보세요, 제 말 안 들립니까?" 로즈메리가 다급하게 물었다.

"당신에 관한 이야기, 해치에게서 들어 알고 있어요, 로즈메리." 여인이 말했다. "난 그레이스 커디프인데, 그분과 아는 사이랍니다. 그분은 어젯밤에 병환이 생겨서……. 아니, 정확히는 오늘 새벽입니다."

로즈메리는 가슴이 철렁 내려앉았다.

"병환이!"

"네, 심한 혼수상태랍니다. 의사가 원인은 아직 모르겠다고 말하는군요. 지금 세인트 빈센트 병원에 입원중이십니다."

"그럴 수가……. 어젯밤 10시 반경 통화할 때도 아무 일 없으셨는데."

"나도 어젯밤 통화를 했었는데, 편찮은 기색은 하나도 없었어요. 그런데 청소부 아줌마가 아침에 들어가 보니, 침실 마룻바닥에 정신을 잃고 쓰러져 계시더라지 뭡니까?"

"그래, 원인을 아무도 모르나요?"

"아직은. 그러나 곧 밝혀지겠지요. 그리고 원인이 밝혀지면 치료 방법도 알 수 있을 테고……. 하지만 지금 현재로선 전혀 의식이 없어요."

"도대체 이런 변이……. 전에는 이런 일이 한 번도 없었는데."

"그랬지요. 지금 병원으로 갈 참인데, 댁 전화번호를 알려주시겠어요? 무슨 변화가 있으면 전해 드리죠."

"부탁합니다." 로즈메리는 자기 아파트 전화번호를 알려주고는 뭐든 도와줄 일은 없느냐고 물었다.

"아니, 괜찮습니다. 따님들에게는 전화로 연락을 드렸고, 이 이상 손쓸 일은 없을 것 같아요. 최소한 그분이 의식을 회복하기까지는 말입니다. 전화드리지요."

로즈메리는 시그램 빌딩을 나와 천천히 앞마당을 가로질러 계단을 내려가서 북쪽으로 걸어갔다. 거기에서 파크 애버뉴를 건너서, 이것저것 생각에 잠기며 메디슨 거리로 접어들었다. 해치 아저씨는 회복이 가능할까? 설마 돌아가시지는 않겠지. 만일 그분이 세상을 뜬다면 다시는 그처럼 아무런 부담 없이 의지할 수 있는 사람을 만나기란 어려운 일일 게다. '그러고 보면 난 응석이 너무 심했었어!'

다음에는 그레이스 커디프라는 여인에 대해서 생각해 보았다. 목소리에서 받은 느낌으로는 은회색 머리의 품위 있는 중년부인 같았다. 그녀와 해치 사이에 잔잔한 로맨스라도 있었던 걸까? 그런 사이라면 좋겠다고 로즈메리는 생각했다. 아마도 이 죽음과의 줄다리기――맞아, 죽음과의 줄다리기 정도여야지 죽음의 승리여서는 안 된다――가 계기가 되어서 두 분이 결혼을 결심하고, 지금까지는 겉만 맴도는 행복이었다는 것을 깨닫게 된다면 화가 복이 될 수도 있으련만.

그녀는 메디슨 거리를 건너, 메디슨 거리와 5번 거리 사이 어디쯤에선가 쇼윈도를 들여다보고 있는 자신을 발견했다. 거기에서는 예수 탄생의 장면이 재현되고 있었다. 아기 예수와 요셉, 그리고 세 사람의 동방박사와 양치기들, 그리고 마구간의 동물들이 조명 속에 그 거룩한 밤 분위기를 잘 묘사하고 있었다. 그녀는 자신이 불가지론자임에도 불구하고, 마음속 한구석에 남아 있던 신앙의 불씨를 의식하며 그 자애로운 광경에 미소를 보냈다. 그 순간, 눈의 초점을 바꾸니 유리에 반사된 스스로의 모습이 쇼윈도에 비쳤다. 살이 말끔히 빠진 얼굴, 검은 눈자위……. 어제 해치를 놀라게 한 몰골에 이번에는 자기 스스로가 놀랐다.

"어머나, 우연이란 신통도 해라!" 갑작스러운 미니의 목소리에 로즈메리가 그쪽으로 고개를 돌렸다. 미니가 만면에 웃음을 띠며 다가오고 있었다. 흰 인조 가죽 코트에 빨간 모자, 여전히 가는 사슬을 맨 안경을 끼고 있었다. "나 말이유, 로즈메리가 집에 없는 사이에 외출해서 크리스마스 쇼핑을 끝내는 것도 좋을 성싶어 나왔다우. 그런데 새댁을 이렇게 만나다니! 마치 우린 같은 쳇바퀴를 도는 콤비

같지 뭐야. 어머, 새댁? 무척 침울한 얼굴인데, 무슨?"

"언짢은 소식을 들었어요. 저와 친한 분이 중태로 입원하셨대요." 로즈메리가 고개를 떨구었다.

"저런! 그게 누군데?"

"에드워드 해친스라는 분이에요."

"로만이 어제 오후에 인사를 나누었다는 신사분 아뉴? 바깥양반은 그분이 무척 박식한 사람 같다고 칭찬하던데. 그래, 무슨 병환이래?"

로즈메리가 대충 설명을 했다.

"저런! 그 불쌍한 릴리 가드니아(로즈메리 부부가 입주하기 전에 살았던 노파로 혼수상태에 빠져서 사망했다)처럼 되지 말아야 할 텐데. 그래, 의사들은 원인을 아직도 모른대요? 대개 모르는 것은 엉터리 용어를 늘어놓아 우물거리는 것이 보통이지만. 만일 하늘 꼭대기에 우주비행사를 쏘아 올리는 돈을 지상의 의학 연구로 돌렸다면 우리가 좀더 마음놓고 살 텐데 말이야. 몸은 좀 어떻수?"

"통증이 여전해요."

"불쌍해라. 그만 나와 함께 집에 돌아가지 않으려우?"

"괜찮아요. 쇼핑 마저 하세요."

"급할 거 없어요. 아직 2주나 남았는걸. 잠깐, 귀를 막아요." 그리고는 손목을 입으로 가져가, 팔찌에 은사슬로 매단 호루라기로 째는 듯한 소리를 냈다.

택시가 와 섰다. "어때요, 이 방법이? 게다가 깔끔한 체크무늬의 대형차로구먼." 미니가 말했다.

그들은 곧 아파트로 돌아왔다. 그리고 집 안으로 들어서자마자, 로즈메리는 언제나처럼 미니가 들고 온 청록색 줄무늬의 큼직한 잔에 든 차고 신 음료수를 그녀가 지켜보는 앞에서 바닥을 냈다.

4

그녀는 지금까지 고기를 반쯤 익혀먹는 것이 습관이었다. 그런데 요즘은 그것을 거의 날로 먹게 되었다. 그것도 냉장고의 얼음기를 녹일 정도만 불에 얹는 것이다.

크리스마스 전 몇 주일과, 크리스마스 직후는 피를 말리는 나날이었다. 통증은 더욱 심해져 창자를 끊어내는 듯했다. 로즈메리는 몸속에서 무엇인가 저항하고, 행복을 생각해 내는 중추가 기능을 멈추고, 반응하는 것도 정지했다. 더구나 닥터 서퍼스타인에게 아픔을 호소하는 것을 그만두었더니, 이제는 스스로의 머릿속에서조차 통증을 의식하는 것을 멈추고 말았다. 지금까지 아픔은 그녀의 몸속에 있었지만, 이제는 그녀가 그 아픔 속에 있는 것이다. 아픔은 주위의 날씨며, 시간이며, 전 세계였다. 몸이 마비되고, 탈진해서 그전보다도 많이 자게 되고, 식사 양도 늘어 더더욱 날것과 다를 바 없는 고기를 먹게 되었다.

애써 할 일은 빠짐없이 했다. 요리를 하고, 청소를 하고, 고향 식구들에게 크리스마스카드를 보내고――전화를 걸 기분이 아니었기 때문이다――그리고 엘리베이터 직원, 현관 수위, 짐꾼, 미크러스 씨에게 줄 수고비도 봉투에 챙겼다. 그녀는 또 신문을 보고 소집영장을 태우는 학생들이나 뉴욕 시 전역에 거친 운송업체의 파업 등에 흥미를 가지려고 애써봤지만 허사였다. 그런 건 모두가 환상의 나라에서나 날아온 뉴스였다. 그녀는 통증의 세계 외에는 무엇 하나 현실적인 게 없었다.

한편 거이는 미니와 로만을 위한 크리스마스 선물을 장만했지만, 두 부부간에는 선물 교환을 그만두기로 했다. 미니와 로만은 그들에게 식탁용 그릇을 선물했다.

거이는 로만과 어쩌다 가까운 영화관에 가기도 했지만, 대개는 집에 있든가, 이웃한 미니와 로만을 찾아가 그들의 아파트에서 파운틴, 길모어, 비스 등의 부부가 아니면, 늘 고양이를 데리고 다니는 새바디라는 부인과, 로즈메리의 태니스 약합에 달린 은사슬을 손수 만들었다는 은퇴한 치과의사 샌드 씨 등과 어울렸다. 그들은 모두가 노경에 들어선 나이 지긋한 사람들로서, 로즈메리의 건강이 신통치 못하다는 것을 눈치챘는지 유난히 그녀를 위해 주었다. 물론 로라 루이즈도 12층에서 내려왔고, 간혹 닥터 서퍼스타인이 합석하기도 했다. 로만은 손님들의 포도주 잔을 채우고 돌아가기도 했다.

그믐날 밤에는 "1966년을 기원 원년으로!"라는 건배를 선창, 로즈메리를 어리벙벙하게 만들었지만, 다른 사람들은 거기에 찬동이라도 하듯 잔을 높이 들었다. 로즈메리는 자신이 정치나 문학과는 인연이 끊어지기라도 한 소외감을 느끼긴 했지만, 그렇다고 난처할 것까지는 없었다. 그녀와 거이는 대개 한 걸음 앞서 인사를 하고 나왔고, 거이는 그녀가 자리에 눕는 것을 지켜보고 나서 다시 가는 것이 예사였다. 거이는 특히 여자 손님들에게 인기가 있어서, 모두가 그를 둘러싸고 그가 날리는 우스갯소리에 깔깔거렸다.

해치 아저씨는 차도가 없어, 예측할 수 없는 깊은 혼수상태가 계속되었다. 그레이스 커디프 부인은 거의 매주 한 번은 전화를 걸어주었다. "여전히 변화가 보이지 않아요"라는 첫마디 외엔 변화가 없었다. "원인이 뭔지 오리무중이랍니다. 내일 아침에 기적처럼 의식을 회복할 수도 있지만, 더욱더 혼수의 늪이 깊어져 다시는 눈을 뜨지 못할지도 모르는 상태랍니다."

두 번, 로즈메리는 세인트 빈센트 병원으로 가서 해치의 머리맡에 서서는 그 닫혀진 눈꺼풀과, 금세라도 꺼질 듯한 숨소리를 지켜보았다. 두 번째인 1월 초순 문병에서는 해치의 딸 도리스가 와 있었다. 로즈메리는 1년 전에 해치의 아파트에서 그녀를 만난 적이 있었다.

도리스는 30대 여자로 작은 몸집에 쾌활한 성격의 소유자였다. 스웨덴 태생의 정신분석과 의사와 결혼했는데, 긴 머리칼만 아니면 젊은 시절의 아버지를 빼다 박은 얼굴이었다.

도리스는 로즈메리를 기억하지 못하는 모양이어서, 로즈메리는 새삼스럽게 자기 소개를 했다. 그러자 도리스는 놀라고, 또한 미안해했다.

"무리도 아니에요, 내 얼굴이 말이 아니어서."

로즈메리가 쓸쓸한 웃음을 입가에 띄었다.

하지만 도리스는 로즈메리의 변해도 너무 변한 몰골을 의식적으로 그렇지 않은 것처럼 말했다.

"아니, 크게 상하지 않았는데요, 뭘. 원래 나는 사람들의 얼굴을 잘 기억하지 못해요. 우리 아이들 얼굴도 못 알아볼 때가 있는걸요."

창가에 기대서서 주사기 바늘을 만지작거리던 그녀는 로즈메리에게 의자를 권하고는 나란히 앉았다. 두 여인은 해치의 용태를 걱정했다. 간호사가 들어와 그의 테이프를 감은 팔에 영양을 보급하는 병을 새것으로 갈아 매달았다.

"우리 둘은 같은 산부인과 의사의 단골이더군요." 간호사가 나가자 로즈메리가 말문을 열어 닥터 서퍼스타인에 관한 이야기를 했다. 이야기 중에 그녀가 매주 병원에 다닌다는 말을 하자, 도리스가 고개를 갸우뚱했다. "나 때는 한 달에 한 번이 고작이었는데……. 하기야 달이 차면 보름에 한 번, 분만이 임박해서는 1주일에 한 번도 다녔지만, 그런 게 표준이 아닌지 모르겠네요."

로즈메리가 대답에 궁한 것을 눈치채자 도리스는 다시 말을 바꾸었다.

"하기야 임신이라는 것이 사람마다 다 같은 양상일 수는 없겠지요."

"닥터 서퍼스타인도 그렇게 말씀하시더군요."

그날 밤, 그녀는 거이에게 도리스는 닥터 서퍼스타인에게 한 달에 한 번씩 다녔다는 이야기를 했다. "나에게 무슨 이상이 있는 게 틀림없어요. 닥터 서퍼스타인은 그걸 알고도……."

"바보 같은 소리! 이상이 있다면 숨기겠어? 당신에게 못할 말이라면, 나한테라도 할 게 아니오."

"정말, 아무 말 없었어요?"

"절대로, 하느님께 맹세코 없어요."

"그럼 난 왜 매주 가야 한담?"

"요즘에는 그렇게 변했는지도 모르지, 아니면 우리가 미니와 로만과 친해서 각별히 보살펴 주느라고 그런지도 모르고."

"아니에요."

"그럼, 당신이 직접 물어봐요. 그 양반, 다른 환자보다도 당신을 진찰하는 게 기분이 좋아서 그럴 리는 없겠고……."

이틀 뒤, 그녀는 닥터 서퍼스타인에게 그 까닭을 물어보았다.

"여봐요, 로즈메리. 친구들의 말을 귀담다듣지 말라고 했지요. 임신은 개인마다 다르다고 하지 않았던가요?"

그가 말했다.

"네, 그러긴……."

"따라서 거기에 대해 조치도 사람마다 다를 수 있어요. 도리스는 나에게 오기 전에 이미 두 번이나 아이를 낳은 경험이 있었고, 합병증의 염려도 없었어요. 그래서 그녀에게는 초산부처럼 신중히 진찰할 필요가 없었던 겁니다."

"초산부는 매주마다 진찰을 하시나 보지요?"

"가급적 그렇게 합니다. 로즈메리에게 이상이 있어서 그런 것이 아니에요. 통증이 멎을 때가 됐는데……."

"날고기만 먹게 됩니다. 그것도 불에 살짝 데친 걸로."

"다른 변화는?"

"별로……." 그녀는 거기에서 정신이 번쩍 들었다. '무슨 변화라도 기대하고 있는 게 아닐까?'

"먹고 싶은 건 뭐든지 먹어요. 평상시에는 끔찍스럽던 것이 입맛에 당기기도 하지. 종이를 먹은 임산부도 몇 명 겪은 적이 있어요. 그러니 지나친 걱정은 하지 않아도 돼요. 나는 환자에게 무얼 숨기려 들지 않아요. 뒤탈이 생길지도 모르니까. 따라서 있는 그대로 이야기하는 것이니, 그리 알도록 해요."

로즈메리는 고개를 끄덕였다.

"미니와 로만에게 안부 전해 줘요, 거이에게도."

그녀는 《로마 제국 흥망사》 제2권을 손에 들었고, 짬을 보아 거이를 위한 붉은색과 오렌지색 무늬 머플러도 짰다. 말이 많던 운송회사의 동맹 파업이 시작되었지만, 부부는 대개 집에 있는 날이 많았기에 거의 지장없이 지냈다. 두 사람은 오후가 되면 가끔 창 밖으로 떼 지어 걸어가는 인파를 내려다보았다.

"걸어라, 시골뜨기들아! 걸어라, 고향으로! 걸어서 어서 빨리 돌아가라!"

거이가 말했다.

닥터 서퍼스타인에게 날고기나 다를 바 없는 생고기를 먹는다는 이야기를 한 지 얼마 안 돼서, 로즈메리는 피가 질질 흐르는 닭의 심장을 뜯어먹고 있는 자신을 발견했다.

그건 새벽 4시경, 부엌에서였다. 토스터 바깥 면에 비친 자신의 기이한 모습에 시선이 끌렸다. 자신의 손에 먹다 남은 피가 흥건한 심장이 들려 있는 것이 아닌가? 다음 순간, 로즈메리는 그 심장을 쓰레기통에 처박고, 수도를 틀어 손을 씻었다. 그리고는 물을 틀어 놓은 채 세면대에 엎드려 토했다.

먹은 것을 토하고 나서, 다시 손과 입가를 닦고 분무식 기구로 세면대 안쪽을 깨끗이 했다. 그제서야 수도를 잠그고, 수건에 손을 문지르고는 잠시 생각에 잠긴 채 서 있었다. 그러다가 메모지와 연필을 서랍에서 꺼내어 식탁으로 가서, 의자에 앉아 쓰기 시작했다.

7시가 조금 지나 거이가 파자마 바람으로 들어왔다. 로즈메리는 《라이프》 요리책을 식탁 위에 펼쳐 놓고는 어느 요리 방법을 베끼고 있는 중이었다.

"뭘 하는 거야, 여보?"

거이가 물었다.

그녀는 남편을 돌아다보았다.

"상차림 메뉴를 물색중이에요. 파티를 열려고요. 1월 22일 파티를 열까 해요. 다다음주 토요일."

그러면서 그녀는 식탁 위에 놓인 메모지 더미를 뒤져, 그 중 한 장을 펼쳐들었다.

"초대할 사람은 엘리스 댄스턴과 그녀의 남편, 조안과 그녀의 남자친구, 지미와 타이거, 앨런과 그의 여자친구, 루와 글로디아, 첸 부부, 웬들 부부, 그리고 디 베티론과 그의 여자친구. 그 밖에 당신이 반대하지 않는다면 마이크와 페드로, 밥과 시어 굿맨, 커프 부부——우리와 같은 7층의 젊은 부부 말이에요——그리고 올 수 있다면 도리스와 액슬 앨러트. 도리스는 해치의 딸, 아시죠?"

"알고 있지."

그녀는 종이 쪽지를 내려놓았다. "미니와 해치는 부르지 않을 거예요. 로라 루이즈, 파운틴 부부, 길모어 부부, 비스 부부도. 그리고 닥터 서퍼스타인도요. 우리 친구를 중심으로 한 특별 파티인 데다가, 인원을 60명 이하로 제한해야 하니까 할 수 없어요."

"허, 나도 축에 끼기 힘들겠는걸." 거이가 말했다.

"어머, 당신은 끼워 드려요. 당신은 바텐더로 쓸모가 있으니까."

"그거 고맙군. 이거 너무 거창할 것 같은데."

"꼭 하고 싶었던 파티예요."

"우선 닥터 서퍼스타인의 허락을 얻어 보지 그래."

"왜요? 나는 파티만 여는 것뿐이에요. 영불해협을 헤엄쳐 건넌다든가, 안나프루나 정상을 정복하겠다는 것도 아니잖아요."

거이는 싱크대 쪽으로 가서 수도를 틀고는 컵에 물을 받으며 말했다. "그때쯤 나는 연습에 들어갈걸. 17일부터 시작되니까."

"당신은 특별히 거들 것도 없어요. 좀 일찍 오셔서 헤프게 웃기만 하면 돼요."

"그리고 바텐더 노릇이나 하고 말이지." 그는 수도를 잠그고 컵의 물을 마셨다.

"그건 농담이고, 바텐더는 고용하기로 해요. 전에 조안과 딕이 쓴 사람을. 그리고 당신이 주무실 시간이 되면, 모두 쫓아낼 테니까 걱정 마세요."

거이가 빙그르 몸을 돌려 그녀를 바라보았다.

"모두들 만나고 싶어요. 미니와 로만이 아닌 사람들을. 허구헌 날 얼굴을 마주해야 하는 그들은 이제 신물이 나요."

거이는 아내에게서 시선을 돌려 바닥을 내려다보다가, 다시 눈을 들어 그녀의 시선과 마주쳤다.

"통증은 좀 어때?"

로즈메리가 차가운 미소를 띠었다.

"통증 때문에 파티를 열지 못할 건 없어요. 닥터 서퍼스타인이 곧 가라앉는다고 했으니까."

거의 모두가 초청에 응해 주었다. 단지 도리스 부부가 해치의 용태가 마음에 놓이지 않아서, 그리고 조안 부부가 찰리 채플린의 사진을 찍으러 런던에 갈 예정이라고 미안하다는 전갈을 전해왔다.

한편 예정했던 바텐더는 사정이 있어 고용할 수 없었으나, 대신 다른 바텐더를 보내주었다. 로즈메리는 부드러운 밤색 비로드의 호스티스(연회석에서 주인 역을 맡은 여자) 가운을 세탁소에 보내고, 미장원 예약도 했으며, 포도주 등 주류와 '취페'라고 하는 칠레 스타일의 어패류 전골요리의 재료도 주문했다.

파티 전날인 목요일 아침, 로즈메리가 게살을 바르고, 새우의 꼬리를 따고 있는데 미니가 마실 것을 가지고 왔다. "재미있어 보이는데." 주방 쪽을 넘겨다보며 말했다.

"저것은 뭘 하려는 거유?"

로즈메리는 줄무늬의 차가운 잔을 들고 현관에 선 채 대꾸했다.

"얼려두었다가, 토요일 저녁에 데칠 거예요……. 손님이 있어서."

"어머나, 손님 대접할 기력은 있수?"

"괜찮아요. 오래 만나지 못한 친구들만 불렀어요. 제가 임신한 것을 아직 모르고들 있거든요."

"뭣하면 거들어 주어야겠는걸. 식기를 배열하는 것쯤은 할 수 있어요."

"고맙지만 혼자 할 수 있어요. 뷔페식으로 하기 때문에 식탁을 차릴 필요도 없거든요."

"그럼 코트라도 받아 거는 시중이 좋겠구먼."

"아녜요, 수고 끼치고 싶지 않아요. 지금까지도 잘 해주신걸요."
"하여간 내가 필요하거든 불러줘요. 자, 어서 그걸 마셔야지."
로즈메리는 손에 들고 있는 잔을 바라보았다. "이따가 마시겠어요. 마시고 나면 잔을 제가 갖다 드릴게요." 미니에게 말했다.
"놔두었다가 마시면 효과가 떨어져요."
"곧 마실 건데요, 그냥 돌아가세요. 잠시 뒤에 잔을 돌려드리러 갈게요."
"아니, 내가 조금 기다리기로 하지. 새댁이 왔다갔다하는 건 몸에 나쁘니까."
"그러지 마시고 돌아가 계세요. 요리 중에 누가 곁에 있으면 신경이 쓰여요. 이따가 외출할 때 댁 앞을 지나야 하니까요."
"외출?"
"장 볼 게 더 있어서요. 자, 돌아가세요. 지나치게 친절을 베풀어 주시니 오히려 괴롭네요."
미니가 뒷걸음질로 나가며 말했다.
"늙으면 눈치코치도 없어진다니까. 오래 두지 말아요, 비타민이 줄어드니까."
로즈메리는 문을 닫았다. 주방으로 들어가서 잔을 들고 잠시 서 있다가 곧 싱크대에 거꾸로 쏟아 부었다. 녹색을 띤 액체가 하수구로 빨려 들어갔다.
그녀는 콧노래를 부르며 혼자서 기뻐했다. 그리고 취페 다듬은 것을 그릇에 담아 냉장고의 냉동실에 간수하고는, 우유와 크림과 계란과 설탕, 거기에 셰리주를 가미해서 솜씨를 발휘한 음료를 만들었다. 그것을 큰 병에 나누어 담으니 조청 색깔이 나는 액체가 넘쳐흘렀다.
"꽉 매달려 있어야 한다, 데이비드인지 아만다인지 모르지만." 뱃속의 아이에게 이렇게 말하며, 흘러나온 것을 맛보니 자기 딴에도 기가 막히게 맛이 있었다.

5

9시 반 전후 한동안은 아무도 올 것 같지 않았다. 거이는 벽난로에 촉탄을 보충하고, 부젓가락으로 불꽃을 가지런히 하는 등 땀을 빼고는 손수건으로 이마를 닦았다. 로즈메리는 주방에서 나와 통증을 깨물고 잠시 문설주에 기댔다. 그녀는 새로 매만진 머리에 밤색 비로드 드레스를 입은 차림이었다. 침실 입구 옆에서는 바텐더가 설탕에 절인 레몬을 챙기고, 냅킨이며 잔과 술병을 정돈하는 등 일거리를 찾아 움직였다. 그는 레너드라는 이름의 이탈리아 사람으로, 부티가 나는 것이 바텐더 일은 노년기의 소일거리일 뿐, 더 이상 손님이 늦어 할 일이 없으면 무료해서라도 돌아가 버릴 것만 같았다.

그러던 참에 웬들 부부——테드와 캐롤——가 오고, 곧 이어 엘리스 댄스턴과 그녀의 남편 휴가 들이닥쳤다. 휴는 다리를 절고 있었다. 뒤이어 거이의 대리인인 앨런이 레인 모건이라는 아름다운 흑인 모델을 동반하고 나타났으며, 지미와 타이거 부부, 루와 글로디아 컨퍼트 부부와 글로디아의 동생 스코트가 도착했다.

거이가 손님의 코트를 차례로 받아 침대 위에 정돈했다. 레너드가 할 일이 생겨, 신나게 마실 것을 날랐다. 로즈메리는 각기 손님의 이름을 불러 소개했다. "지미, 타이거, 레인, 앨런, 엘리스, 휴, 캐롤, 테드, 그리고 글로디아와 루, 스코트."

뒤이어 밥과 시어 굿맨이 또 다른 부부 페기와 스탠 킬러를 데리고 왔다. 명단에 없었던 터라 시어가 인사를 시키며 양해를 구했다.

"잘 모시고 왔어요. 손님은 많을수록 파티 기분이 나는걸요."

로즈메리가 말했다.

다음에는 커프 부부가 숨이 차서 달려 들어왔다. 코트도 입지 않은 채였다. 버너드 커프 씨가 말했다. "대단한 여행이었답니다! 버스와 기차를 3번 갈아타고, 거기에 페리보트까지! 5시간 전에 출발했는데 지금 도착했지 뭡니까?"

글로디아가 로즈메리 쪽으로 다가와 말했다. "집 안 구경해도 되지? 이보다도 더 잘 꾸며 놓은 집 있으면 내 목을 내놔도 상관없어요."

마이크와 페드로가 진홍색 장미 꽃다발을 들고 왔다. 페드로가 로즈메리의 볼에 입을 맞추며 속삭였다. "남편에게 맛있는 거 많이 사달래야겠어, 로즈메리. 넌 너무 비쩍 말라 보이는걸."

로즈메리는 픽 웃고, 다시 새 손님들 소개를 계속했다. "필리스, 버너드, 페기, 스턴, 시어, 밥, 루, 스코트, 캐롤……."

소개를 끝내고 로즈메리는 주방으로 장미 꽃다발을 가지고 갔다. 엘리스가 마실 것과 금연을 위한 가짜 담배를 들고 뒤따라 들어왔다.

"너 행복하구나. 이런 아파트 처음 구경하지 뭐니. 주방도 멋져라! 아니, 왜 그러지? 너 과로한 모양이구나."

"피로해서가 아냐." 로즈메리가 말했다. "배가 아파서 그래. 나 임신했단다."

"정말! 언제 태어나는데?"

"6월 28일. 이번 금요일이면 5개월 돼."

"그래서 산부인과 병원 아는 데 있느냐고 물어봤었구나. 그래, 그 닥터 힐에게 다니니?"

"아니, 다른 의사야."

"그럴 수가!"

"서퍼스타인이라는 의사, 나이 든 분이야."

"닥터 힐을 제쳐두다니…… 좋은 의사인데."

"지금 의사도 유명한 분이야. 우리 이웃과 친한 사이고."

거이가 삐죽 얼굴을 내밀었다.

"축하드려요. 이제 아빠가 되신다면서요?"

엘리스가 거이에게 말했다.

"감사합니다. 하지만 아직 실감이 나지 않습니다. 그 소스, 내가 날라다 줄까, 로?"

"그러세요. 이 장미 멋지죠? 마이크와 페드로가 가지고 왔어요."

거이는 크래커 접시와 엷은 핑크색 디프(크래커에 바르는 크림)통을 식탁에서 집어 들었다. "저 통 하나는 엘리스가 들어다 주시겠습니까?"

"그러죠."

엘리스는 두 번째 항아리를 들고 거이의 뒤를 따라 나갔다.

"나도 곧 갈게." 로즈메리가 친구의 등을 향해서 말했다.

늦기는 했지만 디 베티론이 여배우 포셔 헤인스를 동반하고 왔다. 그리고 조안은 남자 친구와 함께 다른 파티에 참석중인데, 30분 안으로 이리 오겠다고 전화를 걸어 알려왔다.

"이 괘씸한 비밀주의자 좀 보게나!" 타이거가 로즈메리를 껴안고 볼에 키스를 하며 임신을 축하했다. 로즈메리가 임신했다는 이야기가 엘리스를 통하여 삽시간에 퍼진 것이다.

그녀가 장미 꽃병 하나를 맨틀피스 위로 옮겨놓자, "임신, 축하해요. 임신했나 보다 생각이 들더라니." 레인 모건이 말했다.

로즈메리는 다른 장미꽃 화병을 침실로 갖고 가 화장대 위에 놓았다. 그리고 다시 거실로 나가자 레너드가 스카치를 물에 타주었다. "처음 한 잔은 기분을 북돋우기 위해 약간 진하게 타고, 그 다음에는 차차 약하게 타는 것이 원칙이랍니다."

저쪽에서 마이크가 손님들 어깨 너머로 손을 흔들면서 입 모양으로만 "축·하·합·니·다" 하고 말했다. 그녀 역시 웃으며 입 모양으로만 "고·마·워·요" 하고 대답을 보냈다.

"트렌치 자매가 이 아파트에 살았었다는군." 누군가가 말했다. 그러자 버너드 커프가 보충을 했다. "애들리언 마르카토와 케이스 케네디도 이곳에 살았었답니다."

"그리고 펄 에임스도요." 그의 아내 필리스 커프가 가세했다.

"트렌치 자매가 누굽니까?" 지미가 물었다.

"그 자매는 갓난아기를 먹었대요." 필리스가 설명했다.

"먹어도 그냥 먹은 게 아니지요. 굶주린 이리 떼처럼 마구 찢어먹었다지요." 페드로가 뒤를 이었다.

로즈메리는 통증이 한결 심해져, 이를 악물고 눈을 감았다. 스카치 탓인지도 모른다.

"괜찮아?"

글로디아가 물었다.

"응. 잠시 배가 아파서……."

로즈메리는 미소를 띠었다.

거이는 포셔 헤인스와 디 배티론 그리고 타이거를 상대로 이야기를 하고 있었다. "아직 이야기하기에는 이릅니다. 연습을 시작한 지 불과 엿새밖에 되지 않았으니까. 하여간 읽는 것보다는 무대에 올려놓아야 재미있는 연극임에는 틀림없지요."

"무대에 올려 재미가 떨어지는 연극이 어디 있어요? 참, 또 한 분은 어떻게 됐지요? 시력이 아직 회복되지 못했나요?"

타이거가 말했다.

"아직……."

거이가 말끝을 흐렸다.

포셔가 끼어들었다. "도널드 바움가르트 말이군. 그 사람이라면, 타이거, 당신도 알걸? 조 파이파와 동거하는 배우."

"어머, 그 사람이 그 배우예요? 아는 사람인 줄은 몰랐네."

"그는 지금 굉장한 각본을 쓰고 있다고. 적어도 처음 두 장면은 감동적이야, 옛날의 오즈본처럼. 분노에 불타오르는 장면이지." 포셔가 말했다.

로즈메리가 물었다. "앞을 보지 못하는데도?"

"이젠 단념을 했나 봐. 그리고 필사적으로 운명에 순응하려고 애쓰던걸. 걸작은 그런 데서 만들어지나 봐. 그가 구술하면 조가 받아 써요."

마침내 조안이 왔다. 그녀의 남자 친구라는 사람이 50이 넘어 보여 의외였다. 조안은 로즈메리를 보자 휘둥그레진 눈으로 그녀의 팔을 잡아 복도 쪽으로 끌고 가서 물었다. "도대체 얼굴이 왜 그러니? 무슨 탈이라도 생겼어?"

"탈은 무슨……. 아기가 생겼어. 그뿐이야."

로즈메리가 부엌에서 타이거와 함께 샐러드를 만들고 있는데, 조안과 앨리스가 들어와 등 뒤로 문을 닫았다.

엘리스가 물었다.

"네 의사 선생님 이름, 뭐라고 했더라?"

"서퍼스타인."

"그래, 그 의사는 네 경과에 별말이 없던?"

조안이 물었다.

로즈메리는 고개를 까딱해 보였다.

"글로디아가 그러는데, 너 아까 배를 몹시 앓았다며?"

"계속 그래. 하지만 곧 가라앉을 거고. 이상도 아니래."

타이거가 물었다. "배가 어떻게 아픈 거야?"

"창자를 도려내듯…… 골반이 벌어지고, 관절이 좀 굳어서 그렇다나 봐."

엘리스가 말했다. "로지, 나도 그런 일은 있었어. 두 번 정도. 하지만 그건 과중한 운동 끝에 근육이 오므라드는 것 같은 전체적인 통증이었고, 이틀 뒤에는 아무렇지도 않았는데."

"하지만 사람마다 다른 거야." 로즈메리는 스푼 두 개로 샐러드를 올렸다가는 다시 내려놓으며 말했다.

"그렇게까지 다를 수가……." 조안이 말했다. "너, 1966년도 '미스 강제수용소' 같은 몰골을 하고 있는 걸 모르니? 그 의사 실력이 의심스러워."

로즈메리는 스푼을 든 채 흐느꼈다, 소리도 없이——여지껏 버텨오던 오기가 무너져 내리면서…….

"아, 저런." 조안이 말하며 도움을 청하는 눈으로 타이거를 쳐다보았다. 타이거가 로즈메리의 어깨에 손을 얹으며 달랬다.

"울긴, 그럴수록 용기를 가져야지."

"내버려둬요." 엘리스가 말했다. "울고 싶으면 우는 게 후련해. 밤새 긴장해 있었던 거야. 마치……, 마치 무엇에 비유하면 좋을지 모르지만……." 엘리스가 말했다.

로즈메리는 계속 어깨를 들먹였다. 검은 마스카라가 눈물과 범벅이 되어 볼을 타고 흘러내렸다. 타이거가 그녀의 손에서 스푼을 받아 샐러드 그릇과 함께 저쪽으로 밀어놓았다.

그때 문이 열리기에 조안이 냉큼 막아섰다. 거이였다.

"왜, 못 들어갑니까?"

"미안합니다, 남성 금지구역." 조안이 말했다.

"로즈메리에게 할 말이 있는데."

"안 돼요, 지금 바빠요."

"저, 잔을 닦아야겠는데……."

"욕탕 물을 쓰세요." 그녀는 어깨로 문을 밀어 찰칵 잠그고는 거기에 기댔다.

"이걸 어쩐다? 열어달라니까요." 거이가 문 저쪽에서 투덜거렸다.

로즈메리는 계속 흐느꼈다. 얼굴을 떨구고, 어깨를 들먹이며, 맥없이 손을 무릎 위에 올려놓고. 엘리스가 허리를 굽혀 수건으로 볼에 흐르는 눈물을 닦았다. 타이거는 친구의 머리를 쓰다듬고, 들먹이는 어깨를 감쌌다.

흐르는 눈물이 좀 멎었다.

"아파도 보통 아픈 게 아냐. 더구나 이러다가 아기가 죽는 게 아닌지 겁도 나고." 그녀는 고개를 들어 친구들을 둘러보았다.

"의사는 뭘 하는 거지? 약은 주지 않던? 무슨 치료도?"

엘리스가 물었다.

"전혀."

타이거가 물었다.

"언제부터 아팠지?"

로즈메리는 치미는 통증에 이를 물었다.

엘리스가 같은 말을 물었다.

"언제부터 아프기 시작했어, 로즈메리?"

"추수감사절 전 11월부터."

엘리스가 놀라면서 "11월부터?"라고 말했고, 문을 가로막고 서 있던 조안은 "저런!" 하고 탄식을 했다.

타이거가 볼멘소리를 냈다. "11월부터 그 모양인데도 네 남편은 손가락 하나 까딱 안 한 거니?"

"그럴 수 있다고……, 곧 가라앉을 거라고."

"다른 의사에게 데리고 가지도 않았어?"

조안이 물었다.

로즈메리는 고개를 흔들었다. "그분은 유명한 의사야." 엘리스가 볼을 닦아주는 대로 얼굴을 맡기고 로즈메리가 설명했다. "〈오픈 엔드〉 잡지에도 나올 정도인걸."

타이거가 말했다. "나도 들은 적은 있어. 하지만 사디스트가 아니고서야."

엘리스가 거들었다. "그런 통증은 어딘가 이상이 있다는 적신호라고. 겁주는 것 같지만, 로지, 닥터 힐에게 다시 가봐. 아니면 다른 의사에게라도 말이야."

"그 돌팔이만 아니면 어떤 의사라도 좋아." 타이거가 가세했다.

엘리스가 분개했다. "그렇게 고통을 겪는 걸 내버려두다니, 의사랄 수 있어?"

"난 낙태 같은 건 안 해."

로즈메리가 말했다.

조안이 문을 막아선 채 목소리를 낮추어 말했다.

"누가 낙태하라고 했니? 다만 다른 의사에게 가보라는 것뿐이라고."

로즈메리는 엘리스에게 수건을 받아들어 번갈아 가며 눈언저리를 찍었다. "이런 일도 있을 거라고 선생님은 말씀하시더라고." 수건에 찍혀 나오는 마스카라를 보면서 말을 이었다. "친구들이 자기들의 임신은 정상이고, 내 경우는 이상하다고 수군거릴 거라고."

"그게 무슨 뜻이니?"

타이거가 물었다.

로즈메리는 그녀를 돌아다보고 말했다.

"친구들이 무슨 말을 해도 귀담아들어서는 안 된다는 거야."

타이거가 이의를 제기했다.

"그게 왜 나빠? 의사가 미리 그런 충고까지 은근히 해둔다는 것은 정말 알다가도 모를 일이네."

엘리스가 차분히 타이른다.

"우리가 말하는 것은 다만 다른 의사에게도 상의해 보라는 거야. 훌륭한 의사라면 반대할 이유가 없지. 그것이 환자의 마음을 편하게 해줄 수도 있고."

"그렇게 해봐. 급한 대로 월요일 아침에라도." 조안이 권했다.

"그럴까?" 로즈메리가 반승낙을 했다.

"약속한 거야?" 엘리스가 못을 박는다.

마침내 로즈메리가 고개를 끄덕였다. "약속할게." 그러고는 둘러싼 처녀 시절의 친구들에게 미소를 보냈다. "그렇게 결심을 하니, 한결 마음이 가벼워지네. 다들 걱정해 줘서 고마워."

타이거가 핸드백을 열면서 말했다. "화장을 고쳐야겠어." 그러면서 크고 작은 콤팩트를 식탁 위에 놓았다.

"내 드레스는 어떻지?"

"흠뻑 젖었는걸." 엘리스가 말하며 새 수건을 가지러 갔다.

"참, 갤릭 브레드!" 로즈메리가 다급하게 말했다.

"넣으라는 거야, 꺼내라는 거야?" 조안이 물었다.

"오븐에 넣어야 해." 로즈메리가 눈썹용 브러시로 냉장고 위에 놓인 은박지로 싼 덩어리를 가리켰다.

타이거가 샐러드를 마저 만들고, 엘리스가 로즈메리의 등 언저리의 식은땀을 닦았다. "앞으로 울 일이 있거든, 비로드는 입지 마."

거이가 들어와 모두들 둘러보았다.

타이거가 말했다. "미용 비결을 강의중이에요. 당신도 끼실래요?"

거이는 곧장 로즈메리에게 가서 말했다.

"괜찮소?"

"괜찮아요."
로즈메리가 웃으며 대답했다.
"샐러드 드레싱이 흘렀네."
엘리스가 딴전을 피웠다.
조안도 거들었다.
"자, 우리 부엌데기 일행도 나가 한 잔 하자고."

'취페'는 인기가 있었고, 샐러드 맛이 그만이라고 칭찬이 자자했다. 타이거가 로즈메리에게 귀엣말로 소곤거렸다.
"네 눈물이 양념이 됐나 봐."
레너드가 이 포도주라면 특급에 속한다고 장담을 하며, 근엄한 표정으로 마개를 따서는 손님들의 잔을 채우며 돌아다녔다.
글로디아의 동생 스코트가 텔레비전 앞에서 접시를 무릎에 올려놓은 채, 화면에 비친 신학자에 관해 설명하고 있었다. "저 사람은 이름이 앨타이저, 아마 애틀랜타에 살고 있을 겁니다. 그의 주장은 '신의 죽음은 오늘날 우리 시대에 일어나는 특기할 만한 역사적 사건이다. 신은 분명히 죽었다'라는 겁니다."
커프 부부와 레인 모건과 밥 굿맨이 음식을 먹으면서 스코트의 설명을 건성으로 듣고 있었다.
지미가 거실 창으로 밖을 내다보더니 소리쳤다.
"야, 눈이 온다!"
스탠 킬러가 익살맞은 폴란드 우스갯소리를 늘어놓자 로즈메리는 그 한 토막 한 토막에 소리 내어 웃었다.
"술에 취해서는 안 돼."
거이가 그녀의 귓전에 대고 말했다.
그녀는 고개를 돌려 잔을 들어 거이에게 보여주면서 웃음이 아직 걷히지 않은 얼굴로 말했다.

"그냥 진저에일이니 걱정 마세요."

50살인 조안의 남자 친구는 그녀의 의자 옆 마룻바닥에 앉아 그녀를 올려다보면서 열심히 이야기를 하고, 때때로 그녀의 발과 복숭아뼈를 매만지고 있었다. 엘리스는 페드로와 이야기중이었다. 그는 맞은쪽의 마이크와 앨런을 지켜보면서 고개를 끄덕이기만 한다. 글로디아는 손금을 본다고 설쳤다.

스카치는 모자랄 것 같았지만, 다른 음식은 풍성했다.

로즈메리는 커피 시중을 들고, 재떨이를 비웠으며, 잔을 헹구었다. 타이거와 캐롤 웬들이 거들었다.

잠시 뒤, 그녀는 휴 댄스턴과 창가에 앉아 커피를 마시며 비스듬히 날리는 함박눈을 바라보았다. 때때로 길 잃은 눈송이가 유리창에 앉아 미끄러지며 녹아 흘렀다.

"금년에는 꼭, 금년에는 무슨 일이 있어도 이 도시에서 벗어나야겠습니다." 휴 댄스턴이 말했다. "범죄와 소음과, 그 밖에 모든 것으로부터의 탈출입니다. 하지만 눈이 오며, 뉴요커(브로드웨이 88번로에 있는 극장)에서 험프리 포가트 주간(週間)을 개최하며, 그리고 나는 여전히 여기에 있습니다."

로즈메리는 빙그레 웃으며 눈을 내다보았다.

"이래서 나는 이 아파트에 입주하고 싶었던 거예요. 벽난로에 불을 지피고, 여기에 앉아 눈을 바라보려고."

휴가 그녀에게 말했다.

"아마 지금도 디킨스를 읽고 있는 모양이죠?"

"물론이지요. 누구든 그의 소설을 손댔다 하면 덮어둘 수가 없지요."

거이가 그녀를 찾아왔다.

"밥과 시어가 돌아가겠다는데, 여보."

2시가 되기 전에 모두 돌아가고, 거실에는 둘만 오붓하게 남았다. 여기저기 더렵혀진 냅킨이며 잔에다 꽁초가 가득한 재떨이가 널려 있었다. "약속, 잊지 마." 엘리스가 작별을 고하며 말했었다. "잊기는."

"자, 하나하나 치웁시다."

거이가 말했다.

"이것 봐요, 거이."

"응?"

"닥터 힐에게 가볼까 해요, 월요일 아침."

거이는 아내의 얼굴을 빤히 쳐다보며 잠시 말이 없었다.

"그 선생님에게 다시 봐달라고 말하고 싶어요. 닥터 서퍼스타인은 거짓말을 했거나, 잘못 진단하고 있는 것 같아요. 이런 통증은 어디에 이상이 있다는 적신호라고요."

"로즈메리."

거이가 아내의 말을 가로막았다.

"그리고 미니의 음료수도 마시지 않을 거예요." 로즈메리가 계속했다. "다른 임산부들과 마찬가지로 비타민을 먹겠어요. 하기야 그 음료, 세 번이나 마시지 않고 하수구에 버린걸요."

"당신은……."

"그 대신 내가 직접 음료수를 만들어 마셨지요."

그는 놀라움과 노여움이 섞인 어조로 부엌문 쪽을 손가락질하며 쏘아붙였다.

"저기에서 그 암캐들이 당신에게 수군거린 것이 그거였군! 오늘 온 것은 그렇게 꼬여서 의사를 바꾸게 하려는 심산이었어."

"모두가 내 친한 친구들이에요. 당신, 암캐가 뭐예요?"

"그것도 칠칠맞지 못한 암캐들이라고. 자기 일들이나 걱정할 일이지……."

"친구들이 권한 것은 다른 의사의 의견도 들어보라는 것뿐이에요."

"당신에게는 뉴욕 최고의 의사가 붙어 있는 거야, 로즈메리. 닥터 힐은 거기에 비하면 무명 돌팔이에 불과하다고."

"닥터 서퍼스타인이 일류 의사라는 말은 이제 신물이 나요." 그녀는 울음을 터뜨렸다. "추수감사절 전부터 계속 통증이 계속되는데도, 그분이 내리는 처방이란 곧 가라앉을 거라는 말, 그것뿐이라고요."

"자꾸 의사를 바꿀 수는 없어요. 서퍼스타인에게도 진료비를 지불하고, 힐에게도 지불해야 한다는 걸……."

"바꾸는 게 아니에요. 단지 닥터 힐을 찾아가 의견을 들어보겠다는 거예요."

"안 돼, 그러면. 서퍼스타인이 불쌍해."

"불쌍하다고요? 그걸 말이라고 하세요? 난 불쌍하지 않은가요?"

"다른 의사의 의견을 듣고 싶다고? 그럼, 서퍼스타인에게 그렇게 말하지 그래. 어느 의사의 의견을 구해야 좋을지 추천을 받는 거야. 그만큼 명성을 쌓은 의사에게는 그만한 의리는 지켜 드리는 게 예의라고."

"처음에 임신을 알려준 닥터 힐에게 가보고 싶어요. 당신이 돈이 궁하다면, 내 저축으로……."

그녀는 야무지게 입을 다물고 눈썹 하나 까딱하지 않았다.

"로?"

거이가 불렀다.

문득 통증이 가신 것을 알았다. 사라졌다! 막혀 있던 자동차 클랙

슨이 뺑 터진 것처럼 영원히 멎었다. 다시는 아프지 않을 것처럼. 아아, 고마운 일이다, 살 것 같다!

"로, 왜 그래?"

거이가 의아한 표정으로 한 걸음 다가섰다.

"멎었어요, 통증이."

"멎었다고?"

"지금 막." 그녀의 입가에 웃음이 번졌다. "통증이 싹 가셨어요. 틀림없어요." 그녀는 눈을 감고 숨을 몰아쉬었다. 깊게, 더욱 깊게, 몇십 년이고, 그전부터, 추수감사절 전부터 막혔던 숨을 한꺼번에 들이마시기라도 하는 것처럼 말이다.

눈을 떠보니 거이가 걱정스러운 눈으로 그녀를 지켜보고 있었다.

"당신이 만들어 마셨다는 음료수는 뭐로 만들었지?"

그녀는 그 말에 멈칫했다. 아기를 죽여 버리고 만 것이다. 음료수를 섞은 셰리주, 계란은 상한 것이었을지도 모른다. 그것들이 어울려 아기가 죽고, 통증이 멎은 것이다! 그 통증은 아기였는데. 그걸 자기 멋대로 굴어 죽게 한 것이다.

"계란, 우유, 크림, 설탕……." 거기에서 로즈메리는 남편의 눈치를 보듯, 그것이 아무것도 아닌 양 덧붙였다. "셰리 주 약간."

"술도?"

그때 그녀의 뱃속에서 무엇인가가 꿈틀 움직였다.

"술을 얼마나?" 남편이 다그쳤다.

또 꿈틀거렸다. 지금까지는 아무런 움직임도 느껴보지 못했었는데, 작은 압박감이 꿈틀거린 것이다. 그녀는 저절로 웃음이 나왔다.

"살아 있어!" 그녀는 혼잣말처럼 말하고, 다시 한 번 웃었다. "움직여요. 죽지 않았어요. 살아 움직이고 있다고요." 그녀는 밤색 비로드 드레스 위로 아랫배에 손을 대고 살짝 눌러보았다. 이번에는 2개의 작은 것이 손바닥에 느껴진다. 2개의 손인지 다리인지. 하나는 이쪽에, 하나는 저쪽에서 분명히 움직인다. 그녀는 고개를 돌리지 않고 등 뒤로 더듬어 남편 손을 잡고, 그의 손바닥을 자신의 아랫배로 가져갔다. 거기에 응답이라도 하듯 아기가 움직였다.

"느껴지지요? 저 봐, 또."

그녀가 물었다.

그는 얼굴이 파래져서 얼른 손을 움츠려 들었다.

"응, 움직였어."

"무서울 거 없어요. 아기가 물어뜯지는 않으니까요."

그녀는 웃었다.

"다행이야!"

"다행이죠?" 그녀는 아랫배를 내려다보며 새삼스럽게 다시 눌러보았다. "살아 있어요. 걷어차요. 여기에 있어요."

"나는 이 난장판은 치우기로 하지." 거이가 재떨이와 잔을 주섬주섬 챙겼다.

"이제 알았단다, 데이비드인지 아만다인지." 로즈메리는 웅얼거리듯 말했다. "'나 여기 있어요' 하고 알려주고 싶었던 게지? 착한 아기니까 가만히 있어요. 엄마가 아빠를 도와드릴 수 있게." 그녀의 입가에서는 내내 웃음이 가시지를 않는다. "어머, 또 걷어차네. 제법 센걸. 남자아이일지도 모르겠네……. 아직 5달이나 남았으니 조급하게 굴지 말아요. 힘을 아껴 둬야지."

그녀는 거이에게로 다가가서 말했다.

"야단쳐 봐요. 당신은 이 애의 아빠니까. 그렇게 보채서는 못쓴다고 타일러 줘요."

6

지금까지의 고통은 씻은 듯이 가시고 잠도 푹 잘 수 있게 되었다. 꿈도 없는 포근한 단잠. 거기에 따라 식욕도 눈에 띄게 왕성해졌다. 날 것이 아니라 익힌 고기와, 계란과 야채, 치즈와 과일, 그리고 우유가 무작정 입에 당겼다. 며칠 지나지 않아 눈가의 그늘이 걷히고, 살이 올랐다. 그리고 몇 주일이 지나기 전에 그녀는 임산부 특유의 두둑한 몸매가 되었다. 기름기가 돌고, 건실하고, 자랑스럽고, 전에 없이 아름다워졌다.

미니가 갖고 오는 음료수도 즉석에서 마셨다. 아기를 유산했을지도 모른다는 악몽이라도 씻어내듯, 마지막 한 방울까지도 마셨다. 이번에는 마지판(아몬드를 짓이겨 설탕으로 버무린 과자)처럼 껄끄러운 케이크가 음료수와 함께 배달되었다. 그것도 남김없이 먹어치웠다. 세상에서 제일 훌륭한 어머니가 되겠다는 결심 때문이기도 했지만 설탕 케이크 같은 그 맛이 좋았던 것도 부정할 수 없었다.

닥터 서퍼스타인이 곧 통증이 멎을 것이라고 한 말이 거짓인 줄 알았는데 그게 아니었던 것이 고마웠다. 그는 "틀림없겠는걸" 하고 혼잣말처럼 말하며, 두드러지게 부풀어 오른 로즈메리의 배에 청진기를 갖다 대고는 흥분을 감추지 못했다. 그건 몇천이나 되는 아이를 손댄 노련한 의사로서는 상상하기 어려운 흥분이었다. 로즈메리는, 위대한 산부인과 의사란 임산부마다 진지한 흥분으로 대하는 것이 다른 점인가 보다고 생각했다.

그녀는 임신복을 샀다. 검은 투피스 드레스와, 베이지 색의 헐렁한 바지, 그리고 물방울 모양의 붉은 윗도리였다. 집에서 파티가 있고 2주일 뒤, 그녀와 거이는 루와 글로디아 컴퍼트 부부의 파티에 갔다.

"세상에! 너 몰라보게 살이 올랐구나!" 글로디아가 로즈메리를 와락 껴안고 말했다. "그리고 100프로 예뻐졌어! 애, 아니, 배, 눈이 부시도록 우아하게 변했어!”

그때 복도에서 골드 부인의 목소리가 들렸다. “2~3주 전만 해도 사람이 말라도 저렇게 마를 수가 있을까 걱정했는데, 오늘 보니 딴 사람 같네. 아서도 사람을 잘못 본 줄 알았다고 말하던 참이라고.”

“네, 요즘 식욕이 되살아났어요. 임신이란 초기에는 고생스럽고, 달이 지날수록 수월한 경우와, 그 반대가 있을 수 있다고 해요. 난 그 초기가 고생스러웠는데, 이제 어려운 고비는 졸업한 것 같아요.” 로즈메리가 말했다.

지금도 그녀는 등의 근육이나 부풀어 오른 젖에서 아련한 아픔을 느끼기는 했지만, 그 매서운 아픔에 비하면 아무것도 아니었다. 그런 아픔은 임신중에 나타나는 전형적인 증상이라고 서퍼스타인이 버리라고 한 책에 쓰여 있었다. 그리고 그것이 전형적인 것이기에 그 아픔은 그녀의 행복감을 더해 주었으면 주었지, 감소시키는 요인으로는 작용하지 않았다. 소금기는 여전히 구역질을 일으켰으나, 어차피 소금기 같은 건 문제 밖이었다.

거이의 연극은 연출자가 두 번 바뀌고, 제목이 세 번 바뀐 끝에 2월 중순 필라델피아에서 막이 올랐다. 닥터 서퍼스타인은 거이가 흥행을 위해 떠나는 여행에 로즈메리가 동행하는 것을 허락지 않았다.

개막 첫날 오후 그녀는 미니, 로만, 지미, 타이거와 함께 지미의 골동품이 다된 패커드를 타고 필라델피아로 향했다. 그 드라이브는 썩 유쾌한 것은 못 되었다. 로즈메리와 지미와 타이거는 극단이 뉴욕을 떠나기 전에 무대장치를 생략한 연습공연을 보고는 연극은 성공하기 힘들겠다는 생각을 했다. 기껏해야 거이 한 사람 정도만 몇몇 비평가의 찬사의 대상이 될는지도 모른다는 기대가 고작이었다. 그것도 로만이 전혀 주목의 대상이 되지 못한 연극에서 좋은 연기로 대스타의 기반을 닦은 실례를 거듭 이야기했기 때문에 품게 된 희망이었다.

장치를 제대로 갖추고 의상과 조명이 가세했지만, 그 연극은 예상한 대로 지루하고 흥미를 끌지 못했다. 연극이 끝나고도 단원들은 침울해서, 제각기 자기 숙소로 뿔뿔이 흩어졌다. 몬트리올에서 비행기로 달려온 거이의 어머니만은 일행에게 거이가 굉장했고 연극 또한 볼만했다고 강조했다. 작은 몸집에 금발인 그녀는 로즈메리, 앨런 스턴, 지미, 타이거, 거이, 미니, 로만을 상대로 그녀의 확신을 침이 마르게 떠들어댔다. 미니와 로만은 의미심장한 웃음으로 경청하는 것 같았지만, 그 밖의 사람들은 바늘방석에 앉은 기분이었다. 로즈메리조차 거이의 연기가 굉장할 정도와는 거리가 멀다고 생각했는데, 〈루터〉나 〈아무도 앨버트로스를 사랑하지 않는다〉에서 그를 보았을 때도 그렇게 생각한 것으로, 그 두 번 다 그는 비평가의 눈길을 끌지 못했었다.

한밤중이 지나서야 두 건의 연극평이 입수되었다. 둘 모두 연극을 혹평했지만, 뜻밖에도 거이의 연기에는 찬사를 아끼지 않았는데, 한 비평에는 2단의 지면을 그에 대한 찬사로 메우고 있었다. 세 번째 연극평은 이튿날 아침 신문에 난 것으로, 그것 역시 연극 자체는 깎아내리면서도, 거이에 관해서는 '무명과 다를 바 없으나 뛰어난 연기력을 지닌 젊은 배우로서, 틀림없이 보다 큰 역에, 보다 큰 무대로 진출할 것이다'라고 써놓았다.

뉴욕으로 돌아오는 드라이브는 갈 때와는 비교도 되지 않을 정도로 즐거운 것이 되었다.

로즈메리는 거이가 집을 비운 사이에도 쉴 틈이 없을 정도로 일거리를 뒤져냈다. 아기방의 흰색과 노란색의 벽지, 베이비 옷장, 서클베드, 포장을 친 요람 등을 주문했다. 그리고 미루기만 했던 편지를 써서 고향 식구들에게 그 동안의 소식을 전했다. 한편 틈나는 대로 임신복을 몇 벌 더 사러 나가야 했으며 해산달이 임박해 옴에 따라 확실히 해둘 것도 많았다. 출산 통지를 보낼 사람의 명단, 모유로 기를 것인가 분유로 기를 것인가. 그리고 아기의 이름도 확정해야 한다. 앤드류, 더글러스, 데이비드, 아만다, 제니, 아니면 호프?

그리고 아침저녁으로 체조도 해야 했다. 자연분만으로 아기를 낳을 생각이었기 때문이다. 거기에 대해서는 벌써 결심이 서기도 했고, 닥터 서퍼스타인의 찬성도 얻어두었다. 마취제는 막판에 가서 그녀가 요구해야만 주사하기로 해두었다. 그녀는 바닥에 누워, 다리를 곧장 들어 허리를 받치고, 열을 셀 때까지 견디는 운동을 하고, 얕게 호흡을 하고는 깊이 내쉬는 연습도 했다. 이름이 어떻게 될지는 두고 봐야 하겠지만, 이 아이가 그녀가 내쏟는 힘에 의해서 1센티미터씩, 또 1센티미터씩 세상밖으로 나오게 될 것이다. 그 땀으로 범벅될 승리의 순간을 머리에 그리며 그녀는 그 준비를 게을리하지 않았다.

로즈메리는 며칠 밤인가를 미니와 로만의 집에서 지내고, 하루 저녁은 커프 댁에서, 다른 하룻밤은 휴와 엘리스 댄스턴의 집에서 보냈다.

"아직 간호사를 고용하지 않았니?"

엘리스가 물었다.

로즈메리가 고개를 흔들자 엘리스가 걱정스러운 듯 말했다.

"미리 손을 써두어야 할 걸 그랬나 보다. 요즘엔 예약을 해둬야 안심이 돼."

그래서 이튿날 닥터 서퍼스타인에게 그 일을 상의하기 위해 전화를 걸었다. 그건 괜한 걱정이었다. 그의 답변은 이미 전속 간호사가 마련되어 있으며, 산후에도 필요한 시간만큼 간호를 받도록 조치가 취해져 있다는 것이다. 서퍼스타인은 말했다. "내가 이야기를 안 한 모양이군. 피츠패트릭 양이라고 하는데 노련한 간호사라오."

거이는 이틀이나 사흘 간격으로 연극이 끝난 뒤에 전화를 걸어 왔다. 그는 지금 진행중인 여러 가지 변화와, 버라이어티 잡지에서 평한 그에 대한 찬사 등을 이야기했다. 그녀 쪽에서는 간호사 피츠패트릭이나 벽지, 로라 루이즈가 짜고 있는 짝짝이 아기용 털양말 등에 관해서 이야기했다.

연극은 15일 동안으로 일단 막을 내리고 거이는 집에 돌아왔으나, 그것도 이틀뿐 워너브라더스 사의 스크린 테스트를 받으러 곧 캘리포니아로 떠났다. 그 일이 끝난 뒤에야 겨우 집에 오게 되었는데, 당면 문제로서는 오는 시즌에 2개의 큰 역 중 어느 것을 택하느냐와, 30분짜리 프로 〈그리니지 빌리지〉를 13회 출연하는 일이었다. 워너브라더스 사에서 교섭이 있었으나, 대리인인 앨런은 거절할 수밖에 없었다.

아기는 마신(魔神)처럼 마구 걷어찼다. 로즈메리는 그만두지 않으면 엄마도 가만히 있지 않겠다고 말하곤 했으나 소용없었다.

마거릿 언니의 남편에게서 전화가 걸려와, 약 3.6킬로그램의 아기 케빈 마이클이 탄생했음을 알려왔다. 곧 이어 아주 예쁜 출산 통지장이 배달되었다. 그럴 리 없겠지만 장밋빛 아기가 자기의 이름과 생년월일, 체중과 키를 메가폰으로 말하고 있는 그림이었다.

거이가 말했다. "뭐야, 아기가 빈약하잖아." 결국 로즈메리는 요란한 장식 없이 아기 이름과 부모 성명 및 생년월일 외에는 인쇄하지 않는 간단한 통지서로 하기로 마음먹었다. 그리고 이름은 앤드류 존이나 제니퍼 수전으로 범위를 좁히고, 젖은 모유로 확정했다.

두 사람은 텔레비전을 아기 방에서 거실로 옮기고, 그 방의 잡동사니는 필요로 하는 친구들에게 주었다. 그리고 주문했던 색상의 벽지가 도착해서 도배를 시켰다. 뒤이어, 서클 베드와 베이비 옷장, 포장을 칠 수 있는 요람이 배달되어, 그것을 이리저리 배치해 보고 위치를 확정했다. 옷장에는 목욕용 타월과 방수포, 그리고 너무나 작아서 집어보고는 웃음을 터뜨린 아기의 옷가지를 챙겨 넣었다.

그때 뱃속의 아기가 세차게 걷어찼기에 로즈메리는 말했다. "앤드류 존 우드하우스! 보채면 못써요, 아직 두 달이 남았으니까."

두 사람은 결혼 2주년과 거이의 33살 생일을 기념, 조촐한 축하 파티를 열었다. 이번에는 댄스턴 부부, 첸 부부, 그리고 지미와 타이거를 불러 저녁 식사 정도로 끝냈다. 다음날부터 〈모건!〉을 보러 갔고, 〈메임〉 시사회에도 참석했다.

날이 갈수록 로즈메리의 몸은 무거워졌다. 풍선처럼 부풀어 오른 배에서 배꼽이 납작해져 금세라도 사라질 것 같았고, 유방 역시 탱탱하게 부어올라 뱃속에서 아기가 움직일 때마다 흔들렸다. 그녀는 실내체조를 계속했고, 양발을 세우고, 쪼그려 앉고, 가볍게 숨을 쉬었다가는 몰아내는 심호흡을 거듭했다.

그리하여 5월 하순, 9개월이 되었을 때에는 나이트가운, 임산부용 브래지어, 새 퀼트 실내복 등 입원에 필요한 물건을 소형 가방에 넣어, 언제라도 들고 나갈 수 있게끔 침실 문간에 챙겨놓았다.

6월 3일 금요일에 결국 해치가 병원에서 사망했다. 그의 사위인 액슬 앨러트가 토요일 아침 로즈메리에게 전화를 걸어 그의 죽음을 알려왔던 것이다. 그리고 화요일 아침 11시에 64번로에 있는 에디컬 컬쳐 센터에서 고별식을 갖게 된다는 것이었다.

로즈메리는 울었다. 그 까닭 중 하나는 해치의 죽음 그 자체였고, 다른 하나는 근래 여러 달 동안 그에 관한 일을 잊다시피 해서 마치 자기가 그의 죽음을 재촉한 것 같은 가책을 받아서였다. 한 번인가 두 번, 그레이스 커디프에게서 전화가 왔었고, 로즈메리가 한번 도리스 앨러트에게 전화를 넣은 적이 있었다. 하지만 병문안은 그 뒤에 한번도 가지 않았다. 그는 계속 혼수상태로 손가락 하나 까딱할 수 없었고, 그녀 자신은 건강을 회복했다고 하나 병자 가까이 간다는 것이 자신과 아기를 위험에 노출시키는 것 같은 기분이 들었던 것이 사실이다.

거이는 비보를 전해 듣더니 얼굴에서 핏기가 싹 가셨다. 그는 말을 잊은 채 몇 시간이고 거실에 틀어박혀 있었다. 오히려 로즈메리가 그의 심각함에 놀랄 정도였다.

그녀는 혼자 고별식에 참석했다. 거이는 촬영이 있어 빠질 수 없었고, 조안은 감기로 열이 심했다. 엄숙한 식장에는 50명 가량의 사람이 참석했다. 식은 11시 조금 지나 시작되었는데, 극히 짧은 시간 내에 끝났다. 액슬 앨러트가 인사말을 하고, 해치의 오랜 친구인 듯한 신사가 고별사를 읽었다. 식이 끝나자 로즈메리는 참석자들의 열에서서 식장 정면에 있는 현관으로 나아가, 앨러트 부부와 해치의 둘째딸 에드나와 그의 남편에게 위로의 말을 건넸다.

그때 여인 하나가 로즈메리를 뒤따라왔다.

"실례지만, 댁이 로즈메리시지요?" 반백의 머리에 혈색이 유난히 좋은, 50살 안팎의 품위 있는 부인이었다. "그레이스 커디프입니다."

로즈메리는 부인의 손을 잡고, 수시로 해치의 용태에 관해 전화를 걸어준 데 대해서 감사하다고 했다.

"어제 이걸 우송해 드릴까 했습니다만. 오늘 만날 수 있을 것 같아 직접 갖고 왔어요." 그레이스 커디프가 무슨 책인 듯한 밤색 포장물을 내밀며 말했다. 겉면에 자기의 이름과 주소가 쓰여 있고, 뒤에는 그레이스 커디프의 주소가 눈에 띄었다.

"뭘까요?"

"해치가 댁에 전해 드리고 싶어했어요. 그분은 그 일에 대단히 신경을 쓴 모양입니다."

로즈메리는 이해가 가지 않았다.

"그분은 죽기 전 얼마 동안 의식을 회복했었던 모양이에요. 나는 그때 자리에 없었는데, 그분은 간호사에게 머리맡에 놓인 이 책을 내게 전하여, 그것을 댁에 전해 주라고 부탁하더랍니다. 그분은 집요하게 당부하면서, 간호사에게 두 번이고 세 번이고 잊지 않고 그렇게 전하겠다는 약속까지 받아냈다고 하는군요. 그리고 급히 달려간 내게는 '그 이름은 철자만 바꾼 것'이라는 말을 전하라고 하셨습니다." 그레이스 커디프가 말했다.

"무슨 이름? 이 책 제목 말인가요?"

"글쎄요. 그분은 헛소리를 하기도 해서 확실한 건 나도 알 수 없답니다. 그분은 필사적으로 혼수상태에서 탈출했는데 그 안간힘 때문에 죽은 거나 다름없습니다. 그분은 11시에 댁을 만나야 한다고 계속 말하기도 했는데, 그날이 혼수상태에 빠진 날 아침으로 착각하고 있는 모양이었어요."

"그런 약속을 했었지요."

"그러나 사태를 깨달았는지 그 책을 댁에 전하도록 간호사를 다그친 거죠. 책은 내가 포장을 했는데, 마법에 관한 영국책이던데요." 그레이스 커디프가 전후 사정을 차근차근 이야기했다.

로즈메리는 의아한 눈으로 포장물을 내려다보며 말했다. "까닭을 알 수 없네요. 그런 책을 애써 제게 전하려던 의도를……. 그 분은 뭔가를 알고 있었던 게 틀림없어요. 그리고 '그 이름은 철자만 바꾼 것'이라니, 자상했던 해치 아저씨. 뭐든 청소년 취향적인 모험소설 같다니까요."

두 여인은 식장을 나와 보도 위에 섰다.

"난 언덕 쪽으로 가는데, 어디서 내려드릴까요?" 그레이스 커디프가 물었다.

"아니 괜찮습니다. 저는 길을 건너서 타겠어요"

두 사람은 길모퉁이 쪽으로 갔다. 고별식에 참석했었던 사람들이 큰소리로 택시를 부르고 있었다. 택시 한 대가 멎었다. 남자 둘이 그 차를 로즈메리에게 양보했다.

그녀는 사양했지만, 자꾸 권하기에 이번에는 그레이스 커디프에게 양보했다. 그녀도 극구 사양했다. "댁은 홀몸이 아니잖아요. 사양 말고 먼저 타세요. 아기 낳을 날은 언젠가요?"

"6월 28일이에요" 하고 대답하고 로즈메리는 남자 둘에게 감사의 말을 남기고는 택시에 탔다. 소형차여서 타는 데 힘이 들었다.

"몸조리 잘 하세요."

문을 닫아주며 그레이스 커디프가 말했다.

"고맙습니다. 책 때문에 수고하셨어요."

그리고 운전사에게 일렀다.

"브램퍼드 아파트까지 부탁합니다."

차가 움직이기 시작하자, 로즈메리는 열린 창 너머로 그레이스 커디프에게 손을 흔들었다.

7

그녀는 차 속에서 포장을 풀어보려 했지만, 그 택시는 운전사가 여분의 재떨이며 거울까지 장식하고 차내의 청결에 협조 바란다는 팻말까지 걸어놓아서, 끈이며 포장지 조각으로 어지럽힌다는 것은 엄두도 낼 수 없었다. 집에 돌아오자마자 우선 구두와 드레스, 거들을 벗고 슬리퍼와 임신복으로 갈아입었다.

그러고 나니 초인종이 울렸다. 그녀는 아직 풀지 않은 책을 든 채 현관으로 나갔다. 음료와 예의 그 케이크를 받쳐 든 미니였다.

"돌아온 것 같아서. 얼마 걸리지 않았던 모양이군." 그녀는 말했다.

"고별식은 간단했어요." 로즈메리가 잔을 받아들며 말했다. "사위되시는 분과 고인의 친구 한 분이 인사말을 하고, 돌아가신 분의 자상했던 인품을 기리는 정도로 끝났어요." 그녀는 녹색 음료를 한 모금 마셨다.

"지루하지는 않았겠네." 미니는 그렇게 말하며 로즈메리가 들고 있는 포장물을 보고는 "우편물인가 봐?" 하고 물었다.

"아뇨, 누구에게서 받은 거예요" 하고 간단히 말했다. 로즈메리는 누가 어째서라든가, 해치가 죽기 전에 잠시 의식을 회복했었다는 등의 자초지종은 이야기하지 않기로 마음먹고, 그 대신 잔을 입에 댔다.

"기다려 줄게." 미니가 말하며 포장물을 받아들고 케이크를 내밀었다. 덕택에 흰 케이크도 먹어치울 수 있게 되었다.

"책인가 봐?" 미니가 손대중으로 무게를 가늠해 보면서 말했다.

"맞아요. 우송하려 했으나, 저를 만날 것 같아서 가지고 나왔대요."

미니가 뒷면의 주소를 보았다. "어머나, 이 아파트라면 나도 알지. 길모어 댁이 그전에 거기서 살았었다우."

"그래요?"

"나도 여러 번 가봤지. '그레이스'라, 내가 좋아하는 이름인걸. 새댁의 친구?"

"네" 하고 대꾸했다. 설명하는 것보다 간단했거니와, 그게 그거였기 때문이다. 그녀는 빈 잔과 접시 대신에 포장물을 받아들었다.

"잘 먹었습니다."

"이봐요. 로만이 곧 세탁소에 갈 일이 있는데, 뭐 맡길 거나 찾아올 거 없나 몰라."

"없네요. 이따 놀라가도 될까요?"

"그럼, 고단할 테니 우선 낮잠 한숨 주무시고."

"그러죠. 그럼……."

그녀는 문을 닫고 부엌으로 갔다. 식칼로 끈을 자르고, 누런 포장지를 벗겼다. J.R. 한슬레트가 쓴 《그들은 모두 마법사》라는 책이었다. 표지가 검고, 신간은 아니어서 금빛 글씨가 거의 벗겨져 있었다. 표지 뒷면에는 해치의 서명과, 그 아래에 '1934년, 토키에서'라는 문구가 적혀 있었고, 표지 아래 부분에는 '서점 : J. 워그폰 부자 상점'이라고 인쇄한 작은 스티커가 붙어 있었다.

로즈메리는 후르르 책장을 넘기면서 거실에 가 앉았다. 여기저기 훌륭한 용모를 갖춘 빅토리아 시대 사람들의 사진이 들어 있고, 본문 중에 몇 군데 해치가 밑줄 친 곳과 여백에 참조 부호——부호는 그녀의 처녀 시절, 해치가 빌려준 책에서 흔히 보았기에 낯이 익었다. 그리고 밑줄 친 부분 중에 '이른바 악마의 후추라고 일컬어지는 곰팡이'라는 구절이 눈에 띄었다.

그녀는 목차를 살펴보았다. 애들리언 마르카토라는 이름이 바로 눈에 들어왔다. 그것은 제4장의 표제였다. 다른 장에서도 각기 다른 인물들을 다루었는데, 책의 제목으로 미루어 알다시피 그들은 모두가 악마숭배자였다. 질 두 레이, 제인 웬햄, 알라이스타 크롤리, 토머스 위어 등. 그리고 마지막 두 장은 '마법사의 수단'과 '마법과 악마숭배'였다.

제4장을 펼쳐서 로즈메리는 전후 20페이지 정도를 훑어 읽었다. 마르카토는 1846년 글래스고 태생으로, '그 뒤 뉴욕으로 이주했다'(밑줄), 그리고 1922년 코페 섬(그리스 북서안의 섬)에서 죽었다고 적혀 있었다. 거기에는 1896년의 소동에 관해서도 적혀 있었다. 그때 그는 살아 있는 악마를 불러냈다고 공언하여 격분한 기독교도들에 의해 브램퍼

드 현관에서(이 부분을 해치 아저씨는 로비로 잘못 말했었다) 맞아 죽을 뻔했고, 비슷한 습격이 1898년에 스톡홀름에서, 1899년에는 파리에서 있었다고 적혀 있었다고 한다. 사진 속의 그는 최면 상태에 있는 듯한 눈을 하고 검은 수염을 기르고 있었는데, 로즈메리는 그 서 있는 모습이 왜 그런지 낯설지가 않았다. 다음 페이지에는 아내 헤시아와 아들 스티븐(밑줄)이 파리에 있는 카페에 앉아 있는 사진이 실려 있었다.

해치가 이 책을 보낸 것은 이것 때문일까? 이 아파트에 살았다는 악마숭배자 애들리언 마르카토에 관한 자세한 것을 읽게 하기 위해서일까? 하지만 왜? 그는 그런 경고를 하고서도 결국은 뚜렷한 근거는 제시할 수 없다고 후퇴하지 않았던가? 그녀는 다른 부분도 대충 훑어보았다. 끝 부분쯤에 또 밑줄을 친 곳이 있었다. '우리가 믿거나 말거나 관계없이, 그들이 굳게 확신하고 있는 것만은 엄연한 사실이다.' 몇 페이지 뒤에는, '신선한 혈액의 효험에 대해 세계 도처에서 볼 수 있는 신앙', 그리고 '초——말할 것도 없이 이것은 검은색이다——에 둘러싸여'가 눈에 띄었다.

검은 초라고 하면, 정전이 되었던 날 밤 미니가 갖다 준 초가 그랬다. 해치는 그걸 보고 놀라, 미니와 로만에 관해 이것저것 질문한 적이 있었다. 그것이 이 책을 준 이유일까, 그들이 마법사라는 것을 알리기 위해? 약초나 태니스 부적을 다루는 미니, 쏘는 듯한 눈의 로만. 하지만 마법사라는 것이 있는 걸까? 현실적으로 그럴 리가 없다.

그때 그녀는 또 하나 해치가 전한 말을 머릿속에서 떠올렸다. 책 제목의 철자를 바꾸어 보라는 것. '그들은 모두 마법사' 그녀는 머릿속에서 제목의 문자를 모두 흩뜨려 무엇인가 의미가 통하는 계시적인 말로 바꾸어보려 했다. 그러나 허사였다. 문자가 너무 많아 속수무책이다. 종이와 연필이 아니, '문자놀이' 세트가 안성맞춤이겠다.

그녀는 세트를 침실에서 갖고 와, 무릎 위에 닫은 채로 판을 올려놓고, 옆에 놓은 상자 속에서 '그들은 모두 마법사'를 구성하는 글자들을 추려냈다. 오전 중 내내 잠잠했었던 아기가 움직이기 시작했다. '너, 태어나면서 문자놀이의 선수가 되겠다'라고 중얼거리며 픽 웃었다. 아기가 세게 걷어찬다. '이봐, 그러면 못써!'

판 위에 책 제목 'All of Them Witches'를 일단 완성하고 나서, 그것을 흩트려 섞고, 과연 어떤 문구를 만들 수 있을까를 생각했다. 'comes with the fall'도 되고, 좀더 머리를 쓰니 'how is hell fact met'이라는 말도 만들 수 있었다. 하지만, 다 별다른 의미가 없어 보였다. 그 밖에 무리를 하면 'who shall meet it'이라든가, 'we that chose ill', 혹은 'if he shall come' 등이 만들어 졌지만, 계시적인 것이 되지도 않았고, 무엇보다도 글자를 빠짐없이 동원한 것도 아니어서 진정한 의미의 철자 바꾸기가 되지도 못했다. 우스꽝스러워졌다. 해치가 헛소리를 한 것이 틀림없다. 그레이스 커디프도 그렇게 말하지 않던가? 이건 시간 낭비다. 'Elf shot lame witch…… Tell me which fatso' 아무리 해도 의미가 성립되지 않는다.

아니다, 혹시 철자 바꾸기는 책의 제목이 아니라 저자의 이름일지도 모른다. J.R. 한슬레트는 필명인지도 모른다. 본명 같지가 않다.

그녀는 글자판을 새로 꾸몄다.

아기가 또 발길질을 한다.

J.R. 한슬레트는, 'Jan Shrelt'가 된다. 또, 'J.H. Snartle'도 된다. 이게 뭐람!

불쌍한 해치 아저씨.

그녀는 판을 기울여 글자를 모두 상자에 쓸어 넣었다.

창틀에 놓아 두었던 책이 애들리언 마르카토와 그의 아내와 아들의 사진이 실려 있는 페이지에서 펼쳐져 있었다. 아마도 해치가 마법사의 아들 '스티븐'에 밑줄을 긋느라고 그곳을 세차게 눌렀기 때문인지도 모른다.

아기가 조용한 것을 보니 잠이 든 모양이다.

그녀는 다시 또 한 번 놀이판을 무릎 위에 놓고, 상자 속에서 스티븐 마르카토의 철자를 골라냈다. 그것을 한참 들여다보다가 철자를 바꿔놓기 시작했다. 그리고 별로 힘들지도 않고, 단번에 로만 캐스테베트라는 이름을 만들어냈다.

거기에서 다시 'Steven Marcato'로 되돌렸다.

다시 철자를 바꾸면 'Roman Castevet' 틀림없다!

알게 모르게 아기가 꿈틀했다.

그녀는 애들리언 마르카토에 관한 장과 '마법사의 수단'을 읽고 나서 부엌으로 가, 참치 샐러드와 레터스, 그리고 토마토를 먹으며 지금 읽은 내용을 되새겨보았다.

이윽고 '마법과 악마숭배'의 장을 읽기 시작했을 때, 현관문에 열쇠 돌아가는 소리가 나고 문이 밀쳐졌지만 문 사슬에 걸렸다. 누군가 싶어 일어섰을 때 초인종이 울렸다. 거이였다.

안에 들어온 그가 말했다.

"왜 문 사슬을 걸었지?"

그녀는 아무 말도 하지 않고 문을 잠그고는, 다시 문 사슬을 걸었다.

"왜 그러지?"

거이는 국화 꽃다발과 브론디니에서 사온 상자를 들고 있었다.

"거실에 가서 이야기할게요."

그녀는 남편에게서 국화와 키스를 받으며 말했다.

"기분은 어때?"

"좋아요."

그녀는 부엌으로 들어갔다.

"고별식은?"

"잘 치렀어요."

"뉴요커에 광고가 나왔던 스포츠 셔츠 샀어." 거이는 상자를 들고 침실에 들어가며 말했다. "이봐, 〈어느 화창한 날에〉와 〈마천루〉가 둘 다 공연된대."

그녀는 국화를 꽃병에 담아 거실로 가지고 갔다. 거이가 셔츠를 들고 들어와서 어떠냐고 물었다. 잘 어울릴 것 같다고 말했다.

그녀는 정색을 하고 물었다.

"여보, 로만의 진짜 이름을 알고 있어요?"

거이가 고개를 홱 돌렸다. 그리고 눈살을 찌푸리며 반문했다.

"무슨 소리야, 하니. 로만은 로만이지 뭐겠어."

"그는 애들리언 마르카토의 아들이에요. 악마를 불러냈다고 해서 이 아파트 현관에서 폭도들의 습격을 받은 그 마법사 말이에요. 로만은 그의 아들 스티븐이 틀림없어요. '로만 캐스트베트'는 '스티븐 마르카토'의 철자를 바꾼 것뿐이라고요."

"누가 그런 소리를 했지?"

"해치 아저씨가요." 로즈메리가 잘라 말했다. 그리고 《그들은 모두 마법사》를 내보이며 철자를 바꾸어 보라는 해치의 전갈에 관해서 이야기했다. 거이는 책을 받아들었다. 표지를 보고, 목차를 훑어보고, 천천히 페이지를 넘겼다.

"이게 바로 13살 때의 로만이에요." 로즈메리는 사진을 가리키며 말했다. "눈을 잘 봐요."

"세상엔 우연의 일치라는 게 있지." 거이가 말했다.

"그래서 그가 이 아파트에 산다는 것도 우연의 일치인가요? 스티븐 마르카토가 부모를 따라와 살던 아파트에?" 로즈메리는 그럴 수는 없다는 뜻으로 고개를 흔들고 말을 이었다. "그리고 나이도 맞아떨어져요. 스티븐 마르카토는 1886년 8월생이니까. 지금 나이는 79가 돼요. 로만의 나이와 같잖아요? 이것도 우연의 일치인가요?"

"그럴싸한걸. 그가 스티븐 마르카토가 틀림없겠는걸. 불쌍한 노인……. 아버지가 그런 미치광이였다면, 이름을 바꾸는 것도 무리는 아니지." 거이는 계속 책장을 넘기며 말했다.

로즈메리는 덤덤한 표정을 지으며 거이를 떠봤다. "로만도…… 그의 아버지와 같다고는 생각지 않아요?"

"무슨 뜻이지? 마법사? 악마숭배자?" 거이는 웃으면서 물었다.

그녀가 고개를 끄덕였다.

"여보, 농담이겠지. 설마……." 거이는 소리 내어 웃으며 책을 돌려주었다.

"종교라고요. 비밀 장소에서 번성하고, 세력을 넓히는 종교." 로즈메리는 말했다.

"알았어, 하지만 이 문명천지에."

"그의 아버지는 그런 종교 순교자였던 거예요. 그에게는 그게 무엇과도 바꿀 수 없는 거였겠지요. 애들리언 마르카토가 어디서 죽었는지 아세요? 마구간에서예요, 코페 섬. 그 섬이 어디 있는지는 잘 모르지만 아무도 그를 호텔에 재워주려 하지 않았거든요. 만원이라는 구실을 대면서요. 그래서 마구간에서 죽어야 했던 거예요. 그때 그의 아들도 함께 있었어요. 로만 말이에요. 그런 그가 아버지의 종교를 포기했을 성싶어요?"

"하니, 지금은 1966년이라고." 거이가 말했다.

"이 책은 1933년 발행이죠? 그 무렵 유럽에는 여기저기 캐븐(마법사들의 집회)이 있었다고요. 유럽뿐만이 아니라 남북 아메리카에도, 오스트레일리아에도 있었어요. 그게 불과 33년 전 일인데, 말끔히 소멸되었다고 생각해요? 캐븐은 지금 이곳에도 있는 거예요. 미니와 로만, 그리고 로라 루이즈, 파운틴 부부, 길모어 부부, 비스 부부도 한패거리예요. 그 플루트를 불어대는 파티는 사바스라고 하던가 에스바트(안식일 등에 행해지는 마법사들의 집회)라고 하던 것이 틀림없어요."

"하니, 흥분해선 안 돼. 그들이 설마……."

"그들이 어떤 짓을 하는지 읽어봐요." 그녀는 책을 펴서 내밀며, 손가락으로 그 부분을 가리켰다. "그들은 의식에 피를 써요. 피가 효험이 있어서 그렇대요. 그것도 가장 효험이 뚜렷한 건 갓난아기의 피, 아직 세례를 받기 전의 아기 피뿐이 아니라 그 살도 쓴대요!"

"제발, 그만!"

"그 사람들이 우리에게 그토록 친절하게 대해 주었던 것은 왜 그랬을까요?"

"그야 천성이 그래서겠지. 편집광이라고 생각하는 거요?"

"맞아요. 자신이 마치 마법의 능력을 지니고 있다고 믿는 미치광이, 자신을 이야기에 나오는 진짜 마법사로 착각하고 있는 미치광이, 온갖 괴상망측한 의식과 술수를 행하는 정신 나간 무리, 구제받을 수 없는 편집광이에요!"

"여보!"

"미니가 갖다 준 검은 초는 흑미사에 쓰이는 게 틀림없고, 거기에서 해치는 눈치를 챈 거지요. 그리고 그 집의 거실 한복판이 텅 비어 있는 것은 그럴 만한 용도가 있어서 그럴 거예요."

"하니, 그 사람들은 노인들이고, 친구도 노인층이 많을 수밖에 없지. 그리고 닥터 샌드는 가끔 리코더 연주를 녹음한 녹음기를 틀 뿐이야. 검은 초 같은 건 만물상회에서 쉽게 살 수 있는 거잖아? 푸르거나 빨간 초도 있다고. 거실 한복판을 비워둔 것은 미니에게 그만한 센스가 없어서겠지. 로만의 아버지가 머리가 좀 이상했다고 해서 로만까지 그렇다고 생각할 이유는 없지."

"앞으로 그 사람들은 절대 우리 집 문지방을 넘지 못하게 하겠어요. 미니도 로만도, 그리고 로라 루이즈도 모두 다. 아기를 낳는다 해도 그 사람들은 아기에서 15미터 이내로는 접근시키지 않을 거라고요."

"하여간 로만이 이름을 간 것은 그가 아버지와 같은 종류가 아니라는 증거가 아닐까? 그렇지 않다면 그 이름을 자랑으로 생각하고 그대로 지녔을 텐데."

"자랑으로 생각하고 있는 거예요. 바꾸긴 했어도 전혀 다른 이름으로 바꾸진 않았거든요. 호텔에 투숙할 정도로만 바꾼 거라고요." 그녀는 문자놀이 세트가 있는 창가로 갔다. "두 번 다시 이 집에 들여놓지 않겠어요. 그리고 산후 조리를 끝내면 이 아파트를 세놓고 이사가고 싶어요. 그들과 이웃해서 살 수는 없으니까. 해치의 말이 맞았어요. 이곳에 입주하는 게 아니었어요." 로즈메리는 양손으로 책을 누르고, 몸을 떨면서 창 밖을 바라보았다.

거이는 한동안 그녀를 응시했다. "닥터 서퍼스타인은? 그도 캐븐의 일당인가?"

로즈메리는 돌아서며 남편을 바라보았다.

"생각해 보면 지금까지 편집광에 가까운 의사는 여러 가지였지. 그래, 그의 야망은 빗자루에 올라타고 훨훨 날아서 왕진을 다니는 거겠지."

로즈메리는 다시 시선을 창 밖으로 돌렸다. 울상을 하고 있다. "그분은 한패라고 생각지 않아요. 너무 지성적이어서."

"더구나 그는 유태계지." 거이가 웃으며 말했다. "그게 누구든 간에 당신이 그 마구잡이에서 누구를 제외시켰다는 건 다행이군. 마녀

사냥이라니, 우, 게다가 생각만 해도 유죄라지!"

"그 사람들이 진짜 마법사라고는 하지 않았어요. 그 사람들이 진짜 마력 같은 걸 갖고 있지 않다는 것쯤은 알고 있지만, 비록 내가 믿지 않는다 해도 정말로 그런 사람들이 있다고요. 마치 우리 고향 식구들이, 자기들의 기도는 하느님께 들린다거나, 미사 때 쓰는 빵을 예수의 헌신이라고 믿는 거나 마찬가지 이치죠. 미니와 로만도 자기들 나름대로의 종교를 믿고 있는 거라고요. 믿고 행하고 있는 게 틀림없어요. 따라서 나는 아기의 안전에 관계되는 위험성이 눈곱만치라도 있는 것은 단연코 멀리하겠다는 거예요."

"그렇다고 이사를 하는 건 어려울걸."

"할 거예요." 로즈메리는 남편을 정면으로 바라보았다.

거이는 새로 사온 스포츠 셔츠를 집어 들었다. "그 일에 대해서는 차차 생각해 봅시다."

"로만은 당신에게 거짓말을 했어요. 자기 아버지가 연출가였다니, 극장과는 아무런 관계도 없었으면서."

"알았어, 그는 거짓말쟁이야. 하지만 도대체 거짓말을 하지 않는 사람이 몇이나 될까 몰라."

그는 침실로 들어갔다.

로즈메리는 문자놀이 세트 곁에 앉았다. 뚜껑을 닫고, 잠시 뒤 책을 펼쳐서 마지막 장인 '마법과 악마숭배'를 읽기 시작했다.

거이가 셔츠를 챙겨두고 나왔다.

"이젠 그런 건 읽지 말지 그래."

"이 마지막 장만은 읽고 싶어요."

"오늘은 그만두라고." 그렇게 말하며 다가왔다. "당신은 상당히 흥분되어 있어. 당신은 물론, 아기에게도 나빠요." 그리고 손을 내밀어 책을 넘겨주기를 기다렸다.

"흥분하지 않았어요."
"몸을 떨고 있는걸, 아까부터. 자, 이리 내놔요. 내일 읽어요."
"거이……."
"안 돼, 이리 내놓으라니까."
로즈메리는 할 수 없이 책을 내밀었다. 거이는 책장 쪽으로 가서 발꿈치를 들고 손을 뻗어 《킨제이 보고서》 상·하권 위에 올려놓았다.
"내일 읽으면 돼요. 오늘은 고별식이다 뭐다 해서 고단한 거라고."

8

닥터 서퍼스타인은 크게 놀랐다.
"그거 해괴하군! 실로 해괴망측한 일이야. 이름이 뭐라고, 마르차드?"
"마르카토예요."
로즈메리가 대답했다.
"별일도 다 있군. 나는 전혀 알지도 못했소. 언젠가 자기 아버지가 커피 수입업자였다는 말은 한 것 같은데. 그래그래, 원두의 등급이나 그것을 볶는 방법에 관해서도 이야기를 했지."
"거이에게는 연출가였다고 말했었어요."
닥터 서퍼스타인이 머리를 끄덕였다.
"아마도 사실을 이야기하기가 부끄러웠을 겁니다. 당신도 어안이 벙벙했겠는데, 진상을 알았을 때에는. 하지만 이것만은 단언할 수 있어요. 로만은 아버지처럼 그런 사악한 신앙은 갖고 있지 않아요. 그리고 이해가 갑니다. 이웃에 그런 사람이 산다는 것은 신경이 쓰일 만해요."
"이젠 로만은 물론 미니와도 상종할 생각이 없어요. 죄송한 일이기는 하지만. 그러나 아기의 안전에 관계되는 일이라면, 비록 그것이

사소한 것이라도 위험을 무릅쓸 생각이에요."

"당연한 일이지. 어떤 어머니라도 그런 심정이 될 거라고 생각해요."

로즈메리는 다가앉으며 물었다. "어떤지 모르겠네요. 미니가 그 음료수와 흰 케이크에 혹시 해로운 것이나 넣지는 않았는지."

닥터 서퍼스타인이 소리 내어 웃었다. "아, 실례! 비웃었던 건 아닙니다. 사실 미니는 천성이 착한 여자입니다. 자기 딴에는 친할머니라도 되는 양, 아기의 건강에 대해서 노심초사한다는 게……. 여하튼 미니가 해로운 것을 당신에게 줄 염려는 전혀 없어요. 그랬다면 이미 내가 그 증세를 알아냈을거요. 당신이든 아기에게서든 말이오."

"저, 미니에게 전화를 걸어 기분이 언짢으니 당분간 오지 말라고 했어요. 앞으로는 절대 아무것도 받아 먹지 않을 생각이에요."

"그랬다면 됐소. 대신 내가 2, 3주 동안 적합한 영양제를 드리기로 하지. 어느 의미에서 이건 그들의 걱정거리를 덜어주는 일도 될 겁니다."

"무슨 뜻이지요?"

"두 사람은 여행을 떠날 생각을 하고 있어요. 그것도 가까운 시일 내에. 로만이 허약하다는 것은 로즈메리도 아시지요? 이건 비밀인데, 그의 수명은 내가 보기에 한두 달 가량밖에 남지 않았어요. 그래서 그런지 생전에 정들었던 고장을 여기저기 둘러보고 싶다는 겁니다. 단, 당신이 아기를 분만하는 전날 밤에 떠나서야 되겠느냐는 것이 그들의 걱정이었죠. 이틀 전인가, 그들이 나에게 전화를 걸어, 여행 계획을 로즈메리에게 이야기하는 것이 어떨지 내 의견을 물읍디다."

"로만의 건강이 그렇게 나쁘다니 안됐네요."

"하지만 그들이 여행을 떠난다니 마음이 놓이지 않소?" 닥터 서퍼스타인이 속을 들여다보듯 웃었다. "그건 의당한 반응입니다. 나라도 그런 입장이라면 그럴 테니까. 내가 두 사람에게 전해 드리지. 로즈메리가 건강을 위해서 잘 다녀오시라고 말하더라고. 그러니 그들이 떠나기 전까지는——아마 이번 일요일이 될 거라고 하더구먼——평상시나 다를 바 없이 대하도록 해요. 그리고 로만의 비밀을 알게 된 것에 대해서 모른 척하고. 그가 그걸 눈치챈다면 크게 마음이 상할 것 아니겠소? 불과 3, 4일 뒤면 떠날 사람인데 말이에요."

로즈메리는 잠시 말이 없다가 물었다. "일요일에 출발하는 게 확실한가요?"

"거의 확실해요."

로즈메리는 다시 침묵을 지키다가 말했다.

"알겠어요. 평소와 다름없이 대하기로 하죠. 하지만 일요일까지만이에요."

"아까 말한 영양제, 가능하면 내일 아침 댁으로 보내도록 하지요. 미니가 음료수와 케이크를 갖고 오거든 눈치껏 버리고, 그걸 먹도록 해요."

"감사합니다. 이젠 마음이 편할 것 같아요."

"지금 단계에서는 그게 중요합니다, 마음을 편하게 먹는 것이."

로즈메리는 오래간만에 활짝 웃었다. "혹시 아들을 낳는다면 에이브러햄 서퍼스타인 우드하우스라고나 이름을 지을까 봐요."

"무슨 소릴!"

닥터 서퍼스타인이 말했다.

거이가 그 이야기를 듣고는 로즈메리 못잖게 무척 기뻐했다.

"로만이 오래 살지 못한다는 건 안된 일이지만, 당신을 위해서는 다행한 일이군. 이젠 마음을 편하게 가져야지."

"물론이죠. 벌써부터 마음이 후련한걸요, 그런 이야기만 듣고도."

닥터 서퍼스타인이 지체하지 않고 로즈메리의 기분을 로만에게 전한 모양인지, 그날 저녁 미니와 로만이 찾아와 유럽 여행에 관한 계획을 털어놓았다.

로만이 말했다.

"일요일 아침 10시에 곧장 파리로 날아가, 그곳에서 1주일 가량 묵은 다음, 취리히, 세계에서 가장 아름다운 도시 베니스, 그리고 유고슬라비아의 도브로브니크에 가볼 생각이지."

"부럽습니다."

거이가 말했다.

"설마 청천벽력 같은 소식은 아니겠죠?" 미니가 로즈메리에게 물었다. 그의 눈 깊은 곳에서 공모자다운 의미심장한 빛이 떠올랐다.

"그런 계획을 세우고 계시다는 걸 닥터 서퍼스타인에게 잠깐 들었어요."

미니가 말했다.

"아기를 낳는 걸 보고 떠나야 하는 건데……."

"그러시면 오히려 짐이 돼요. 날씨는 자꾸 더워지는데."

"사진이나 가끔 보내주십시오." 거이가 말했다.

"그야. 하여간 로만의 방랑벽이 동했다 하면 걷잡을 수 없지 뭐유." 미니가 호들갑을 떨었다.

로만이 말을 받았다. "당신 말이 맞긴 맞아. 한평생 방랑에서 방랑으로 이어지는 생활이었지. 어디 한 곳에서 1년을 넘겼다가는 좀이 쑤셔 견딜 수가 있어야지. 그러고 보니 일본으로 해서 필리핀에서 돌아온 게 벌써 14개월이나 됐는걸."

그는 도브로브니크, 마드리드, 스카이 섬(스코틀랜드 북서부, 헤브리디스 제도 최대의 섬) 등, 각기 그 고장이 지닌 매력에 관해 이야기했다.

로즈메리는 그를 지켜보면서 생각했다. 도대체 그는 어느 쪽일까?

인정 많은 할아버지인가, 아니면 미치광이 아버지 밑에서 자란 미치광이 아들인가?

이튿날, 미니가 음료수에 케이크를 갖고 왔지만 싫은 내색은 하지 않았다. 그녀는 출발 전에 끝내야 할 일에 관한 리스트를 들고 있었는데, 그래서 그런지 문간에서 돌아갔다. 로즈메리는 음료수와 케이크를 버리고 닥터 서퍼스타인이 보내준 크고 흰 캡슐을 한 알 먹었다. 잠시였지만 기분이 이상했다.

일요일 아침, 미니가 말했다. "알고 있었지? 새댁. 로만의 아버지가 누구라는 걸 말이유?"

로즈메리는 얼떨결에 고개를 끄덕였다.

미니가 말했다.

"새댁이 어딘지 모르게 경계하는 것 같아 눈치챘다우. 어머, 미안해할 것 없어요. 새댁이 처음도 아니고, 또 마지막으로 그런 내막을 알게 되는 사람도 아닐 테니까. 하기야 새댁을 원망할 일도 아니지 뭐. 그 미치광이가 아직 살아 있다면 내가 죽여 버리고 싶은 심정이라우. 그 악마의 끄나풀 같은 영감탱이 때문에 우리 로만의 한평생이 엉망이 됐지 뭐유. 그래서 그는 늘 떠돌아다니고 싶어해요. 늘 남에게 정체가 드러나기 전에 다른 곳으로 옮겨가고 싶은 거라우. 하여간 새댁이 눈치챈 것을 그에게는 모르는 척해요. 자기 딴에는 새댁과 거이를 끔찍이도 생각한다우. 정체가 드러난 걸 알게 되면 그 영감 심장이 터지고 말지. 제발, 이번 여행은 마음 편하게 다녀오게 해요. 이번이 그의 마지막 여행이 될지도 모르니 말이우. 참, 냉장고 식료품 재고를 어쩌지? 이따 거이를 보내요. 상하기 전에 드리고 가야지."

로라 루이즈가 12층에 있는 그녀의 작고 침착한, 그리고 태니스 냄새가 물씬한 아파트에서 송별 파티를 열었다. 비스 부부와 길모어 부부도 왔다. 그리고 프래시라는 고양이를 데리고 다니는 새바디니 부인과 은퇴한 치과의사 샌드 씨도 왔다. 샌드 씨가 녹음기를 트는 것을 어떻게 거이가 알았는지 로즈메리는 이상하게 생각했다. 그리고 그건 플루트나 클라리넷도 아니고 녹음기였다고? 거이에게 알아봐야겠다. 로만이 자신과 미니의 여정을 이야기하자, 새바디니 부인이 뜻밖이라는 듯 놀랐다. 그녀로서는 로만 부부가 로마와 플로렌스를 그냥 지나친다는 것이 이해하기 어려웠던 것이다. 로라 루이즈가 집에서 만든 쿠키와 알코올이 섞인 프루트펀치를 대접했다.

화제가 지난번에 집채를 날린 회오리바람과 시민권 등에 관한 이야기로 옮겨갔다. 로즈메리는 오마하에 있는 할아버지나 할머니와 다를 바 없는 그들을 바라보고, 그들의 열띤 이야기를 듣고 있자니, 그들이 마법사의 집단이라고 단정한 확신이 흔들렸다. 몸집이 유난히 작은 비스 씨가 마틴 루터 킹 목사에 관한 이야기를 하고 있는 거이에게 열심히 귀를 기울이고 있었다. 저런 빈약한 노인이 비록 꿈 속이었다고 하나, 주문을 읽고 저주의 증표를 만드는 스스로의 모습을 상상이라도 할 수 있을까? 그리고 로라 루이즈나 미니나 헬렌 비스와 같은 자상하고 수다스럽기까지 한 할머니들이 사악한 종교의 광적인 의식에서 정말로 나체가 되어 이리 뛰고 저리 뛰는 광란의 춤을 출 수 있단 말인가? 아직 한 번도 그런 모양의 그들을 본 적이, 모두가 벌거벗은 장면을 본 적이 없지 않은가? 그럼, 없지. 그건 꿈, 벌써 오래 전에 보았던 악몽에 불과하다.

파운틴 부부는 전화로 미니와 로만에게 작별의 인사를 전했고, 닥터 서퍼스타인과 또 다른 서너 명도 전화로 여행이 무사하기를 당부했다. 로라 루이즈가 여럿이 모아서 마련한 선물을 들고 나왔다. 돼지가죽 케이스에 든 트랜지스터 라디오인데, 로만은 감격스러워 눈물을 찔끔거리며 그것을 받았다. 그는 죽을 날이 멀지 않다는 걸 알고 있는 것 같았다. 그렇게 생각하니 진심으로 그가 불쌍해졌다.

거이는 로만이 사양하는데도, 떠나는 날 아침에 여행 준비를 도우러 가겠다고 자청했다. 그리고 자명종을 8시 반에 맞춰 놓고, 벨이 울리기가 무섭게 블루진에 T셔츠 차림으로 나갔다. 로즈메리는 페퍼민트 그린의 작업복을 입고 남편을 뒤따랐다.

별로 도와줄 짐도 없었다. 여행용 가방 2개와 모자 상자가 하나. 미니는 카메라를, 로만은 어제 받은 새 라디오를 어깨에 걸고 나섰다. 현관문을 이중으로 잠그며 로만이 거이에게 말했다. “슈트케이스 하나로 부족한 사람은 말일세, 그건 관광객이지 진정한 여행가가 아니라네.”

보도에서 수위가 택시를 잡고 있는 동안, 로만은 항공표, 여권, 여행자 수표, 프랑스 화폐 등을 다시 한 번 점검했다. 미니가 로즈메리 어깨에 손을 얹고 말했다.

“귀엽고 토실토실한 아기를 품에 안고서, 행복에 싸여 다시 그전처럼 날씬한 몸매로 돌아가는 날까지, 우리의 생각은 어디에 머물든 새댁을 향해 날고 있을 거요.”

“고맙습니다. 그 동안 신세 많이 졌습니다.”

로즈메리는 미니의 볼에 키스를 했다.

“순산하거든 아기 사진 보내줘야 해요.”

“그럼요.”

미니가 거이에게 고개를 돌려 작별을 고했다. 로만이 로즈메리의 손을 잡았다.

“행복을 빌겠다는 말은 그만두기로 하지. 로즈메리는 더 이상 행복할 수 없을 정도의 행복을 누리게 될 테니까.”

로즈메리는 키스를 했다.

"여행길 내내 건강하시고, 무사히 돌아오세요."

로만은 가냘픈 미소를 지었다. "그럴 수 있을까 모르지. 도브로브니크나 페스카라, 혹은 마롤카에 머물게 될 것도 같고……. 여하튼 다시 만나요."

"아니, 꼭 돌아오셔야 해요."

로즈메리가 말했다. 그녀는 자신의 이 말이 진심에서 우러나오는 말임을 깨달으며, 다시 한 번 그에게 키스했다.

마침내 택시가 왔다. 거이와 수위가 거들어 가방을 앞좌석에 실었다. 미니가 뭐라고 중얼거리며 먼저 올라탔다. 흰 드레스 겨드랑이에 땀이 배어 있었다. 다음에는 로만이 몸을 둘로 접듯 허리를 구부려 그 옆에 앉았다. "케네디 공항, TWA 터미널." 그가 행선지를 말했다.

열린 창 사이로 다시 한 번 작별의 인사와 키스가 교환되고, 이윽고 맨손과 흰 장갑을 낀 손이 창 밖으로 흔들리는 가운데 택시는 떠나고, 로즈메리와 거이는 그 뒤를 바라보며 손을 흔들었다.

그날 오후 로즈메리는 《그들은 모두 마법사》를 읽으려고 했다. 다시 한 번 읽으면 그것이 얼마나 황당무계한 것인지 실감이 날 것 같아서였다. 하지만 책이 보이지 않았다. 《킨제이 보고서》 위에도, 서가 어디에서도 보이지 않았다. 거이에게 물었더니, 목요일 아침 쓰레기통에 버렸다는 것이었다.

"미안해, 하니. 난 당신이 그런 쓸데없는 걸 읽고 마음이 산란해지는 게 싫었어."

거이는 말했다.

로즈메리는 놀라는 한편 마음이 상했다.

"너무해요. 그 책은 해치 아저씨가 준 거예요. 유품인걸요."

"거기까지는 생각 못했는걸. 단지 당신이 그런 데 정신이 팔리는 게 싫어서……."

"어떻게 그럴 수가!"

"미안, 해치 아저씨는 생각 못했어."

"비록 해치 아저씨가 준 것이 아니라 해도 남의 책을 버리다니. 읽고 싶은 건 읽고 싶은 거예요."

"사과할게."

그 일로 해서 로즈메리는 하루 종일 속이 상했다. 그래서 거이에게 물어보겠다는 것도 잊어버리고 말았다. 여간 속이 상한 게 아니었다.

저녁때, 아파트에서 가까운 레스토랑 라 스칼라에서 돌아오는 길에 생각이 났다.

"샌드 씨가 녹음기 트는 거 어떻게 알았죠?" 그녀가 물었다.

거이는 무슨 말인지 납득이 가지 않는 모양이었다.

"저번에 내가 그 책을 읽는다고 해서 우리 말다툼을 했을 때, 당신 닥터 샌드가 리코더인가 하는 악기 연주를 녹음한 녹음기를 튼다고 했는데, 그걸 어떻게 알았냐구요?"

"아, 그거? 그분이 말하던걸. 내가 벽 너머로 클라리넷인가 무슨 악기 소리가 들리더라고 하니까, 자기가 녹음기를 튼 거라고 말하더군. 어떻게 알았다고 생각했는데?"

"아니……, 다만 이상하게 생각했을 뿐이에요."

그녀는 잠이 오지 않았다. 눈을 뜬 채 천장을 뚫어지게 바라보았다. 뱃속에 있는 아기는 곤히 잠들어 있었지만 그녀의 눈은 말똥말똥했다. 기분이 가라앉지를 않고 신경이 곤두섰다. 그녀 자신도 왜 그런지 이유를 알 수 없었다.

그거야 아기에 관한 일이며, 경과가 순조로운지 어떤지 걱정이 되어서겠지. 그리고 최근엔 체조를 게을리 했는데, 그래서는 안 되겠다고 다짐했다.

이제 정확히 15일이 남았다. 불과 2주일. 아마도 임산부는 분만 2주일 전쯤 되면 신경이 곤두서는 것인지도 모른다. 그리고 모로 눕지를 못하고 늘 천장만 보고 누워야 하는 것도 지긋지긋하고, 그래서 잠을 이루지 못하는 것인지도 모른다. 아이를 낳고 맨 처음 할 일은 배를 깔고 베개를 껴안고, 거기에 얼굴을 푹 파묻고 24시간 잠을 실컷 자는 것이다.

미니 집에서 무슨 소리가 나는 것 같았다. 하지만 그건 위층이나 아래층에서 들려온 소리일 게다. 냉난방장치가 가동중에는 소리가 안 들리거나 무슨 소리인지 분간이 안 갈 때가 있지.

그들은 지금쯤 파리에 가 있을 게다. 부럽다. 언제고 거이와 함께 가봐야지. 귀여운 세 아이를 데리고 말이다.

아기가 눈을 뜨고 꿈틀거리기 시작했다.

9

로즈메리는 탈지면과 털컴 파우더와 로션을 샀다. 기저귀 감도 장만하고, 아기 옷장도 정리했다. 출산 통지서 인쇄를 부탁하고——이름과 날짜는 나중에 거이가 전화로 알려주기로 했다——상자 가득히 상아색 봉투에 주소 성명을 쓰고 우표까지 사서 붙였다. 그러고 나서 《서머힐》이라는 책을 읽었다. 그건 자녀 양육에 획기적인 내용을 담고 있어, 엘리스와 조안이 한턱 쓰는 식당 '사르디스 이스트'에서 그것에 대한 의견을 나누었었다.

근육이 수축하는 것을 느끼게 되었다. 하루에 한 번, 다음날 한 번, 그리고 하루를 거르더니 다음날에는 두 번 수축이 있었다.

파리에서 엽서가 왔다. 개선문이 인쇄된 그림엽서에 이런 말이 적혀 있었다.

'거이 부부를 늘 생각한다오. 쾌청한 날씨, 맛있는 식사, 하늘의 여행도 즐거웠고. 애정을 실어 보내며, 미니.'

아기는 태어날 준비를 하기 위해 배 아래쪽으로 내려왔다.

6월 24일 금요일 오후, 로즈메리는 모자라는 봉투 25장을 사러 티파니 문방구 매장에 갔다가 도미니크 포토를 우연히 만났다. 전에 거이가 성악교습을 받았던 사람이다. 작은 체구에 허리가 구부정한 남자인데, 저 음성으로 어떻게 성악을 가르치나 싶을 정도로 목소리가 탁했다. 그는 로즈메리에게 임신 축하와 함께 최근 거이의 출세에 대해서도 축하의 말을 했다.

로즈메리는 거이가 계약한 연극에 관한 일, 최근에 워너 브러더스에서도 교섭이 있었다는 이야기를 했다. 도미니크는 자기 일처럼 기뻐하며, 그 동안 열심히 노력한 결과라고 말하면서도, 자기의 공로에 대해서는 한마디도 입 밖에 내지 않았다. 거이더러 자기에게 한번 들러달라는 말을 전해 주기 바란다는 말을 남기고 그는 엘리베이터 쪽으로 가려 했다.

그때 로즈메리가 도미니크 포토의 팔을 잡고 말했다. "잊을 뻔했네요. 〈환상〉표 보내주셔서 고마웠어요. 아주 재미있던걸요. 런던에서 애거서 크리스티 희곡이 대히트를 친 것처럼 〈환상〉도 롱런할 게 틀림없어요."

"〈환상〉?"

도미니크가 반문했다.

"거이에게 표 2장을 주셨잖아요? 오래되긴 했지요. 지난 가을이었으니까. 그걸로 친구와 함께 가서 그 연극을 봤어요. 거이는 이미 봤다고 하기에."

"거이에게 극장표를 준 적은 한 번도 없었는데."

"주시고도……."

"아닙니다, 부인. 뭘 잘못 알고 계십니다. 난 〈환상〉이라는 연극표는 만져본 적도 없는걸요."

"분명히 도미니크 씨가 주더라고 했는데?"

"그럼, 그가 잘못 생각한 거겠지요. 하여튼 꼭 한 번 만나자고 전해 주십시오."

"그러지요."

'이상하다.' 로즈메리는 5번 거리를 건너려고 신호를 기다리며 생각했다. 거이는 분명히 도미니크가 표를 주더라고 말했다. 그건 틀림없는 사실이다. 그래서 그녀는 감사의 편지라도 보낼까 하다가, 그럴 것까지 없다고 생각하고 그만둔 적이 있다. 뭘 잘못 생각할 리가 없다.

파란 신호가 떨어져서 길을 건넜다.

그렇다고 거이가 뭘 혼동했을 리도 없다. 매일처럼 공짜표를 얻는 것도 아니고, 준 사람이 누군지를 잊을 멍청이도 아니다.

그는 고의로 거짓말을 한 것일까? 그 표는 받은 것이 아니라, 어디서 주운 것인지도 모른다. 그녀는 57번로를 서쪽으로 걸었다. 덩치가 큰 아기가 앞에 매달려 곤두박질칠 것만 같아 애써 몸의 균형을 잡아 몸을 뒤로 젖히면서 천천히 걸음을 옮겼다. 날씨가 무덥다. 벌써 33도까지 올라간 기온은 계속 올라갈 기세다.

그날 밤에 무슨 사정이 있어 나를 외출시키려고 한 것일까? 표를 자기 자신이 사고서도 말이다. 등장 장면을 연습하기 위해 혼자 있고 싶었을까? 그렇다면 구태여 그런 트릭을 쓸 필요가 없었을 텐데. 전에 단칸방에 살 때도 몇 번인가 2시간 가량 외출해 달라는 부탁을 받고 기꺼이 자리를 비워주곤 하지 않았던가? 하기야 요즘에는 나가지 말고 관객이나 연출가 대신 자기의 연습을 지켜봐 달라는 것이 상례가 아니었던가?

여자 관계일까? 그렇다면 2시간 정도 외출로는 시간이 촉박할 텐데. 꼭 그랬었다면 여자의 향수 냄새는? 서둘러 샤워를 해서 씻어냈을까? 아니다. 그날 집에 돌아와 맡은 냄새는 향수가 아니라 태니스 냄새였다. 더구나 초저녁에 여자와 함께 지낸 사람 치고는 그날 밤의 거이는 드물게 열정적으로 애욕을 불태웠었다. 그리고 곧 그가 곯아 떨어진 뒤에 벽 너머에서 플루트와 합창 소리가 들렸었다.

아니, 플루트가 아니지. 샌드 씨가 갖고 다닌다는 녹음기 소리지.

녹음기에 대해서 거이가 알고 있었던 것은 그날 밤 그가 그곳에 가 있었기 때문이 아닐까? 마법사들이 연 집회에…….

로즈메리는 걸음을 멈추고 헨리 벤델의 쇼윈도를 들여다보았다. 더 이상 마법사들 집회나 갓난아기의 피, 그리고 거이가 거기에 갔으리라는 생각을 하고 싶지 않아서였다. 하필이면 왜 도미니크 같은 머저리를 만나게 됐을까? 오늘은 외출 같은 건 하지 말아야 했었다. 날씨는 왜 이리 찐담!

루디 게른라이히의 디자인으로 보이는 훌륭한 크레이프 드레스가 있었다. 화요일이 지나면, 다시 옛날의 날씬한 몸매로 돌아가면 여기에 들어가 값을 물어보리라. 거기에 레몬색 코르셋과 딸기색 블라우스도…….

로즈메리는 이내 걸음을 옮겼다. 그리고 계속 걸으면서 생각했다. 아기가 뱃속에서 꼼지락거렸다.

거이가 쓰레기통에 처넣은 그 책에는 입회 의식에 관한 것, 새로운 신자에게 선서와 세례를 시키거나, 기름을 부어 부정을 막는 의식과 마법사의 표시를 부여함에 앞서 시련을 부과하는 캐븐에 관한 것이 쓰여 있었다. 거이가 그런 캐븐에 동참했다면, 도대체 그런 일이 있을 수 있을까? 태니스 냄새를 정화시키기 위해 샤워로 씻었을지도 몰라. 그가 그들의 일원으로, 몸의 어느 구석에 비밀의 표시를 하고 있다면? 아니, 그럴 수는 없는 일이야.

그의 등에 살색의 반창고가 붙어 있었던 적이 있다. 필라델피아에 갔을 때, 극장 분장실에서도 그곳에 반창고가 붙어 있었다. 그에게 물었더니 "그놈의 여드름이 그런 곳에 나서" 하고 말했었다. 두서너 달 전에도 거기에 반창고는 붙어 있었다. 그래서 그녀는 "또 여드름이 거기에 났나 봐?" 하고 물었었다. 지금도 거기에 붙어 있을까? 알 수 없는 일이다. 그는 언제부터인가 알몸으로 자지를 않는다. 그런 지 여러 달이 되었다. 지금도 파자마를 입고 잔다. 그가 알몸인 것을 본 것이 언제더라?

차 한 대가 그녀에게 경적을 퍼부어댔다. 6번 거리를 가로지를 때였다. "부인, 조심해야 되겠습니다." 등 뒤에서 어떤 남자가 말했다.

하지만, 왜, 왜? 그는 거이가 아닌가? 달리 즐거움이 없고 달리 목적도 자존심도 찾을 길 없는 노망한 노인이 아니다. 그에게는 일이 있다. 분주하고 흥미 있고, 날이 갈수록 출세일로에 있는 직업이 있다. 지팡이, 칼, 끈 달린 향로 등과 같은 으스스한 도구가 무슨 필요가 있단 말인가? 비스 부부와 길모어 부부나 미니와 로만과 상종해서 얻을 것이 뭐가 있단 말인가?

그 질문을 스스로에게 할 것도 없이, 그녀는 그 답을 알고 있었다. 질문의 형태를 취한 것은 그 답과 맞닥뜨리는 것을 미루기 위해서였다.

도널드 바움가르트의 실명.

혹시 그건…….

아냐, 틀려. 틀려!

하지만 현실에서 도널드 바움가르트는 눈이 멀어 있다. 그리고 그

실명은 그 토요일에서 불과 하루인가 이틀 뒤였다. 거이가 집에 머물며 전화가 울릴 때마다 달려들 듯 수화기를 집어 들곤 했었다. 어떤 소식을 기다리고 있었던 것이다.

도널드 바움가르트의 실명.

그것을 계기로 해서 모든 것이 시작되었다. 필라델피아에서의 공연, 형편없는 연극에 유독 거이에 대한 찬사와 호평, 계속된 새 배역, 영화사로부터의 출연 교섭……. 아마도 만일 거이가 마법사들의 집회에 가입해서, 아마도 하루나 이틀 뒤에 바움가르트가 원인 불명의 실명을 하지 않았다면, 아마도 〈그리니치 빌리지〉의 그 배역은 도널드가 맡았을 것이다.

점찍은 자의 시력이나 청각기능을 빼앗는 주술이 여러 가지 있다고 《그들은 모두 마법사》에 적혀 있었다. 캐븐의 전체 구성원이 정신력을 모으면, 그래서 사악한 의지를 집중시키기만 하면 선정된 희생자를 눈멀게 하고, 귀먹게도 하고, 마비시키기도 해 마침내는 죽음에 이르게 할 수도 있다고 말이다.

마비시켜 마침내 죽게 한다?

"그럼, 해치도?" 로즈메리는 카네기 홀 앞에 멈춰 서서, 입 밖에 내어 반문해 봤다. 한 소녀가 어머니의 손에 이끌려 지나가다가 그녀를 빤히 쳐다보았다.

해치는 그날 밤 그 책을 찾아 읽고, 이튿날 아침 만나자고 했던 것이다. 로만이 바로 마법사의 아들 스티븐 마르카토라는 것을 알려주기 위해서다. 그러자 거이가 그 약속을 알고, 알고 나서 어떻게 되었더라? 그래, 아이스크림을 사러 간다고 나가서는 미니와 로만의 아파트 초인종을 눌렀을 것이다. 긴급 소집령이 내렸을까? 그리고 필사적으로 정신력을 집중……. 하지만 그들은 어떻게 해치가 그녀에게 말하려고 하는 내용을 알았을까? 그녀 자신도 몰랐던 내용을 말이다.

그 '태니스 뿌리'가 엉뚱한 다른 것이었다면? 해치는 그런 이름을 들어본 적이 없다고 말했다. 그것이 그 책에 밑줄 쳐 있던 '악마의 곰팡이'인지 뭔지 그런 것이었다면? 해치는 백과사전에서 찾아보겠다고 로만에게 말했었다. 그런 해치의 언동은 로만으로 하여금 마음 놓을 수 없는 상태로 경계하기에 충분했을 것이다. 그래서 로만은 남몰래 해치의 장갑 한 짝을 슬쩍 했을 것이다. 희생자에게 속하는 물건이 무엇이든 있어야 저주를 걸 수 있기 때문이다! 그래서 이튿날 아침 만날 약속이 있다는 것을 거이를 통해 알게 되자, 그들은 지체하지 않고 작업을 시작한 것이다.

아니야, 로만이 해치의 장갑을 어떻게 했을 리가 없어. 그녀 자신이 로만을 안내해서 거실로 들어갔고, 또한 현관 밖까지 배웅을 했다. 그와 시종 행동을 같이 했던 것이다. 그럼, 거이의 짓이 분명하다. 그는 분장도 채 지우지 못한 얼굴로 뜻밖에 일찍 돌아왔었다. 그런 적이 한 번도 없었는데……. 그리고 곧장 옷장 쪽으로 갔었다. 로만이 그에게 전화를 걸어, '해치라는 사람이 '태니스 뿌리'에 대해서 의심을 품고 있으니, 속히 집에 돌아와 만일의 경우 대비해서 그의 소지품을 하나 입수하도록 하라!'는 지령을 내린 게 틀림없다. 그리고 거이는 그 지령을 실행했다. 도널드 바움가르트의 실명 상태를 영속시키기 위해서!

55번로의 길목에서 신호를 기다리며 로즈메리는 핸드백과 봉투를 겨드랑이에 끼고, 목에 늘어뜨린 은사슬 고리를 풀어 태니스 약합을 풀어내었다. 그리고 그것을 은사슬째 하수도 쇠창살 틈으로 떨어뜨렸다.

이걸로 '태니스 뿌리', 아니 '악마의 곰팡이'는 끝장이다.

로즈메리는 소리를 지르고 싶을 정도로 두려웠다.

거이가 일신상의 출세에 대한 교환조건으로 무엇을 그들에게 제공할 것인지를 깨달았기 때문이다.

'그건 아기다. 그들의 의식에 쓰려는 것이다!'

거이는 도널드 바움가르트가 실명하기 전만 해도, 한 번도 아기를 원한 적이 없었다. 지금도 아기가 뱃속에서 움직이는 것을 만져보려 하지 않는다. 아기에 관해 이야기하는 것도 꺼려 한다. 마치 자기 아이가 아닌 것처럼 언제나 한 발 꽁무늬를 빼는 것이다.

아기를 건네주면 그들이 아기에게 어떤 짓을 할 것인가를 알고 있기 때문이리라.

아파트로 돌아오자, 다행히도 냉방이 되어 선선한 방 한가운데에서 자신의 머리가 어떻게 된 거라고 스스로를 타이르려고 애썼다.

'이봐, 이제 나흘만 있으면 아기가 태어난다고. 조금 더 빠를지도 모르지. 그래서 긴장이 지나쳐서 머리가 이상해져서는, 전혀 관계도 없는 우연의 일치를 이것저것 섞어 미치광이 같은 망상에 사로잡혀 있는 거라고. 진짜 마법사라는 게 있을 턱이 없지. 해치는 말이야, 비록 의사들이 그 원인을 밝혀내지는 못했지만 자연사였던 거야. 도널드 바움가르트의 실명도 마찬가지지. 무엇보다도 그에게 저주를 걸기 위해 거이가 어떻게 도널드 바움가르트의 소유물을 입수할 수 있었겠어. 내가 바보라고. 망상이란 허물어지자면 걷잡을 수 없는 거야.

하지만 거이는 극장표 일로 왜 거짓말을 했을까?

로즈메리는 드레스를 벗고, 천천히 샤워를 하면서 몸을 빙빙 돌리는가 하면, 또 고개를 들어 찬물을 얼굴 정면으로 받기도 하며 분별있고 이성적인 생각을 하려 노력했다.

거이가 거짓말을 한 것은 다른 이유가 있었기 때문일 것이다. 하루 종일 다우니 상점에서 빈들거리며 지낸 것이 아닐까? 그렇다. 그래서 그곳 고용인으로부터 표를 받았을 것이다. 그렇다면 하필 도미니크가 주었다고 했을까? 빈들거리고 있었던 것을 숨기려고?

그의 성격으로 보아서 능히 그럴 만하다.

'자, 이제는 납득할 만해. 그래서 난 바보라니까.'

하지만 몇 달이고 그가 알몸을 드러내지 않았던 건 왜 그럴까?

어쨌거나 그 이상스러운 약합을 버린 것은 속이 후련하다. 왜 좀더 일찍 그러지를 못했을까? 아예 처음부터 그걸 미니에게서 받지 말았어야 했었다. 그 역한 냄새와 인연을 끊고 나니 그렇게 유쾌할 수가 없다! 로즈메리는 몸에 수건질을 하고는 콜롱을 듬뿍 뿌려댔다.

거이가 알몸을 보이지 않는 것은 종기가 나서 부끄러워서겠지. 배우라는 사람은 허영심이 강하잖아?

그런데 그 책을 버린 이유는 뭘까? 그리고 틈만 있으면 미니와 로만에게로 가는 것은? 도널드 바움가르트가 실명할 것을 미리 안 것처럼 그 소식을 기다린 것은? 또 해치 아저씨가 장갑 한 짝을 잃어버리던 날, 분장을 지우지도 못한 채 급히 돌아온 까닭은?

로즈메리는 머리에 빗질을 해서 리본으로 매고, 브래지어와 팬티를 입었다. 그리고는 부엌으로 가서 찬 우유를 두 잔 마셨다.

알 수가 없다.

로즈메리는 아기방으로 가서 앙증맞은 아기용 목욕통을 끌어내어, 아기가 물을 튀기더라도 벽지가 젖지 않게끔 플라스틱판을 압정으로 붙였다.

정말 알 수 없는 일이다.

내가 머리가 돈 걸까, 아니면 제정신일까? 마법사들은 단지 마법을 동경하는 것인가, 아니면 진짜 가공할 마력을 지니고 있는 것일까? 거이는 애정을 지닌 남편인가, 아니면 아기와 나를 배반한 적일까……? 알 수가 없다.

거의 4시가 다 되어 간다. 1시간 안에 거이가 돌아온다.

그녀는 배우협회에 전화를 걸어 도널드 바움가르트의 전화번호를 문의했다. 그의 집으로 전화를 넣자마자 첫 번째 벨소리가 끝나기도 전에, 즉각 "네" 라는 응답이 있었다.

"도널드 바움가르트 씨인가요?"

"그렇습니다만."

"저는 로즈메리 우드하우스, 거이의 아내입니다."

"허!"

"실은……."

"이거 놀랍군요. 요즘 아주 재미가 좋으시겠습니다. 브램 귀족 같은 저택에서 몇십 명의 제복을 입은 하인들을 부리며, 크리스털 잔으로 오래된 일급 포도주를 마시고."

"실은 경과가 어떤지 궁금해서 전화 드렸습니다. 좀 차도가 있으신지?"

웃는 소리가 들렸다. "이거 친절도 하십니다, 거이 우드하우스 부인. 나는 원기왕성하지요. 차도가 있다마다요. 오늘은 잔을 겨우 6개 깨뜨리고 계단을 3단 헛디딘 것과, 두 대의 달려오는 소방차 앞을 더듬더듬 가로지른 것뿐이랍니다. 하루가 다르게 차도가 있고말고요."

"거이나 저나 당신의 불행이 기회가 되어 출세를 하게 된 것을 마음 아프게 생각하고 있답니다."

바움가르트는 잠시 조용히 있다가 말했다. "그렇게 부담을 가질 필요는 없습니다, 부인. 그런 게 세상사라는 거지요. 영고성쇠. 어쨌거나 그 배역은 그의 것이었던 겁니다. 괜한 말이 아닙니다만, 두 번째 두 시간에 걸친 연기 테스트에서 난 그 역이 거이의 것이 되리라는 것을 알고 있었습니다. 그는 마치 신들린 사람처럼 잘 해냈으니까요."

"그는 늘 그 배역은 당신의 것이 될 거라고 말했어요. 사실이 그랬고."

"그럴 만하기도 했었지요."

"그날 그가 찾아뵀을 때, 저도 함께 가지 못해 죄송합니다."

"날 찾았다고요? 아, 한잔하기로 했던 날 말이군요. 오시지 않아 다행입니다. 여자 분은 못 들어가는 술집이니까요. 아니, 4시 이전에는 들어갈 수 있지요. 그런데 거이를 만나기로 한 것은 4시 이후였어요. 거이는 천성이 좋은 사람입니다. 대개의 사람은 분해서도…… 나라고 해도 그런 아량은 없었을 겁니다."

"경쟁에 진 사람이 이긴 사람에게 축하주를 한 턱 쓸 수도 있는 거지요."

"하지만 결과는 며칠 뒤에나 밝혀지기로 되어 있었지요, 아마……."

"그래요. 불과 2, 3일 전이었지요. 당신이……."

"눈이 멀기 전 맞습니다. 그게 수요일인가 목요일이었지요. 내가 마티네(matinée. 연극이나 음악의 낮 공연)에 나간 뒤니까. 아, 수요일이 맞습니다. 그 주 일요일에 실명했지요." 그는 거기에서 픽 웃었다. "설마, 거이가 술에 뭘 탄 건 아닐 테고."

"설마. 그런데 우리 그이가 댁의 물건을 들고 온 일은 없었나요?" 로즈메리의 목소리가 떨렸다.

"무슨 일입니까?"

"그날 뭐 잊으신 거 없었나요?"

"그런 기억 나지 않습니다."

"정말인가요?"

"넥타이 말입니까?"

"……맞아요."

"그랬습니다. 그가 내 것을 갖고 싶다기에 거이의 것과 교환했습니다. 왜, 도로 무르겠답니까? 그러지요. 나는 넥타이 같은 건 매나 마나니까요."

"아니, 돌려주실 것 없어요. 전 자세히 모르는 일이라 그냥 빌려온 건 줄 알고."

"교환한 겁니다. 부인께선 거이가 훔치기라도 한 것처럼 말씀하십니다."

"그럼, 이만. 나아지실 가망이 있나 여쭤 보고 싶었을 따름입니다."

"하여간 전화 주셔서 감사합니다."

그녀는 수화기를 놓았다.

4시에서 9분이 지났다.

그녀는 거들을 하고, 드레스를 입고, 샌들을 신었다. 그리고 거이가 늘 속옷 아래에 넣어두는 비상금을 챙겨 핸드백에 넣었다. 주소록과 캡슐이 든 병도 넣었다. 수축이 시작되다가 사라졌다. 오늘은 이걸로 두 번째였다. 그녀는 침실 문 옆에 놓아둔 슈트케이스를 들고 복도로 나왔다.

엘리베이터로 가는 도중, 뒤로 등을 돌려 얼굴을 가렸다.

배달소년 둘이 물건을 엘리베이터에서 내렸다.

55번로 보도에서 택시를 잡아탔다.

닥터 서퍼스타인의 접수 직원 라크 양이 흘끔 로즈메리가 손에 든 슈트케이스를 바라보고 물어보았다.

"진통이 시작되었나요?"

"그렇지는 않지만 선생님을 만날 일이 있어서. 아주 중요한 일이에요."

라크 양은 시계를 보더니 "선생님은 5시에 외출하실 일이 있고, 바이런 부인이 대기중이신데……." 그러면서 저쪽에 앉아 책을 읽고 있는 부인에게 시선을 보내고 나서 말을 이었다. "하여간 만나뵐 수는 있겠지요. 앉아 계십시오. 와 계시다는 걸 선생님께 말씀드릴 테니까요."

"부탁합니다."

그녀는 가까운 의자 옆에 슈트케이스를 내려놓고 앉았다. 핸드백의 흰 특허품인 고리쇠가 흥건히 젖어 있었다. 그녀는 핸드백을 열고 휴지를 꺼내어 손바닥을 닦고는, 콧잔등과 이마의 땀을 찍어냈다. 심장이 두근거렸다.

"밖은 어떤가요?"

라크 양이 물었다.

"굉장해요. 35도는 넘을 거예요."

라크 양이 신음에 가까운 소리를 냈다.

임산부 하나가 진찰실에서 나왔다. 대여섯 달은 된 사람으로, 전에도 본 적이 있어 가볍게 인사를 했다. 라크 양이 진찰실로 들어갔다.

"산달이 가까워진 것 같네요?" 바이런이라는 부인이 물었다.

"화요일쯤."

"순산을 빕니다."

라크 양이 나왔다. "바이런 부인" 하고 불러, 그 부인을 진찰실로 들여보내고 나서 로즈메리에게 말했다. "바이런 부인 진찰이 끝내는 대로 곧 만나시겠답니다."

"고마워요."

바이런 부인이 라크 양과 다음 진찰 날짜를 상의하고 나더니, 걸어

나가면서 다시 한 번 작별 인사를 했다.

라크 양이 뭔가를 적어 넣고 있었다. 로즈메리는 탁자 위의 〈타임〉지를 집어 들었다. '신은 죽었는가?'라는 주먹만한 활자 표제가 붉은 바탕에 의문부호로 감싸져 있다. 그녀는 연예란을 펼쳤다. 바바라 스트라이센드에 관한 기사가 나와 있었다. 그녀는 그것을 읽으려 했다.

"냄새가 좋으네요. 무슨 향인가요?" 라크 양이 로즈메리 쪽으로 코를 벌름거리며 말했다.

"데추마라는 거예요."

"그전 것보다 좋으네요. 실례가 될지 모르지만."

"그건 향수가 아니고 행운의 부적에서 나는 냄새였어요. 그거 버렸어요."

"잘하셨네요. 선생님도 제발 그랬으면 좋으련만." 라크 양이 혼잣말처럼 말했다.

로즈메리는 고개를 갸우뚱했다.

"닥터 서퍼스타인도?"

"그래요. 전 면도 뒤에 바른 로션에서 그런 냄새가 나나 했지요. 그렇다면 선생님도 그 행운의 부적을 달고 다니는 게 분명해요. 물론 미신은 믿지 않으시겠지만. 하여간 선생님에게서도 가끔 그 냄새가 나요. 그럴 땐 1.5미터 이내로는 접근 안 하기로 하고 있지요. 선생님은 부인 것보다도 냄새가 진해요. 그 냄새를 선생님에게서 못 맡아보셨나 봐요?"

"네."

"공교롭게도 부인이 오시는 날에는 그 부적을 하지 않으셨거나, 부인 자신에게서 나는 냄새인 줄 아셨던 모양이죠. 혹시 무슨 화학약품?"

로즈메리는 일어나서 〈타임〉지를 놓고 슈트케이스를 들었다. "남편이 밖에서 기다려서. 잠깐 이야기하고 올게요."
"가방은 놓고 다녀오시지요."
하지만 로즈메리는 들고 나갔다.

10

로즈메리는 파크 웨이를 81번로 쪽으로 걸었다. 유리상자로 된 전화박스가 눈에 띄었다. 그녀는 닥터 힐에게 전화를 걸었다. 박스 안은 찜통 같았다.

교환이 나왔다. 로즈메리는 이름과 그 박스의 전화번호를 말했다.
"선생님께 곧 전화 걸어달라고 말씀해 주십시오. 급한 일이에요. 그리고 여긴 공중전화예요."
"알겠습니다."
교환이 말하고 나서 찰칵 전화를 끊었다.
로즈메리는 일단 수화기 선을 내리고 나서 수화기를 그대로 귀에 댔다. 누가 보면 통화중인 걸로 알게 하기 위해서다. 뱃속에서 아기가 발길질을 하고 몸을 비틀었다. 그녀는 더운 날씨였는데도 식은땀이 흘렀다. '빨리, 부탁이에요, 닥터 힐, 전화를 빨리, 날 도와줘요.'
모두가…… 모두가 한통속이었던 것이다. 거이, 닥터 서퍼스타인, 미니, 그리고 로만. 그들은 모두가 마법사, 나를 이용해서 아기를 낳게 하고, 아기를 빼앗아 그들의……, '하지만 걱정 말아요. 앤디가 될지 제니가 될지, 너에게 손가락 하나 못 대게 할 거라고. 그랬다가는 엄마가 모두 죽여 버릴 테니까!'
벨이 울렸다. 잡고 있던 수화기 선을 들었다. "여보세요?"
"우드하우스 부인이신가요?"
아까의 교환 목소리였다.
"닥터 힐은 어디 계십니까?"

"틀림없나요, 로즈메리 우드하우스?"

"그렇다니까요!"

"닥터 힐 환자신가요?"

그녀는 가을에 한 번 진찰을 받으러 갔었던 일을 이야기했다.

"부탁이에요. 급히 말씀드릴 일이 있으니 전화 받으시라고 말씀드려 줘요."

"그러지요."

수화기를 든 채 로즈메리는 손등으로 이마의 땀을 닦았다. 부탁입니다, 닥터 힐. 그녀는 출입문을 밀어 바깥 공기를 들이마셨다. 그때 여자 하나가 가까이 왔다. 전화를 걸 모양이었다. 그녀는 급히 문을 닫고 통화중인 양 열심히 입을 움직였다. 땀이 등줄기를 타고 내렸고, 겨드랑이가 흥건했다. 아기가 꿈틀 돌아누웠다.

닥터 서퍼스타인의 병원과 이렇게 가까운 곳에서 전화를 건다는 것이 마음에 걸렸다. 자기가 사라진 것을 안 그는 지금쯤 현관을 달려 나오고 있을지도 모른다. 그리고 찾는 곳은 가까운 전화박스일 가능성이 크다. 택시를 타고 일단 멀리 갔어야 했다. 그녀는 그가 자기를 찾아 나선 경우, 그가 달려올 방향에서 등을 돌렸다. 다행히도 밖에서 기다리던 여인이 걸음을 옮긴다.

더구나 거이가 집에 돌아왔을 시간이다. 슈트케이스가 없어진 것을 보면, 급히 입원한 것으로 알고 닥터 서퍼스타인에게 전화를 걸 것이다. 곧 둘이 찾으러 온다. 그 밖에 비스 부부, 샌드 등 모두가 말이다.

"여보세요, 우드하우스 부인이십니까?"

그건 닥터 힐……, 구세주, 구원자인 킬데어 원더푸르 힐의 목소리였다.

"감사합니다. 전화 받아주셔서 감사합니다."

"캘리포니아에 가 계신 줄 알았습니다만."

"아뇨, 다른 선생님에게 갔었어요, 어느 친구의 주선으로. 그런데 그게 이상합니다. 그 선생님은 저를 속이고 있어요. 이상한 음료수와 약을 먹게 하고. 분만 예정일은 화요일입니다. 기억하실지 모르겠네요. 선생님이 진단하셨는데요. 6월 28일입니다. 그래서 분만은 선생님 수고를 빌릴까 합니다. 지불은 모두 하겠습니다. 그 동안 계속 맡아주신 것으로 쳐서."

"부인……."

그녀는 거절당할까 봐 겁이 났다. "조금만 더 들어주세요. 찾아뵙고 지금까지의 사정을 말씀드리고 싶어요. 더 이상은 견딜 수가 없습니다. 제 남편과 그 의사와, 그 의사에게 저를 보낸 사람들이 모두 작당을 해서 무슨 음모를 꾸미고 있는 거예요. 이런 말하면 미친 것으로 생각하시겠지만 아니, 벌써 저를 불쌍한 미친 여자로 생각하실지도 모르겠군요. 하지만 저는 머리가 어떻게 된 사람이 아니에요. 닥터 힐, 모든 성자의 이름에 걸고 맹세합니다. 제가 누굴 모함하는 것으로 들리시나요?"

"글쎄올시다."

"천만에요. 무서운 음모가 저와 아기를 대상으로 진행중인 게 사실입니다. 찾아가 뵙고 자세히 말씀드리고 싶어요. 그렇다고 무슨 괴상하거나 온당치 못한 일에 협조해 달라는 것이 아닙니다. 단지 입원을 시켜, 아기를 낳게 해주시면 돼요."

"내일 오후 진찰실로 오십시오."

"안 돼요. 지금이어야 해요. 그들이 저를 찾고 있어요."

"우드하우스 부인, 나는 지금 진찰실에 있는 게 아닙니다. 집입니다. 어제 철야를 해서……."

"부탁합니다. 부탁이에요."

그가 가만히 있었다.

그녀는 애원했다.

"뵙고 말씀드리겠어요. 여기에는 더 이상 있을 수 없어요."

"이따가 8시에 진찰실로 나가지요. 됐습니까?"

"죄송합니다, 닥터 힐."

"뭘요."

"제 남편이 전화를 걸어서, 제가 전화를 하더냐고 물어볼지 모르는데요."

"아무와 통화하지 않을 겁니다. 한숨 잘 생각이니까요."

"교환에게 말해 주실 수 있을까요, 저에게 전화 왔었다는 말을 하지 않도록."

"그렇게 일러놓겠습니다."

"부탁합니다. 그럼, 8시에."

로즈메리가 박스에서 나오자 등을 돌리고 있던 사나이가 돌아섰다. 하지만 닥터 서퍼스타인이 아니고 처음 보는 사람이었다.

로즈메리는 렉싱턴 거리로 나와, 거기에서 언덕진 86번지로 꺾어 들어 어느 극장으로 들어갔다. 거기에서 여자 화장실로 들어가 용무를 보고, 어둡고 시원한 좌석에 앉아 숨을 돌렸다. 소란스러운 천연색 영화가 상영되고 있었다. 잠시 뒤 슈트케이스를 든 채 전화 있는 곳을 찾아가 요금 상대방 지불로 오빠 브라이언에게 전화를 걸었다. 응답이 없었다. 그녀는 다시 안으로 들어가 아까와는 다른 좌석에 앉았다. 아기는 잠들었는지 잠잠하다. 영화는 키넌 윈이 출연하는 것으로 바뀌었다.

8시 20분 전에 영화관을 나와, 택시를 타고 72번로에 있는 닥터 힐 진찰실로 갔다. 거기에 들어가기만 하면 안전할 것이다. 그들은 친구 조안이나 휴, 아니면 엘리스의 집 주변을 망볼지 모르지만, 이렇게 늦게까지 닥터 힐 병원 길목을 지키지는 않을 것이다. 단, 교환원이 실수로 그녀에게서 전화가 왔었다는 것을 실토했다면 문제는 달라진다. 그래서 만일의 경우를 대비해서 운전사에게 부탁하여 그녀가 현관 안으로 들어가는 것을 보고 떠나 달라고 했다.

아무도 앞을 가로막는 사람은 없었다. 닥터 힐은 직접 문을 열어주었다. 전화에서의 떨떠름했던 태도와는 달리 쾌히 그녀를 맞아준 것이다. 닥터 힐은 금발의 콧수염을 짧게 기르고는 있었지만, 역시 닥터 킬데어와 닮은 데가 많다. 푸르고 노란 격자무늬 스포츠 셔츠를 입고 있었다.

두 사람은 면담실로 들어갔다. 닥터 서퍼스타인의 그것에 비해서 4분의 1 크기밖에 되지 않는 평수이다. 그녀는 자초지종을 이야기했다. 의자 팔걸이에 단정히 손을 얹고 발목을 가지런히 한 채 차근차근 이야기했다. 히스테리컬한 기색을 보였다가는 이야기를 믿어주지 않거나, 머리가 돈 여자 취급을 받을까 싶어서였다. 마법사 애들리언 마르카토와 로만의 관계도 이야기했고, 몇 달 동안 피를 말리던 통증에 관해서도 털어놓았다. 그리고 녹색 음료수와 하얀 케이크, 〈환상〉 연극표와 검은 초, 도널드 바움가르트의 실명과 넥타이, 해치 아저씨의 죽음에 관해서도 이야기했다. 모든 것을 연관지어, 잘 정리해서 이야기하려 했으나 하고 보니 단편적이 되고 말았다. 하마터면 샌드 씨의 녹음기, 거이가 책을 버린 일, 라크 양이 무심코 털어놓은 서퍼스타인의 태니스 냄새는 빼먹을 뻔했다.

"혹시 혼수와 실명은 우연일지 모르고, 그들이 누구를 해치는 어떤 ESP(초능력)를 정말로 갖고 있는지는 알 수 없어요. 하지만 그건 중요하지 않습니다. 문제는 그들이 아기를 탐내고 있다는 점입니다. 그건 확실해요."

"그게 문제군요. 그 사람들은 처음부터 아기에 대해서 흥미를 가졌던 건 확실한 것 같군요."

로즈메리는 눈을 꼭 감았다. 눈물이 터져 나올 것만 같아서였다. 닥터 힐은 이야기를 믿어주었다. 그녀가 미친 사람이 아니라는 걸 알아준 것이다. 로즈메리는 눈을 떠 닥터 힐을 바라보았다. 잘생긴 얼굴이다. 그는 무엇인가를 필기하고 있었다. 환자들은 모두 그를 좋아하게 될 거야! 그녀는 손바닥이 땀에 젖어 있었기에 살며시 옷자락에 문질렀다.

"그 의사, 샌드라고 하셨나요?" 닥터 힐이 물었다.

"아닙니다. 샌드 씨는 은퇴한 치과의사로, 그 그룹의 일원입니다. 그 의사의 이름은 서퍼스타인입니다."

"아, 에이브러햄 서퍼스타인?"

"맞아요. 아십니까?" 로즈메리는 불안을 느꼈다.

"한두 번 만난 적이 있지요." 닥터 힐은 펜대를 놀리며 말했다.

"그분을 만나 이야기를 나누어보시고 어딘가 이상하다고 생각지는 않았는지요?"

닥터 힐이 펜을 놓으며 말했다. "털끝만치도. 산부인과 분야에서는 신망이 두터운 대선배이십니다……." 그는 로즈메리를 똑바로 쳐다보았다.

"오늘 밤, 이 길로 마운트 시나이 병원에 입원하시겠습니까?"

로즈메리가 활짝 웃었다.

"그럴 수만 있다면."

"전화로 교섭을 해봐야겠습니다만." 닥터 힐은 그렇게 말하고, 자리를 일어나 열려 있는 진찰식 문 쪽으로 갔다. "누워서 잠시 쉬십시오" 하고 말하며 등 뒤의 불이 꺼져 있는 방을 손으로 가리켰다. 번쩍번쩍 불꽃이 튀듯 하더니, 얼음처럼 푸르스름한 형광등이 켜졌다.

"일단 손을 써보고 말씀드리지요."

로즈메리는 무거운 몸을 일으켜, 핸드백을 들고 불이 켜진 진찰실로 들어갔다. "거기라면 어떤 방이라도 좋아요. 하다못해 청소 도구를 넣어두는 다락방이라도."

"그거보다야 나은 입원실을 잡을 수 있겠지요."

그는 로즈메리를 뒤따라 들어오며 푸른 커튼이 걸려 있는 창틀의 에어컨을 틀었다. 약간 소리가 시끄러웠다.

"벗을까요?"

로즈메리가 물었다.

"아니, 진찰은 나중에 합시다. 곧 전화를 걸고 입원실을 알아보려면 30분은 걸릴 테니까요. 그 동안 진찰대에 누워 쉬십시오."

그리고 그는 문을 닫고 나갔다.

로즈메리는 한구석에 있는 소파 겸용의 침대 쪽으로 가서, 푸른 커버를 씌운 푹신한 쿠션 위에 앉았다. 핸드백은 탁자 위에 놓았다.

수고해 주는 닥터 힐.

언제고 그 보상을 해드리자.

그녀는 발을 흔들어 샌들을 벗고는 반듯이 누웠다. 에어컨에서 시원한 바람이 흘러 들어온다. 아기가 그 냉기를 느끼는지 기지개를 켜는 것 같았다.

'그래, 이걸로 일단 안심이란다, 앤디인지 제니인지 말이야. 이제 우리는 마운트 시나이 병원에 있는 기분 좋고 깨끗한 침대에 누울 수 있게 됐구나. 찾아오는 사람도 없고, 더구나…….'

돈……. 그녀는 몸을 일으켜, 핸드백을 열고 돈을 살펴보았다. 180달러가 있다. 거기에 자기 돈 16달러와 동전 몇 닢. 당장 비용으로는 충분할 것 같다. 만일 부족하면 브라이언이 전보송금으로 부쳐 줄 수도 있겠고, 휴나 엘리스도 융통을 해줄 것이다. 조안이나 그레이스 커디프도 물론이지. 부탁할 사람은 많다.

그녀는 내친 김에 캡슐 병을 탁자 위에 놓고, 그 옆에 돈을 챙겨 넣은 핸드백을 나란히 놓았다. 캡슐은 닥터 힐에게 보여줄 생각이었다. 그가 분석해서 해로운 것이 아니라는 것을 확인해 줄 것이다. 해로운 것이 들어 있을 리가 없다. 그들은 아기가 건강해야 할 테니까, 그들이 미치광이 의식을 위해서.

그녀는 몸서리가 쳐졌다.

그 요괴들.

더구나 거이!

입에 올리기조차 끔찍하다. 너무하다.

허리가 끊어질 것처럼 조여들었다. 지금까지 없었던 세찬 것이었다. 그녀는 그것이 가라앉을 때까지 심호흡을 했다.

오늘은 이걸로 세 번째이다.

닥터 힐에게 이야기해야지.

그녀는 깜박 잠이 들었다. 그녀는 오빠 브라이언 부부와 로스엔젤레스 교외에 사는데, 이제 생후 4개월째인 앤디가 뭐라고 조잘거리고 있었다. 그런데 갑자기 닥터 힐의 얼굴이 눈앞에 나타났다. 에어컨이 돌아가는 소리가 나고, 그녀는 소파 겸용 침대에 누워 있었다.

"저, 잠들었던 모양이지요?" 그녀는 웃으며 말했다.

닥터 힐은 아무 대꾸도 없이 뒷걸음질치더니 문을 활짝 열었다. 닥터 서퍼스타인과 거이가 들어왔다. 로즈메리는 번쩍 정신이 나서 몸을 일으켰다.

그들은 그녀 옆에 우뚝 섰다. 거이의 얼굴은 돌처럼 굳어 있고 무표정했다. 그는 벽을, 오직 벽만 바라보고 그녀에게는 눈길을 돌리지 않았다. 닥터 서퍼스타인이 입을 열었다. "조용히 따라와요, 로즈메리. 말대답이나 소리를 질러서는 안 돼요. 만일 이 이상 마법사니 악마니 하는 말을 입에 담으면 정신병원에 갇히게 되니까. 여기 분만실은 설비가 엉망인 거 알 텐데. 그러니 잠자코 신을 신어요."

"집에 데려가는 거야, 단지 그뿐이라고."

거이가 간신히 그녀를 쳐다보며 거들었다.

"아무도 로즈메리를 해치지 않아요, 아기도. 어서 신을 신으라니까."

서퍼스타인은 그렇게 말하며 탁자 위에 놓인 캡슐 병을 보고는 주머니에 넣었다.

로즈메리가 샌들을 신자 거이는 핸드백을 집어 들었다.

닥터 서퍼스타인이 그녀의 팔을 잡고, 반대편 팔꿈치를 거이가 가볍게 끌면서 그들은 밖으로 나왔다.

닥터 힐이 들고 있던 슈트케이스를 거이에게 넘겨주었다.

닥터 서퍼스타인이 닥터 힐에게 말했다.

"이젠 됐소. 집에 데리고 가 쉬게 하면 안정을 되찾게 되겠지."

"정신이상 직전인 것 같습니다. 세상에 선배님을 마법사로 알다니……."

닥터 힐이 걱정스러운 얼굴로 말했다.

로즈메리는 아연실색하여 할 말을 잊었다.

"수고를 끼쳐 미안하오." 서퍼스타인이 그렇게 말하고, "돌봐주셔서 감사합니다" 하고 거이가 말했다.

"도움이 됐다면 다행이겠습니다. 피해망상증이 빨리 가라앉아야 할 텐데." 닥터 힐이 현관까지 따라나왔다.

그들은 차를 갖고 왔다. 킬모어가 운전대에 앉아 있었다. 로즈메리는 뒷 자석에 거이와 서퍼스타인 사이에 끼어 앉았다.

아무도 입을 열지 않았다.

그들은 브램퍼드로 차를 몰았다.

로비를 가로질러 가자 엘리베이터 직원이 로즈메리를 미소로 맞이했다. 디에고이다. 그는 로즈메리에게 호감을 갖고 있으므로 언제나 웃음을 짓는다.

그 미소를 보자 로즈메리는 제정신이 들고, 그녀의 내면에서 무엇인가가 눈을 뜨고 소생했다.

그녀는 몰래 핸드백을 열고, 열쇠고리를 손가락에 끼우고는 엘리베이터 출입문 옆에서 핸드백을 뒤집었다. 손가락에 걸린 열쇠 외의 모든 걸 땅바닥에 흩뜨려 떨어뜨린 것이다. 굴러가는 루주, 동전, 거이의 비상금인 10달러와 20달러짜리 지폐가 사방으로 날렸다. 그녀는 그것들을 멍하니 바라보았다.

로즈메리가 배가 불러, 허리를 굽히지 못하고 우두커니 서 있는 앞에서, 모두가 급히 그것들을 주웠다. 디에고도 혀를 차며 밖으로 나와 거들었다. 그녀는 방해가 되지 않게 뒤로 물러나, 그들을 지켜보며 발끝으로 바닥에 있는 크고 동그란 단추를 눌렀다. 엘리베이터의 바깥문이 닫혔다. 그녀는 안쪽 문을 끌어 닫았다.

디에고가 닫히는 문을 막으려 하다가 손가락이 낄 것 같자 손을 움츠렸다. 그리고 문 저쪽에서 쾅쾅 두드리며 소리쳤다. "부인, 우드하우스 부인!"

로즈메리가 손잡이를 돌리자 상자가 올라가기 시작했다.

브라이언에게 전화를 하자. 아니면 조안이나 엘리스? 그레이스 커디프, 아무라도 좋다.

'이거 아직 마음을 놓을 수 없구나, 앤디!'

로즈메리는 7층에서 엘리베이터를 멈춘다는 것이 9층에 섰다. 다시 아래로 내려갔더니 6층에서 섰다. 다시 기계를 조작해서 마침내 7층에 닿았다. 안문과 바깥문을 차례로 열고 복도로 나갔다. 그녀는 걸음을 재촉하여 복도를 이리저리 구부러졌다. 경련이 일어났으나 개의치 않았다.

화물 엘리베이터의 표시판이 4에서 5로 바뀌는 것으로 보아, 거이와 서퍼스타인이 그녀를 뒤쫓아 오는 것이 분명했다.

마음이 다급해서 열쇠가 구멍에 잘 들어가지 않는다.

간신히 문이 열려, 그녀가 집 안으로 달려 들어가려 하자 동시에 엘리베이터의 문이 열렸다. 그리고 달려온 발소리와 함께 잠근 문에 거이의 열쇠가 꽂혔는데, 로즈메리가 문 사슬을 거는 것도 동시에 이루어졌다. 문은 열리다 말고 사슬에 걸렸다.

"열어요, 로!"

거이가 소리쳤다.

"어서 꺼져버려요!"

로즈메리가 내뱉듯 말했다.

"아무 짓도 하지 않는다니까, 하니."

"당신은 그들에게 아기를 약속했지요? 딴 데나 가보라니까."

"로즈메리!"

닥터 서퍼스타인이 불렀다.

"당신도 꺼져요!"

"누군가가 당신을 꾀어서 쓸데없는 망상에 사로잡히게 한 모양이오."

"모두 없어져 버리라니까."

로즈메리는 등으로 문을 밀어 빗장을 채웠다. 그제야 문이 꼭 잠겼다.

그것을 확인하면서 그녀는 뒷걸음질로 침실로 갔다.

9시 반이었다.

로즈메리는 전화기 쪽으로 갔다. 수첩은 핸드백을 뒤집어 엎었을 때 빠뜨렸고 브라이언의 전화번호는 기억할 수가 없었다. 그래서 교환이 오마하의 전화국을 통하여 조회를 해야 했기에 시간이 지체되었다. 그래서 간신히 통하긴 했지만, 아직도 전화를 받는 사람이 없었다.

"20분 정도 뒤에 다시 연결해 볼까요?" 교환이 말했다.

"예, 부탁해요. 될 수 있는 한 빨리."

곧이어 조안에게 걸어봤지만, 그녀도 집에 없었다.

엘리스와 휴의 전화번호…… 역시 수첩이 없어 전화국에 문의, 응답을 받는 데 또 시간이 지체되었다. 로즈메리는 급히 다이얼을 돌렸다. 교환이 나왔다. 그 부부는 주말이라 외출중이라고 답변했다. "어디, 연락이 닿을 만한 곳은? 급해서 그래요."

"댁은 댄스턴 씨의 비서입니까?"

"아닙니다, 친구예요. 빨리 연락할 일이 있어서."

"파이어 아일랜드에 계십니다. 전화번호를 알려드릴까요?" 교환원이 말했다.

"어서요."

그녀가 불러주는 번호를 머릿속에 메모하고 막 다이얼을 돌리려 했을 때, 현관 쪽에서 웅성거리는 소리가 나면서, 비닐을 깐 마루를 밟는 발소리가 들렸다. 그녀는 벌떡 일어났다.

거이와 파운틴이 거실을 지나 가까이 왔다. "하니, 두려워할 거 없어." 거이가 말했다. 그들의 등 뒤에 닥터 서퍼스타인이 나타났다. 그는 주사액이 든 주사기를 들고 있었는데, 그 끝에서 주사액이 방울방울 떨어지고 있었다. 그리고 샌드, 파운틴 부인, 킬모어 부인의 모습도 보였다. "우린 새댁 편이라니까." 킬모어 부인이 말하고, "겁낼 것 없어요" 하고 파운틴 부인도 코맹맹이 소리로 말했다. "겁낼 것 없고말고. 이건 극히 약한 진정제요. 이걸 맞고 한숨 푹 자도록 해요." 닥터 서퍼스타인이 말했다.

로즈메리는 침대를 등지고 있었는데, 만삭의 몸이라 그걸 뛰어넘어 피할 수가 없었다.

그들이 가까이 온다. "내가 있는데, 설마하니 당신을 해치기야 하겠어." 거이가 다가와 그녀의 팔을 잡으려 했다. 그녀는 들고 있던 수화기로 그의 머리를 후려쳤다. 그 순간 그가 아내의 손목을 잡고, 파운틴 씨가 다른 쪽 팔을 낚아챘다. 노인으로서는 놀랄 만한 힘이었다. "사람 살려……" 하고 소리를 지르려 했으나, 어떤 억센 손이 수건으로 그녀의 입을 틀어막았다.

닥터 서퍼스타인이 주사기와 탈지면을 들고 앞으로 나왔다. 그 순간 지금과는 비교도 할 수 없는 통증이 왔다. 그녀는 이를 악물었다. 서퍼스타인이 손끝이 급히 배를 더듬었다. 그의 긴장된 말소리가 들렸다.

"어라! 분만이 시작되는걸."

방 안이 물을 끼얹은 듯 조용해졌다. 누군가가 낮은 목소리로 다른 사람에게 말했다.

"아기가 나온다는군."

로즈메리는 눈을 뜨고 숨을 몰아쉬었다. 서퍼스타인의 얼굴이 눈앞에 있다. 허리의 경련이 풀린다. 그가 고개를 끄덕였다. 파운틴 씨가 잡고 있던 그녀의 팔을 들어올렸다. 팔에 탈지면이 문질러지고, 바늘이 꽂혔다.

너무나 무섭고 혼이 나간 상태여서, 로즈메리는 아무런 저항 없이 주사바늘을 받아들였다.

서퍼스타인이 바늘을 빼고 그곳을 솜으로 눌렀다.

부인들이 분주하게 침대를 매만지고 있었다.

여기에서?

아, 여기에서……?

큰 산부인과 병원을 꿈꾸었는데, 설비도 간호사도 잘 갖추어진, 모든 것이 소독되고 깨끗한 병원에서, 이 아이를 낳으려고 했는데!

로즈메리가 몸부림치는 것을 여러 사람들이 억눌렀다.

거이가 귓전에서 말했다. "걱정 마. 아무 일 없다고! 맹세하지, 로. 부탁이야, 그렇게 몸부림치지 마. 맹세코 당신에게는 아무 일 없어."

그때 다시 수축이 일어났다.

로즈메리는 침대에 옮겨졌다. 닥터 서퍼스타인이 또 다른 주사를 놓았다.

킬모어 부인이 그녀의 이마에 맺힌 땀을 닦았다.

전화벨이 울렸다.

거이가 말한다. "교환, 다음에 걸어달라고 해요."

또 다시 수축이 왔다. 그러나 이번 것은 심하지 않아, 물에 뜬 달걀껍질처럼 그녀의 감각에서 멀리 떠내려가는 느낌이었다.

체조도 말짱 헛일이었다. 정력 낭비였다. 이건 자연분만이라기에는 너무 엉망진창이다. 잠이 온다. 아기를 보지도 못한다.

'아아, 앤디가 아니면 제니야, 미안하다. 내 귀한 아기야, 엄마를 용서해 주렴!'

3부

1

빛.

천장.

사타구니 사이의 아픔.

그리고 거이. 머리맡에 앉아 근심스러운 듯, 불안에 찬 미소를 지으며 그녀를 지켜보고 있다.

"여보." 그가 말했다.

"여보." 그녀도 그를 불렀다.

아픔이 심하다.

생각이 났다. 이미 끝난 것이다. 아기를 낳은 것이다.

"아기는?"

"받아냈어."

"딸?"

"아니, 아들."

"정말로 아들?"

그가 고개를 끄덕였다.
"그래, 아기는 무사해요?"
"응."
그녀는 자꾸 내려앉는 눈꺼풀에 눌려 있다가, 힘주어 다시 눈을 떴다.
"티파니에 전화했어요?"
"응."
다시 내려앉는 눈꺼풀을 이기지 못하고 잠이 들었다.

잠이 깼다. 하나하나 생각이 난다. 로라 루이즈가 머리맡에 앉아 돋보기를 끼고 《리더스 다이제스트》를 읽고 있다.
"어디 있지요?"
로즈메리가 물었다.
로라 루이즈가 기겁을 해서 펄쩍 뛰었다. "어머, 깜짝이야!"
붉고 굵은 끈이 달린 돋보기가 가슴 앞에서 흔들렸다. "그렇게 갑자기 말을 걸다니, 십년감수했네."
"어디 있느냐고요, 아기?"
로즈메리는 들은 척도 하지 않고 같은 말을 물었다.
"잠깐 기다려요." 로라 루이즈가 《리더스 다이제스트》에 손가락을 끼워 덮으면서 일어섰다. "거이와 서퍼스타인을 불러오리다. 지금 주방에 있다우."
"아기는 어디 있느냐니까요?"
그녀는 언성을 다소 높였지만, 로라 루이즈는 대답도 하지 않고 문을 나갔다.
그녀는 몸을 일으키려 했으나, 팔이 말을 듣지 않아 그대로 다시 눕고 말았다. 허벅지 근처에서 칼로 도려내는 듯한 아픔이 밀려왔다.

그녀는 아픔이 가시기를 기다리며, 열심히 기억을 더듬었다.

지금은 밤이다. 12시 5분, 시계바늘이 거기에 머물러 있다.

두 사람이 들어왔다. 거이와 서퍼스타인……. 심각하고, 험상궂어 보인다.

"아기, 어디 있는 거죠?"

거이가 침대를 돌아서 머리맡으로 걸어와, 그녀의 손을 잡고, "여보……" 하고 불렀다.

"어디에 있느냐니까."

"여보……." 그는 말을 잇지 못한다. 그리고 그의 눈이 애원에 가까운 빛을 띤다.

닥터 서퍼스타인이 우뚝 선 채 굽어보고 있다. 그의 콧수염에 코코넛 찌꺼기가 매달려 있다.

"정상 분만이 아니었어요, 로즈메리. 하지만 앞으로의 임신이나 출산에는 아무런 지장이……."

그가 말했다.

"그럼?"

"죽었소."

로즈메리가 눈을 부릅떴다.

거이가 얼굴을 돌렸다.

닥터 서퍼스타인이 말했다. "위치가 정상이 아니었어요. 병원이었다면 어떻게 손을 쓸 수 있었을 텐데, 산모를 옮길 틈이 없었소. 아기를 살리려 했다가는 산모가 위험하고."

거이가 말했다.

"또 낳을 수 있어, 하니. 당신이 몸조리를 끝내면 곧 낳자고."

닥터 서퍼스타인이 말을 받았다.

"맞아요. 3개월만 지나면 임신이 가능해요. 그리고 이번 같은 사태가 생길 확률은 몇천 분의 1에 불과해요. 어쩔 수 없는 불상사였소. 아기는 건강하고 정상이었는데."

거이가 그녀의 손을 꽉 잡고, 용기를 북돋워주듯 웃으며 말했다.

"어서 빨리 회복만 하면 된다고."

로즈메리는 두 사람을 빤히 쳐다보았다, 거이를, 그리고 코코넛이 수염에 매달려 있는 서퍼스타인을 향해 그녀는 싸늘하게 말했다. "거짓말 마세요. 누가 믿을 줄 알아요?"

"여보." 거이가 가로막듯 말했다.

"죽은 게 아녜요. 당신들이 빼앗은 거야. 거짓말을 하고 있는 거라고. 당신들은 마법사! 거짓말하고 있는 거 다 알아. 거짓말! 거짓말! 거짓말!"

거이가 그녀의 어깨를 눌러 눕히고, 서퍼스타인이 주사를 놓았다.

로즈메리는 수프를 마시고, 버터를 바른 세모난 흰 빵을 먹었다. 거이가 침대 모서리에 앉아 역시 세모난 빵을 뜯고 있다. 그가 말했다. "당신은 마치 미친 사람 같았어. 완전히 제정신이 아니더군. 분만 2주일 전쯤에 어쩌다 있을 수 있는 일이라던데. 물론 닥터 서퍼스타인의 이야기지만, 그건 프리패텀인가 뭐라는 병이라는 거야. 일종의 히스테리지. 당신은 그런 정신착란에 빠져, 죽은 아기를 낳아야 했다는군, 그래."

로즈메리는 아무 말도 하지 않았다. 말없이 수프를 떠먹었다.

거이가 자못 진지한 얼굴로 말했다.

"여봐요. 미니와 로만이 마법사라는 생각을 누가 당신에게 주입시켰는지 대강 짐작하지만, 닥터 서퍼스타인과 나까지 그들과 한패거리라는 건 어째서지?"

로즈메리는 침묵을 지켰다.

"이건 어리석은 질문이군. 프리패턴인가 뭐라는 정신착란증은 이유라는 게 있지도 않을 테니까."

그는 또 세모난 빵을 베어 물었다.

로즈메리는 일격을 가했다.

"왜 도널드 바움가르트와 넥타이를 바꿨지요?"

"왜냐고? 하지만 그게 무슨 상관이 있지?"

"그의 소지품이 필요했던 거지요? 그들이 저주로 그를 실명시키기 위해서는."

그는 엉거주춤 그녀를 쳐다보았다.

"여보, 또 왜 그래? 그게 무슨 이야기야?"

"알고 있으면서……. 당신은 그의 소지품이 필요했던 거예요. 그를 실명시킬 저주를 걸기 위해서."

"못 살겠군. 그와 넥타이를 바꾼 건, 그의 것이 내 마음에 들었고, 그도 내 것과 바꾸고 싶었기 때문이야. 그걸 당신에게 이야기하지 않았던 건, 남자끼리 그러는 것이 무슨 동성연애 같아서 꺼림칙해서였다고."

"〈환상〉 입장권을 어디서 났지요?"

"뭐라고?"

"당신, 도미니크에게서 얻었다는 건 새빨간 거짓말……."

"이거야……. 그래서 나를 마법사로 단정했나 보군. 그건 말이야, 시청 테스트 때 잠시 알게 되어 얼마 동안 사귄 노마 뭐라는 아가씨에게서 얻은 거라고 그걸 어떻게 곧이곧대로 말을 해? 그래, 닥터 서퍼스타인은 어째서 한패지? 뭐, 구두끈이라도 달리 맵디까?"

"그는 태니스 뿌리를 지니고 다녀요. 그건 마법사들의 표시라고요. 곁에 가면 그 냄새가 난다고 접수 담당 아가씨가 말했어요."

"그거야 미니가 행운의 부적으로 주었는지도 모르지. 당신에게 주었던 것처럼. 그리고 그건 마법사만 지닌다는 것도 석연치 않은걸."

로즈메리는 대꾸를 하지 않았다.

"결론을 내리자고, 하니. 당신은 그 프리패텀인가 뭐라는 정신착란증을 일으키고 있었어. 따라서 이젠 마음과 몸을 푹 쉬어서, 정상으로 돌아가야 한다고." 그는 보다 가까이 다가앉으며 그녀의 손을 잡았다. "하기야 이번 일은 당신에게 닥친 가장 큰 시련이었지. 그러나 이제 모든 일은 장밋빛으로 물들려고 해. 워너 브러더스 영화사가 우리의 조건을 수락하기 일보 직전에 와 있어, 경쟁적으로 유니버셜 사에서도 좋은 조건을 제시하고 있거든. 나는 앞으로 더욱 노력해서 좋은 평가를 받으면, 이 아파트를 떠나 비벌리 힐스로 이사가는 건 문제가 아니라고. 풀장도 있고, 정원도 있고, 하인들이 시중을 드는 저택으로 말이야. 그리고 아이들도 스카우트 연맹에서 표창을 받을 정도로 많이 낳으면 되지. 선생님이 말하잖아? 아이 낳는 데는 지장이 없다고." 그리고 그녀의 손에 입을 맞추었다. "자, 힘을 내서 내가 대스타가 되도록 도와줘요."

거이는 일어서서 침실 밖으로 나가려 했다. "어깨 좀 보여줘요." 로즈메리가 그를 불러 세웠다.

거이가 흠칫 하더니 걸음을 멈췄다.

"농담이겠지?"

"진담이에요. 왼쪽 어깨 벗어 봐요."

거이는 아내를 물끄러미 쳐다보다가 말했다. "좋아, 당신이 원한다면, 어디라도."

거이는 반소매 모직 셔츠의 가슴 단추를 풀고, 밑에서 끌어올려 머리 위로 벗겨냈다. 그 속에는 T셔츠를 입고 있었다. "이제 그 녹음기라도 틀어야 제격이 아닐까?" 그러면서 T셔츠도 벗고, 침대로 걸어와 허리를 굽혀 로즈메리에게 왼쪽 어깨를 내밀었다. 아무런 표시가 없다. 여드름인지 종기의 희미한 흔적이 있을 뿐이다. 그는 오른쪽 어깨와 등도 보여주었다.

"푸른 조명이 없이는 이 이상 벗기 곤란한걸."

"좋아요."

거이가 히죽 웃으며 말했다. "자, 이제 문제는 다시 셔츠를 입느냐, 이대로 나가 로라 루이즈 할망구에게 환희의 맛을 보여주느냐로군."

로즈메리의 젖이 불었다. 그 아픔을 덜기 위하여 닥터 서퍼스타인은 유리로 된 자동차 클랙슨 같은 고무공이 달린 젖 빨아내는 기구를 보내주었다. 그리고 매일 대여섯 번씩, 로라 루이즈가 아니면 헬렌 비스나 누구든 거기에 와 있던 사람이 그것을 써서 파이렉스 계량컵에 한쪽 젖마다 1, 2온스가량 녹색을 띤 젖을 빨아냈는데, 왠지 태니스 냄새가 풍기는 것 같았다. 하여간 그들이 그러는 것으로 보아, 품에 안고 젖을 먹일 아기는 없는 것 같았다. 노파가 컵과 흡유기를 들고 나간 뒤에 그녀는 베개에 얼굴을 파묻고, 상심과 고독감으로 흐느껴 울었다. 그러나 이젠 눈물도 말라 나오지 않았다.

조안과 엘리스, 타이거가 문안을 왔고, 로즈메리는 전화로 오빠 브라이언과 20분 동안이나 이야기를 나누었다. 꽃다발——장미나 카네이션과 노란 철쭉 등——이 앨런으로부터, 마이크와 페드로, 루와 글로다아 부부도 보내왔다. 거이가 리모컨이 딸린 텔레비전을 사서 발치에 놓아주었다. 그녀는 텔레비전을 보고, 먹고, 처방된 약을 복용했다.

위로의 편지가 미니와 로만으로부터 왔다. 각기 한 장씩 써 보냈는데, 그들은 도브로브니크에 있었다.
봉합한 부위의 아픔이 차차 가셨다.

2, 3주가 지난 어느 날 아침, 로즈메리는 아기의 울음소리를 들은 것 같았다. 텔레비전을 끄고 귀를 기울였다. 힘없는, 서글픈 듯한 울음소리가 먼 곳에서 들려온다. 아니, 헛들은 걸까? 그녀는 침대에서 빠져나와 에어컨의 스위치도 껐다.

플로렌스 킬모어가 흡유기와 컵을 들고 들어왔다.

"아기 울음소리가 들리죠?"

다시 한 번 귀를 기울여 보았다. 틀림없이 들렸다.

플로렌스가 말했다. "들리긴 뭐가 들려요. 자, 어서 누워요. 아직 걸어다니면 해로울 텐데. 새댁이 에어컨을 껐수? 어쩌려고 그래요. 오늘 무섭게 덥던데. 모두가 쪄죽을 판이라고."

그날 오후에도 울음소리를 들었다. 그러자 이상하게도 젖이 줄줄 흘렀다.

"새로 이사 온 집이 있더군. 8층에 말이야." 그날 밤, 거이가 돌아와 그런 말을 했다.

"그 집에 아기가 있나요?"

"그걸 어떻게 알았지?"

로즈메리는 잠시 남편을 쳐다보다가 말했다.

"울음소리를 들었어요."

이튿날도 들었다. 그리고 그 다음날도.

로즈메리는 텔레비전 보는 걸 그만두고 책을 읽는 척했지만, 그건 신경을 귀에 집중시키기 위해서였다.

그건 8층이 아니라 이 7층이다.

그리고 대개는 울음소리가 들리고 몇 분 뒤에는 누구든 계량 흡유기를 들고 들어왔고, 그것을 들고 침실을 나가 몇 분이 지나면 울음 소리가 그치곤 했다.

"그걸 어떻게 하나요?"

어느 날 아침, 로즈메리는 컵과 흡유기와 6온스의 젖을 건네주며 로라 루이즈에게 물었다.

"뭘 하느냐고? 버리지, 하긴 뭘 할까?"

로라 루이즈는 그렇게 말하며 침실을 나갔다.

그날 오후, 로즈메리는 로라 루이즈에게 컵을 넘겨주다가 "잠깐" 하며 컵 속에 커피가 묻은 스푼을 넣으려 했다.

로라 루이즈가 세차게 컵을 낚아챘다. "그러면 못써요." 그리고 다른 손으로 스푼을 받아들었다.

"버릴 건데 어때요?" 로즈메리가 말했다.

"그냥 더러우니까, 그것뿐이라우." 로라 루이즈가 돌아섰다.

2

아기가 살아 있다.

아기는 미니와 로만의 집에 있다.

그들은 아기를 거기에서 기르며 그녀의 젖을 먹이고 있는 것이다. '하느님, 부디 그 아이를 지켜주소서' 아기가 살아 있는 이유는 해치 아저씨 책에서 읽은 것처럼, 8월 1일이 라마스인가 리마라고 해서 특별한 의식이 행해지는 날이기 때문일 것이다. 아니면, 미니와 로만이 유럽에서 돌아올 때까지 살려두는 것인지도 모른다. 그들에게도 응분의 몫을 나눠 주기 위해서.

어쨌건 지금까지 아기는 살아 있다.

그녀는 그들이 주는 알약을 먹는 것을 그만두었다. 엄지와 손바닥 사이의 주름에 약을 끼워 먹는 척하고, 나중에 매트리스와 그 아래

상자형 스프링 사이, 가능한 한 깊숙이 그것을 밀어 넣었다.

그녀는 한결 기운을 차리고, 머리도 맑아진 느낌이었다.

'기다려, 앤디! 엄마가 곧 가마!'

그녀는 멍청한 닥터 힐 때문에 진저리가 나 있었다. 이제 누가 자신을 믿어주기를 바라거나 의지할 생각은 없었다. 경찰, 조안, 댄스턴 부부, 그레이스 커디프, 오빠인 브라이언조차도 기대하지 말자. 거이는 대단히 연극을 잘한다. 닥터 서퍼스타인은 사회적으로 너무나 명성이 높다. 이들 두 사람의 농간에는 오빠든 친구든 누구나, 그녀가 아기를 사산함으로써 정신착란 상태에 빠진 것으로 믿게 될 것이 뻔하다. 이젠 혼자 해야 한다. 저기로 가서 아기를 되찾는 거다. 부엌에서 가장 잘 드는 칼을 골라, 광신자들을 무찔러 버리고…….

그리고 그녀에게는 승산이 없는 게 아니다. 그녀는 이 집에서 저 집으로 통하는 비밀통로가 있다는 걸 알고 있다. 하지만 그녀가 알고 있다는 눈치를 그들은 알지 못하고 있다. 그날, 엘리베이터에서 쫓겨 들어오던 날 밤, 그녀는 문 사슬에 빗장까지 걸었다. 바로 이 손으로. 이 손은 참새도 아니고 커다란 군함도 아닌 내 손이다. 그런데도 그들은 들이닥쳤다. 그건 달리 통로가 있기 때문이다.

그렇다면 그 통로는 중앙 복도 현관 쪽 벽장이 틀림없다. 죽은 가드니아 부인이 필기용 책상으로 막아놓았던 그 벽장 말이다. 어쩌면 그 노파도 불쌍한 해치를 혼수 상태에 빠뜨려 죽인 것처럼, 어떤 일로 저주를 걸어 죽였는지도 모른다.

그 벽장은 원래 하나의 대형 아파트였던 것을 둘로 나누었을 때에 만들어진 것이 분명하며, 그리고 죽은 가드니아 부인이 캐븐의 일원이었다면——그녀가 미니에게 약초를 주었다고 테리가 말하지 않던가——그러므로 벽장 안을 어떤 방법으로 여닫으며 오갔다면 의문은 풀린다. 우선 일일이, 그리고 번번이 돌아서 오갈 필요도 없거니와 브룬 부부와 뒤빈과 데 부아 동성연애 콤비에게 의아심을 주지 않아도 된다.

틀림없이 통로는 그 벽장 안에 있다.

언젠가, 꿈인지 생시인지 그녀는 그런 통로를 통해서 운반된 적이 있었다. 그건 꿈이 아니었던 것이다. 하늘의 계시, 마음속 깊은 곳에 덮어두었다가, 만일의 경우 이렇게 생생하게 생각해 낼 수 있도록 하느님이 보낸 통신이었던 것이다.

'아아, 하늘에 계신 하느님 아버지시여, 저의 의심 많은 마음을 용서하소서! 자애로운 아버지시여, 당신으로부터 등을 돌렸던 저를 용서하시고, 도와주시옵소서. 이 고난에 처한 저를 구원해 주시고, 아무런 죄가 없는 저의 아기를 지켜주소서.'

공교롭게도 그 알약이 해결 수단으로 사용되었다. 그녀는 매트리스 밑으로 손을 넣어 세어 보았다. 8알이 모였다. 모두가 작고 흰 알약으로서, 한복판에 둘로 쪼갤 수 있게끔 금이 가 있었다. 어떤 약인지는 모르나, 하루 3알로 그녀는 오랫동안 나른히 잠들고 만다. 이것을 단번에 8알 전부를 로라 루이즈나 헬렌 비스에게 먹이면 그들을 잠들게 할 수 있을 것이다. 그녀는 알약에 묻은 먼지를 불어 날리고, 잡지의 표지를 찢어 싸서, 휴지 상자 속에 밀어 넣었다.

그녀는 여전히 나른하고 몽롱한 표정으로 순순히 굴었다. 식사를 하고, 잡지를 읽고, 젖을 짜냈다.

만사 마음의 준비가 되었을 때의 당번은 리 파운틴 부인이었다. 젖을 갖고 나간 헬렌 비스와 교대로 그녀가 들어온 것이다.

"안녕하시우, 로즈메리? 새댁과 함께 있는 즐거운 시간을 늘 다른 할망구에게 양보해 왔지만, 오늘은 내가 왔다우. 어라, 그 텔레비전 신식인걸. 작은 영화관이나 진배없겠는데, 무슨 재미있는 영화

안 하나 몰라."

그 밖에 집 안에는 아무도 없었다. 거이는 대리인인 앨런에게서 새로운 계약에 관해 설명을 들을 일이 있다고 외출했다.

두 여인은 프레드 애스테어와 진저 로저스와 공연하는 영화를 보았다. 선전이 나오자, 리가 부엌에 가서 커피 두 잔을 끓여왔다. 로즈메리가 말했다.

"약간 시장하네요. 죄송하지만 치즈 샌드위치를 만들어다 주시겠어요?"

"그럼, 그게 뭐 어려운 일이라고." 리가 탁자 위에 커피잔을 올려놓으면서 말했다. "어때, 레터스에다가 마요네즈를 곁들일까?"

그녀가 부엌으로 갔다. 로즈메리는 급히 휴지 상자에서 잡지 표지에 싼 것을 꺼냈다. 급히 알약을 리의 찻잔 속에 털어놓고, 자기 스푼으로 저어 녹인 다음, 휴지로 스푼을 깨끗이 닦았다. 그리고 자기 찻잔을 들어 한 모금 마시려 했으나, 손이 떨려 다시 놓았다.

그러나 리가 샌드위치를 들고 들어올 때에는 마음을 가라앉히고 태연할 수 있었다.

"수고하셨어요. 어머, 맛있겠네. 그런데, 이 커피 좀 씁쓰름하네요. 오래 놔둬서 그런가?"

"다시 끓일까?"

"아니, 그럴 것까지는 없어요."

리는 침대 곁에 걸터앉아 자기의 찻잔에 입을 댔다. 그리고는 코언저리에 주름을 잡고 로즈메리를 바라보며 역시 맛이 이상하다는 표정을 지었다.

두 여인은 다시 영화를 보기 시작했다. 다음 광고방송이 시작되었을 때 리는 어느덧 졸고 있었는데, 꾸벅꾸벅 졸다가는 이래서는 안 되겠다는 듯이 고개를 번쩍 들곤 했다. 마침내 찻잔과 받침접시를 내려놓는 걸 보니 반은 더 마신 것으로 보였다. 로즈메리는 샌드위치를 다 먹고 나서, 프레트 애스테어가 2명의 댄서를 상대로 화려하고 환상적인 춤을 유흥장의 회전 무대에서 추는 것을 지켜보았다.

다시 선전이 끼어들고, 다음 장면이 시작되었을 때 이미 그녀는 깊은 잠에 곯아떨어져 있었다.

"리 부인?"

로즈메리는 불러보았다.

초로의 그녀는 가슴에 고개를 파묻고, 무릎 위에 양손을 올려놓은 채 코를 골고 있었다. 그녀의 엷은 등나무꽃 색으로 염색한 가발이 반은 벗겨져, 그 밑으로 흰 머리칼이 삐져나와 있었다.

로즈메리는 침대에서 나와 슬리퍼를 신고는, 입원을 위해 산 청백색의 퀼팅 실내복을 입었다. 침실을 나와 문을 살며시 닫고는 현관으로 가서 문 사슬을 걸고 빗장을 채웠다.

그리고 다시 부엌으로 들어가, 선반에서 가장 길고 예리한 식칼을 골랐다. 날이 서고, 끝이 뾰족하며, 손잡이가 구리를 입힌 뼈로 된 것으로, 새것이나 다름없는 고기 써는 칼이다. 칼끝을 아래로 해서 움켜쥐고는, 부엌을 나와 중앙 복도로 해서 벽장 쪽으로 갔다.

벽장문을 연 순간, 그녀는 자신의 추측이 맞았다는 것을 알았다. 벽장 속에 선반은 잘 정돈되어 있었지만, 두 개의 선반만은 얹어놓은 물건 배열이 달랐다. 목욕 수건과 모포의 위치가 아래위로 바뀐 것이다.

그녀는 칼을 바닥에 놓고, 선반 위의 타월이며 모포와 잡동사니를 하나하나 내려놓았다. 그러고 나서 이사 왔을 때 일일이 무명으로 도배를 해서 올려놓았던 선반을 하나하나 내렸다.

벽장 속은 맨 윗 선반 아래까지 한 장의 흰 칠을 한 합판으로, 가는 몰딩이 액자처럼 사방을 둘러싸고 있었다. 옆으로 비켜서서 빛이 더 들어오게 해서 살펴보니, 몰딩을 따라 페인트에 틈새가 나 있다. 그녀는 합판 한쪽을 눌러보았다. 경첩이 소리를 내며 합판이 저쪽으로 열렸다. 그 안은 캄캄했다. 그곳 역시 이쪽과 같은 구조의 벽장으로, 옷걸이가 걸려 있는 저쪽에서 한줄기 빛이 새어 들어온다. 열쇠구멍이다. 합판을 활짝 열고 더듬더듬 걸음을 옮겼다. 허리를 굽혀 열쇠구멍을 들여다보니, 6미터 저쪽에 골동품을 넣는 작은 캐비닛이 보였다. 그건 미니와 로만의 집 복도 깔개 위에 있어야 할 물건이었다.

그녀는 살며시 문을 밀어보았다. 자물쇠는 걸려 있지 않았다. 뒷걸음질로 돌아와 칼을 챙겼다. 그리고 다시 앞으로 나가, 열쇠구멍으로 저쪽을 살펴보고 나서 칼을 어깨 언저리까지 쳐들고는 문을 크게 열었다.

복도에는 아무도 없었으나, 거실 쪽에서 두런두런 말소리가 들렸다. 욕실은 오른쪽인데, 문은 열려 있고 안은 어두웠으나 왼쪽 미니와 로만 침실에는 머리맡의 탁자 위에 스탠드가 밝게 켜져 있었다.

서클 베드도 보이지 않고, 아기도 눈에 띠지 않는다. 그녀는 조심조심 앞으로 나갔다. 오른쪽 문은 잠겨 있고, 왼쪽 문은 옷장이다.

골동품 캐비닛 위에 작기는 하지만 박진감 있게 불타는 교회를 그린 유화가 걸려 있다. 처음에 왔었을 때에는 액자가 떼어져, 그 자국과 못만 있었던 그 자리다. 성 패트릭 교회 같다. 붉은 맹렬한 불꽃이 창틀에서 뿜어 나오고, 절반은 허물어진 지붕 위로 화염이 치솟고 있었다.

저런 광경을, 교회가 불타는 광경을 어디서 보았더라?

꿈속에서였다. 그 비밀 통로로 그녀를 운반했었던 그 꿈속에서였다. 거이와 여러 사람들이 있었다.

"자네, 그녀를 지나치게 흥분시킨 거 아냐?" 하고 누군가 말하고,

그리고 들어간 무도장 속에서 교회는 불타고 있었다. 그렇다. 타고 있었던 교회는 바로 저것이었다.

하지만 그런 일이 있을 수 있을까?

실제로 그 벽장을 통해 운반되고, 그 과정에서 저 그림을 본 것일까?

여하튼 앤디를 찾아야지. 앤디를 찾아야 한다.

칼을 치켜든 채 그녀는 복도의 융단 위를 사방으로 살펴보며 전진했다. 대부분의 문이 굳게 잠겨져 있다. 또 그림이 있다. 알몸의 남녀 여럿이 원을 그리며 춤추는 장면이 그려져 있다.

정면에 응접실이 있고, 오른쪽 아치형 칸막이를 지나면 거실이었다. 말소리가 커졌다. "혹시 그가 아직 비행기를 갖고 있으면 별문제지만, 그럴 수는 없겠지?" 파운틴 씨의 말소리가 나고, 웃음소리가 들리더니 잠잠해졌다.

꿈속에서의 무도회에서는 재키 케네디가 상냥하게 그녀에게 말을 걸고 물러나자, 그들 캐븐 일원 모두가 알몸으로 나타나, 그녀 둘레를 원을 그리며 춤추고 노래했었다. 그건 현실적으로 있었던 일이었을까? 검은 가운을 입은 로만이 그녀의 하복부에 줄을 그렸었다. 그의 곁에는 닥터 서피스타인이 붉은 물감이 든 그릇을 받쳐 들고 있었는데, 그것은 피?

말소리가 가까이에서 들려왔다. "뭐가 그래. 사람을 데리고 놀아서는 못써요. 그런 걸 여기에서는 '발목을 잡아당긴다.'(희롱당하다의 뜻)고 하지."

그건 분명히 미니의 목소리였다. 여행에서 돌아온 것일까? 하지만 엊그제 도브로브니크에서 당분간 체류한다는 엽서가 오지 않았던가!

과연 그들은 여행을 떠나기나 한 것일까?

마침내 그녀는 아치형 문 앞까지 왔다. 책장, 서류함, 그리고 신문과 봉투 다발이 수북한 브리지 테이블이 보였다. 저쪽에서 모임이 진행되고 있는 것이다. 웃음소리, 은밀한 이야기 소리, 컵 속의 얼음 부딪치는 소리.

그녀가 칼을 힘주어 고쳐 쥐고 크게 걸음을 내딛으려 했을 때, 멈칫 한곳을 응시했다.

방의 정면, 큰 들창에 검은 포장을 친 요람이 놓여 있다. 검정, 검정 일색이다. 아랫부분은 검정색 타프타로 둘러싸고, 포장과 모서리 주름은 검정 오갠저 천이다. 그 검정 포장에 핀으로 꽂은 검은 리본의 은장식이 흔들리고 있었다.

죽었을까? 가끔 두툼한 오갠저 천이 꿈틀거리고, 은장식은 사소한 움직임에도 바르르 떤다.

아기는 저 속에 있다. 저 흉측한 마법사들의 요람 속에…….

눈여겨보니 은장식은 거꾸로 매단 십자가로, 검은 리본은 예수의 발목을 감고 있다.

내 아기가 모독과 공포의 한복판에 저항할 바도 모르고 누워 있다는 것을 생각하니 눈물이 쏟아져, 그냥 그 자리에 주저앉아 통곡하고 그 집요한 사악함에 굴복하고 싶은 충동이 일었다. 하지만 로즈메리는 이를 악물고 스스로 나약한 마음을 채찍질했다. 눈물샘을 막으려는 듯 눈을 굳게 감고, '성모 마리아'를 입속으로 외우며, 가능한 한 모든 결단력과 모든 증오를 결집시켰다. 미니, 로만, 거이, 닥터 서퍼스타인……. 그녀에게서 앤디를 빼앗아 사악한 용도에 제공하려고 공모한 그들 모두에 대한 증오를 말이다. 그녀는 옷자락으로 땀이 밴 손바닥을 닦고, 머리를 걷어 올리고 나서, 칼자루를 고쳐 잡고는 그들 모두가 그녀의 출현을 눈으로 볼 수 있는 공간으로 걸음을 내디뎠다.

기이하게도 그들은 그녀를 본 체도 하지 않았다. 여전히 이야기하고, 마시고, 자못 즐겁다는 듯이 웃고 떠들었다. 마치 그녀가 유령이나 되는 것처럼, 혹은 자기의 침대에서 꿈이라도 꾸고 있는 것처럼, 미니, 로만, 거이(역시 그들은 거기에 있었다), 파운틴 씨, 비스 부부, 로라 루이즈, 그리고 안경을 써서 공부께나 한 것처럼 보이는 일본인, 그들 모두가 맨틀피스 위에 걸려 있는 애들리언 마르카토의 초상화 밑에 모여 있다. 그림 속의 마법사가 그녀만 바라보고 있는 것 같다. 그녀는 그 눈을 노려보며 버티고 섰다.

흘끔 로만이 그녀를 보았다. 천천히 잔을 내려놓고 미니의 팔을 건드렸다. 갑자기 조용해지며 이쪽에 등을 돌리고 앉아 있던 사람들이 의아스러운 눈으로 고개를 돌렸다. 거이가 허리를 들먹했으나 그대로 주저앉았다. 로라 루이즈가 양손으로 입을 막고, 비명에 가까운 소리를 내기 시작했다.

헬렌 비스가 입을 열었다. "침대로 돌아가요, 로즈메리. 돌아다니면 몸에 해로우니……." 광기이거나 벼랑 끝까지 몰린 듯한 괴로움 때문일 것이다.

"그분의 어머니입니까?" 일본인이 물었다. 로만이 고개를 끄덕이자, 그는 "아, 그래요……." 하며 흥미진진한 눈으로 그녀를 바라보았다.

파운틴 씨가 자리에서 일어나며 말했다. "리를 죽였나? 내 아내를 죽였군, 그렇지? 그녀는 어디 있지? 내 리를 죽인 거냐고?"

로즈메리는 그를 내려보았다. 그는 얼굴을 붉히고 고개를 돌렸다.

그녀는 칼자루에 힘을 주며 말했다. "그래요, 죽여 버렸어요. 찔러 죽였다고요. 그리고 날 가로막는 자는 사정없이 찔러 죽일 거예요. 거이, 이 칼이 얼마나 잘 드는지 그들에게 말해 주라고요."

그들은 아무 말도 하지 않았다. 파운틴 씨가 심장에 손을 얹고 풀썩 주저앉았다. 로라 루이즈가 숨넘어가는 소리를 냈다.

그녀는 모두를 노려보며 방을 가로질러 요람 쪽으로 걸어갔다.

"로즈메리." 로만이 말했다.

"닥쳐요!" 그녀가 외쳤다.

"아기를 보기 전에."

"닥치라니까. 당신은 도브로브니크에 있는 사람, 당신의 말소리 같은 건 들리지도 않아요."

"내버려두세요, 로만." 미니가 말했다.

로즈메리는 요람까지 가는 동안 그들로부터 눈을 떼지 않았다. 요람은 그들 쪽을 향해 있었다. 그녀는 비어 있는 손으로 검은 천으로 싼 손잡이를 더듬어 천천히 자기 쪽으로 방향을 돌렸다. 두꺼운 타프타 천이 사르르 소리를 내고, 바퀴가 드르르 굴렀다.

포근히 잠든 장밋빛 얼굴이 귀엽고 사랑스러웠다. 앤디의 양손에는 검은 벙어리장갑이 그 손목에 검은 리본으로 매어져 있었으며, 역시 검고 푹신한 담요에 싸여 뉘어 있었다. 말끔히 빗질을 한 오렌지 색 머리는 풍성했다. 아, 앤디! 아아, 앤디! 그녀는 한쪽 손을 가져갔다. 아기가 삐죽 입술을 내밀며, 눈을 뜨더니 그녀를 바라보았다. 그런데 그 눈! 눈이 진한 황금색이다. 흰자위도 없고 홍채도 없는 금색이 전부다. 고양이 눈처럼 가로로 가늘고, 검은 눈동자가 둘로 갈라져 있었다.

그녀는 다시 아기를 살펴보았다.

아기가 금빛 눈으로 그녀를 보고, 거꾸로 된 십자가를 보았다.

로즈메리는 자기를 지켜보고 있는 일동을 노려보며 소리쳤다. "당신들, 이 애의 눈을 어떻게 한 거예요!"

일동이 멈칫하며 로만을 바라보았다. 로만이 입을 열었다.

"그 애는 자기 '아버지의 눈'을 받은 거요."

그녀는 새삼스럽게 손으로 눈을 가리고 있는 거이를 바라보다가 다시금 로만에게로 시선을 돌렸다.

"무슨 소리! 거이의 눈은 밤색이라고요, 정상적인. 당신들, 아이에게 무슨 짓을 했어, 이 미치광이들!" 그녀는 모두를 해치울 기세로 요람에서 돌아섰다.

"사탄이 그의 '아버지'다. 거이가 아니야." 로만이 말했다.

"사탄이 그의 '아버지'야. 그분은 지옥에서 와, 인간인 여자의 몸을 빌려 아들을 잉태시킨 거다! 그를 믿어 의심치 않는 숭배자들에게 하느님의 예배자들이 가한 학대에 복수하기 위해서!"

"사탄에게 영광 있으리라!" 비스 씨가 말했다.

"사탄이 그의 '아버지', 그의 이름은 애들리언!" 이번에는 로만이 외쳤다. 그의 목소리는 점점 크고 긍지에 찬 것으로 변했고, 그의 태도는 박진감을 더해 갔다. "그는 이 세상을 다스리는 자를 몰아내고, 그들의 교회를 불태울 것이다. 그는 천대받은 자를 구제하고, 불태워 죽음을 당한 자, 고문에 신음한 자를 대신해서 복수할 것이로다!"

모두가 입을 모았다.

"애들리언 만세! 애들리언에게 영광 있으라!"

"애들리언 만세!"

"사탄 만만세!"

"사탄이여, 영원하라!"

"애들리언 만세!"

"사탄 만세."

그녀는 고개를 흔들었다.

"미치광이들!"

미니가 입을 열었다.

"그는 이 세상 모든 사람 중에서 당신을 선택한 거야, 로즈메리. 이 세상 모든 여자 중에서 그는 당신을 점찍었다고. 그래서 그는 거이와 당신을 이 아파트로 인도하셨지. 우리는 테리라고 하는 그 바보 같은 계집애를 바치려 했지만, '그'는 그 애를 겁에 질려 뛰어 내리게 함으로써 우리의 계획을 바꾸게 했던 거야. 그는 전지전능해서 테리보다는 로즈메리 당신에게 아이의 어머니가 되게 하고 싶었던 거라고."

"그가 하고자 하는 바는 막을 자 없도다." 로만이 말했다.

"사탄 만세!" 헬렌 비스가 외쳤다.

"그의 통치는 영원토록 무궁하리라."

"사탄 만세!" 일본인이 번쩍 손을 치켜들었다.

로라 루이즈가 입에서 손을 뗐다. 그리고 거이도 등 너머로 로즈메리를 훔쳐보았다.

"거짓말, 그런 일은 있을 수가 없어. 거짓말……." 칼을 움켜쥔 그녀의 손에서 힘이 빠져 나갔다.

"가서 아이의 손을 봐. 아이의 발도." 미니가 말했다.

"그리고 아이의 '꼬리'도 보고." 로라 루이즈가 비로소 입을 열었다.

"뿔이 나오려고 하는 것도 만져질 거야." 미니가 덧붙였다.

"아, 하느님……." 로즈메리가 신음했다.

"신은 죽었다." 로만이 선언했다.

그녀는 요람을 돌아다보고, 칼을 떨어뜨리고, 다시 그녀를 지켜보는 마법사들의 무리에게로 고개를 돌렸다.

"아아, 하느님!" 그녀는 얼굴을 감쌌다. "아아, 하느님!" 그리고 주먹을 쥐어 허공을 헤치며 소리쳤다. "아아, 하느님! 아아, 하느님!"

로만이 우렁찬 목소리로 응답했다. "신은 죽은 지 오래니라! 신은 죽고, 사탄만이 살아계시다! 기원 원년, 우리 주인의 제1년이다! 기원 원년, 신은 패망했다! 기원 원년, 드디어 애들리언의 치세가 시작되는도다!"

모두가 외친다. "사탄 만세! 사탄에 영광 있으라!"

"애들리언 만세!"

"사탄 만세!"

"아니야, 거짓말." 그녀는 뒷걸음질쳤다. 자꾸 뒷걸음쳐, 두 개의 브리지 테이블 사이까지 물러섰다. 등 뒤에 의자가 있었다. 그녀는 거기에 털썩 주저앉으며 혼잣말처럼 중얼거렸다.

"거짓말이야."

파운틴 씨가 급한 걸음으로 달려 나갔다. 그 뒤를 거이와 비스 씨가 뒤따랐다.

미니가 투덜거리며 다가와 칼을 집어 들고 부엌으로 갔다.

로라 루이즈는 요람으로 가서 조심조심 흔들면서, 아기를 향해 여러 가지 표정을 지어보이며 어르고 있다.

로즈메리는 주저앉은 채 같은 말을 중얼거렸다. "거짓말이야."

그 꿈, 그 꿈은 꿈이 아니었던 것이다. 그녀가 올려다본 그때 그 노란 눈. "아아, 하느님!"

로만이 가까이 왔다. 그는 목소리를 낮추어 말했다.

"파운틴은 그저 충격이 큰 것처럼 보일 뿐이야. 리의 일로 저렇게 가슴을 부둥켜안고는 있지만 별로라니까. 아무도 리를 좋아하지 않았지. 리는 돈뿐만이 아니라 정에도 인색했어. 어때, 우리를 도와줄 생각은 없나? 애들리언의 진짜 어머니가 되어주는 거야. 그러면 리를 살해한 죄를 덮어주도록 하지. 아무도 그런 일을 눈치채지 못하게. 당신이 싫으면 우리와 행동을 함께할 필요는 없어. 단지 당신이 낳은 아기의 어머니 노릇만 하면 되는 거라고. 미니나 로라 루이즈는 나이가 많아 어울리지가 않거든."

그녀는 로만을 노려보았다.

로만은 굽혔던 등을 곧추세우며 말했다.

"당장 답변을 듣자는 건 아니야."

"난 리를 죽이지 않았어요."

"뭐라고!"

"약을 먹였을 뿐이에요. 리는 잠자고 있어요."

"으음……."

그때 초인종이 울렸다.

로만이 현관 쪽으로 나가며 말했다. "여하튼 지금 한 말, 잘 생각해 봐."

"아아, 하느님." 그녀가 두 손을 모았다.

"이봐, '아아, 하느님' 소리 작작 하라고. 그렇지 않으면 죽여 버릴 거야. 젖은 줄 거야, 말 거야?"

로라 루이즈가 기세를 부리며 요람을 흔들고 말했다.

헬렌 비스가 로즈메리에게 가까이 와 젖은 수건을 손에 들려주며 말했다. "당신이나 입을 다물라고. 로즈메리는 이분의 어머니야. 어떻게 굴든 경의를 좀 표할 줄 알아야지."

그 말에 로라 루이즈가 뭐라고 투덜댔다.

로즈메리는 차가운 물수건으로 이마와 볼을 닦았다. 방 저쪽 방석 위에 앉아 있던 일본인과 시선이 마주치자, 그가 싱긋 웃으며 굽신 절을 했다. 그리고는 자리를 털고 일어나 카메라를 들고 요람 쪽을 향하여 몇 번이고 셔터를 눌러댔다. 그녀는 고개를 떨구고 울기 시작했다. 눈물이 흘러내렸다.

로만이 새하얀 양복에 흰 구두를 신은, 건장하고 살갗이 거무스레한 사나이를 이끌고 들어왔다. 그 사나이는 봉제 곰 인형과 막대기 과자의 그림이 있는 푸른 포장지에 싼 상자를 들고 있었다. 그 안에서 음악적인 듣기 좋은 소리가 흘러나왔다. 모두가 그를 맞이하여 악수를 나누었다. "걱정했습니다"라고 그들은 입을 모았고, 간간이 '기쁘다', '공항' 또는 '스타브로팔로스', '기회' 등의 말들이 오고갔다.

로라 루이즈가 남자의 상자를 받아들고 요람 쪽으로 갔다. 그녀는 잠깐 상자를 아기에게 자랑하듯 흔들어 보이고, 많은 상자가 놓여 있는 창틀 위에 놓았다. 비슷비슷한 포장이었는데, 개중엔 검은 리본을 단 상자가 서너 개 섞여 있다.

"6월 25일 한밤중을 조금 지나, 정확히는 그 시각으로부터 반년째입니다. 어떻습니까?" 로만이 말했다.

손님은 양팔을 크게 벌리며 말했다. "감탄할 일입니다! 에드몬 로트레아몬께서는 이미 300년 전에 6월 25일을 예언하시지 않았소?"

로만이 활짝 웃으며 말했다. "맞소. 그의 예언 하나가 이렇게 어김없이 적중하다니 기적이오." 모두는 고개를 끄덕였다. "자, 이리로." 로만이 손님을 요람 쪽으로 안내했다. "아기를 보십시오. '독생자'를 배알하십시오."

모두는 로라 루이즈가 점원처럼 아첨에 찬 미소를 짓고 있는 요람으로 가 둘러쌌다. 잠시 말없이 아기를 들여다보던 손님이 무릎을 꿇었다.

거이와 비스 씨가 돌아왔다.

두 사람은 손님이 무릎을 세워 일어날 때까지 아치형 문 가에 기다리고 서 있었는데 거이는 로즈메리에게로 걸어왔다. "리는 괜찮아. 닥터 서퍼스타인이 돌보고 있으니까." 그는 두 손을 비비며 선 채로 그녀를 굽어보았다. "그들은 결코 당신을 해치지 않겠다고 내게 약속했고, 사실 지금까지 그랬어. 이번 아기는 잃은 걸로 생각하면 어떨까? 그게 그거 아니겠어? 그 대신 우리는 굉장히 많은 걸 얻게 된다고, 로."

그녀는 물수건을 탁자 위에 놓으며 일어나, 그의 얼굴에 칵 침을 뱉었다.

그는 얼굴이 벌개졌으나, 고개를 돌려 옷소매로 그걸 닦았다. 로만이 다가와 거이의 팔을 끌고 가서 흰 양복을 입은 손님 아르길론 스타브로팔로스에게 소개했다.

"자랑스러우시겠습니다." 스타브로팔로스가 거이의 손을 양손으로 감싸며 말했다. "하지만 저기 서 있는 여자가 어미는 아니겠지요. 도대체……." 그때 로만이 손님을 끌고 가서 그의 귓속에 대고 뭐라고 말했다.

미니가 찻잔을 들고 로즈메리에게로 왔다. "이걸 마셔요. 그럼 기분이 조금은 가라앉을 테니까."

로즈메리는 미니를 치켜보았다. "이게 뭐죠? 태니스 뿌리?"

"그런 거 들어 있지 않아. 설탕과 레몬이 들어 있을 뿐이야. 흔해빠진 리프턴 홍차. 마셔둬요." 그리고 찻잔을 탁자 위에 놓았다.

길은 하나, 죽이는 것이다. 뻔한 일이 아닌가? 그들이 모두 의자로 돌아가 앉기를 기다렸다가 로라 루이즈를 밀어내고 그걸 집어 들어 창 밖으로 내던지는 것이다. 그리고 나도 그 뒤를 따라 뛰어내리면 그만이지. '브램퍼드에서 어머니가 영아와 함께 동반자살.'

신만이 아는 것으로부터 세상을 구하는 것이다. 사탄의 음모로부터 세상을 구해야 한다.

꼬리가 있다니! 뿔이 난다고!

그녀는 소리지르고 죽고 싶었다.

그렇고 말고. 그걸 집어던지고 뛰어내리는 것이다.

그들은 지금 빙글빙글 돌아가고 있다. 흥겨운 칵테일파티. 일본인이 찰칵찰칵 사진을 찍고 있다. 거이를, 스타브로팔로스를, 아기를 안은 로라 루이즈를 말이다.

그녀는 역겨워 고개를 돌렸다.

그 눈! 그건 동물의 눈이다. 고양이의 눈, 사람의 눈이 아니다!

물론 그건 인간이 아니다. 그건 무엇인가와의 혼혈종이다.

하지만 그 노란 눈을 뜨기 전에는 얼마나 사랑스러웠던가! 앙증맞은 턱, 약간은 오빠 브라이언을 닮은 것 같았다. 쪽 빨아주고 싶은 입, 그리고 그 비단결 같은 오렌지색을 띤 붉은 머리칼……. 다시 한 번 보고 싶다. 그 동물 같은 노란 눈을 뜨지만 않는다면.

그녀는 차 맛을 보았다. 홍차다.

안 될 말이다. 창에서 내던질 수야 없지. 내 아기가 틀림없어. 아버지가 누구건……. 해야 할 일은 누군가 이해할 수 있는 사람에게로 가는 것이다. 예를 들어, 신부와 같은 사람. 그렇다. 그게 해결의 길이다. 신부님이다. 이건 교회가 다룰 문제이다. 로마 교황과 모든 추기경들이 처리할 일이지, 오마하에서 올라온 어리석은 시골뜨기가 처리해서는 안 된다.

어쨌든 간에 죽이는 것은 잘못이다.

그녀는 홍차를 한 모금 더 마셨다.

아기가 칭얼거린다. 로라 루이즈가 요람을 너무 세차게 흔들기 때문이다. '그런데도 저 할망구, 점점 더 힘주어 흔들잖아.'

그녀는 참을 만큼 참다가 벌떡 일어나 다가갔다.

로라 루이즈가 기겁을 했다. "저리 가! 가까이 오면 안 돼! 여봐요, 로만!"

"그렇게 빨리 흔들면 어떡해!"

"너무 힘을 주어서 흔드니까 아기가 칭얼거리는 거라고요."

"로즈메리에게 흔들어 보라고 해요." 로만이 로라 루이즈에게 명령하듯 말했다.

로라 루이즈는 그 자리를 뜨려 하지 않는다.

"로즈메리에게 맡기고 저리 가 앉으라니까." 로만이 약간 언성을 높였다.

"하지만 이 여자, 사람 속이는 데는……."

"자, 다른 분들과 자리를 같이 해요, 로라 루이즈."

그녀는 심술이 난 걸음걸이로 요람에서 물러났다.

"그래, 흔들어 봐요." 로만이 자못 상냥한 투로 말했다.

로즈메리는 요람 곁에 서서 로만을 쳐다보았다.

"날, 이 애 어미 노릇시키려는 거죠?"

"언제는 어미가 아닌가? 로즈메리, 자, 칭얼거리지 않게 흔들어 봐요."

로만은 검은 천을 감은 손잡이를 그녀의 손에 쥐어주었다. 처음에는 두 사람이서 요람을 흔들다가, 로만이 슬며시 손을 놓자 그녀 혼자서 흔들기 시작했다. 천천히, 기분이 좋게……. 그러다가 그녀는 흘끔 아기를 보았다. 눈을 뜨고 있다. 노란 그 눈. 그녀는 급히 외면해 버렸다. "바퀴엔 기름을 쳐야 소리가 안 나요."

"그러지. 저보게, 이제는 칭얼거리지 않는걸! 당신이 누군지를 아는 모양이야……." 로만이 말했다.

"설마?" 그렇게 말하며, 로즈메리는 다시 한 번 아기를 바라보았다. 아기가 빤히 쳐다보고 있다. 마음의 준비가 되어서 그런지 그 눈이 그렇게 끔찍하지가 않았다. 그토록 놀란 것은 전혀 예기치 못했기 때문이리라. 보기에 따라서 귀여운 눈이다.

"손은 어떤 모양인가요?" 그녀는 요람을 흔들며 물었다.

"훌륭하지. 갈퀴가 달렸어. 아직 작고 진주처럼 윤기가 돌아요. 장갑을 끼운 건 자기 얼굴에 상처를 낼까 봐 그랬지, 못생겨 감추려는 게 아니라고." 로만이 말했다.

"아주 못마땅한 얼굴을 하고 있네요."

그때 닥터 서퍼스타인이 돌아왔다.

"뜻밖의 일이 꼬리를 무는 밤이로군."

요람 가까이 오려는 그에게 로즈메리가 쏘아붙였다. "가까이 오면 침을 뱉어줄 거야."

"저리 가게나, 에이브러햄." 로만이 지시하자 닥터 서퍼스타인이 따랐다.

로즈메리는 아기를 타이르듯 말했다. "너에게 한 소리가 아니란다. 넌 잘못한 게 하나도 없어. 엄마는 저 사람들을 야단친 거란다. 그들은 엄마를 속이고, 거짓말을 하고……. 그렇게 슬픈 얼굴 하지 마. 널 해치지는 않는다."

"그 애가 알아듣는 모양인데." 로만이 말했다.

"그런데 왜 그렇게 못마땅한 얼굴을 하니? 가엾게……."

"나, 손님과 할 이야기가 있어요. 곧 돌아오리다." 로만이 그렇게 말하고, 그녀를 혼자 남긴 채 저쪽으로 갔다.

"맹세하지, 널 해치지는 않을 거야." 그녀는 아기에게 말했다. 그리고 허리를 굽혀, 가운데 달린 목 끈을 느슨하게 했다. "로라 루이즈가 이렇게 꽉 맸구나. 어때, 이젠 편하지? 넌 턱이 참 예쁘단다. 네 스스로에 대해서 뭐 아는 거 있니? 넌 이상한 노란 눈을 하고 있지만, 턱이 이렇게 앙증맞을 수가……."

불쌍한 작은 생물.

모든 게 엉망일 수는 없다. 그럴 수는 없지. 비록 사탄의 자식이라 해도 반은 나인 것이다. 그 반은 멀쩡하고, 유별나지 않으며, 인간이 아닌가? 내가 그들을 거역하고, 그들의 나쁜 감화를 막고 좋은 영향을 끼쳐 준다면…….

그녀는 돌돌 말린 모포를 풀어헤치며 말했다. "넌 네 방이 따로 있단다, 알고 있니? 벽지는 노랑과 흰색이고, 역시 노란 울타리가 달린 서클 베드가 있단다. 어디를 봐도 마법사들의 검정색이라고는 눈곱만치도 없지. 이제 젖 먹을 시간이 되면 보여줄 거다. 이상하게 생각할까 봐 말해 두지만, 네가 먹어온 젖은 내 것이었단다. 젖은 병에만 담겨오는 걸로 알았니? 그렇지 않아. 그건 모유라는 거고, 내가 네 엄마란다. 인제 알겠니, 심통쟁이? 그런 얘기를 듣고도 넌 통 좋아하지 않는구나."

로즈메리는 불현듯 주위가 물을 끼얹은 듯 조용한 것을 느끼고 고개를 들었다. 그들이 방해가 되지 않을 만한 거리까지 물러나 둘러싸고, 그녀가 하는 모습을 지켜보고 있었던 것이다.

순간 그녀는 얼굴이 달아오르는 것을 느꼈지만, 다시 아기에게로 고개를 돌리고 강보에 고쳐 싸기 시작했다. "보고 싶거든 보라고 해. 우리는 이제 아무렇지도 않은걸. 안 그래? 우리 아기 기분만 폭신하면 되지. 자, 좀 어떠니?"

"로즈메리 만세!" 헬렌 비스가 외쳤다.

다른 사람들도 거기에 따랐다. "만세, 로즈메리!" 미니도 스타브로팔로스도, 닥터 서퍼스타인도. "로즈메리 만세." 거이도 외쳤다.

로라 루이즈도 "로즈메리 만세"라고 외치긴 했지만, 입술만 그렇게 움직였을 뿐, 목소리는 들리지 않았다.

"로즈메리 만세, 애들리언의 어머니!" 로만이 말했다.

그녀는 요람에서 시선을 돌리며 말했다. "앤드류에요. 앤드류 존 우드하우스."

"애들리언 스티븐." 로만이 맞섰다.

"이봐요, 로만." 거이가 로만에게 무슨 말을 하려고 하자, 스타브로팔로스가 가로막았다. “그 이름이 그렇게 중요하오?”

“그렇고말고 아기의 이름은 애들리언 스티븐이다.” 로만이 쐐기를 박았다.

로즈메리가 다시 입을 열었다. “당신들이 이 애 이름을 그렇게 부르고 싶은 까닭은 알 만하지만, 그렇겐 할 수 없어요. 이 아이는 앤드류 존. 이 애는 내 아이, 당신네 아이가 아니에요. 이건 우겨댄다고 될 일도 아니고, 그리고 이 옷, 허구헌날 검은 것만 입을 수는 없어요.”

로만이 뭐라고 말하려 했으나 미니가, “앤드류 만세!”라고 외치며 남편을 똑바로 쳐다보았다.

다른 일동도 “앤드류 만세”를 외치고, 거이에 이어, “앤드류의 어머니, 로즈메리 만세” 그리고 “사탄 만세”를 외쳐댔다.

로즈메리는 아기의 배꼽을 간질이면서 말했다. “도련님은 ‘애들리언’이 마음이 들지 않지?” 하고 물었다. “그럴거야. ‘애들리언 스티븐’이 뭐야! 어머, 제발 그런 못마땅한 얼굴은 하지 마.” 그러면서 아기의 코끝을 살짝 튕겼다. “아직 웃는 거 모르지, 앤디? 안다고? 어디 웃어봐. 귀엽고 이상한 눈의 앤디. 어디, 엄마에게 웃어봐.” 그녀는 은장식을 떼어 내 아기 눈앞에서 흔들며 재촉했다. “자, 웃어봐. 빙긋, 귀여운 웃음을 웃어보렴, 나의 앤디야.”

일본인이 카메라를 들고 재빨리 앞으로 나서더니, 허리를 굽혀 연속적으로 사진을 여러 장 촬영했다.

FROM ANOTHER WORLD

저승에서 온 유령

클레이턴 로슨

저승에서 온 유령

그 방은 단연코 세상에서 가장 이상한 방이라 할 만했다. 구식의 접는 책상과 헐어빠진 타자기, 그리고 철제 문서 캐비닛은 그 방이 사무실임을 말해주고 있었다. 책상 위에는 탁상용 달력, 펜과 연필 세트, 그리고 담배 꽁초가 넘치는 재떨이까지 놓여 있었다. 그러나 이 방이 여느 사무실과 닮은 점은 여기까지가 전부였다.

책상 위에는 그 밖에도 수갑 한 짝, 당구공 여섯 개, 니켈 도금한 번쩍거리는 권총, 셀룰로이드 알 하나, 카드 몇 벌, 녹색 비단 손수건, 그리고 뜯지 않은 우편물 한 묶음이 놓여 있었다. 방 한구석에는 생철로 만든 커다란 우유통이 있고 그 위에는 죄수복이 한 벌 얹혀 있었다. 그 위쪽 벽에는 콩고에서 온 깃털 달린 귀신가면이 걸려 있고, 그 반대편 벽 전면에는 포스터가 붙어 있었다.

서류 캐비닛 위에는 통방울눈에 머리가 유난히 빨간 어린 소년의 꼭두각시 인형이 해골과 종이꽃이 가득 꽂힌 어항과 함께 놓여 있었다. 그리고 반쯤 열린 캐비닛의 맨 아래 서랍은 종이로 채워져 있었는데 그 안에는 먹다 남은 당근 하나와 코가 반짝이는 하얀 토끼 한 마리가 들어 있었다.

의자 위에 위태롭게 쌓여 있는 잡지더미 맨 꼭대기에는 〈마법사〉라는 프랑스 잡지가 얹혀 있었다. 그리고 커다란 책장에는 주체할 수 없을 만큼 많은 책이 꽂혀 있었고 책장에서 넘쳐나는 책들은 마룻바닥에서 석순이 돋아난 것처럼 쌓여 있었다. 아마 책의 저자들은 자기 책이 누구의 책과 섞여 있는지 알았다면 깜짝 놀랐으리라. 《잔다르크》는 로언의 《정보기관 이야기》와 《로버트 우댕 회상록》 사이에 끼어 있었다. 그리고 아서 매킨, 한스 그로스 박사, 윌리엄 블레이크, 제임스 진스 경, 레베카 웨스트, 로버트 루이스 스티븐슨과 어니스트 헤밍웨이의 책들은 드볼이 쓴 《미시시피의 도박생활 40년》과 레지널드 스콧의 《마법의 발견》과 함께 어우러져 있었다.

이 사무실 옆의 상점에서 파는 물건도 역시 이와 비슷한 초현실주의적 특징을 지니고 있었다. 그래도 바깥 문 유리창에 쓰인 글을 보면——이상하기는 마찬가지지만——이곳이 무엇을 파는 곳인지 어느 정도 짐작할 수 있었다. 그곳에는 이렇게 적혀 있었다.

'기적을 팝니다—A. 멀리니의 마술상점.'

그리고 그 멀리니라는 신사도 자기 상점처럼 이상하기는 마찬가지였다. 그 사람은 적어도 1주일 동안은 이 방에 발을 들여놓지 않았다. 그러다가 마침내 다시 나타나 책상 앞에 맥없이 앉아서 아직 뜯지 않은 우편물을 뚱하니 노려보곤 하였다.

멀리니는 나를 보자 마치 한 달 만에 사람을 처음 본다는 듯이 인사하고 나서 회전의자를 삐걱거리며 다시 편안하게 자리잡고 앉은 뒤, 그 긴 다리를 책상 위에 올려놓고 하품을 했다. 그러고는 벽에 붙여놓은 그의 영업 슬로건, '불가능은 없다'라고 적힌 카드를 가리켰다.

멀리니가 빈둥거리며 말했다.

"아무래도 저 슬로건을 떼어내야 할 것 같아. 방금 연극 연출가, 무대 디자이너와 극작가를 만났는데 그들의 요구는 모두가 불가능하단 말씀이야. 그 사람들은 개막 1주일을 앞두고 나타나서 대본에 나와 있는 몇 가지 소품들을 공급해 달라고 하더군. 한 장면에서 등장인물이 '물러가라!'고 말하는데 무대지문에는 '귀신과 그의 노예인 여섯 무희가 곧 사라진다'라고 되어 있거든. 나중에는 가마 위에 공주님까지 태운 코끼리 한 마리가 마찬가지 방법으로 사라져야 하고 말야. 나는 그런 것을 어떻게 다 처리해야 할지를 궁리해야 했고, 또 하늘의 대장면을 위해 몇 가지 기적도 만들어내야 했지. 그러고는 침대에서 36시간을 보냈는데, 아직도 졸립군."

멀리니가 쓴웃음을 짓고 나서 덧붙였다. "로스, 자네가 지금 재고에 없는 물품을 요구할 생각이라면 말해 봐야 헛수고야."

"난 기적을 원하는 게 아닙니다. 인터뷰하러 온 것뿐이라고요. 초능력과 염력(念力)에 관해 알고 계신가요?" 내가 말했다.

"너무 많이 알고 있지. 자넨 지금 또 잡지에 실을 글을 쓰는 거야?"

"네, 그래서 지난주에는 온갖 별난 사람들을 다 만났답니다. 심리학자 대여섯 명, 직업적인 도박꾼 여러 명, 핵물리학자 한 명, 심령연구회 간사, 그리고 신경과 의사도 만나봤습니다. 30분 뒤에는 어느 백만장자와도 만날 약속을 해놨는데 나중에 이런 문제에 대해 당신의 의견을 듣고 싶더군요."

"물론 듀크 대학의 라인 박사도 인터뷰했겠지?"

내가 고개를 끄덕였다.

"물론이지요. 그 사람이 이 일을 시작하도록 만든 장본인인걸요. 그 사람은 세상에 텔레파시, 독심술, 천리안, 투시력 같은 것이 확실히 존재하며 수정점(水晶占)도 사실로 입증됐다고 하더군요. 그 사람은 이런 것들을 모두 한데 묶어서 초능력, 또는 ESP, 즉 초감각적 지각이라고 부르지요."

"그 정도는 약과야. 라인 박사가 말하는 염력을 약어로 PK라고 하지만은 정말 불가사의하고 놀라운 현상이니까." 멀리니가 말했다.

마법사 멀리니는 잡지를 쌓아놓은 더미에서 〈초심리학회지〉 몇 권을 뽑느라고 책 더미를 엉망으로 만들었다.

"여기 실린 라인 박사의 결론이 맞다면, 다시 말해서 어떤 유형적인 정신력이 있어서 주사위의 움직임뿐 아니라 그 밖의 다른 물체들에도 어떤 신비로운 지배력을 행사하고 있다는 것이 사실이라면 그 양반은 정말로 근대 심리학의 근본을 완전히 뒤집어 엎고 일반 과학이론도 몽땅 결딴내고 만 거야."

"그 사람 때문에 난 벌써 결딴났어요. 지난 토요일 밤에 염력을 이용해서 주사위 도박을 한다고 덤볐다가 68달러나 잃었으니까요." 내가 말했다.

멀리니는 나의 회의론에도 끄떡하지 않았다. 그는 더욱 울적해진 표정으로 말을 계속했다.

"지금까지는 과학이 온갖 마술을 판도라의 상자 속에 가두어놓았다고 생각했었는데 만일 라인 박사가 옳다면 그의 ESP와 PK는 판도라의 상자를 다시 열어놓은 셈이야. 그런데 자네는 돈 몇 푼 잃었다고 푸념이나 하다니……."

그때 내 등 뒤에서 귀에 익은 기운찬 목소리가 들렸다. "나를 괴롭히는 살인광 놈은 지난 이틀 동안 세 사람이나 죽이고도 아무 단서도 남기지 않았구먼. 나 좀 들어가도 되겠소?"

뉴욕 시 경찰국의 호머 개비건 경위가 파란 눈을 쌀쌀맞게 깜박이며 문간에 서 있었다.

멀리니는 지금 자기가 맡고 있는 카산드라(그리스 신화에 등장하는 흉사(凶事)의 예언자)의 역할을 흐뭇해하며 말했다.

"아무렴, 내 경위님이 오실 줄 알았지요. 하지만 염력으로 경위님의 머리가 빠개지도록 할 수는 없다고 생각하시는 건 아니겠지요. 살인범이 완전범죄를 저지를 때는 멀리서 염력을 이용해 방아쇠를 당기기만 하면 되니까요." 멀리니가 책상 위에 놓인 권총을 가리키며 말했다. "이렇게 말이지요."

개비건과 내가 권총의 방아쇠를 보았다. 손가락을 걸지도 않았는데 방아쇠가 움직였다.

탕!

총성이 천둥소리처럼 좁은 방 안에 울려퍼졌다. 나는 그것이 무대용 소도구이며 공포탄이란 것을 잘 알면서도 깜짝 놀라 펄쩍 뛰었다. 개비건도 마찬가지였다.

"이것 봐, 젠장! 감히 나에게……." 경위가 버럭 화를 냈다.

'멀리니 대왕'께서 히죽 웃었다. 그는 이제 잠이 완전히 깨어 아주 즐거워하고 있었다. "아니지. 다행히도 이건 염력이 아니었소. 그저 평범한 마술이라구. 카탈로그에 나와 있는 가격으로 비법을 사시든지……."

대부분의 경찰관이 그렇듯이 개비건도 총기에 관심이 많았지만 아직도 화가 가라앉지 않고 있었다. "그런 건 살 생각 없소." 그가 투덜거렸다. "오늘 우리가 저녁 약속을 했었지요, 안 그래요? 배고파 죽겠군."

"약속했지요." 멀리니가 이렇게 말하면서 의자에서 호리호리한 몸을 일으켜 외투를 집어들었다. "로스, 자네도 함께 갈 텐가?"

내가 머리를 흔들었다. "오늘은 빠지겠어요. 곧 앤드루 드레이크와 만날 약속이 있어서."

엘리베이터 안에서 멀리니가 나에게 야릇한 시선을 주며 물었다.

"앤드루 드레이크라? 그 사람이 ESP나 PK와 무슨 관계가 있지?"

"그 사람이 관계하지 않는 일이 있나요? 6개월 전에 그 사람은 드레이크 전쟁금지 계획을 단독으로 유엔에 제출하려 했지요. 두 달 전에는 6개월 내에 암치료법을 발견하도록 1천 5백만 달러 규모의 연구기금을 설치한다고 발표했었지요. '돈만 쏟아 부으면 무엇이든지 할 수 있다'는 거예요. 지금은 요가를 약간 혼합한 초능력에 달려들고 있어요. '인간의 정신력을 개발하면 만사를 해결할 수 있다'는 것이지요." 내가 대답했다.

"그래서 그런 짓을 하고 있군." 함께 42번 거리로 걸어나오면서 멀리니가 말했다. 타임 광장에서 반 블럭쯤 떨어진 거리에는 매서운 1월의 찬바람이 불어왔다.

그리고 개비건을 따라 대기중이던 경찰차에 올라타면서 그가 마지막으로 수수께끼 같은 말을 던졌다.

"드레이크가 로자 라이스에 관해 이야기하거든 그 사람이 곧 곤경에 처하게 될 거라고 경고해 주라구."

멀리니는 자기 예언이 맞으리라는 것을 눈치채지 못하고 있었다. 우리들 중 누구라도 천리안을 가진 사람이 있었더라면 나는 택시를 잡아타고 드레이크를 만나러 가지 않았을 것이다. 우리 셋은 개비건의 차를 타고 사이렌을 울리며 갔을 것이다.

그러나 실제로는 나는 혼자서 리버사이드 드라이브 바로 옆에 있는 98번 거리의 커다란 집 앞에서 내렸다. 60년 전에 지은 이 저택의 연기에 그을은 기괴한 모습은 날씨만큼이나 냉랭하고 음산했다.

내가 인도를 가로질러 층계까지 가는 사이에 벌써 귀가 꽁꽁 얼었다. 층계에서 어떤 의사가 손가락으로 초인종을 누르고 있었다. 의사라고? 아니지, 그것은 초능력 현상이 아니었다. 그의 외투 주머니에는 미국 의학협회 회보 한 권이 꽂혀 있고 왼손으로 의사들이 늘 갖고 다니는 조그만 검정 가방을 들고 있었다. 하지만 그에게서는 의사 특유의 침착함을 찾아볼 수 없었다. 이 의사는 몹시 흥분하고 있었다.

"뭐 잘못 됐습니까?" 내가 묻자 그가 깜짝 놀라 머리를 홱 돌리면서 담청색 눈으로 나를 바라보았다. 그는 옷을 잘입은 40대 초반의 날씬한 남자였다.

"그렇소." 그가 카랑카랑한 목소리로 대답했다. "그런 것 같소." 그가 길다란 손가락으로 다시 초인종을 막 찍어 누르는데 문이 열렸다.

처음에 나는 우리를 내다보는 그 아가씨를 알아보지 못했다. 요전번 낮에 만났을 때는 머리는 좋으나 좀 평범한 여자로 보였는데 지금은 헤어 스타일과 옷차림이 달라진 덕분인지 그 평가를 수정해야겠다는 생각이 들었다.

"오, 안녕하세요. 박사님. 어서 들어오세요." 그 여자가 말했다.

의사는 문지방을 넘기도 전에 벌써 입을 열고 있었다. "엘리너, 아버지는 아직 서재에 계시겠지?"

"네, 그럴 거예요. 하지만 무슨……."

그 여자가 말을 중단했다. 의사가 벌써 현관 복도 끝에 있는 방으로 달려가 버렸기 때문이었다. 그가 문의 손잡이를 흔들어대다가 문을 두드리며 큰소리로 고함쳤다.

"드레이크 씨! 나 좀 들어갑시다!"

그 여자는 어리둥절해하다가 이내 겁을 집어먹었다. 그 여자의 검은 눈이 잠시 내 눈과 마주치더니 이어 그 여자도 반들반들한 복도 바닥에 하이힐을 톡톡거리면서 뛰어갔다. 이것저것 따져보지도 않고 나는 따라갔다.

의사가 다시 주먹으로 문을 두드렸다. 그가 소리쳤다. "라이스 양! 나 개럿 박사요. 문을 열어요!"

아무 대답이 없었다.

개럿이 다시 한번 손잡이를 흔들어 보고 나서 어깨로 문을 밀쳤다. 꿈쩍도 하지 않았다.

"엘리너, 열쇠 가지고 있겠지? 방에 들어가 봐야 해요, 얼른!"

엘리너가 말했다. "없어요, 열쇠는 아버지만 가지고 계셔요. 안에서 왜 대답이 없지요? 무슨 일이에요?"

"나도 모르겠어." 개럿이 대답했다. "아버지가 방금 나에게 전화하셨어. 고통을 겪고 계시다는 거야. '서둘러요! 빨리 와 주시오' 하고 말씀하셨어." 여기서 의사가 잠시 망설이며 그 여자를 바라보더니 말을 이었다. "그리고 '나 죽어요'라고 하셨는데……, 그 다음엔 아무 응답이 없었단 말이야." 개럿이 이어 나에게 말했다. "선생이 나보다 체중이 더 나가겠구려. 이 문을 부술 수 있겠소?"

나는 문을 살펴보았다. 문은 단단해 보였다. 그러나 지은 지 오래된 집이라 자물쇠의 나사못이 박힌 나무가 우그러질지도 모르겠다는 생각이 들었다.

"글쎄요, 한번 해보지요." 내가 말했다.

엘리너 드레이크 양이 한편으로 비켜서고 의사는 내 뒤로 물러섰다.

나는 몸으로 문을 두세 번 세게 밀었는데 문이 약간 움직이는 것 같았다. 나는 다시 한 번 문을 세게 밀었다. 문이 열리면서 종이가 찢어지는 것 같은 소리가 들렸다.

그러나 나는 그것이 무슨 소리인지 따져볼 겨를도 없이 방 안을 들여다보았다. 내 눈에 들어온 것은 방 안의 유일한 조명인 푸르스름한 탁상 전등과 책상 위에 뒤집어진 전화기, 그리고 책상 앞 방바닥에 엎드려 있는 사람의 형체였다. 그 남자의 발치에는 구릿빛으로 번쩍이는 편지 개봉용 칼이 하나 놓여 있었다. 칼날에는 거무튀튀한 얼룩이 묻어 있었다.

"엘리너, 당신은 물러서요." 개럿은 이렇게 말하며 나를 밀치고 그 앞에 다가가서 몸을 쭈그렸다. 그의 한 손이 앤드루 드레이크의 눈꺼풀을 들추고 다른 한 손은 손목을 쥐었다.

나는 유령의 소리를 들어본 적이 없었지만 바로 그때 그 소리가 들려오는 것같이 느껴졌다. 고통으로 몸부림치는 나지막하게 떨리는 신음소리였다. 몸을 홱 돌려보는 순간 내 왼쪽의 어둠 속에서 희끄무레한 것이 움직였다.

그때 내 뒤에서 엘리너가 긴장된 목소리로 "불을 켜야지" 하고 속삭이면서 문간에 있는 스위치를 눌렀다. 천장 조명등이 켜지면서 어둠과 함께 유령이 사라졌다. 그러나 불빛 아래의 상황은 여전히 믿을 수 없는 것이었다. 양탄자가 깔린 방 한가운데에 조그만 탁자가 있고 그 옆에는 의자 한 개가 나둥그러져 있었다. 다른 의자에는 어떤 젊은 여자가 탁자 위에 머리를 축 늘어뜨린 채 엎어져 있었다.

그 여자는 검은 머리에 용모가 꽤 아름답고 몸매가 빼어났다. 빼어난 몸매라는 것을 금방 알 수 있었던 것은 몸에 꽉 끼는 한 조각의 수영복만 걸치고 있었기 때문이다.

엘리너는 방바닥에 쓰러져 있는 사람을 아직 눈여겨보고 있었다.
"아버지, 아버지가…… 돌아가신 거예요?"

개럿이 천천히 고개를 끄덕이고 나서 일어섰다.

수영복 여자는 훅 하고 숨을 들이마셨으나 아무 말도 하지 않았다. 그러자 개럿이 재빨리 탁자에 엎드려 있는 젊은 여자에게로 다가갔다.

"기절했군." 잠시 뒤 개럿이 말했다. "머리를 한 대 맞은 게 분명해. 하지만 의식은 깨어나고 있군." 그가 이번에는 방바닥의 칼을 살펴보았다. "경찰을 불러야겠소."

나는 그의 말이 제대로 들리지 않았다. 나는 방 안이 왜 그처럼 황량한지 이해할 수가 없었다. 바깥에 있는 현관과 문이 열린 거실에는 갑부들의 허세를 드러내는 격식 갖춘 가구들이 들어차 있었다. 그러나 드레이크의 서재는 이와는 대조적으로 트라피스트 수도원의 골방처럼 가구가 거의 없었다. 책상과 조그만 탁자, 의자 두 개, 그리고 방구석에 세워놓은 세 폭짜리 병풍을 제외하면 아무런 가구도 없었다. 벽에 걸린 그림도 없고, 서류도 없고, 서류를 보관하는 선반도 없고, 책도 없었다. 책상 위에는 압지(押紙)나 펜도 없었다. 그저 전화기 한 대와 탁상용 전등뿐이었다. 그리고 이상하게도 접착용 종이 테이프 하나가 그 책상 위에 놓여 있었다.

그러나 나는 이런 것들을 언뜻 보았을 뿐이다. 정작 내 관심을 끈 것은 책상 뒤쪽 벽에 나 있는 커다란 두 짝 여닫이 창문이었다. 그 칙칙한 직사각형 창문 밖에는 반짝이는 보석을 뿌려놓은 것 같은 뉴저지의 불빛이 보이고, 그 위쪽으로는 검은 하늘에 점점이 박힌 얼어붙은 별들이 차갑게 반짝이고 있었다.

이상한 것은 창문의 문짝 두 개가 겹치는 가운데 선을 따라 길이가 두 자쯤 되는 갈색 테이프를 십자형으로 붙여놓았다는 점이었다. 창문은 문자 그대로 완전히 봉해져 있었다. 그러고 보니 내가 방문을 부수고 들어설 때 종이 찢어지는 소리가 들렸던 것이 생각났다.

나는 뒤를 돌아보았다. 엘리너가 여전히 꼼짝 않고 그 자리에 서 있었다. 방문 안쪽의 문설주 여러 곳에 붙어 있는 테이프가 눈에 띄었다. 테이프 네 개는 가운데가 찢어져 있고 두 개는 벽에서 떨어진 채 문 가장자리에 너덜너덜 매달려 있었다.

바로 그때 현관에서 활기 찬 목소리가 들려왔다. "이 추운 날씨에 현관 문을 활짝 열어 놓다니 어떻게 된 거야……."

엘리너가 돌아보니 어깨가 떡 벌어진 젊은 남자가 와 있었다. 곱슬곱슬한 머리에 채색 넥타이를 맨 자신감이 넘치는 태도의 청년이었다. 엘리너가 "폴!" 하고 외치더니 비틀거리며 달려가 그의 품에 안겼다.

남자는 그 여자를 못 본 체했다. "이봐요! 무슨 일이오?" 그러더니 책상 옆의 방바닥을 보았다. 자신만만하던 그의 태도가 누그러졌다.

개럿 박사가 문간으로 걸어가서 말했다. "켄드릭, 엘리너를 데리고 나가게, 나는……."

"안 돼요!" 엘리너의 목소리였다. 그녀가 몸을 바로 하고 갑자기 몸을 돌려 방 안으로 들어가려고 했다.

하지만 폴이 그 여자를 잡았다. "어디 가는 거야?"

엘리너가 남자에게서 빠져나오려고 버둥거렸다. "경찰에 전화해야지." 그녀는 시체와 양탄자와 쓰러진 의자와 탁자 앞의 여자에게로 이어진 핏자국을 훑어보았다. "저 여자가 아버지를…… 죽였어요." 나는 전화를 직접 걸기 위해 막 걸어가던 참이었다. 내가 한두 걸음쯤 옮겼을 때 수영복 입은 그 여자가 비명을 질렀다.

그 여자는 두 손으로 탁자를 쥔 채 장승처럼 눈 한 번 깜박이지 않고 뚫어지게 드레이크의 시체를 노려보았다. 그러더니 갑자기 온몸을 떨면서 다시 입을 벌려 비명을 지르기 시작했다. 그러자 개럿이 달려갔다.

개럿은 여자의 뺨을 세차게 때렸다.

그러자 비명 소리는 멎었다. 그러나 수영복 여자는 여전히 공포에 가득 찬 눈으로 마치 지옥에서 온 악마를 보듯이 시체를 노려보고 있었다.

"히스테리 증세로군." 의사가 말했다. 그러더니 내가 다시 전화기 있는 곳으로 걸어가는 것을 보고 "구급차도 불러주시오"라고 말했다. 그리고 다음에는 폴 켄드릭에게 말을 했는데 이번에는 명령조였다. "그리고 엘리너를 데리고 나가, 빨리!"

엘리너 드레이크는 어리둥절한 표정으로 눈을 크게 뜨고 수영복 입은 여자를 쳐다보고 있었다. "저 여자…… 저 여자가 아버지를 죽였어요. 왜?"

폴이 고개를 끄덕이더니 부드럽게, 그러나 재빨리 엘리너의 몸을 돌려 데리고 나갔다.

형사들은 전화기에서 지문을 너무 많이 채취하는 경향이 있다. 이런 지문은 서로 겹쳐 있기 때문에 아무 쓸모가 없기 마련이다. 그래서 나는 수화기 한쪽 끝을 조심스럽게 집어들었다. 나는 스프링 7-1313을 걸어 교환원에게 사태를 대충 설명해 주고 나서 개비건 경위의 소재가 파악되는 대로 나에게 전화를 걸도록 해달라고 부탁했다. 그리고 드레이크의 전화번호를 알려주었다.

내가 전화를 거는 동안 개럿 박사는 그의 검은색 가방을 열어 피하주사기를 꺼냈다. 내가 전화를 끊었을 때 그는 여자의 팔에 주사 바늘을 꽂고 있었다.

"그게 뭡니까?" 내가 물었다.

"진정제요. 이걸 맞지 않으면 조금 뒤에 또 비명을 지를 거요." 그 여자는 주사바늘에 찔려도 감각을 느끼지 않는 것 같았다.

그때 탁자 위에 색깔이 선명한 두 물체가 눈에 띄었다. 그곳으로 가서 물체들을 잘 살펴본 나는 한층 더 초현실주의 그림 속에 뛰어든 느낌이 들었다. 그것은 길이가 5센티미터쯤 되는 두 개의 원추형 물체였다. 두 개 모두 막대사탕처럼 줄무늬가 있었는데 하나는 흰 바탕에 밤색 줄, 그리고 다른 하나는 유백색을 띤 노랑 바탕에 선명하게 빨간 가는 줄이 쳐져 있었다.

"드레이크 씨가 바닷조개도 수집했었나요?" 내가 물었다.

"아니요." 개럿이 성가시다는 표정으로 조개 껍데기로 보이는 것들을 노려보았다. "전에 내가 수집했었지요. 이것들은 바닷조개가 아니라 연체동물이오. '코클로스틸라'라는 나무달팽이죠. 서식지는 필리핀이오." 개럿은 찌푸린 얼굴을 달팽이 껍데기에서 내게로 돌렸다. "그런데 도대체 당신은 누구요?"

"내 이름은 로스 하트입니다." 나는 덧붙여 잡지 기사 때문에 드레이크와 인터뷰 약속이 되어 있었다고 설명했다. 그리고 나서 물었다. "이 방은 왜 이처럼 밀폐되어 있지요? 이 여자는 왜 입은 옷이……."

대부분의 의사들이 그렇듯이 개럿 박사도 기자를 의심하는 것 같았다. "내가 해야 될 말은 경찰에 진술하겠소." 그는 좀 딱딱하게 말했다.

경찰은 잠시 뒤에 도착했다. 순찰차의 제복 경관 두 명이 먼저 들어오고 나서 구역 담당 경찰들이, 그리고 조금 간격을 두고 살인사건 담당, 구급차 수련의, 지문 담당과 사진사, 검시관, 지방검사보가 도착했다. 또 피해자가 백만장자니만큼 나중에는 지방검사도 도착했으며 심지어 경찰국장보도 잠시 얼굴을 비추고 갔다.

일찍 도착한 사람들 중에서 낯익은 얼굴은 강력반의 도런 반장뿐이었다. 그는 기자들을 거의 상대하지 않는 완고하고 냉철하고 빈틈이 없는 경찰관이라서 나는 그가 언젠가 기자에게 한번 호되게 당한 적이 있지 않았나 생각하곤 했다.

개럿 박사가 제안하고 수련의가 동의함으로써 수영복 입은 아가씨는 가까운 병원으로 호송되었다. 이어 개럿과 나는 거실로 옮겨져 감시받는 신세가 되었다. 잠시 뒤에 어떤 형사가 폴 켄드릭을 거실로 데려왔다.

켄드릭이 개럿 박사를 노려보았다. "우린 모두 로자 라이스가 치료법이 될 수 없다고 생각했어요. 하지만 이런 일이 일어나리라고는 상상도 못했어요. 그 여자가 왜 그분을 죽이려 했을까요? 도무지 납득이 안 갑니다."

"정당방위였을까요?" 내가 의견을 내보았다. "그분이 여자에게 덤벼들다가 그만……."

켄드릭이 단호히 머리를 흔들었다. "그 여자는 그럴 리 없어요. 노인네를 상대로 농탕치면서 돈을 뜯고 있었으니까요. 그 여자는 오히려 덤벼들기를 바라는 처지였어요." 그가 개럿에게 말했다. "도대체 그방에서 뭣들을 하고 있었나요? 이번에도 초능력 실험인가요?"

의사가 자기 외투를 의자 등받이에 반듯하게 얹어놓았다. 그의 목소리는 지치고 기운이 없는 것처럼 들렸다. "아닐세. 단순한 실험 정도를 넘어섰지. 난 드레이크에게 그 여자가 사기꾼이라고 알려주었건만…… 하지만 자네도 드레이크가 어떤 사람인지 알지 않나? 드레이크는 늘 자기가 어떤 실수도 범하지 않는다고 자신만만해했거든. 드레이크는 자기가 그 여자를 실험 대상으로 삼아 우리 모두가 확신을 갖도록 해주겠다고 말했었지."

"무엇을 확신한단 말입니까? 그 여자가 할 수 있다는 게 뭔데요?" 내가 물었다.

문간에 있던 형사가 다가왔다. "내가 받은 명령은 반장님이 진술을 받을 때까지 당신들이 사건 내용에 관해 이야기하지 못하도록 하는 겁니다. 나 좀 봐주시겠소?"

이 때문에 우리는 아주 불편해졌다. 그 마당에 다른 화제를 입에 올린다는 건 맥빠지는 노릇이었다. 우리는 아무 말없이 거북하게 앉아 있었다.

반 시간쯤 지나서——훨씬 더 길게 느껴졌지만——개럿이 심문받으러 끌려나갔고, 이어 켄드릭이 나갔다. 그리고 나도 끌려갔다. 커다란 거실에서 자그마한 엘리너 드레이크가 느릿느릿 널찍한 층계로 오르는 모습이 보였다. 크리스탈 샹들리에가 매달린 웅장한 식당과, 나를 기다리는 도런 반장과 속기사의 모습은 전혀 어울리지 않았다. 그러나 도런 반장은 전연 어색해하는 구석이 없었다. 그의 질문은 외과의사의 수술용 칼처럼 예리했다.

나는 틈틈이 내가 알고 싶은 것들을 질문해 보려 했지만 곧 포기하고 말았다. 도런 반장은 그런 질문들을 깡그리 묵살해 버렸다. 그가 나를 내보내려는데 마침 전화가 울렸다. 도런이 전화를 받아 상대방의 이야기를 듣다가 눈살을 찌푸리더니 수화기를 나에게 건네주었다.

"당신에게 온 전화요." 그가 말했다.

멀리니의 목소리가 들렸다. "로스, 내 초능력이 어째 오늘은 잘 듣지 않는군. 드레이크가 죽었다지? 거기까지는 들었는데, 도대체 무슨 일이 일어난 거야?"

"초능력 좋아하시는군요. 당신이 정말 독심술사라면 벌써 여기 와 있어야지요. 완전히 밀봉된 방이에요. 사방이 완전히 밀폐되어 있단 말이에요." 내가 말했다.

그때 도런 반장이 저지하러 오는 낌새가 보였다. 내가 재빨리 말했다. "멀리니, 개비건 경위가 지금도 옆에 있는가요?" 그리고 내 귀에서 수화기를 떼어 도런이 직접 대답을 듣도록 했다. "계시지" 하는 대답이 들렸다.

멀리니가 계속 말했다. "밀폐된 방이라고? 본청에서 온 속보에는 그런 언급이 없던데. 벌써 범인을 체포했다고 되어 있었어. 그저 평범한 사건처럼 들렸다구."

"본청 사람들은 상상력이 없군요." 내가 대답했다. "아니면 도런 반장이 그들에게 진상을 숨기고 있거나. 이건 평범하게 밀폐된 방이 아니란 말입니다. 잘 들어요. 1812년 이래 가장 추운 1월의 어느 날 어떤 여자가 수영복만 걸치고 드레이크의 집을 찾아온다 이겁니다. 그 여자가 드레이크와 함께 서재에 들어가지요. 둘이서 접착 테이프로 창문과 방문을 안에서 봉합니다. 그리고 여자가 종이 베는 칼로 남자를 찌릅니다. 남자는 죽기 전에 여자를 때려눕히고 전화를 걸어 SOS를 보내요.

여자는 분명히 미쳤어요. 그런 상황에서 살인을 저지르다니. 하지만 드레이크는 미친 게 아니지요. 좀 괴짜인지는 모르겠지만 돌지는 않았다 이겁니다. 그런데 왜 살인마와 함께 그처럼 정성들여 스스로를 가두어 놓았냐 이겁니다. 만일 본청에서 이런 것을 일상적인 보통 사건이라고 생각한다면 나는……." 나는 여기서 말을 끊었다. 상대방이 너무 조용하게 침묵하고 있기 때문이었다. "멀리니! 지금 듣고 있는 거요?"

"그래." 그가 느릿느릿한 목소리로 말했다. "지금 듣고 있소. 본청은 너무 쌀쌀 맞더구만. 그 여자의 이름도 알려주지 않더라니까. 하지만 나도 이젠 그 이름을 알겠는걸."

그때 나는 문득 내가 우주 속의 어떤 4차원 구멍에 빠져들어가 어떤 악몽의 행성에 떨어져 있는 것 같은 느낌이 들었다.

멀리니의 목소리가 아주 진지해졌다. "로스, 경찰이 그 방에서 시저시대의 은화 한닢을 찾아냈소? 아니면 새로 꺾어온 장미꽃이나, 염주라든가, 아니면 물기가 축축한 해초라든가……?"

나는 대답하지 않았다. 아니, 말이 나오지 않았다.

잠시 후 멀리니가 말을 이었다. "찾아냈구만. 그게 뭡디까?"

"달팽이 껍데기요." 내가 망연히 대답했다. "필리핀의 나무달팽이 껍데기랍니다. 이름은 그러니까……."

멀리니가 급히 말을 막았다, "도런 반장에게 개비건과 내가 10분 내로 도착한다고 알려 줘요. 눈을 똑바로 뜨고 꼼짝 말고 앉아 있으라구……."

"멀리니!" 내가 사납게 항의했다. "이대로 전화를 끊는다면……."

"로스, 그 달팽이 껍데기는 수영복에 대한 의문을 해명해 주고, 그 방이 왜 밀폐되었는지 설명해 주는 거요. 하지만 동시에 개비건과 도런 반장, 지방 검사나 경찰국장께서 전혀 좋아하지 않을 한 가지 요소도 끌어들이는구먼. 내 자신도 그것을 좋아하지 않아. 그건 염력보다 더한층 소름끼치는 살인 방법이지."

멀리니는 잠시 망설이더니 이내 나를 깜짝 놀라게 만들었다.

"그 달팽이 껍데기가 말해주는 바는 드레이크의 죽음이 저승에서 온 한층 더 이상하고 사악한 힘에 의한 것일지도 모른다는 거야!"

내가 경위와 아는 사이라고 말해도 도런 반장과의 사이는 나아지지 않았다. 그는 나에게 당장 거실에 돌아가 있으라고 명령했다.

조금 뒤 개비건의 경찰차 사이렌 소리가 들렸지만 한참이 지나서야 도런 반장이 들어와서 말했다. "경위님께서 여러분 모두를 만나고 싶답니다, 서재로 가세요."

내가 다른 사람들과 함께 현관으로 나가니 멀리니가 나를 기다리고 있었다.

내가 그에게 투덜댔다. "참 빨리도 오셨군요. 10분만 더 기다렸다간 나도 죽어서 병원에 갔겠네요, 가슴이 졸여서 말이에요."

"오래 기다리게 해서 미안해." 멀리니가 말했다. "개비건 경위가 까다롭게 굴어서. 생각했던 대로 경위님은 자질구레한 도런 반장의 설명을 좋아하지 않더군. 나도 마음에 들지 않고." 그의 목소리에 항상 따라다니던 비꼬는 듯한 유머가 사라졌다. 멀리니는 보통 때와는 달리 진지했다.

"둘러대지 말아요. 내가 묻는 말에 대답이나 해요. 첫째, 당신은 왜 나에게 로자 라이스를 조심하도록 드레이크에게 경고하라고 말했지요?" 내가 말했다.

"자네가 어떤 생각을 하고 있는지는 모르겠으나 난 살인까지는 예상하지 못했어. 드레이크는 실험 대상자가 황홀경에 빠져 있을 때 초능력이 보다 큰 효험을 발휘하는지를 실험하고 있었던 거야. 로자는 그 수단이었지."

"아, 그랬었군요. 그 여자와 드레이크는 교령(交靈)중이었군요?"

멀리니가 고개를 끄덕였다. "지금 심령연구회는 초능력과 염력에 큰 관심을 갖고 있어. 덕분에 연구회의 활동이 다시 활발해졌지. 그쪽 사람들이 로자를 미리 연구해보고 나서 드레이크에게 소개했다더군."

"그럼 로마시대의 은화니 장미꽃이니 염주니 하는 것들은 또 뭡니까? 그리고 달팽이 껍데기는요? 왜 수영복이 등장하며, 또 그것들이 왜 방이 밀폐된 이유를 설명해줍니까?"

그러나 서재의 방문 손잡이를 잡고 있던 도런 반장이 그의 대답을 가로막았다.

"빨리 빨리 들어와요!" 반장이 명령했다.

방 안에 들어서니 마치 불이 환하게 켜진 무대 위로 걸어 들어가는 느낌이 들었다. 천장 조명등에 거의 투광 조명등만큼이나 밝은 전구를 끼워놓은 탓으로 그 환한 빛 때문에 실내는 전보다 더욱 황량한 골방처럼 느껴졌다. 개비건 경위조차도 아주 위압적인 분위기를 풍기고 있었다. 그것은 모자테가 그의 얼굴 윗부분에 검은 그늘을 드리웠기 때문이거나, 아니면 그가 방 안에 들어서는 우리를 너무 유심히 살펴보았기 때문에 그런 인상을 준 것인지도 모른다.

도런 반장이 사람들을 소개했다. "드레이크 양, 포터 양, 폴 켄드릭 씨, 월터 개럿 박사입니다."

나는 새로 등장한 여자를 살펴보았다. 쓰고 있는 화려한 주름장식을 단 아주 여성적인 모자와는 대조적으로 그 여자는 뻣뻣한 몸매에 아주 단호한 입을 가지고 차가운 눈초리로 개비건을 못마땅하다는 듯이 바라보고 있었다.

내가 멀리니에게 살짝 물었다. "심령연구회 간사인 이사벨 포터가 여기 오다니 어떻게 된 겁니까?"

"로자와 함께 왔다는군." 멀리니가 대답했다. "경찰이 2층에 올라가 보니 티렐의 《유령 연구》를 읽고 있었다는 거야." 멀리니가 멋쩍게 웃었다. "저 여자는 도런과 사이가 나빠."

"그럴 테지요." 내가 말했다. "말하는 언어가 다르니까. 난 저 여자와 인터뷰할 때 환등기 슬라이드까지 곁들인 저승의 여행담을 들었어요."

개비건 경위는 시간을 허비하지 않고 심문을 시작했다. "드레이크 양, 부친께서 기부할 생각으로 있던 암연구 기금이 원래는 아가씨의 아이디어라던데요."

엘리너 아가씨는 카펫의 얼룩을 한번 훔쳐보고 나서 까만 눈으로 개비건을 지긋이 쳐다보았다. "네." 그녀가 천천히 대답했다. "그랬어요."

"아가씬 심령연구에도 관심이 있었나요?"

엘리너가 눈살을 찌푸렸다. "관심 없어요."

"부친께서 라이스 양과 교령 모임을 갖기 시작했을 때 반대했나요?"

엘리너가 머리를 흔들었다. "내가 반대해 봐야 아버지의 결심은 더욱 굳어지시기만 했을 거예요."

개비건이 켄드릭에게 물었다. "당신도 반대했소?"

"나요?" 폴이 눈썹을 치켜 올렸다. "난 그 정도로 그분과 친하지 않았어요. 여하튼 그분이 날 좋아했다고는 생각지 않아요. 하지만 드레이크 같은 분이 도대체 왜 그런 일에 시간을 낭비하는지……."

"박사님, 당신은?"

"내가 반대했냐구요?" 개럿이 놀라는 표정을 지었다. "물론이지요. 교령 같은 건 신경증에 걸린 중년 부인이나 생각하는 것이니까요."

포터 양이 그 말에 발끈했다. "개럿 박사님." 그녀가 매섭게 말했다. "올리버 로지 경은 신경증에 걸린 아낙네가 아니었어요. 또 윌리엄 크룩스 경도, 쵤르너 교수도, 그리고……."

"그러나 그들은 모두 노망난 사람들이오." 개럿도 지지 않고 매섭게 대꾸했다. "그리고 초능력 말인데, 세상에 신경과 전문의 치고 그런 가능성을 인정하는 사람은 없어요. 그런 것은 포터 양, 당신 같은 사람이나 심령연구회나 일요신문 부록에서 다룰 일이란 말이오."

포터 양이 의사를 보는 눈은 원자라도 쪼갤 것처럼 날카로웠다. 그래서 이런 식의 대화를 계속하도록 방치하면 연쇄반응이 일어날 위험이 있다고 직감한 개비건이 재빨리 끼어들었다.

"포터 양, 당신이 라이스 양을 드레이크 씨에게 소개해 주었고, 그래서 그는 라이스 양과 함께 초능력을 시험하고 있었지요? 맞습니까?"

포터 양의 목소리에는 여전히 방사능이 가득 담겨 있었다. "맞아요. 그리고 그 결과는 아주 만족스럽고 중요한 것이었어요. 물론 당신이나 개럿 박사는 이해할 턱이 없지만……."

개럿이 끼어들었다. "그렇다면…… 당신들이 그를 속여서 라이스 양의 초능력의 장기인 환자(幻姿)를 연구하도록 만들었던 게지."

개비건 경위가 얼굴을 찡그리며 멀리니를 바라보자 멀리니가 즉석에서 정의를 내려주었다. "'환자'라는 것은 어떤 물체를 초자연적인 방법으로, 보통은 어떤 공상 속의 장소에서, 또는 어떤 머나먼 장소에서, 교령실로 가져오는 것을 말하는 것입니다. 심령회보에 따르면 라이스 양은 먼젓번에 로마의 은화, 장미꽃, 염주, 해초 같은 것을 환자술을 통해 가져왔다고 하더군요."

"그 여자는 가장 위대한 환자술 무당이에요. 찰스 베일리 이후로 가장 위대하단 말이에요." 포터 양이 다소 호전적으로 장담했다.

"그렇다면 훌륭한 여자로군. 베일리는 코넌 도일이 성실하다고 생각한 무당이었으니까 말이지. 베일리는 새, 동양의 식물, 조그만 동물들을 내보이기도 했고 한번은 길이가 50센티미터나 되는 어린 상어 한 마리를 가져다가 자신의 영적 안내자가 인도양에서 낚아채 온 것이라고 주장하면서 아직 물기가 있고 팔팔하게 살아 있는 놈을 교령실에다 불쑥 내놓은 적도 있었지요." 멀리니가 말했다.

"아하! 그래서 이 방을 밀폐해 놓았군. 캄캄한 방 안에서 아무도 창문이나 방문을 열지 못하도록 해놓고 또 로자를 도와서……." 내가 말했다.

개럿이 덧붙였다. "물론…… 적절한 사전 조치를 취해 놓지 않으면 '환자'가 이루어지지 않을 수도 있지요. 그래서 드레이크는 서재에서 여러 가지 물건을 다 내가고 남은 물건은 목록표를 작성해 놓았습니다. 내가 몹시 미심쩍어했더니 그 양반은 라이스 양이 아무것도 방안에 가지고 들어오지 않았다는 것을 내가 직접 확인하라고 합디다. 그래서 내가 그 여자의 몸을 2층 침실에서 철저하게 검사했소. 그러고 나서 그 여자는 드레이크 양의 수영복을 입었던 거요."

"그때 그 여자와 드레이크, 그리고 당신이 함께 서재로 내려왔나요?" 개비건이 물었다.

"아니요." 개럿이 눈살을 찌푸렸다. "나는 포터 양이 교령 모임에 동석하는 데 반대했고 라이스 양은 내가 참석하는 걸 반대했거든요."

포터 양이 말했다. "그 여자가 백 번 옳지. 당신 같은 비신자가 참석하면 아무리 강력한 영적인 힘도 모습을 드러내지 않을 거예요."

개럿이 지지 않고 말했다. "그 점은 나도 의심치 않소. 내가 드레이크에게 일러주었지만 그런 얘기는 상투적인 핑계예요. 어쨌든 나는 참석해 보려고 애썼지만 그 여자가 딱 잘라 거절합디다. 그래서 난 길 아래쪽에 있는 내 사무실로 돌아갔던 겁니다. 30분쯤 지나서 드레이크의 전화가 걸려오더군요."

"하지만……." 개비건 경위가 탁자 위에 놓인 색깔이 화려한 달팽이 껍데기 두 개를 노려보며 물었다. "그 여자는 어쨌든 이런 걸 두 개나 내놓았단 말입니까?"

개럿이 고개를 끄덕였다. "그래요. 나도 알아요. 하지만 그건 뻔한 것이지요. 이 집에 도착할 때 현관 복도 어딘가에 숨겨놓았다가 이 방에 들어올 때 몰래 가지고 들어온 거예요."

엘리너가 눈살을 찌푸렸다. "그렇지 않을 거예요, 박사님. 아버지도 그런 생각을 하시고 그 여자가 서재로 내려갈 때 나도 함께 가도록 하셨거든요. 아버지가 그 여자의 한손을 잡고 내가 다른 한손을 잡고 내려갔어요."

개비건의 얼굴이 찌푸려지고 포터 양의 얼굴은 환해졌다.

"아가씨가 서재에 함께 들어갔다구?" 멀리니가 물었다.

엘리너가 고개를 저었다. "아니오. 문 앞까지만 갔어요. 두 사람이 들어가서 문을 잠그는 소리를 들었어요. 그곳에 잠시 서 있으려니까 아버지가 문을 테이프로 봉하는 소리가 들리더군요. 그래서 나는 내

방에 가서 옷을 갈아입었어요. 폴이 오기로 되어 있었거든요."

개비건 경위가 포터 양에게 물었다. "당신은 그대로 2층에 남아 있었고?"

"네. 남아 있었어요." 포터 양이 대들 듯이 대답했다.

개비건이 엘리너를 바라보았다. "폴이 조금 전에 말하기를 아버님께서 자기를 싫어하셨다고 했는데 왜 싫어하셨소?"

아가씨가 금방 대답했다. "폴이 과장한 거예요. 아버지는 저이를 싫어하지 않으셨어요. 그건 단지…… 글쎄, 내 남자 친구들이 관계된 문제라 말하기가 좀 어렵네요."

켄드릭이 말을 받았다. "남자 친구들이 모두 그분의 돈을 노린다고 생각하신 겁니다. 하지만 그분이 의학기금과 심령연구회에 돈을 기부하는 마당에……."

포터 양이 항의했다. "드레이크 씨는 심령연구회에 기부하지 않았어요."

"하지만 그 문제를 진지하게 고려하고 계셨던 건 사실이지요." 개럿이 말했다. "라이스 양이, 그리고 포터 양도 그분에게 질병이란 영적인 불균형으로 인한 정신상태에 불과하다는 이론을 납득시키려 했던 겁니다."

"나는 그 이론을 납득 못해요." 엘리너가 말했다. 그리고 갑자기 포터 양을 바라보며 떨리는 목소리로 말했다. "당신만 아니었더라면 아버지는 돌아가시지 않았을 거예요." 그리고 개비건에게 말했다. "우린 이 모든 것을 전에 반장님에게 말씀드렸어요. 필요한 것은……."

경위가 멀리니를 흘끔 보고 나서 말했다. "지금은 이쯤으로 끝내야겠군. 좋아, 도런. 이분들을 데리고 가. 하지만 아직은 아무도 내보내면 안 돼."

사람들이 나가자 그가 멀리니에게 말했다. "자, 난 당신이 바라던 대로 질문을 했는데, 그래도 어쩐지 시간만 낭비한다는 생각이 드는군. 로자 라이스가 드레이크를 죽였소. 그 밖의 다른 경우는 있을 수 없어요."

"켄드릭을 태운 택시 운전기사는 어떻게 됐소? 경찰이 소재를 파악했나요?" 멀리니가 물었다.

이젠 아주 습관처럼 된 개비건의 찡그린 얼굴이 더욱 어두워졌다. "파악했소. 켄드릭은 분명히 혐의가 없어요. 그 사람은 드레이크가 방을 봉하던 바로 그 무렵에 시내 반대편에서 그 택시를 타고 센트럴 파크를 지나왔는데 드레이크가 피살된 시각에도 택시를 타고 있었던 게 분명하단 말이오."

"그러니까 켄드릭이 알리바이를 가진 유일한 사람이군요." 내가 끼어들었다.

개비건이 눈썹을 치켜올렸다. "유일한 사람이라? 로자 라이스를 제외하곤 모두 다 알리바이를 가지고 있지. 밀봉된 방이 그걸 보증해 주는 것 아니겠소?"

"그렇기는 하지만…… 로자 라이스에게는 드레이크를 죽일 만한 동기가 없는 데 반해 알리바이를 가진 사람들에게는 동기가 있단 말이오." 멀리니가 차분하게 말했다.

"그 여자가 죽였다니까. 그러니까 동기도 가지고 있을 테지. 우리가 그걸 알아낼 거요." 경위가 말했다.

"나도 경위님처럼 자신이 있으면 좋겠소만." 멀리니가 말했다. "이런 상황에서는 동기를 입증하지 않고서도 유죄판결을 얻을 수 있겠지만, 그래도 동기를 찾아내지 않으면 두고두고 찜찜하실 텐데."

"그럴지도 모르죠!" 개비건도 시인했다. "하지만 그 여자가 이 방 안에서 일어났다고 말한 내용을 믿느니 차라리 그 편이 낫겠소."

그 얘기는 내게 금시초문이었다. "로자를 심문해 보셨군요." 내가 물었다.

"경찰관 한 명이 병원에서 심문했답니다. 그 여자는 벌써부터 정신 이상이었다는 핑계를 꾸미고 있어요." 개비건이 시큰둥해서 대답했다.

"하지만 그렇다면 그 여자는 왜 지금도 무섭다면서 히스테리를 부릴까요?" 멀리니가 물었다. "그 여자가 겁을 먹는 것은 자기가 한 말을 진정으로 믿기 때문이 아닐까요? 그런 일이 실제로 이곳에서 일어났기 때문이 아닐까요?"

"이것 봐요." 내가 참다 못해 말했다. "그건 극비 사항입니까, 아니면 그 여자가 일어났다고 말한 내용을 누가 나에게도 알려줄 수 없습니까?"

개비건이 불쾌한 얼굴로 멀리니를 노려보았다. "당신 지금 거기 서서 무슨 말을 하려는 거요? 당신 생각엔 로자가 실제로……."

멀리니는 내가 던진 질문에 대답했다. 그는 방 한가운데 있는 탁자로 걸어와서 말했다. "그 여자가 말하기를 드레이크가 창문과 방문을 봉하고 전등을 끄고 나서 자기는 드레이크와 이 탁자를 가운데 두고 마주 앉았다는 거야. 드레이크는 책상 쪽으로 등을 돌려 앉고 자기는 방 구석의 병풍을 뒤로 하고 말이지. 그 다음에 드레이크가 여자의 손을 잡고서 두 사람은 기다렸어. 마침내 그 여자는 자기 주위에 영적인 힘이 몰려드는 것을 느꼈는데, 그때 어디선가 달팽이 껍데기 두 개가 차례로 탁자 위에 떨어졌어. 드레이크가 자리에서 일어나서 책상 위의 전등을 켜고 탁자로 돌아왔는데 잠시 뒤에 일이 벌어졌던 거야."

마법사가 잠시 뜸을 들이며 눈살을 찌푸리고 휑뎅그렁한 빈 방을 둘러보았다. 그리고 말을 이었다.

"드레이크는 몹시 흥분해서 달팽이 껍데기들을 살펴보면서 그 생긴 모양에 흡족해하고 있었는데, 그때 로자의 말로는 갑자기 자기 뒤쪽에서 뭔가가 움직이는 소리가 들렸다는 거야. 그리고 드레이크가 머리를 들더니 믿을 수 없다는 표정으로 자기 어깨 너머를 바라보더라는 거야." 멀리니가 두 손을 벌렸다. "이것이 그 여자가 기억하는 전부야. 그런데 그때 누군가가 그 여자를 때렸어. 정신이 들어보니 방바닥과 드레이크의 몸에 피가 보이더라는 거야."

개비건은 이때 멀리니가 자기 사무실에서 총을 움직여 보였던 일을 생각해낸 것이 분명했다. 그가 매섭게 경고했다. "지금 당신이 만일 이 방 바깥에 있던 사람이 어떤 정신력을 써서 로자를 쓰러뜨리고 나서 그 칼이 드레이크를 찌르도록 했다고 암시하려는 것이라면……."

멀리니가 대답했다. "난 어느 정도 포터 양이 그런 가능성을 얘기할 것이라고 기대했었지요. 하지만 그 여자의 이론은 더한층 난처하더군요." 그가 나를 향해 말을 계속했다. "포터 양의 말로는 어떤 심술궂고 사악한 귀신이 로자가 늘 불러들이던 자비로운 귀신을 압도하여 드레이크를 죽인 다음에 자기 고장인 저승으로 되돌아갔다는 거요."

"그 여자도 정신이상자야." 개비건이 불쾌한 표정으로 말했다. "그런 말을 믿는 사람들이 있으리라고 생각하는 사람이 있다면 그런 사람도 미친 놈이지……."

멀리니가 침착하게 말을 받았다. "그것도 로자가 그처럼 겁내는 한 가지 이유일 거요. 아마도 그 여자는 자기는 믿지만 경위님은 믿지 않으리라고 생각하겠지요. 나도 그 여자의 입장이 되면 겁이 날 겁니다." 그가 눈살을 찌푸리며 계속 말했다. "문제는 그 칼이지요."

개비건이 눈을 깜빡거렸다. "칼? 칼이 뭐가 문제란 말이오?"

멀리니가 대답했다. "만일 내가 드레이크를 죽였다면, 그리고 영적인 힘에 그 원인이 있는 것처럼 꾸미고자 했다면 난 내가 범인임을 밝혀줄 칼이 이 방 안에서 발견되도록 하지 않았을 겁니다. 다시 환자술을 좀 써서 칼이 사라지도록 했을 거란 말이오. 그런데 지금 상황에서는 칼이 초자연적인 힘으로 사람을 찔렀다면서도 로자가 죄를 뒤집어 쓰고 있단 말이지요."

"그럼, 그 여자처럼 사실상 아무것도 입지 않은 상태에서 어떻게 칼을 사라지게 한단 말이오?" 개비건이 따지듯 물었다. 그러더니 문득 어떤 의심이 들었던지 이렇게 덧붙였다. "당신은 지금 그 여자가 칼을 없앨 수도 있었다. 그런데도 칼을 없애지 않은 것으로 보아 그 여자에게는 혐의가 없다. 이렇게 말하려는 거요?"

멀리니가 탁자에서 달팽이 껍데기 한 개를 집어들어서 자기 왼쪽 손바닥 한가운데에 놓았다. 그리고 그 껍데기를 오른손으로 덮고 잠시 있다가 손을 떼니 달팽이 껍데기가 없어졌다. 마치 유령처럼 감쪽같이 사라진 것이다. 멀리니가 양 손바닥을 펴 보였다. 분명히 아무것도 없었다.

그가 말했다. "그렇소. 그 여자는 원하기만 한다면 칼을 사라지게 할 수 있었소. 그건 달팽이 껍데기 두 개를 만들어낸 것과 동일한 방법이에요." 그가 오른손을 뻗는 시늉을 하고 나니 불쑥 그의 손끝에서 사라졌던 그 달팽이 껍데기가 다시 나타났다.

개비건은 화도 나고 재미있기도 한 표정이었다. "그렇다면 당신은 그여자가 어떻게 달팽이 껍데기를 이곳에 들여놨는지 알고 있겠구만. 그 얘기 한번 들어봅시다, 지금 당장."

그러나 그 이야기는 뒤로 미루어야만 했다.

바로 그 순간 로자 라이스에게 불리한 확실한 증거물이 일격에 박살났기 때문이었다.

조금 전부터 전화를 받고 있던 도런 반장이 몹시 화를 내고 있었다. 그는 잘못해서 뱀을 손에 쥔 사람처럼 자기 손에 든 수화기를 노려보고 있었다.

"헤스, 헤스 박사의 전화입니다." 그가 멍청한 말투로 보고했다. "방금 검시를 시작했는데 살인에 사용된 칼은 갈비뼈에 부딪혀서 끝이 부러져 있더랍니다. 방금 삼각형의 칼끝을 파냈는데, 강철이랍니다."

한동안 아무도 말을 하지 않았다. 이윽고 침묵을 지키고 있던 멀리니가 입을 열었다.

"배심원 여러분, 존경하옵는 지방 검사께서 로자 라이스가 드레이크를 찌르는 데 사용했다고 주장하시는 증거물 1호, 즉 종이 베는 칼은 구리 합금으로 만든 것이며, 지금 보시는 바와 같이 칼끝은 전혀 부러지지 않았습니다. 변론 끝."

도런 반장이 다시 화를 내며 말했다. "드레이크가 작성한 물품 목록에 종이 베는 칼이 올라 있는데, 그뿐입니다. 이 방 안에 다른 칼은 없습니다. 그건 제가 장담합니다."

개비건이 두툼한 손가락으로 나를 가리켰다. "로스와 개럿 박사는 경찰이 도착하기 전에 이 방에 들어왔잖소? 그리고 드레이크 양과 켄드릭도."

내가 머리를 좌우로 흔들었다. "미안합니다. 문간에는 칼이 없었고 엘리너와 폴은 방 안까지는 들어오지 않았습니다. 개럿 박사가 드레이크 양과 로자를 검사했지만 내가 지켜보았어요. 그러므로 개럿 박사가 멀리니만큼 마술에 능한 사람이 아니라면 난 그가 아무것도 바꿔치기 하지 않았다고 증언할 수 있어요."

도런 반장은 그래도 미심쩍어했다. "이보시오, 헤스 박사도 미친 사람이 아니라구요. 그러니까 여기 있던 칼이 지금은 없어진 거요. 누군가가 가져간 거요." 그가 문간에 서 있는 형사에게 말했다. "톰,

애들을 시켜서 저 사람들 몸을 모두 수색해 봐. 여자 경찰관을 데려다가 드레이크 양과 포터 양을 수색하게 하고 그 여자들이 대기하던 침실도 뒤져보도록 해. 거실도 마찬가지야."

그때 내게 갑자기 한 가지 생각이 떠올라 말했다. "만일 엘리너가 누구를 감싸고 있는 것이라면, 이 방에 들어왔던 사람이 그녀의 말대로 두 명이 아니라 세 명이었다면 말입니다. 그렇다면 그 제3의 인물이 드레이크를 죽이고 밖으로 나갔을 수 있었겠군요. 칼을 가지고요. 그리고 종이 테이프는……." 내가 말을 멈췄다.

"……살인범이 떠나고 난 뒤 문에 붙여놓았다?" 멀리니가 말을 받았다. "로자가? 그건 스스로에게 혐의를 씌우는 결과를 가져올 텐데."

개비건이 푸념했다. "더구나…… 경찰이 그 접착 테이프를 모두 조사해 봤지. 온통 지문투성이인데 모두가 드레이크의 지문이라 이거야."

멀리니가 말했다. "반장님, 병원에 전화를 걸어 로자의 몸도 수색해 보는 게 좋겠는데요."

반장이 눈을 깜박거렸다. "하지만 그 여자는 사실상 알몸인데…… 그 여자가 대관절 무슨 방법으로 눈에 띄지 않게 칼을 가지고 나간단 말이오?"

개비건이 멀리니를 노려보았다. "조금 전에 당신은 그 여자가 달팽이 껍데기를 내놓을 때와 똑같은 방법으로 칼을 없앨 수 있었으리라고 했는데 그게 무슨 뜻이오?"

멀리니가 설명했다. "그것이 접칼이었다면 그녀가 다른 무당들이 작은 물건을 감출 때 사용하는 것과 동일한 방법을 썼을 수도 있겠다는 얘기입니다."

"무슨 소릴!" 도런 반장이 버럭 화를 냈다. "개럿 박사가 살펴보지 않은 곳은 그 여자의 뱃속뿐이라구요!"

멀리니가 싱긋 웃었다. "나도 알아요. 그런데 그게 실수요. 로자는 뱃속의 것을 토해내는 방법을 쓰는 무당이라구요, 헬렌 던컨처럼. 영국 수사관 해리 프라이스는 던컨의 뱃속에 숨겨진 요괴를 찾아냈는데 그 여자의 X선 사진을 찍어보니 무명 천을 둘둘 말아서 안전핀으로 찔러놓은 것이 나타났더란 말이지요. 로자의 X선 사진에도 그런 것이 나타날 거요. 그리고 그 여자의 병실과 그 여자를 실어간 구급차도 수색해 봐요."

"좋아, 도런." 개비건이 지시했다. "한번 수색해 봐."

내가 반론을 제기했다. "만일 그 여자가 살인한 칼을 삼켰다면 편지봉투 가르는 칼에는 왜 피를 묻혀놨겠어요? 그건 도무지 말이 안 돼요."

"나도 알아." 멀리니가 대답했다. "칼이 두 개면 훨씬 더 위험하지. 그리고 내가 예언하겠는데 설사 교령식이 있기 전 로자의 X선 사진에 달팽이 껍데기가 나왔다고 하더라도 이번에는 사진에 칼이 나타나지 않을 거요. 만일 사진에 칼이 나온다면 로자는 정신과 검사도 받아야 하겠지."

개비건이 울적한 표정으로 말했다. "그 점은 걱정 마시오. 정신과 검사를 받게 될 테니까. 로자의 변호사가 주선할 거요. 그렇게 해서 별로 힘들이지 않고 그 여자가 심한 정신이상자라는 점을 입증하겠지. 하지만 만일 뱃속에서 칼이 나오지 않는다면……." 그의 목소리에는 힘이 없었다.

멀리니가 말을 이었다. "그러면 로자의 유죄를 입증할 길은 없지요."

"만일 그런 일이 생긴다면……." 경위가 불길한 생각이 드는 듯 말했다. "그러면 칼이 어디서 나타났느냐, 실제로 어떻게 사라졌느냐를 설명해야 하는데, 그렇게 되면 원점으로 돌아가는군.”

멀리니의 생각은 더 비관적이었다. “지금보다 훨씬 더 나빠지겠지요. 살인범이 어떻게 들어왔다가 사라졌느냐도 설명해야 할 테니까. 밀폐된 방 안에 들어와 드레이크를 죽이고 종이 베는 칼에 피를 묻혀 로자에게 죄를 뒤집어 씌우고 나서 포터 양이 말한 유령처럼 깨끗이, 흔적도 없이 사라진 사람이 누구냐를 설명해야 한다 이겁니다.”

결국 멀리니의 예언은 그대로 들어맞았다. X선 사진에는 칼의 흔적이 전혀 나오지 않았다. 로자의 병실이나 구급차 안도 마찬가지였다. 개럿이나 폴, 엘리너 드레이크, 이사벨 포터에게서도, 그리고——도런 반장이 조사했지만——나에게서도 나오지 않았다. 이 무렵 드레이크 집 안은 경찰관들이 샅샅이 뒤져 엉망을 만들어놓았지만 끝이 부러진 칼은 아무 데서도 나타나지 않았다. 그리고 서재에는 비밀 통로가 없다는 것이 의심할 여지없이 밝혀졌다. 방문과 창문이 유일한 출입구였다.

개비건 경위는 전화가 올 때마다 얼굴을 찡그렸다. 시경 국장은 벌써 두 번이나 전화를 걸어 수사 진전 상황에 대해 까놓고 불만을 토로했다.

그리고 멀리니는 눈을 감고 드레이크의 의자에 편하게 앉아 책상 위에 두 다리를 올려 놓고서 마치 몽환의 경지에 빠져 있는 듯했다.

개비건이 말했다. “빌어먹을! 로자 라이스가 무슨 방법으로든 칼을 가지고 나간 게 분명해. 그건 틀림없어! 멀리니, 그 여자가 당신은 모르는 재주를 한두 가지 가지고 있다고 시인할 생각은 없소?”

마술사는 한동안 대답하지 않았다. 그러더니 한쪽 눈만 뜨고 천천히 말했다. “아니오, 아직은 그럴 생각이 없소.” 그가 책상에서 발을 내리고 바로 앉았다. “경위님, 살인범이 저승에서 왔다는 이론을 받아들이지 않는다면, 결국 로스의 생각이 맞다고 봐야 합니다. 엘리너 드레이크의 진술과는 달리, 교령이 시작될 당시 이 방 안에는 제3의 인물이 있었다고 봐야 한다 이겁니다."

"좋소." 개비건이 말했다. "드레이크 양의 증언은 잠시 제쳐 둡시다. 어쨌든 범인이 방 안에 들어왔다 칩시다. 그 다음에는?"

"나도 모르겠소." 멀리니가 말했다. 그가 책상 위에서 접착 테이프를 집어서 60센티미터쯤 찢어 가지고 방 안을 가로질러 방문과 문설주를 테이프로 봉했다. "내가 범인이라고 칩시다." 그가 말을 계속했다. "난 우선 로자를 때려 눕히고, 그 다음에 드레이크를 찌르고……."

멀리니가 말을 멈췄다. 개비건은 시큰둥했다.

"그러고는 범행에 쓴 칼의 끝이 부러진 걸 모르는 채 칼을 주머니에 넣고서, 로자에게 혐의를 씌우기 위해 종이 베는 칼에 피를 묻혔겠지. 그 다음에는……." 멀리니는 뜸을 들였다.

"계속해봐요."

"그러고 나서 난 여기서 나가지요." 멀리니가 말했다. 그러고는 테이프로 봉한 방문과 창문을 노려보았다. "난 그동안 수갑을 풀고 죄수복을 벗어 빠져나온 적도 있고 물을 가득 채운 우유통이나 못질한 포장용 상자에서 탈출한 적도 있어요. 난 후디니처럼 금고나 감방을 깨고 나오는 방법도 알죠. 그런데 난 지금 후디니가 언젠가 스코틀랜드의 감방 안에 꼼짝없이 갇혔을 때와 같은 기분이 든단 말이오. 후디니가 아무리 애써봐도 감방 빗장은 끄떡도 안 했거든. 후디니는 자기가 탈출에 실패하면 애써 쌓은 '탈출왕'이라는 명성이 하루 아침에 날아가 버릴 것을 생각하니 진땀이 났지. 그러다가……." 멀리니가 눈을 깜빡거렸다. "그러다가……." 이번에는 그는 말을 완전히 멈춘 채 방문을 노려보기만 했다.

갑자기 그가 눈을 깜빡이더니 소리쳤다. "바로 그것이로구나!"

그가 빙그레 웃으며 개비건에게 말했다. "이제 우린 기적을 일으켜 유령들을 모두 무덤으로 되돌려 보낼 겁니다. 경위님이 그 사람들을 모두 여기에 모아주신다면……."

"범인이 어떻게 사라졌는지 알아냈다는 거예요?" 내가 물었다.

"그렇지. 그자는 아주 빈틈없는 작자야. 난 그자가 누군지 알아."

개비건이 "이젠 대충 끝나 가는군" 하고 말했다. 그러더니 방문을 열고 나갔다.

멀리니가 그를 지켜보다가 다시 싱긋 웃었다. "마술사들이 관중을 속일 때 쓰는 방법, 아주 간단하면서도 효과적인 그 방법으로 이번에는 나를 감쪽같이 속이다니!"

엘리너 드레이크는 아직도 방바닥의 얼룩을 바로 보지 못했다. 폴은 그녀의 곁에서 초조하게 담배를 빼끔거렸고, 개럿 박사는 축 늘어져 피곤해 보였다. 그러나 포터만은 달랐다. 그 여자는 여전히 팔팔했다.

그 여자는 누구에게랄 것도 없이 말했다. "이 방은 이제부터 심령학회보에서 릴리데일에 있는 '여우 자매'의 집보다 더 유명해지겠군."

그 여자가 그 말을 부연 설명하기 전에 멀리니가 재빨리 끼어들었다. "포터 양은 로자 라이스가 드레이크를 죽였다고는 믿지 않아요. 나도 마찬가지죠. 그러나 포터 양이 말하는 영적인 힘은 저승에서 온 게 아니에요. 그것은 드레이크가 죽을 때 이 방에 있었던, 있어야만 했던 누군가가 마술을 부린 거예요. 그는 드레이크의 요청으로 이곳에 왔던 사람입니다."

멀리니는 방 한가운데로 걸어가 사람들을 마주 보면서 말을 계속했다.

"드레이크는 로자가 할 수 있다고 주장한 일을 다른 사람들도 믿도록 하려면 증인이 필요했어요. 그래서 어떤 사람에게 열쇠를 주었지요. 그 사람은 드레이크와 로자가 엘리너와 함께 아래층에 내려오기 전에 이 방에 들어왔습니다."

네 사람은 꼼짝하지 않고 그의 말을 경청했다. 내가 보기에 숨도 쉬지 않는 것 같았다.

"그 사람이 병풍 뒤에 숨었다가 로자가 환자를 불러낸 다음에 그 여자를 때려눕히고 나서 드레이크를 죽여 로자에게 혐의를 뒤집어 씌웠던 겁니다."

"이제 우리에게 남은 일은 드레이크가 증인으로 선정한 사람이 누군지를 밝혀내는 것뿐입니다." 그는 길다란 손가락으로 이사벨 포터를 가리켰다. "만일 로자가 달팽이 껍데기를 불러들인 것이 사기극이라는 것을 드레이크가 알아차렸다면 당신은 그 사실이 탄로나 당신과 심령연구회의 체면이 손상되는 일을 막기 위해 그분을 죽였을지도 몰라요. 또 당신은 로자가 당신을 속인 데 대한 보복으로 그녀에게 죄를 뒤집어 씌웠을 수도 있지요. 하지만 드레이크는 결코 당신을 증인으로 선택하지는 않았을 겁니다. 당신이 증언해 봐야 아무도 믿지 않을 테니까 말이지요. 그래서 드레이크는 회의론자들 중에서 무당을 거들어 주었다는 의심을 받지 않을 만한 사람을 선택하고 싶었을 겁니다."

그가 엘리너를 마주보았다. "아가씨는 로자와 부친과 함께 서재 문간까지 동행해서 두 사람이 방 안으로 들어가는 것을 보았다고 말했지요. 우리는 아직 라이스 양을 만나보지는 못했지만, 나는 그 여자도 아가씨의 말을 확인해 주리라고 믿어요. 아가씨는 그 사실에 대해 거짓말을 할 리가 없으니까."

이때 나는 도런 반장이 조용히 멀리니에게 접근하는 것을 보았다.

"그리고 폴 켄드릭은 알리바이를 가지고 있는 유일한 사람이에요." 멀리니가 말을 계속했다. "그렇다면 세 사람 중에서 가장 회의적인 한 사람이 남습니다. 이 사람은 증언을 할 경우 가장 큰 비중을 갖게 될 사람입니다."

"그러니까 개럿 박사, 당신이 남습니다. 유령이 없다고 가장 확신하는 사람이 유령을 꾸며낸 겁니다!"

멀리니는 자기가 한 말이 아주 극적인 내용을 담고 있음을 의식했기에 아주 느긋했다. 그러나 개럿의 목소리는 더욱 차분했다. 그가 천천히 고개를 저으면서 말했다.

"난 그 말씀에 동의할 수 없군요. 다른 사람들은 아니고 우리들 중의 한 명이라고 생각해야 할 이유가 없어요. 하지만 이왕 말이 나왔으니 나건 다른 사람이건 어떻게 밀폐된 이 방에서 걸어나갔다고 생각하시는지 한번 들어보고 싶군요."

"그 대답은 아주 간단합니다. 당신은 그저 걸어나간 겁니다. 밀폐된 방에서 나간 게 아니란 말입니다." 멀리니가 말했다.

순간 나는 몸이 허공에 뜨는 것 같은 느낌이었다. "하지만 이것 보세요……." 내가 입을 열었다.

그러나 멀리니는 나를 묵살하고 설명을 계속했다. "범인이 증발했다는 건 속임수요. 마술이란 사람들이 흔히 생각하듯이 비밀장치나 함정문, 거울 같은 것만으로 이루어지는 게 아닙니다. 마술의 진짜 비결은 단순한 무대의 속임수보다는 깊은 곳에 있어요. 마술사는 훨씬 더 중요하고 보다 기본적인 무기, 즉 정신적인 속임수를 사용하는 겁니다. '눈에 보인다고 다 믿지 말라'는 말은 참 훌륭한 권고지요. 그러나 더 중요한 원리가 있으니 그것은 '머리로 생각한다고 다 믿지 말라'는 것입니다."

"지금 나에게 이 방이 전혀 봉해져 있지 않았다고 얘기하는 겁니까? 단지 내가 이 방이 밀폐되었다고 생각했을 뿐이란 말이에요?"
내가 물었다.

멀리니는 계속 개럿을 보고 있었다. "그래. 그러니까 아주 간단한 얘기야. 시각적인 속임수는 전혀 없었어. 그건 염력과 마찬가지로 전적으로 정신적인 속임수였어. 로스, 자넨 사물을 있는 그대로 보았지만, 그 시각적인 겉모습이 두 가지로 해석될 수 있다는 것은 깨닫지 못했던 거야. 한 가지 물어보세. 자네가 안쪽에서 접착 테이프로 봉해놓은 방문을 밀치고 들어가보니 그 방은 여전히 안에서 봉해져 있던가?"

"아니요. 물론 접착 테이프가 찢어져 있었지요." 내가 말했다.

"그럼 만일 원래는 봉해져 있었는데 누군가가 이미 테이프를 뜯고 방에서 나간 다음에 그 방을 밀치고 들어갔다면 그때는 어떤 상황이었을까?"

"테이프가 역시 찢어져 있겠지요. 겉모습은……." 내가 대답했다.

"……앞의 경우와 똑같지!" 멀리니가 말을 받았다.

개럿의 목소리가 약간 동요되고 있었다. "당신은 앤드루 드레이크가 나에게 전화했다는 사실을 잊고……."

멀리니가 머리를 흔들었다. "우린 그 점에 관해서는 당신의 진술만 들은 것 같은데요. 당신은 전화기를 뒤집어놓고서 드레이크의 시체를 그 옆에 갖다놓았어요. 그러고 나서 밖으로 걸어나가 당신 사무실에 돌아가서 칼을 치워 버린 겁니다. 그 칼은 아마도 수술용 칼이었겠지만, 당신은 추적이 두려워 그 칼을 남겨놓지 못했을 겁니다."

도런 반장이 여기까지 듣고 나서 문간을 지키던 형사에게 재빨리 무슨 지시를 속삭였다.

멀리니가 말을 계속했다. "그 다음에 당신은 즉시 되돌아 와서 현관 벨을 눌렀지요. 당신은 드레이크의 전화를 받고 왔다고 둘러댔는데, 그것은 수사 방향을 딴 데로 유도하는 좋은 방법이었지요. 사건 당시 당신이 다른 곳에 있었던 것처럼 보이게 해주었으니까요. 하지만 더욱 중요한 사실은, 그렇게 둘러댐으로써 당신은 문을 부수고 들어가서 지체 없이 시체를 발견할 구실을 얻게 되었다는 점입니다. 로자 라이스가 의식을 회복하여 방을 밀봉했던 테이프가 뜯겨져 있음을 발견하기 전에 말입니다."

나는 차마 말을 하기가 싫었다. 멀리니가 흐트러졌던 매듭들을 깨끗이 정리해 놓았다고 그처럼 흐뭇해하고 있었으니 말이다. 그러나 나는 말하지 않을 수 없었다.

내가 말했다. "멀리니, 사소한 것이지만 당신이 모르는 일이 한 가지 있는 것 같군요. 내가 방문을 밀치고 들어갔을 때 난 접착 테이프가 찢어지는 소리를 들었단 말입니다!"

나는 멀리니 대왕께서 그처럼 놀라는 것을 본 적이 없었다. 그는 벼락에 맞아도 그처럼 놀라지는 않았을 것이다.

"당신이…… 당신이 무엇을 들었다고?"

엘리너 드레이크가 가세했다. "저도 들었어요."

개럿도 거들었다. "나도 들었소."

나는 멀리니를 잠시 때려눕힌 셈이었지만, 그것도 잠시였다.

"그렇다면 그건 관심을 딴 데로 돌리려는 술책일 뿐이오." 그가 잠시 망설이다가 문득 도런 반장을 쳐다보았다. "반장님, 개럿 박사의 외투 좀 갖다주시겠소?"

개럿이 경위에게 말을 걸었다. "말도 안 돼요. 내가 도대체 무슨 이유로 그런……."

"개럿 박사, 당신의 동기는 유별난 데가 있어요." 멀리니가 말했다. "다른 살인범들과는 다른……."

멀리니가 말을 멈추고 도런이 가져온 외투를 받아들었다. 그리고 외투 주머니에서 내가 앞서 보았던 그 미국의학협회 회보를 꺼냈다. 멀리니가 책을 펼치더니 거기에 수록된 어떤 내용을 보면서 눈썹을 치켜올렸다.

"여기 있군." 멀리니가 이렇게 말하고 나서 그 내용을 읽었다. "제목은 '암연구에서의 방사능 추적자 이용에 관한 연구.' 필자는 의학박사 월터 M. 개럿. 그러니까 이것이 당신의 특별한 관심 분야지요?" 그리고 마법사는 엘리너 드레이크에게 물었다. "1천 5백만 달러 규모의 암연구 기금의 책임자로 예정된 사람은 누구였지요, 드레이크 양?"

그 아가씨는 대답할 필요가 없었다. 개럿을 바라보는 그 눈에 대답이 담겨 있었다.

멀리니가 계속했다. "개럿 박사, 당신은 방 구석의 병풍 뒤에 숨어 있었어요. 그리고 로자 라이스는 성공적으로 환자술(幻姿術)을 연출했습니다. 당신은 드레이크가 감동받는 것을 보고서 로자가 이겼고 드레이크가 완전히 걸려들었다고 판단했지요. 그리고 정말로 중요한 의학 연구에 훨씬 더 유용하게 사용될 수 있는 돈이 심령 연구를 위해 낭비되겠다고 생각하니 화가 치밀었지요. 의학도라면 누구라도 그랬을 것이고, 여기 있는 사람들도 대부분 그랬을 겁니다.

그렇지만 여기 있는 다른 분들 같으면 그런 사태를 막기 위해 그처럼 간단하면서도 극단적인 방법, 즉 살인을 취하지는 않았을 겁니다. 당신은 너무 합리적이에요. 당신은 한 인간의 생명은 그 죽음이 가져다줄 선(善)보다 덜 중요하다고 생각했지요. 그리고 당신은 그것을 실천에 옮길 정도로 확신했지요. 칼은 언제나 사용할 수 있도록 당신의 그 조그만 검은 가방 안에 들어 있었겠다, 그래서 드레이크가 죽은 겁니다. 박사님, 내 말이 맞습니까?"

도런 반장은 그런 동기가 마음에 들지 않았다. "그래도 살인범이기는 매한가지예요. 더구나 로자에게 혐의를 뒤집어 씌우려 하지 않았습니까?"

멀리니가 말했다. "박사님, 그 질문에 대답하시겠습니까?"

개럿이 망설이더니 멀리니가 들고 있는 잡지를 흘끔 보았다. 그의 목소리는 지쳐 있었다. "당신도 너무 합리적이군요." 그리고 도런 반장에게 말했다. "로자 라이스는 미신에 편승하는 하찮은 사기꾼이오. 그런 사람들이 없어지면 이 세상은 훨씬 더 살기 좋은 곳이 될 겁니다."

"그런데 당신이 의학 기금의 책임자로 예정되어 있었다는 건 무슨 얘긴가요?" 도런 반장은 아직 납득이 잘 가지 않는 모양이었다. "그것이 당신이 드레이크를 살해한 이유와 무슨 관계가 있다고는 생각되지 않는데요."

의사는 그 질문에 대답하지 않았다. 도런 반장의 말이 옳기 때문인지, 아니면 말해 봐야 도런 반장이 믿지 않으리라고 생각했기 때문인지 나로서는 알 수 없었다.

대답 대신 의사가 멀리니에게 말했다. "암기금 설치가 가능해졌다는 사실은 지금도 변함없습니다. 달라진 것이 있다면 이제는 한 사람이 아니라 두 사람이 목숨을 잃게 되었다는 것뿐이지요."

"자기 자신의 죽음을 그처럼 별 감정없이 생각할 수 있다니 정말 합리적인 사고방식은 대단한 것이군요." 멀리니가 말했다.

개비건은 개럿의 살인 동기에 관해 도런 반장만큼 못마땅해하지는 않았지만 그래도 그가 받은 경찰 교육이 이를 용납하지 않았다. "그렇다면 법의 집행을 스스로 떠맡았군그래. 사람들이 각자 그런 짓을 하면 우린 모두 자기 방어를 위해 무장을 하고 다녀야 할 판이오. 멀리니, 로스는 자기가 방문을 부수고 들어갈 때 종이 찢어지는 소리를 들었다고 말했는데 그건 어떻게 된 거지요?"

"그런 소리를 들었을 겁니다." 멀리니가 말했다.

그러더니 나에게 물었다. "자네가 방문을 부수고 들어갈 때 개럿 박사는 자네와 드레이크 양의 뒤편에 서 있었지?"

내가 고개를 끄덕였다. "그래요."

멀리니가 의학 잡지를 펼치며 손으로 훑었다. 대여섯 페이지가 떨어져서 펄럭거리며 방바닥에 내려앉았다.

멀리니가 말했다. "개럿 박사, 당신은 참 우수한 마술사가 될 수 있었겠어요. 당신이 사용한 것은 시각적인 속임수가 아니라 청각적인 속임수였지요."

"이젠 끝장났군." 개비건 경위가 말했다.

나중에 나는 멀리니에게 한 가지를 더 물어보았다.

"당신은 후디니가 그 스코틀랜드의 감옥에서 어떻게 탈출했는지, 또 그것이 이번 수수께끼를 푸는 데 어떤 도움을 주었는지 설명하지 않았는데……."

멀리니가 빈손을 들어 허공에서 불이 붙은 담배 한 대를 집어들더니 싱긋 웃으면서 빼끔거렸다.

"후디니도 똑같이 잘못 생각했었지. 끝내 자물쇠를 열지 못한 그가 완전히 맥이 풀려 감방 문에 힘없이 기댔는데, 갑자기 감방 문이 활짝 열리면서 그가 복도에 나둥그러졌다, 이 말씀이야. 처음부터 감방 문은 잠겨 있지 않았거든!"

‘마력적 리얼한 필법’으로 독자를 끌어들이는 악마주의

작가는 이 소설을 쓰면서 때마침 임신하고 있던 아내에게는 절대로 이 원고를 보이지 않았다고 한다. 임신이라는 것은 임부가 아무리 건강하고 정상적인 경우라 할지라도 분명 여느 때와는 다른 데가 있는 법이니까. 즉, 정도의 차이는 있지만 임신기간은 이상심리 상태에 처하게 되는 것이기 때문이다. 신경이 과민해진다거나 감정의 기복이 심해지는 등의.

이 작품에서는 여자 주인공 로즈메리가 정상적이 아닌 것인지, 아내를 포함한 주변 인물들이 모두 이상한 건지, 또는 선의인지 악의인지 무슨 저의가 있는 건지……. 여하튼 작품의 뼈대를 이루고 있는 크고 작은 모서리를 돌 때마다 이것이 저것 같고 저것이 이것 같은 알쏭달쏭한 수수께끼에 휘둘리면서, 가당치도 않은 사실임에도 작가의 놀라운 솜씨에 빠져 마침내 믿을 수밖에 없어지고, 로즈메리에게 완전히 동화되고 만다. 다시 말해 이 소설에 흠뻑 취해 버리고 말게 된다.

여자 주인공이 이상한 경위로 임신하게 되면서 점층적인 리얼한 어법이 더욱 효과를 발휘하여 이야기는 단연 흥미로워지고 독자의 긴장감도 드높아간다. 그 뒤는 이래도 그만 항복하지 않겠느냐는 듯한 격렬한 흐름의 연속이어서 마치 간담이 서늘해지는 놀이 기구라도 타고 있는 듯한 기분마저 든다.

작가 아이라 레빈(Ira Levin, 1929~)은 기이한 작가이다. 14년쯤 전 23살에 쓴 처녀작 《죽음의 입맞춤》으로 1953년 미국미스터리작가클럽에서 전년도 장편소설의 최고걸작이라는 찬사와 함께 '에드거상'을 받으며 일약 톱클래스 미스터리작가의 대열에 끼게 되었는데, 그 이후에 나온 소설은 이 《로즈메리 베이비》가 겨우 두 번째 작품일 정도로 과작(寡作) 작가이다. 그 동안 희곡 《No Time for Sergeants》며 영화 시나리오를 쓰기는 했지만, 14년 간 독자들은 그를 조금도 잊지 않았다. 오히려 그의 두 번째 작품을 열망하던 독자들이 끊임없이 그의 활동을 눈여겨 지켜보았던 희귀한 작가였다. 처녀작 《죽음의 입맞춤》이 그 정도로 걸작이었다는 반증이기도 한 것이다. 그리하여 그의 두 번째 작품인 이 《로즈메리 베이비》도 처녀작에 뒤지지 않는 훌륭한 완성도를 보이며 마침내 독자들의 품에 안기게 되었다. 미국에서는 책이 나오기 무섭게 베스트셀러 리스트 상위에 곧 진입하였다고 전한다.

세련된 뉴욕 토박이였던 작가가 늘 비판하면서도 애착을 떨쳐버릴 수 없었던 거대한 매머드 같은 도시 맨해튼 웨스트사이드에서, 흔히 말하는 탈도 많고 말도 많은 유서 깊은 한 아파트를 무대로 이야기는 전개된다. 작가가 스스로도 말했지만 '어디까지나 리얼한 필법'으로 악마숭배를 끌어들여서 엮어낸 기분 나쁘고 기묘한 이야기이지만 독자들은 어느새 그 이야기를 믿게 되고, 이리저리 사정없이 휘둘리면서 내내 손에 땀을 쥔 흥분 상태에 처하게 된다. 레빈의 글이 한층 더 빛을 더하고 그의 솜씨가 더욱더 교묘해진 것이 분명했다. 이미 처녀작에서도 신인답지 않은 노련함을 보였던 그였으니…….

분명 이 소설의 평가는 여기 그려진 악마숭배와 거기서 필연적으로 야기되는 이상하고 또한 계시적이며 감동적인 결말을 사람들마다 어떻게 받아들이느냐에 따라 그 의견도 크게 달라지리라 생각한다. 그런 점은 사람들 취향에 따른 저마다의 자유일 것이고 그 어느 쪽이라 하더라도 그만큼 타당한 이유가 뒷받침되어 있으리라 믿는다.

이 책에서는 '신은 죽었다'는 말이 악마주의와 대비되는 개념으로 몇 번이나 등장한다. 로즈메리가 한때 가톨릭 신자였지만 지금은 변심한 처지라는 설정도 작가의 계산만큼 충분한 효과를 올리고 있다. 하지만 그렇게 탐색하듯이 그렇게 샅샅이 훑어보려고 노력할 필요는 없는 사항이다. 대중문학은 재미가 생명이니까.

미국 미스터리계의 독설가인 앤서니 바우처가 《죽음의 입맞춤》에 보낸 최상급 찬사의 마지막 한 구절을 빌려 인용해본다.

> ……독자는 이 한 권으로, 한 번도 상상하지 못한 놀랍고도 근사한 하룻밤을 보낼 수 있을 것이다.

클레이턴 로슨(Clayton Rawson, 1906~1971)은 미국 오하이오 주 일리리아에서 출생해 오하이오 주립대학을 졸업했고 시카고예술학교에서 수학했다. 그는 오랫동안 잡지사와 출판사에서 근무했는데, 1942~1947년에는 지프데이비스 잡지체인의 미스터리소설 편집자로 있었으며 1963~1970년에는 〈엘러리 퀸스 미스터리 매거진〉의 편집장으로도 일했다.

그 자신이 마술사로서 마술에 관한 몇 가지 중요한 책을 집필한 바 있는 로슨이 창조해낸 멀리니 대왕(The Great Merlini)은 아마도 역사상 가장 유명한 마술사 탐정일 것이다.

멀리니를 주인공으로 하는 단편소설들은 《멀리니대왕 : 마술사 탐정 소설전집(1979)》에 수록되어 있으며 《실크해트로부터의 죽음(1938)》《머리 없는 숙녀(1940)》《관 없는 시체(1942)》 등의 장편소설도 유명하다.